法说中国古典文学名著丛书

法说三国演义

FA SHUO SAN GUO YAN YI

余宗其◎著

中国财富出版社

图书在版编目（CIP）数据

法说三国演义／余宗其著．—北京：中国财富出版社，2014.7

（法说中国古典文学名著丛书）

ISBN 978－7－5047－5208－6

Ⅰ.①法…　Ⅱ.①余…　Ⅲ.①《三国演义》研究　Ⅳ.①I207.413

中国版本图书馆 CIP 数据核字（2014）第 097550 号

策划编辑　张艳华　　**责任印制**　方朋远

责任编辑　张艳华　　**责任校对**　饶莉莉

出版发行　中国财富出版社

社　　址　北京市丰台区南四环西路 188 号 5 区 20 楼　　**邮政编码**　100070

电　　话　010－52227568（发行部）　010－52227588 转 307（总编室）

010－68589540（读者服务部）　010－52227588 转 305（质检部）

网　　址　http：//www.cfpress.com.cn

经　　销　新华书店

印　　刷　北京京都六环印刷厂

书　　号　ISBN 978－7－5047－5208－6/I·0147

开　　本　710mm×1000mm　1/16

印　　张　21.5　　**版　　次**　2014 年 7 月第 1 版

字　　数　352 千字　　**印　　次**　2014 年 7 月第 1 次印刷

印　　数　0001—3000 册　　**定　　价**　39.80 元

失败的文学教育　糟糕的文学研究

——向读者推荐拙著《法说三国演义》

（代自序）

尚在构思撰写拙著《法说三国演义》之初，就早早想到这篇自荐性质的文章的题目。现在全部书稿写毕，更感到非写这篇文章不可。

只要读者读完本书全部系列短文，你就会形成一个总体印象：它们不仅同自古至今的一切《三国演义》评论毫无共同之处，而且反复将各种评论作为批驳的对象。自然，它的姊妹篇《法说红楼梦》《法说水浒传》等，也会给读者带来同样的感觉、印象。

现在，在向读者推荐《法说三国演义》的时候，我以为从正面介绍、说明自己的研究成果的特色、贡献，已不再是读者的迫切需要。我在想，假如读者乐于接受笔者苦苦求索了二十多年的法律视角的文学研究方法、思路及其全部收获，那么大家就必然会问：纯文学教育与研究之于涉法文学对象，该作怎样的全局性的评价呢？这是我现在想向读者倾诉的一个关系到我国文学专业教育、文学学术研究何去何从的大问题。但愿读者有这种期盼与需求。

我敢冒天下之大不韪地宣告：面对中国和世界各国古往今来的浩如烟海的涉法文学对象，纯文学教育模式遭到了彻底失败，纯文学研究的习惯、思维方式、文学学科的划分与格局，均显得糟糕透顶。如果继续维持这种局面，那就等于是自甘抱残守缺，将全国性的文学事业葬送在不通法律的愚昧与荒谬之中，使本来可以健康发展、尽显各自潜能的文学人才如同被强行安放到习惯势力造成的大大小小的盆景中一样，被定向朝偏枯、畸形的方向发展，其学术成果在法律智慧光芒的烛照之下，竟都是大谬不然的文学残次品，有不少更是拿法律当玩笑的精神毒品，还有的则是同固有的法律内容不沾边的废话，同文学作品自身昭示的法律智慧的精神家园有着大大的差距。至于涉法文学浩如烟海而至今不能纳入文学专业教育、学术研究的议事日程，则更是文学专业教育失败、学术研究糟糕的主要症状。

一、敢冒天下之大不韪的勇气、胆识从何而来

公开宣告全国高校的文学教育的失败和文学研究的糟糕，是在冒天下之大不韪。读者首先关注的一定是笔者冒险发表这危言耸听般的意见的勇气、胆识从何而来。

一言以蔽之曰：涉法文学研究二十多年来的实践，使我对纯文学教育和研究弊端的认识不断升级，到我写完《法说红楼梦》《法说水浒传》《法说三国演义》和《法律文艺学》这四部书之后，便上升到了一个事关文学事业全局的高度——全盘否定纯文学教育和研究。

有人会极力反对说，涉法文学并非文学的主流，站在这一隅而否定纯文学教育和研究的全局，未免有以偏概全之嫌。我以为，法律视角的文学研究，虽然功在涉法文学对象自身，但利在文学整体。也就是说，引进法律视角，不仅仅能够把中国和世界各国自古以来的涉法文学作为专门对象、学问，可不断发展，更重要的还在于由此获得了反思、衡量、救治纯文学教育、研究的致命毛病的契机、尺度和药方。

要知道，涉法文学与纯文学，并没有不可逾越的鸿沟。事实上，笔者二十多年来不断在各种论著中反复谈论的成千上万涉法文学作品，几乎都在纯文学教育者和研究者的谈论范围之内。亦即是说，纯文学家并不因为作品涉及法律而有意拒之门外，只不过他们全都是把涉法文学当作纯文学来谈论罢了。惟其如此，一旦引进法律视角，纯文学家将涉法文学当纯文学对待的全部毛病才会暴露无遗。被中国人视为名著的《红楼梦》《水浒传》《三国演义》的丰满法律内容，遭到几百年来的历代纯文学家的误读误解，便是最突出的事例。这三部书，各自拥有全国性的专门学术机构、公认的权威专家、数不清的研究论著，却全然同作品固有的法律内容不沾边，而不通法理的学术错误更是堆积如山。事实很清楚：即使以《红楼梦》《水浒传》《三国演义》这三部文学名著被误读误解的无数事实为例，宣告纯文学教育和研究的

失败，也是无可质疑的，更何况中外文学史上至今没有任何一篇涉法作品能够得到纯文学家的正确解读的实例。

由此可见，二十多年来笔者从不断批评纯文学家的误读误解，发展到今天全盘否定纯文学教育和研究，完全是学术发展的必然结果，是法律视角的文学研究的学术革命性质及其扫荡谬误、张扬真理的功能的具体表现，也是救治纯文学研究误读误解文学名家名著的通病和痼疾的时代要求与现实的需要。

且不多说别的，单讲曹操其人，堪称《三国演义》前八十回的主人公，问世几百年来，竟至今没有谁能谈论他的法律地位和全部法律认识价值。就凭这一点，宣告纯文学教育的失败和研究的糟糕，就有充足的理由和巨大的勇气。这理由和勇气都是法律的启示与赐予。

二、纯文学教育的失败之处

中国高等学校开展文学专业教育，是近百年来的事情。在央视评论过四大名著的周汝昌老先生，便是燕京大学中文系研究院毕业生。新中国成立六十多年来，开设有中文专业的大学，至少有几百所。中国的文学专业教育，从来没有今天这样大发展的兴盛局面。从培养一般语言、文学人才的目标看，自然成就显著，功不可没。

然而，若着眼于百年来几代文学教育工作者、培养出来的文学家在课堂内外一概不能摆脱误读误解涉法文学的通病和痼疾这一点看，认为纯文学教育遭到彻底失败，是谁也不能回避的客观事实。考察其失败之处，共有三个方面。首先，从课程设置看，排斥法律，使文学专业的学生对法律一窍不通，是根本性失败之源。政治、哲学、语言、逻辑等，历来是高校文学系学生的基础课程。若开设法律课，学生便会有解读涉法文学的可能性。拒绝法律，便消灭了这种潜在的可能性。

有这样一个发人深省的事例。据刘世德回忆，20世纪50年代，北京大学中文系的课堂上，吴组缃和何其芳两位教授同时开《红楼梦》的选修课，两人在对薛宝钗这一人物的评价上有重大分歧。吴先生认为薛宝钗“很坏，很阴险，是个两面派”，而何先生则认为“薛宝钗不是坏人”，而是一个“薄命女子”，她身上有一些“虚伪的东西”（傅光明《纵论三国演义》）。“好”与“坏”、“阴险”与“虚伪”之类，都是道德评价。两位先生的争执与分歧，是同样运用道德尺度之时苛严与宽容的差异，并无价值尺度上的原则区别。如果运用法律尺度来评论薛宝钗，该议的远远不是两位教授争执不下的道德话语。关于这一点，读者可以参阅拙著《法说红楼梦》关于薛宝钗的论述。

我们从这个事例中可以看到，在北京大学这样著名的高等学府里，在吴、何这样著名的文学家的文学教育生涯中，由于拒斥了法律，从根本上失去了系统解读《红楼梦》的法律内容的可能性。《水浒传》《三国演义》等文学名著的法律内容被大学中文专业教育工作者长期误读误解的一大普遍原因，就在这里。

文学人都习惯把文学誉为生活的百科全书，这是很正确的。但在文学教育、研究中，这个说法是把法律这一科排斥在外的。如果永远这么言行不一，涉法文学势必没有纳入文学教育的任何希望。有鉴于此，这些年来，笔者一直在呼吁彻底破除文学专业教育上拒斥法律的单科独进模式，主张文学人既懂文学又懂法律地全面发展。

古今中外的文学名著，容纳有法律内容的为数众多，且有思想、艺术上的独特之处，并自有其发展的历史进程、规律，可一并置于涉法文学的范畴中加以专门研究。因拒斥法律，文学事业早已受到极惨重的损失。

其次，文学专业内部的分支学科的划分，几乎是一成不变的格局：中国文学、外国文学；在中国文学中，再划分为先秦文学、秦汉文学、唐宋文学、明清文学、现代文学、当代文学等分支学科；更有甚者，一部文学作品便构成了一门学问（如《红楼梦》导致的红学），一位作家便成了一个专业（如鲁迅导致的鲁迅研究）。这样的文学专业格局，有点像一部绞肉机，把人类文学的有机整体绞成了肉馅，再也见不到文学的全身了。是的，非文学人心目中都有“文学”全体，而一旦受业于文学成了文学人，心目中都只有自己熟悉的那一点文学肉末。从一定意义上看，专业分工精细有利于文学教育、研究的管理，然而在涉法文学领域，这种绞肉机式的文学专业格局有百害而无一利。因为，法律内容像无形的神经，彻底打破了人为的专业划分，到处在延伸和贯穿，只有将人类文学视作一个有机体，才可有效跟踪它们的来龙去脉，寻觅涉法文学发生发展的进程、规律，了解法律与文学有机结合的无数学术之道。

笔者作为文学人，最初的专业是鲁迅研究，从事涉法文学研究二十多年来，广泛浏览了古今中外数以万计的涉法文学作品，终于赢得了极大的发言权。亲身经历、切身感悟使我意识到，纯文学教育失败于涉法文学对象的又一地方，恰在人为的一成不变的专业划分的苛严与精细碎割了文学的有机整体。

最后，在文学教育的方法上，失败于偏重文学知识的传播，轻视文学文本的阅读。这是本末倒置的做法。文学的真谛尽在自古流传下来的形形色色的文学作品之中。文学评论、文学史论著，文学理论研究，都得在文学阅读的基础上进行。高校的文学教育工作，往往把这本来的主次关系弄颠倒了：课堂内外一个劲儿地往学生头脑中无休止地灌输教育者各自的文学知识与见解，很少引导学生认真阅读作品本身，甚至把读作品当作额外负担。

涉法文学恰恰要求研究者一一细读文学文本。如果说以往我采取的浏览式阅读受益匪浅，那么细读《红楼梦》等三部名著而写出了三部书稿，则各有新收获。浏览与细读的结合，应是涉法文学教育、研究无往不胜的法宝。

纯文学教育工作者、受教育者在轻视文学文本的阅读上，教训深刻，损失惨重。救治之道，恰在采取笔者倡导的文本至上主义，把阅读文学作品当作文学专业教育的基础与关键。

文学的博士生教育，应是文学专业教育的最高层次。文学博士论文的撰写、评议、答辩应是文学博士生教育的主要形式。被导师和参评学者、专家一致公认的优秀博士论文，应当是文学博士教育取得好成绩的有力证据。然而，笔者恰恰从这里看到了文学专业教育失败的事实以及纯文学家完全觉察不到这种失败的悲哀。

在这里，我们不能不再一次提到拙著中已几次批评过的文学博士关四平。他毕业于上海师范大学文学专业，其毕业论文《三国演义源流研究》受到十位参评教授和所有评阅专家的高度评价，答辩委员会有如下结论性的“决议”：

> 作者运用多种研究方法，视野开阔，高屋建瓴，构架恢宏，资料丰富，是一篇高水平的、优秀博士论文。

不久，该论文公开出版，并出至第三版，表明社会上的学人也看重这一论著。用纯文学的传统思维定式和价值标准视之论之，的确不会有什么异议。不幸的是，引进法律视角之后，由于《三国演义》陡变为涉法文学的典范文本，其主题已被笔者界定为三国乱世的法律教科书，而该博士论文压根儿没有同这法律主题沾边。如果所有不相干的议论避开法律而不误解法律尚情有可原，问题更严重的地方是反复不断地误解着涉及法律的人物、情节。可见，这篇广受博士生导师、《三国演义》研究专家和广大读者好评的博士论文，在误读误解涉法文学名著上，同样犯有纯文学家的通病。

由此可见，所有高校的文学教育之于涉法文学对象实体，的的确确遭到了彻底的大失败。

三、纯文学研究的糟糕症状

纯文学研究的糟糕，正是上述纯文学教育失败导致的必然结果。因此，要深入了解纯文学教育失败给文学研究带来的糟糕局面，便要将症状揭示出来，而揭示这症状可同时使我们看到文学教育和研究双方的共同问题。

文学研究，跟其他一切科学研究一样，应以追求、宣传真理，披露、抨击谬误为宗旨。我认为纯文学研究糟糕，就是因为从法律视角下格外清晰地看到了不通法律的文学家的全部论著不仅缺乏应有的真理性，反倒错误百出，大有使斯文扫地的荒诞与尴尬景象，而人们浑然不知，安之若素。仅以拙著《法说三国演义》为例，全书一百多篇文章，有四十五篇文章对七十五人次的学术错误进行了披露与批评。其余没有批评对象的文章所谈，则是纯文学家无从发言的法律专门话题。由此可知，《三国演义》问世至今五百多年，竟一直没有谁能够正确解读它的丰富法律内容。

为了让读者更好地了解纯文学家的文学研究糟糕的各种症状，不妨把全书所披露、批评的弊病的症状整合为以下几个方面。

一曰避而不谈。古往今来的一切体裁形式的文学作品中，无不有法律内容的渗透。同法律不沾边的文学作品虽然数量不小，但同法律挂钩的为数众多，浩如烟海。其中叙事散文、小说、戏剧文学中的法律内容尤为突出。纯文学家对此一概不能正面谈论。以日常生活经验而谈，不发表意见似乎不算有什么错误，但从文学家的职责来看，不能谈论涉法文学对象的全部学问，该是多么严重的失职行为。

以《三国演义》而论，它堪称三国乱世的法律教科书，极为形象、具体、酣畅淋漓地显示出乱打仗、乱杀人、乱当皇帝的“三乱”世界的颓败景象及其法律根源，而纯文学家一概不能接触这里数不清的大大小小的法律话题。

在美国法学界自 1973 年开展法律与文学运动以来，法学家以极大热情对西方文学进行法律解读。当今中国法学家受其影响也有苏力、徐忠明等法学家从事该项研究，可文学家都无动于衷。这就提出了一个学术责任问题：解读涉法文学，到底是法学家的职责呢，还是文学家的职责？不用说，是文学家义不容辞的职责范围之内的事情。因此，对涉法文学避而不谈，应是法律上的不作为性质的有失文学家职责的大毛病。不进行文学上的学术革命，这种不作为的大毛病是不可能根除的。

由于纯文学家不知涉法文学为何物，故都只能以纯文学眼光视之、论之，于是乎便错误百出。

二曰把法律内容政治化、道德化。这是纯文学家误读误解的最突出、最普遍的症状。例如，一谈到曹操，不是以“奸雄”论之，就是以“政治家”论之。前者为道德评价，后者为政治评价，结果是把曹操作为中国文学史上最复杂的法律人物形象的本来面貌歪曲得不成样子。

本书除了以一个专辑的二十多篇系列短文论述曹操作为法律人物形象的方方面面，还有其他辑中十几篇文章谈到曹操其人。以法律角度观之，“奸雄”“政治家”云云，无不是与法律不相干的空话、废话。

三曰褒贬倒错，把违法犯罪的行为当作英雄壮举加以肯定，而把合法行为加以否定，甚至把执法活动跟犯罪相提并论。最突出的例子，莫过于人们把曹操、刘备、孙权为代表的三大集团招兵买马、扩充势力的行为美化为招贤纳士、知人善用。汉代的人事任免大权，本是在当朝皇帝手中，并受一系列的官吏管理法约束。中国法制史学家把汉代的官吏管理法的系统化的形成，誉为中国立法史上的里程碑。由此可知，三大集团把文武官员的任命和使用行为私人化，是对法律的破坏，构成了犯罪，是三国乱世之所以大乱的法律原因之一。纯文学家的美化和歌颂，恰恰是在同法律唱对台戏，把大肆破坏官吏管理法、架空皇权的犯罪当作了政治家的正确用人之道。

青年曹操不怕权贵，严于执法的事迹是感人的，可有人竟将此事同日后曹操大肆杀人的罪行等同起来，认为这是一种恶劣的开端，导致从此乱杀人。这就把严于执法的优点当作犯杀人罪的开端来否定了。

乱打仗，是三国乱世的一大标志，总共有三百多次大大小小的战争出现于小说之中，绝大部分是非法不义的战争，发动、策划、指挥战争的大军阀们全罪责难逃，可纯文学家全不能在法理上进行分析、谴责，相反倒以“军事家”“战略战术”“军事教科书”一类的言辞进行讴歌。这样做，怎能认识战争罪犯们的全部罪过呢！

举一个书中不曾谈到的例子。诸葛亮在刘备三顾茅庐时发表的著名的“隆中对”，本是分裂汉朝，鼓吹封建割据，煽动刘备哄抢国土作为根据地以建立另一个刘氏王国的犯罪宣言书。诸葛亮对刘备指出：

> 先取荆州为家，后即取西川建基业，以成鼎足之势，然后可图中原也。（第三十八回）

荆州也好，西川也好，全是汉朝的国土，任何个人都不得据为己有。事实上，在荆州、川西地面上，都由汉朝的大小官员在掌权执政。诸葛亮居然为手无寸土的刘备出主意，把汉朝这两处的国土抢夺过来，作为刘备私人的家业，然后再“图中原”，即建立刘备的一统天下。这就是鼓吹发动哄抢国土，扫荡这些地方政权的不义、非法战争。蜀国的建立，正是实践“隆中对”的结果。显然，“隆中对”的法律实质，正是诸葛亮作为战争罪犯的宣言书或自供状。

纯文学家不仅不能揭示“隆中对”的法律性质，反倒极力夸奖，将其说成“这是三国时代的一个伟大的政治家的出场”（傅光明《纵论三国演义》）。这种纯粹的政治鉴定，根本不可能认清“隆中对”的政治性犯罪性质，也不可能正确解释三国乱世之所以乱的法律原因，更不可能揭示汉朝灭亡的法律原因。

四曰不能评论涉法文学名著的法律描写艺术。纯文学家在不能解读涉法文学名著的法律内容的同时，对于法律描写的特有艺术，自然也识别不了。毛宗岗便是一个突出代表。他在评论《三国演义》时，把罗贯中的写作手法总结出了十三个“妙”处。有一篇文章是专门否定其十三大“妙”处的。

有人用“准确、鲜明、生动”六个字形容《三国演义》的战争描写艺术。其实，小说的战争描写重在揭示战争性质的复杂性，还注意到军法的执行问题。要想确解战争描写艺术，唯有在正解战争性质和执行军法问题的基础上进行，否则就是不相干的标签的随意张贴。

五曰没有读懂作品的所谓“批判”、“批评”，全都不能成立。有一本专著名为《三国演义批判》，而其中一“课”是《政权的合法性》，把论者不通法律的谬误暴露得很充分，以至于连我们的反驳文章都无从下手，只得随意抽出几点错处予以批评。

《三国演义》作为文学名著，的确有其思想与艺术的不足之处。问题在于，对其固有的法律内容一窍不通、从未谈论过的纯文学家很难对其不足之处作出准确判断和令人信服的批评。针对这种状况，我以为当务之急，应在尽快着手进行法律内容的全面、深入解读。然后再考察小说的不如人意的弱点、缺憾。

六曰文学文本阅读的方法论缺陷甚多。说来有趣，在法律视角之下，纯文学家自以为高雅的学问之道，往往显得并不高雅，甚至是令人扫兴与失望。至少有三种纯文学方法在涉法文学研究领域必须报废。

首先是胡适式的在文学文本之外对作者、版本之类的问题进行考证，基本上无助于文本的法律内容解读，可弃之不用。笔者在拙著《法律文艺学》中针锋相对地提出了“文本至上主义”的基本方法。

在《三国演义》的研究上，有学者花费十年时间，考证成书、版本、作者这三大问题，写成了专著。无论研究者持何种见解，也不管读者如何评价其见解，都可肯定地说，这对于解读小说文本的法律内容没有丝毫作用。因此，拙著中没有提到该专著。须知，涉法文学研究方法之一是“文本至上主义”。

其次是纯文学家所崇尚的立论、论证上的“抽象”之法，在涉法文学领域也该抛弃。法律思想内容，必须依靠案例故事、人物形象和法律文化现象三大载体来形象化地表现出来。这就是笔者每篇文章都离不开引用小说原文的原因之所在。纯文学家对这种方法大有不屑一顾的倾向，他们乐于“抽象”，总企图用只言片语就囊括一个案例故事，再用这样一系列的囊括话语来建立某种理性见解。也许，在纯文学家眼里这种“抽象”高深莫测，概括力非凡，有理论上的深广度，是学问上的不二法门。然而，在解读文学名著的法律内容上，此方法根本行不通。纯文学家在《三国演义》研究上如此“抽象”而不知所云的实在不少。

以上述博士论文为例，且不说该论文以三分之二以上的篇幅用以“成书研究”和“传播研究”，“文本研究”还不足三分之一，这同涉法文学研究的“文本至上主义”方法不相宜，单讲其所用的“抽象”之法，也同涉法文学研究崇尚的“具体”方法相抵牾，于是乎每每造成误读误解。拿大家熟知的曹操这一人物来说，该论文坚持的是“奸雄”公论观点，其论证方法就是以只语片言的“抽象”方法，概括一系列故事情节，使它们统统落脚于“奸雄”的道德鉴定。仅抄录一段原文供大家研究：

> 又以“洛阳北都尉”任上，“设五色棒”不避权豪因而“威名颇震寰宇”的政绩，预示出其“雄”的端倪；并且以许劭“治世之能臣，乱世之奸雄”的评语，定下其一生的思想性格基调。在以后一系列反复强化的传奇性情节中，作品围绕着其“奸”与“雄”这两面，不断强化其性格定性。作者以“许田射鹿”“杖杀伏皇后”“勒死董贵妃”“欲废汉献帝”等情节，强化其大奸不忠、仗势欺人的奸臣性格；以“杀吕伯奢”“兴兵报父仇”“杀崔琰”“杀孔融父子”“杀吉平、华佗”“杀荀彧”等情节，强化其“宁可我负天下人，休教天下人负我”这种极端自私自利、阴险狠毒、虐杀无辜的奸人个性；又以“忌杀杨修”“杀粮官王垕”强化其奸佞权诈；以“奸宿张绣婶母”强化其纵欲好色。凡此种种，皆是其“奸”在不同层次上的表现。另一方面，作者又以“谋杀董卓”“起兵讨董卓”“破吕布”“击袁术”“灭袁绍”“定辽东”“下江南”“败张

鲁”等一系列情节，反复强化其“胆量过人，机谋出众”“用兵仿佛孙吴”的雄才大略。

这段话，概括了曹操其人在小说前八十回中的主要故事情节，可谓“抽象”之至，而它们又全都归结为“奸雄”二字，可见“抽象”而又“抽象”的深广度。纯文学家们无不习惯于用这种“抽象”方法建立各自的纯文学论著的理论框架与系统，似乎无懈可击。然而，在法律视角之下，这种“抽象”方法导致的却是不知所云的空话、套话、废话和错话。且不多说别的，单讲论者“抽象”出的一个“杀”字，本来都指刑法予以严惩的犯罪行为，可到了论者那里，不仅全无罪行踪影，反倒被定格在“奸雄”的道德标签上。更不可思议的是同样的杀人行为，一会儿是“奸臣”所为，一会儿又是“奸人”所为，一会儿又成了“雄才大略”。这样解释杀人的法律现象，形同拿学术研究开玩笑。仅以方法论而言，这都是纯文学家迷恋的“抽象”方法的恶果。

最后是严重忽视从文学作品的实际出发的基本原则。这是纯文学家方法论上的又一突出毛病。无论文学文本是否涉及法律，实事求是的科学解读方法，必然是从作品字里行间的实际出发，切不可抛开作品自身来随心所欲地说东道西。这本是不用多讲的文学常识，然而纯文学家有不少人在常识性问题上出大差错。在拙著《法说水浒传》中，笔者曾指出过：有人在自己的专著中写了几十篇谈论“招安”宋江的话题，竟全是小说之外的高头讲章，根本不谈小说中如何招安的具体描写。这样做，是在评论《水浒传》吗？同样的偏差，在《三国演义》的研究中照出不误，可见纯文学研究者在方法论上的确是抛弃了从作品实际出发的基本原则。

仍以上述博士论文为例。“刘安杀妻”，是一个野蛮而残忍的杀人刑事案件。若从小说的实际出发，可从刘安杀妻以招待刘备这不速之客、刘备得知吃人肉真相不以罪论刘安反为之流下感激泪水、曹操听说此事后以黄金百两重奖刘安等情节切入，讲出应有的法理法意。在该博士论文中，论者仅用“刘安杀妻”这四个字“抽象”这一情节或案例故事，最后落脚点竟然是这一故事跟其他一系列故事共同“强化了刘备仁慈宽厚、礼贤下士、忠义爱民等仁君的性格定性”。与其说这是在评论《三国演义》，不如说是拿小说文本为由头来做学问，发表随心所欲的议论。

七曰在误读误解涉法文学文本的同时，对于有关论著也往往误读误解。在拙著《法律文艺学》中，笔者曾说过，朱光潜、蒋孔阳等先生，对黑格尔《美学》有很大程度的误读误解。为什么？《美学》中运用了三百多个法律名词术语，分析了大量涉法戏剧作品，以用作论据，谈论了法律与美学的许多范畴和问题。而以这两位老先生为代表的美学家，却都把《美学》净化为同法律无关的纯美学著作。

在《三国演义》的研究领域，类似理论性的误读误解现象，也是存在的。鲁迅曾有“三国气”的提法，指的是没有读懂《三国演义》的那种社会文化的心理现象，其要义在于不通法律，我将其概括为“法盲气”。在《三国演义》研究中，发现有几例误解“三国气”的现象，本书最后一篇文章《什么叫“三国气”》对此作出了讨论。

最大的误解，自然是纯文学家对毛宗岗关于《三国演义》的评点的评价，因缺乏法律眼光而都不能正确定性、击中要害。有学人对学界的有关研究状况作了综合性再研究，写有《毛评〈三国演义〉的指导思想是什么》《毛评本的得失如何》等文章（李绍先、李殿元《三国演义悬案解读》）。我们以为，无论是论者介绍的学界一般情况，还是论者自己的意见，都有一个致命弱点，即都是纯文学的意见。一旦引进法律视角，毛宗岗的评点的糟糕及对后世的恶劣影响，便一清二楚。本书除了有专门一篇文章批评毛宗岗的不足之处，还在不少文章中顺手给了毛宗岗的有关不通法律的误评以小小一击。

总之，读者阅读本书，除了可以从正面看到笔者关于《三国演义》的法律解读的各种意见，从而举一反三，认识小说提供的法理世界的博大精深，同时还可从反面去辨别纯文学教育与研究之于涉法文学对象的彻底失败与糟糕透顶的种种不如人意、令人忧虑的症状和病根。而要大规模救治纯文学教育和研究的大通病，除了全面、持久开展文学学科的学术革命，别无他途。从这个意义上看，拙著《法说三国演义》的出版，不啻为掀起这种学术革命发射的一发炮弹，充满了火药味。

目录

CONTENTS

绪　论

关于乱世的法律教科书

——《三国演义》的主题思想

中国当代学人无论是谈三国时期的历史，还是评《三国演义》这部小说，都有这么一个共识：三国时期，是一个动乱时期，可简化为“乱世”二字。然而，若要问什么是“乱世”，《三国演义》所描写的乱世是怎样的具体情景，为什么会形成这样的“乱世”，则众说纷纭，至今没有定论。

在我看来，不通法律的史学家、文学家，都从根本上不可能讲清楚“乱世”二字，更不可能读懂《三国演义》这一文学名著所描写的乱世景象及其法律因缘。例如易中天的《品三国》关于“乱世”的解释以及一百七十多次关于《三国演义》的解读，就严重地存在有这种弊端、通病。

易中天说：“乱世的特点，就是人心浮动，道德沦丧，人与人之间缺乏诚意和信任。”（易中天《易中天文集》）这种说法，完全没有触及根本。在古代汉语里，“乱”跟“治”是相对应的概念，指的是社会的法律秩序紊乱。古汉语学者把法律话语政治化，习惯于说成“政治秩序不好”。反之，则叫作“治”。“人心浮动”云云，应是法律秩序紊乱，政治秩序不好的社会条件下的产物，处于从属地位。可见，不通法律使易中天关于“乱世”的解释犯了舍本求末的错误。因之，他的《三国演义》解读也犯有同一错误。

明白了“乱世”的根本之所在，关于《三国演义》的主题思想的解读与说明，也就有了坚实的前提条件。要言之，这部历史小说，是关于乱世的法律教科书。

小说关于“乱世”的形象化诠释，可概括为三乱：乱打仗、乱杀人、乱当皇帝。为什么会产生这三乱？那是因为有关的法律都未能得到落实，有的则是在落实过程产生了问题和弊端。具体说来，乱打仗是军法没有很好地落实，乱杀人是刑法没有很好地落实，乱当皇帝是法定的皇帝制度在落实中一再出问题和弊端。贯穿在小说中的全部法律描写的思想内容，集中到一点，就是对三国时期的“三乱”表现及其法律根源进行了多层次的展示与挖掘。

由此可见，《三国演义》的主题思想在于探讨乱世的军法、刑法、法定的皇帝制度等法律问题。因此，它是一部形象、生动的关于乱世的法律教科书。

不言而喻，唯有抓住了小说的法律思想脉络，才有可能读懂这部文学名著。几百年来的纯文学家的各种评论，花样翻新，应有尽有，热闹得很。但都属于在小说固有的法律宝库之外的无关紧要的说东道西，没有谁能用法律加以品评。

有一位学者在自己的有关专著中审视了新中国学者关于《三国演义》的主题研究情况，列举了“单一主题”、“多层主题”和“无主题”三种类型的十几种不同见解。这位学者本人则认为：“研究者也可以从不同角度与侧面去具体挖掘。如从政治、军事、哲学、宗教、道德、伦理、人性等侧面”探索“其文化意蕴的矿藏”（关四平《三国演义源流研究》）。这位企图兼容并包的学者，列举了一系列人文社会的切入点，唯独没有法律这一点。

假如该找到的东西没有找到并不影响别的什么东西，那么其损失只限于没有找到的某样东西本身。现在严峻的地方在于文学名著所描写的法律，并非法学家所致力于研究的纸张上的法律、而是那纸张上的法律实施于社会的有关人、事、物、场景、细节等。于是乎文学化的法律便具有突出的多学科性。也就是说，上述学者所列举的一系列人文社会科学的对象实体中，无不有着法律神经的贯穿。闭眼不看这种普遍事实，多科学的探讨也就大大受损。

例如曹操杀吕伯奢全家八口人的特大血案，何尝没有多学科性的议论，然而由于论者都不通法律，故导致了全体论者的大失败。

有一本文学史论著认为：“《三国演义》中写得最好的人物却是作为反面人物的曹操。”（章培恒等《中国文学史》下册）对此，笔者深有同感。可接着读论者的论证、说明，发现压根就没有提到曹操杀吕伯奢全家的大血案，仅仅只有“奸诈”、“残忍”这样抽象的概念。由此可知，论者从文学创作美学的角度谈曹操的形象、因为不通法律，只看到了人物身上的道德因素，却没有看到非常重要的法律认识价值。本书把曹操作为中国文学史上最成功的法律人物形象来讨论，将写出二十多篇系列短文。“正面人物”、“反面人物”云云，是当代中国的政治、道德尺度区分文学形象的习惯用语。本书彻底抛弃了这一不合适的概念。

有一本文学史教科书不正面说明杀吕伯奢一家的案件，而只是抓住曹操行凶杀人后说的那句黑色名言做文章。认为“宁教我负天下人，休教天下人负我”是“他一生行动的哲学”，接下去列举了许多杀人的事例。（游国恩等《中国文学史》第四册）。看来，论者是在以哲学论曹操为人处世的一贯指导思想，或世界观，似乎很深刻。可仔细一想，这里大有漏洞。当一个人的人生哲学指引他在一生中反反复复杀人，那么这是一种什么样的“哲学”呢？难道可以称之为“杀人哲学”吗？本书认为，曹操作为中国文学史上无与伦比的法律人物形象的一个重要侧面，就是曹操是一个一直逍遥法外的杀人惯犯。他的人生哲学，实质上是他之所以毕生杀人的指导思想，故这杀人魔王的人生哲学是畸形的、怪异的理智肿瘤。

有人把曹操当年“造五色大棒”杀人，同日后行凶杀人相提并论，指出“曹操后来杀了那么多人，而且杀起来毫不手软，这件事应该算是开端。”（易中天《易中天文集》）这种说法是把法律工作者依法杀人即执行死刑，同罪犯行凶杀人等同起来了。实际上，曹操作为法律人物的形象的另一重要侧面，是作为严于执法的官员出现的。法律工作者、杀人犯二者既对立又统一地存在于曹操身上。

有人把曹操杀吕伯奢同挟持汉献帝摆在一起，作为论证曹操“奸诈的性格特征”的论据之一，写道：“为人处世上，则极端自私自利，吕伯奢的下场，汉献帝的命运，皆以其私利为转移。”（关四平《三国演义源流研究》）论者是在“人物美学新论”的语境中说这番话的。以法盲的眼光视之论之，很难看出话中的毛病。若作法律的审视、则很容易看出症结之所在：不通法律使论者的“美学新论”不知所云。吕伯奢是普通杀人案件的受害者，汉献帝是汉末的亡国之君，二者的法律地位没有丝毫共同之处。再说，曹操作为杀吕伯奢一家的凶犯同曹操作为丞相把汉献帝当作傀儡玩弄，是曹操作为法律人物形象的两个独立的层面，其中各有一系列不同的法理需要详加讨论。要讲清它非得动用法律、美学、道德、心理学、政治等视角不可。

有人在谈到了罗贯中依据史实，进行某种程度的艺术虚构，然后写出了曹操杀吕伯奢全家的大血案之后，作出了这样的结论：“这使得曹操多疑、自私、奸险、狠毒、残忍的性格暴露无遗。”（刘世德《话三国》）这个结论，实质上是论者对作家创作动机所下的结论。这就提出了文学创作心理学上的一个普遍问题：古今中外一切涉法文学名著中的法律描写所具有的法律认识价值，从创作动机上看，是作家的有意为之呢，还是无心插柳柳成荫呢？不做专门研究，就像论者这么下结论，就过于武断了。笔者将写《从艺术虚构看罗贯中法律描写的自觉性》的短文，对此略作讨论。讨论的结果将表明：以杀人血案论证曹操性格之类的话，不能成立。因为，作家在这里别有追求。

有人认为曹操“凶残”，列举的论据是“他梦中杀人，杀吕伯奢一家，杀粮官以欺全军”（袁行霈《中国文学史》第四卷）。“凶残”，是道德缺陷，用以评论曹操的这些杀人行为，根本无从解释彼此有别的各种杀人事实，因为它们并不处于同一层面的法理之上。

有人作了史实的考证之后，竟然这样写道：“加上杀了吕伯奢的情节，目的在于极力渲染曹操的奸恶残忍，但却严重地违背了史实。”（天行健《正品三国》）诸如此类纠缠于史实考证的《三国演义》评论，形同一窝蜂似的，无计其数、大有玩学问的嫌疑。作为文学作品的应有法理法意，无从进入这类论著的视野之中。我们不反对必要的史实考证，甚至认为可以通过系统史实考证来揭示作者法律描写上的自觉追求。但通过考证史实来贬低小说的成就的做法绝不可取。

吕伯奢被杀案件，在用以刻画曹操作为法律人物形象的档案资库中，不过一个小小角落，尚且出现了上述众多、严重的问题，曹操其人、《三国演义》全书被纯文学家误读误解的糟糕情形，就可想而知了。

第一辑
军法与战争

历史小说《三国演义》的叙事框架是此起彼伏的战争。据笔者统计，从中平元年（公元 184 年）镇压黄巾起义的第一仗，到泰始元年（公元 265 年）晋兵攻入吴国的最后一仗，全书所写大大小小的战役和战斗，共有三百多次。小说所写“三乱”的首要一乱，便是这三百多次战争绝大多数属于非法战争，极少数合法战争也有可议之处。解读这部文学名著的法律内容，自然首先应当揭示出炮火硝烟中的法律意味。

老实说，不通法律，或虽通法律而不能运用法律尺度有效解读涉法文学名著，都读不懂《三国演义》全书，也不可能读懂其中的战争描写。有一位文学教授，在关于《三国演义》描写战争的艺术的专题演讲中，用“丰富、深刻、生动”这六个字来概括其战争描写的特点和成就（傅光明《纵论三国演义》）。这是一种就文学论文学的评论方式，压根儿就没沾法律之边。再说，堪称文学名著的作品，描写哪一种对象实体不能做到“丰富、深刻、生动”呢?

有文学史著作因《三国演义》全书的叙事以描写战争为主，便称之为“全景性军事文学”作品，并对战争描写作出了具体分析与说明。其结论为：“这部小说中的战争描写，不仅仅歌颂了力，而且更重要的是赞美了智，传递了美。”（袁行霈《中国文学史》第四卷）

在我看来，小说描写战争的卓越贡献，当在第一次以持续不断的战争的此起彼伏的雄伟画卷，揭示了法律与战争的多层次的内在关系，总结了军法实施百年史上的重要经验和沉重教训。

军法是法律的部门之一。我国最早的军法，可以追溯到夏朝。

《尚书·秦誓》记载了夏启口头发布的一条军法，其内容是奖励在战车上作战有功的士兵，处罚有失职责的士兵。《秦简》载有奔命律和军爵律，是关于士兵来源、待遇、赏功罚罪的法律规定。在汉代，军法已发展到体系完备的较高水平。

法制史学家指出："汉代在军事方面有过不少立法，有的见诸刑律，有的属于单行，总起来基本构成了一个完整的军法体系"（张晋藩《中国法制通史》第二卷）。从《三国演义》中我们所见到的正是这一军法系统实施于汉朝末年的战争烽火中的生动景象。有许多情形，大大超出了法学家有关研究成果的范畴之外。换言之，作家所写，是现实生活中发生的军法故事，并非拘泥于现成的军法条文。惟其如此，小说中的军法描写有利于完善、发展法学家的有关专门研究成果。

据我所知，在中外文学史上，像《三国演义》这样大规模、全方位描写军法与战争的关系的作品，很罕见。称之为空前绝后一点也不过分。

在炮火硝烟中考察军法实施的成败得失，首要一点，当在考察战争的性质是否合法。无论是否合法，都有相应的法理可议。《三国演义》在这一点上给予了充分注意，致使我们非详加探讨不可。

我们对上述各种评论均不满意的一个重要方面，就是论者们对战争性质不作考察，采取一味歌颂的欣赏态度。实际上，小说中的许多战争不仅不应该歌颂，反倒应当予以谴责。

我们对上述评论不满意的另一个重要方面，在于论者没有谈到贯穿在战争描写中的又一个法律内容，即百年征战史上军法执行的经验、教训和问题。这两个方面本来都有专门研究的必要，而论者不置一词。

有鉴于此，本辑拟讨论两大问题：一是战争性质问题，二是军法执行问题。

一　战争性质（一）

——镇压黄巾起义

古语有云，春秋无义战。这话讲的就是我国春秋时代的战争的性质，几乎都是侵略战争，是不道德的，也是非法的。

成语有“兴师问罪”，讲的也是古代战争的法律性质：讨伐有罪的地方、人物。这种讨伐有罪的战争，自然是合法的。

对待战争的科学态度之一，就是要正确认定战争的法律性质。历来评论《三国演义》的人们对此都不闻不问，仿佛根本不存在这一问题似的。事实上，小说在表现战争的性质上作出了巨大努力，值得加以认真研究。

开卷第一回所写战争，是汉朝军队对黄巾起义的武力镇压。虽然合法，但用马克思主义法学观来看，这合乎封建法律的战争具有政治上的反动性。作者的立场，是站在封建法律一边的，把黄巾起义军诬称为叛国逆贼，而把血腥镇压起义军将士的人们称之为英雄，那屠杀的罪孽被说成是功勋。读者极为熟悉的刘备、关羽、张飞这三结义的兄弟，便是以这种所谓的英雄姿态出现的。小说写道：

> 不数日，人报黄巾贼将程远志统兵五万来犯涿郡。刘焉令邹静引玄德等三人，统兵五百，前去破敌。玄德等欣然领军前进，直至大兴山下，与贼相见。贼众皆披发，以黄巾抹额。当下两军相对，玄德出马，左有云长，右有翼德，扬鞭大骂：“反国逆贼，何不早降！”程远志大怒，遣副将邓茂出战。张飞挺丈八蛇矛直出，手起处，刺中邓茂心窝，翻身落马。程远志见折了邓茂，拍马舞刀，直取张飞。云长舞动大刀，纵马飞迎。程志远见了，早吃一惊，措手不及，被云长刀起处，挥为两段。后人有诗赞二人曰：
>
> 英雄露颖在今朝，一试矛兮一试刀。初出便将威力展，三分好把姓

名标。众贼见程远志被斩，皆倒戈而走。玄德挥军追赶，投降者不计其数，大胜而回。刘焉亲自迎接，赏劳军士。

不言而喻，这种极端仇视农民起义的不义战争描写，是作者封建正统思想观念的表现。我们应当持反对态度。

镇压黄巾起义的战争有一个持续的过程，因而又有不少人靠屠杀起义者成为英雄。曹操便是不可不提到的代表者之一。

不想青州黄巾又起，聚众数十万，头目不等，劫掠良民。太仆朱儁保举一人，可破群贼。李傕、郭汜问是何人。朱儁曰："要破山东群贼，非曹孟德不可。"李傕曰："孟德今在何处？"儁曰："现为东郡太守，广有军兵。若命此人讨贼，贼可克日而破也。"李傕大喜，星夜草诏，差人赍往东郡，命曹操与济北相鲍信一同破贼。操领了圣旨，会合鲍信，一同兴兵，击贼于寿阳。鲍信杀入重地，为贼所害。操追赶贼兵，直到济北，降者数万。操即用贼为前驱，兵马到处，无不降顺。不过百余日，招安到降兵三十余万、男女百余万口。操择精锐者，号为"青州兵"，其余尽令归农。操自此威名日重。捷书报到长安，朝廷加曹操为镇东将军。（第十回）

广大读者都知道，《三国演义》有"拥刘反曹"的倾向。殊不知，在敌视和镇压黄巾起义的战场上，刘曹谁也不比谁强，都是应当受到谴责的刽子手。

在热情有加地颂扬这些"斩黄巾英雄"的同时，小说还大肆丑化起义军的将士，例如，在写黄巾将领管亥时，称之为"黄巾贼党管亥部领群寇数万"，围剿起义军的刘备、关羽、张飞等人"如虎入羊群，纵横莫当"，于是乎"大败群贼，降者无数，余党溃散"（第十一回）。又如写到曹操军队同黄巾将领何仪、黄劭的部队交战时，简直把起义军描写得乱七八糟："贼兵虽众，都是狐群狗党，并无队伍行列。"（第十二回）

关羽在过五关斩六将之后不久，于寻找刘备途中先后碰到黄巾起义军被镇压之后的残余势力的将领裴元绍和周仓。小说作者维护封建法律仇视农民起义的正统立场观念，通过关羽严厉对待这两个起义军将领的言谈和举动，又一次流露出来。当裴元绍自报家门，坦言是“天公将军张角部将”时，关羽大笑，既卖弄自己，又侮辱对方说：“无知狂贼，汝既从张角为盗，亦知刘、关、张兄弟三人名字否?”当得知裴元绍的姓名以及“自张角死后，一向无主，啸聚山林，权于此处藏伏”的无奈遭遇之后，关羽不仅毫无同情心、怜悯意，反倒严词教训道：“绿林中非豪杰托足之处，公等今后可各去邪归正，勿自陷其身。”（第二十八回）

关羽见到周仓，虽不似对裴元绍那样以教训他人的尊长者面目出现，但周仓本人的百般自怨自艾的卑谦、悔恨性的一再表白，同样表现了小说作者的正统法律立场。周仓一见到关羽，便奴颜卑膝地表白道：“旧随黄巾张宝时，曾识尊颜，恨失身贼党，不得相随。今日幸得拜见，愿将军不弃，收为步卒，早晚执鞭随镫，死亦甘心。”关羽有拒绝之意，周仓便再一次表白了投靠的诚意：“仓乃一粗莽之夫，失身为盗，今遇将军，如重见天日，岂忍复错过？若以众人相随为不便，可令其尽跟随裴元绍去。仓只身步行，跟随将军，随万里不辞也”（第二十八回）。周仓终于感动关羽，成了关羽的部下。

就这样，小说以人物命运、性格、遭遇的具体对照描写的手段，将镇压黄巾起义军的战争性质的揭示，从两军对垒的战场转移、发展到人物相互关系的层面，从而更深入地显现了封建法律仇恨农民起义的立场、意识，给读者的印象随之也从战场上的叫骂、打杀变成了对人物命运的关注。不少读者热衷于战争场面的热闹非凡，对这更深刻的人际关系却等闲视之，这是很可惜的。评论者往往对此不置一词，这就是文学工作者失职的一个所在。

为了让大家注意笔者所谈上述想法，不妨再看一个例子。就在裴元绍、周仓两人物出场之前一刻，关羽碰到了黄巾起义的昔日将领廖化。廖化毫无掩饰地告诉关羽：“吾本襄阳人，姓廖名化字元俭。因乱世流落江湖，聚众五百余人，劫掠为生”（第二十七回）。请注意，这是不打自招式的供状。“聚众五百余人，劫掠为生”，非同小可，乃是一个特大的犯罪团伙，已经将抢劫钱财作为生活出路了，亦即是犯罪职业化了。这样写来，就是在告诉读者，从前的“叛国”逆贼，如今苟延残喘成了“劫掠为生”的犯罪集团，故依然是汉朝法律打击的对象。

所幸廖化还保留着一定的正义感，同情心。当同伴杜远将关羽护送的两位嫂夫人劫掠上山，企图要与廖化各分一人为妻的关头，杜远不听廖化的劝告，被廖化所杀。应当说，廖化在这样保护刘备的两位夫人的事情上，对当事人关羽、刘备以及两位受惊不已的夫人都是有恩的。但廖化当时表态率部投奔关羽时，遭到无情拒绝。为什么？这里有一段关羽的心理描写，揭开了个中秘密：

> 关羽寻思："此人终是黄巾余党，未可作伴。"乃谢却之。（第二十七回）

所以说，关羽见廖化的前前后后的情景再现，不动声色地深化了镇压黄巾起义的法律立场和性质，表明了关羽本人同样仇视农民起义的法律立场和观念。加上此后不久接连出现的裴元绍、周仓的上述一切，我们所强调的东西——深化、强化仇恨农民起义的汉代封建法律立场和观念，就不容置疑了。

既然如此，评论者一味欣赏小说的战争描写，就不仅仅是有片面性的偏颇，更是有可能导致对小说的上述历史、阶级的局限性的忽视。全书共写有攻打黄巾军的战争十五次，每一次都充满了对起义军将士的刻骨仇恨，读之无不令人作呕。

二　战争性质（二）

——汉朝军队的内讧之战

汉朝军队的内讧之战，至少有三十次。这种内战，显然是非法的。首开纪录的第一仗是丁原打董卓：

> 次日，人报丁原引军城外搦战。卓怒，引军同李儒出迎。两阵对圆，只见吕布顶束发金冠，披百花战袍，擐唐猊铠甲，系狮蛮宝带，纵马挺戟，随丁建阳出到阵前。建阳指卓骂曰："国家不幸，阉官弄权，以致万

民涂炭。尔无尺寸之功，焉敢妄言废立，欲乱朝廷！”董卓未及回言，吕布飞马直杀过来。董卓慌走，建阳率军掩杀。卓兵大败，退三十余里下寨，聚众商议。(第三回)

当时，丁原是荆州刺史。董卓是西凉刺史，统西州之军二十万。国舅何进派人往全国各地下密诏，召四方英雄之士勒兵进京，以诛掌权害国的宦官。这就为丁、董之战提供了时机。内讧的直接诱因，是时任太尉的董卓提出废汉少帝刘辩、立汉献帝刘协的意见，引起丁原的强烈不满。在招待百官的酒席上，大家都不敢表示异议，唯独丁原大呼道：“不可！不可！汝是何人，敢发大语？天子乃先帝嫡子，初无过失，何得妄议废立？汝欲为篡逆耶?”董卓一听，怒不可遏，威胁说：“顺我者生，逆我者死!”就这样，百官酒宴不欢而散。第二天，便爆发了内讧第一仗。

这种内讧之战的非法性质很明显。依照汉朝法律，皇帝掌握着全国最高的军事指挥权，兵符是这指挥权的象征物，发动地方军队，得以兵符为凭证。再说，打仗通常是有外敌入侵，由皇帝派大将军出征作战。眼下丁、董两支地方军队互相攻打，刚登基的少年皇帝刘辩根本不知情。换言之，这是无视法律和皇权的擅自动武，应当视为犯罪行为。由于朝廷一片混乱，这种非法战争的罪责也就无从认定和追究。

刘辩被废，刘协登基之后，汉朝军队的内战，更是如同家常便饭，反复发生。诱发内战的原因，形形色色，千奇百怪，有的简直如同哥们儿之间的打架斗殴，显得滑稽可笑。内战第二仗，是由借粮引发的：

兖州太守刘岱问东郡太守乔瑁借粮，瑁推辞不与。岱引军突入瑁营，杀死乔瑁，尽降其众。(第六回)

乔瑁拒绝刘岱的借粮，并无过错。有过错的是刘岱。他把别人拒绝自己借粮的行为当作弥天大罪，于是用战争方式来解决问题：既杀害主帅，又降其部卒。以对待敌军的方式来对待友军，岂不是大错而特错。这在今天，刘岱得受军事法庭的严厉判处，可在当时却无人过问。

内战第三仗，由秦始皇遗留下来的一块玉印所引起。长沙太守孙坚在被废弃的京城洛阳皇宫的废井中打捞到这块玉印。现在看来，这充其量不过是一件文物，可当时人们美其名曰："传国玉玺"，似乎谁得到它就可以当皇帝，于是孙坚奉为至宝。渤海太守袁绍得知孙坚私藏玉印的消息，便要荆州刺史刘表在路上拦劫孙坚，夺回玉印。于是，孙坚同刘表就打起仗来了。结果是孙坚折兵大半，引兵回江东去了。此后，孙、刘为昔日之仇又打过仗。这就是孙坚为报昔日拦路之仇而攻打刘表的战争。这场战争共打了三仗。

孙坚的弟弟孙静，对这次内战的非法性质认得很准，企图劝阻哥哥说：

> 今董卓专权，天子懦弱，海内大乱，各霸一方。江东方稍宁，以一小恨而起重兵，非所宜也。愿兄详之。（第七回）

可是孙坚硬是听不进去，发兵杀过汉水，拿下襄城，又围攻襄阳，再追到岘山，战死在岘山内。孙坚三十七岁夭折于战火之中的深刻教训，就在于为报私仇而乱打仗。

问题的严重性，在于内战往往导源于掌握有兵权的军事将领们私人的报仇雪恨的目的。这种性质的战争，跟日常生活中报复杀人的凶案，并没有多大区别。单个人为了报仇而杀人，掌握有兵权的人为了报仇而打仗，其杀人更多。可见，其区别仅在于后者的罪过更严重。

曹操动用二十七万青州兵大肆进攻徐州，名为打仗，实为报复杀人。曹父被徐州刺史陶谦的部下张闿杀害，还劫掠了曹家大批金银财宝。这本是一起谋财害命的凶案，可依法查处，然而曹操置法律于不顾，肆意妄为地发动报杀父之仇的徐州之战。他咬牙切齿地说：

> 陶谦纵兵杀吾父，此仇不共戴天！吾今悉起大军，洗荡徐州，方雪吾恨！（第十回）

曹军中竖起两面白旗，上面都有"报仇雪恨"四个大字。曹兵所到之处，无不杀害百姓，挖掘坟墓，丧尽天良。仅此一举，曹操的罪恶，比当年杀吕伯奢全家八口人更严重得多，从而使曹操在犯罪的道路上越滑越远，已无可救药。

因此，徐州之战的内讧性质，只是表面形式是山东兵打徐州兵，而发动内讧战的曹操其人，已沦为不可饶恕的大罪犯。

四方豪杰为瓜分汉朝土地而战的战争目的，几乎是擅自发动战争的每一个军事将领所共有的。吕布跟曹操的濮阳之战，就是典型的例子。交战双方阵前有如下对话，表明双方心目中都很看重地盘的得失。

> 曹操指吕布而言曰："吾与汝自来无仇，何得夺吾州郡？"布曰："汉家城池，诸人有分，偏尔合得？"（第十一回）

汉朝土地的所有权，无一不是国有的，任何官员都不得据为己有。曹操和吕布当时都是普通军事长官，没有任何理由把国有州郡当作自己私有的财产，也没有任何理由去攻占国有的州县。曹、吕的对话暴露了双方都有非法的土地要求。为此而进行的战争，无论是攻是守，双方都罪责难逃。

濮阳战役，打了五仗，双方均有胜负。最终结果，是吕布使曹操夺回濮阳的企图破产，吕布暂时占有了该城，并坚守不出。

一年后，曹操再次攻取濮阳，打败吕布，将其赶到定陶。双方再战于定陶，吕布再次吃了败仗，带着残兵败将逃到了海滨。这样，山东全境尽在曹操的掌控之下。

汉朝军队的内战三十多起，如同三十多面哈哈镜，使所有参战者以及对内战怀有不可告人的阴谋的人们的丑态都显现出来，让读者感到滑稽可笑。公孙瓒同袁绍之间的磐河之战，就是一个大哈哈镜，在那里面出乖露丑的人实在太多了。

第一个出丑的是袁绍。他军中缺粮，冀州牧韩馥好心送粮，谋士逢纪却建议夺取冀州，以便把这钱粮之地据为己有。袁绍依据逢纪的计谋，采取挑拨离间的诡秘方式，一方面挑唆公孙瓒进兵冀州，许诺夺得冀州后两家平分冀州土地，与此同时又将袁绍攻冀州的企图告诉韩馥，韩馥惧怕袁绍，主张拱手让出冀州。韩馥的部下耿武、关纯想杀袁绍，双双被袁绍部将杀死。袁绍独自占有了冀州。就这样，袁绍的军队干的是杀汉朝军官、夺汉朝土地的非法勾当。

这还不算完。当公孙瓒听说袁绍已占领冀州，便叫弟弟公孙越去见袁绍，竟被绍兵以董丞相"家将"的名义杀死。袁绍又犯有杀人罪。

第二个出丑的是公孙瓒。作为军事长官，对于两个部将被杀害一点也不痛心，而对弟弟之死耿耿于怀，公开表示要为报弟之仇而战，于是起兵跟袁绍战于磐河。公孙瓒虽然大受袁绍欺负，是袁绍杀人、夺地罪行的受害人、被骗者，有令人同情之处，却是法律不允许的。正确的做法，当是向朝廷举报袁绍。

第三个出丑的是赵子龙。他本为袁绍的部下，“因见绍无忠君救民之心”而弃主投公孙瓒，故在磐河内战公孙瓒吃败仗的紧急关头，参加战斗，反戈一击打袁绍之兵。赵子龙作为军人，没有任何法定手续便擅自离开所在部队，加入另外的军营，反映了汉朝在军事人员管理上的混乱无序状态。

第四个出丑的是刘备、关羽、张飞这三兄弟。他们在平原探知公孙瓒同袁绍交火，便赶来参战打袁绍。磐河之战，本来是汉军的内讧混战，刘、关、张不问战争的非法性质而“助战”，表面上看似乎在为公孙瓒打抱不平，有行侠仗义之风，实际上是增添了内战的混乱程度，同样犯有内战错误。

第五个出丑的是丞相董卓。磐河之战两军对峙一个多月，态势非常严峻，所造成的人力、物力损失巨大。董卓不仅不严肃查处，反倒利用天子名义使争战双方讲和，其目的在于让这两个“当今豪杰”归顺自己。这种借内战之乱扩充自己的势力，建立个人威信的伎俩，为国法所不容。两下“讲和”的结局，使“助战”的刘、关、张显得格外滑稽可笑。

三　战争性质（三）

——讨伐犯罪丞相董卓

继镇压黄巾起义而来的是讨伐犯罪丞相董卓的战争。就战争本身而言，它是合法的。早在周朝，就有这样的法律：“凡盗贼军乡邑及家人，杀之无罪”（《周礼·秋官司寇第五》）。意思是凡是盗贼军人的同乡和家族中人，杀死他们无罪，亦即是合法。由此可以推知，法律对盗贼军人的仇恨无以复加。

到汉代，法律同样允许镇压盗贼军。上述镇压黄巾起义便是如此。

至于讨伐董卓，也是合法的。董卓其人，原本是朝廷命官，任河东太守。后任前将军、鳌乡侯、西凉刺史。因破黄巾无功，朝廷正要将其治罪，因贿赂十常侍而幸免。后来又巴结朝廷权贵，便步步高升，掌握了“统西州大军二十万”的军权。这时的董卓便怀有篡位当皇帝的野心。在小皇帝刘辩刚上任，十常侍继续把持朝政的混乱时刻，国舅何进下密诏调遣各路大军进京以诛杀十常侍。董卓乘机会，屯兵京城之郊外，自己则每天带铁甲军马入城，于是废汉少帝，立汉献帝，当上了丞相。

当了丞相后的董卓，无恶不作，已沦为罪魁祸首。其罪行有：对新登基的汉献帝毫无君臣之礼，且进而杀害少帝、唐妃，每夜进宫奸淫宫女，在洛阳社赛之日杀死无辜村民千余人，竟“扬言杀贼大胜而回”（第四回）。对这种名为国相实为罪魁的歹徒，本应处以极刑。无奈可直接行使执法大权的汉献帝，当时还只是一个只有九岁的孩子，大权旁落于董卓之手，于是举国上下都无可奈何。这里的深刻法律启示是：权力是法律实施的后盾，当国家权力被身居高官的罪犯掌握之后，法律不仅不能发挥惩处犯罪高官的功能和作用，反倒会为虎作伥，沦为高官的武器和工具。董卓对朝臣就曾威胁说：

> 敢有阻大议者，以军法从事！（第四回）

这里所谓“军法从事”，实质上就是董卓把自己的杀人罪行说成是执行法律、处人死刑。可见，讨伐董卓的战争目的，在于惩治这个大歹徒，自然合法。

再就讨伐董卓的方式来看，讨董大军的集结、发动，是以曹操发矫诏、招义兵的方式完成的。“发矫诏”，是诈称皇帝有诏令，属于侵犯皇权的严重犯罪。“招义兵”也是非法行为。东汉改革兵制，军队主要由中央的各种军事力量和边郡保留下来的部队构成。以犯罪手段“招义兵”，自然是法律不允许的。人们通常把曹操发矫诏、招义兵的行为看作是政治家的雄才大略的表现，实在是错得太离谱。

具体讲，曹操“招义兵”可依“乏军兴”、“擅发兵”这两个关联的罪名治罪。从《唐律疏议》可看到，唐代的“擅兴律”，直接来自汉代萧何所编撰的“兴律”。在其“擅兵”条中规定：

诸擅发兵，十人以上徒一年，百人徒一年半，百人加一等，千人绞。文书施行即坐。

曹操所招募的“义兵”，何止成千上万。仅夏侯惇、夏侯渊兄弟两人，便各引壮士千人来投曹操。袁绍更是引兵三万来与曹操会盟。各地义兵云集的浩大声势，在小说第五回有详尽叙述：

操发檄文去后，各镇诸侯皆起兵相应：第一镇，后将军南阳太守袁术。第二镇，冀州刺史韩馥。第三镇，豫州刺史孔伷。第四镇，兖州刺史刘岱。第五镇，河内郡太守王匡。第六镇，陈留太守张邈。第七镇，东郡太守乔瑁。第八镇，山阳太守袁遗。第九镇，济北相鲍信。第十镇，北海太守孔融。第十一镇，广陵太守张超。第十二镇，徐州刺史陶谦。第十三镇，西凉太守马腾。第十四镇，北平太守公孙瓒。第十五镇，上党太守张杨。第十六镇，乌程侯长沙太守孙坚。第十七镇，祁乡侯渤海太守袁绍。诸路军马，多少不等，有三万者，有一二万者，各领文官武将，投洛阳来。

明白了汉代“兴律”的立法精神，就可知道曹操仅“擅兴兵”一举，就罪行严重至极。所以说，讨伐董卓的战争，就讨伐对象看合法，就起兵手段看却是犯罪。

这一具有双重法律性质的战争的首开纪录者，应是鲍信、鲍忠兄弟。当时，上述“义兵”结盟，推袁绍为盟主。袁绍刚提出需要一人为先锋，直抵汜水关挑战，长沙太守孙坚就自告奋勇，引本部人马杀向汜水关。在战斗即将打响之际，却有鲍氏兄弟悄然动手抢头功——

众诸侯内有济北相鲍信，寻思孙坚既为前部，怕他夺了头功，暗拨其弟鲍忠，先将马步军三千，径抄小路，直到关下搦战，华雄引铁骑五百，飞下关来，大喝：“贼将休走！”鲍忠急待退，被华雄手起刀落，斩于马下，生擒将校极多。华雄遣人赍鲍忠首级来相府报捷，卓加雄为都

督。（第五回）

这一仗，以讨伐者的失败而告终。接下来的第二仗，是孙坚带领程普、黄盖等四将上阵，打了胜仗。此后，战局以双方各有胜负的拉锯方式推进，相持了一段时日。

需要强调指出的是，讨伐董卓的战争，不仅未能消灭董卓，反倒助长了董卓胡作非为的嚣张气焰。尤其是在逼迫天子迁都长安之时，董卓及其部下在洛阳城造成了人间大浩劫：杀人、放火、抢劫等，无恶不作。

最后发人深省的地方是，战争没有消灭董卓，而暗杀却使董卓毁于一旦。可以说，这次的宫廷暗杀活动，是讨董战争的延续，宫廷成了一种特殊的战场。跟讨董战争的性质呈二元对立状态一样，这次的暗杀活动的法律性质也是二元对立性质的。奉诏杀罪臣董卓是合法的，而王允用美女貂蝉离间吕布同董卓的养父子之间的关系，且致使吕布中美人计而杀人，又有着犯罪的因素。所以说，吕布杀董卓，实属用法律外衣掩饰的宫廷谋杀案。打了十多仗的讨董战争，以这二元对立性质的谋杀案的发生而宣告结束。

四　战争性质（四）

——风云变幻的叛乱与平叛

司徒王允以美女貂蝉离间董卓同其义子吕布的关系，终使吕布杀死董卓之后，董卓的部将李傕、郭汜、张济、樊稠逃居陕西，派人到长安上表求赦未成，谋士贾诩建议诱集陕西及本部军马，杀入长安，与董卓报仇。于是，聚众十余万，兵分四路，杀入长安。从此，这支叛军的暴虐之战席卷而来，并得逞于一时。此次战争的起始为叛乱。

先有吕布与战不利，军士多有降贼者。董卓余党李蒙、王方在长安城里作内应，偷开城门，四路叛军一齐拥入，吕布抵挡不住，只得引百余骑飞奔出关，投袁术去了。这就是说，平叛第一仗以失败告终。

李傕、郭汜纵兵杀掠，一批朝臣死于乱兵之中。李、郭二人胆大包天，当着汉献帝的面，杀了司徒王允，又派人去杀害王允的宗族老幼。他们甚至想把汉献帝也杀死，张济和樊稠好言相劝，李、郭二人便改主意向献帝当面求封赏。

帝在楼上宣谕曰："王允既诛，军马何故不退?"李傕、郭汜曰："臣等有功王室，未蒙赐爵，故不敢退军。"帝曰："卿欲封何爵?"李、郭、张、樊各自写职衔献上，勒要如此官品。帝只得从之：封李傕为车骑将军、池阳侯，领司隶校尉，假节钺；郭汜为后将军、美阳侯，假节钺；同秉朝政；樊稠为右将军、万年侯；张济为骠骑将军、平阳侯：领兵屯弘农。其余李蒙、王方等，各为校尉。然后谢恩，领兵出城。又下令追寻董卓尸首，获得些零碎皮骨，以香木雕成形体，安凑停当，大设祭祀，用王者衣冠棺椁，选择吉日，迁葬郿坞。(第十回)

诛杀董卓的具体行动，本是得到汉献帝的批准的。故吕布当场宣布："有诏讨贼"！杀死董卓后，吕布又呼叫说："奉诏讨贼臣董卓，其余不问"。如今叛军的所作所为，可以说锋芒直接对准了汉献帝，这是无视皇权、威胁到皇帝人身安全的犯罪。然而，无可奈何的汉献帝面对叛军首领不仅不能追究其法律责任，反倒迫于大军压境的险恶形势而对叛军将领一一封官封爵，而李、郭则掌握了汉朝一统天下的大权，使汉献帝从董卓的傀儡一变而为李、郭的傀儡。

叛将执掌了汉朝的大权，实属人世间的荒唐至极的事情。办这件荒唐事的汉献帝原本出于贼臣的军威压力，如今出于众多的臣子们讨贼的群情激奋的感召，又不得不下密诏讨贼，从而出现了继吕布之后的第二轮平叛战争。这一次平叛的两个领军人物是马腾和韩遂，分别被封为征西将军、镇西将军。

马、韩二将军率领的西凉兵，很快打了一个平叛胜仗。但不到两个月，因粮草俱乏，西凉军大败。叛将李傕、郭汜又一次得逞于一时："李傕自为大司马，郭汜自为大将军，横行无忌，朝廷无人敢言。"第二次平叛失败，使朝政更为恶化。

当听到曹操在受诏镇压复起的黄巾军中迅速扩大军队，拥兵二十余万的消息时，太尉杨彪向汉献帝献出了一个反间计，意在使李、郭二人自相伤害。杨彪奉诏行计，通过使李、郭二人的妻子互相猜疑的手段，终于引发了两个大丈夫的不能相容。由此，当初的叛乱战争经由平叛战争的失败，又演化成两个有合法外衣掩护的叛将之间的内讧大战。直接受害者是汉献帝：被劫持出宫，过上了流亡的苦日子。小说写道：

> 两处合兵数万，就在长安城下混战，乘热掳掠居民。傕侄李暹引兵围住宫院，用车二乘，一乘载天子，一乘载伏皇后，使贾诩、左灵监押车驾；其余宫人内侍，并皆步走。拥出后宰门，正遇郭汜兵到，乱箭齐发，射死宫人不知其数。李傕随后掩杀，郭汜兵退，车驾冒险出城，不由分说，竟拥到李傕营中。郭汜领兵入宫，尽抢掳宫嫔采女入营，放火烧宫殿。次日，郭汜知李傕劫了天子，领军来营前厮杀。帝后都受惊恐。（第十三回）

这场叛将之间的内讧厮杀，一直持续了五十多天，双方将士均伤亡无计其数。

被劫持的汉献帝与皇后，如同随军家属一样，在战乱中先后到过郿坞、新丰、霸陵、华阴、弘农、陕北、黄河岸边、大阳、安邑、箕山下等地，最后到了洛阳。在流亡过程中，不断有军马来劫驾。最有讽刺意味的是，李傕、郭汜二厮打够了，又讲和并合兵一处，共同来劫驾未遂。到这时，两个叛将挑起的叛乱战争，经过几次演变的中间环节，又复归于叛乱。

九九归一，终于平定李、郭二叛将的暴虐之战的人是曹操。曹操在山东奉诏来救驾，曹兵大败李、郭之兵后，曹操又引军与之决战。

> 却说李傕、郭汜知操远来，议欲速战。贾诩谏曰："不可。操兵精将勇，不如降之，求免本身之罪。"傕怒曰："尔敢灭吾锐气"！拔剑欲斩诩。众将劝免。是夜，贾诩单马走回乡里去了。次日，李傕军马来迎操兵。操先令许褚、曹仁、典韦领三百铁骑，于傕阵中冲突三遭，方才布阵。阵圆处，李傕侄李暹、李别出马阵前，未及开言，许褚飞马过去，一刀先斩李暹；李别吃了一惊，倒撞下马，褚亦斩之，双挽人头回阵。

曹操抚许褚之背曰："子真吾之樊哙也!"随令夏侯惇领兵左出、曹仁领兵右出，操自领中军冲阵。鼓响一声，三军齐进。贼兵抵敌不住，大败而走。操亲掣宝剑押阵，率众连夜追杀，剿戮极多，降者不计其数。傕、汜望西逃命，忙忙似丧家之狗，自知无处容身，只得往山中落草去了。(第十四回)

综观由李傕、郭汜挑起的战争的始末，在战争性质上变化多端，层次分明，犹如舞台上的魔术表演，乍看起来令人眼花缭乱，唯在把迷幻、热闹的过程看完之后，经过一番回味与沉思，才可把寄托其中的法律属性的丝丝缕缕清理出一个大致的头绪。要谈《三国演义》作为军事文学描写战争的成就，就首先应当注意战争性质流变上的艺术表现功力与水准不同寻常。在这一点上，本文所谈尤为突出。这是因为，《三国演义》所描写的三百多次战争中，此次叛乱与平叛有如山回路转，异峰迭起，战争的性质、局势、胜败都在不断发生变化，比其他任何战争都显得复杂、怪诞，甚至连人们最推崇的赤壁之战都不能与之抗衡。

可以这样说，仅仅这一次叛乱与平叛的战争描写的内容与艺术，就足以宣告历来谈论《三国演义》的战争描写的那些意见失之于浮泛、空洞无物。本文所谈，只不过是插上了一个供研究者探究的小路标，未尽之意自然多得很。

五　战争性质（五）

——剿灭武装暴动势力

除了黄巾起义之外，小说还一再写到全国各地不断发生的武装暴动。战争性质的另一重要方面，就是国家军队剿灭这些武装暴动势力。汉代法律有"群盗罪"的罪名，此罪除了适用于全国性的黄巾起义军之外，还适用于各地局部的武装暴动势力。要谈《三国演义》中战争的法律性质，自然要具体考察剿灭地方武装暴动的战争的方方面面。

首先写到的地方武装暴动，是会稽地方的许昌：

> 会稽妖贼许昌造反，自称“阳明皇帝”，聚众数万；坚（指孙坚——引者）与郡司马招募勇士千余人，会合州郡破之，斩许昌并其子许韶。刺史臧旻上表奏其功，除坚为盐渎丞，又除盱眙丞、下邳丞。（第二回）

当时孙坚在其家乡吴郡富春当校尉。尉，职位较低，是县长的助手。因招募乡勇攻打许昌造反武装有功，升任为丞。丞也是县长的助手，地位比尉高一级。别看尉、丞充其量不过是股级、科级，离处级相差一大截，但当时均由中央直接任命。孙坚由尉升丞，说明从地方到中央，都很重视依法剿灭武装暴动的恶性犯罪。这一点，从尉与丞的职责本身即可窥见一斑。“县丞职掌文书及仓狱，县尉职掌军事治安”（张晋藩《中国法制通史》第二卷）。可见，孙坚当年是作为执法官员名噪一时的。

不久，孙坚又一次有了灭寇升官的机遇。原来，汉灵帝重用十常侍，不大过问朝政，致使他们大肆索贿受贿，陷害忠良，民众怨声载道。新一轮的武装暴动又先后出现：在长沙，有区星作乱；在渔阳，有张举、张纯造反，张举自称天子，张纯自称大将军。奏章雪片似的飞报朝廷，十常侍竟都藏匿不奏。在陷害谏议大夫刘陶入狱，继而又将其暗杀于狱中之后，十常侍这才诈称灵帝有诏，“以孙坚为长沙太守，讨区星”，不到十天，传来捷报，于是诏封孙坚为乌程侯（第二回）。讨伐区星的战事，一笔带过，我们不得其详，但依法剿灭的性质是明显的。

刘备受幽州牧刘虞重用，任命他为都尉，引兵到渔阳讨伐张举、张纯的战斗书中略有具体记叙：

> 代州刘恢以书荐玄德见虞。虞大喜，令玄德为都尉，引兵直抵贼巢，与贼大战数日，挫动锐气。张纯专一凶暴，士卒心变，帐下头目刺杀张纯，将头纳献，率众来降。张举见势败，亦自缢死。渔阳尽平。刘虞表奏刘备大功，朝廷赦免鞭督邮之罪，除下密丞，迁高堂尉。公孙瓒又表陈玄德前功，荐为别部司马，守平原县令。玄德在平原，颇有钱粮军马，

重整旧日气象。刘虞平寇有功，封太尉。（第二回）

这就是说，刘备、刘虞等人，跟孙坚一样，也是仰仗抗暴战功而升官的。合乎法律，便飞黄腾达，违背法律，就遭灭顶之灾——这就是结论。

汉献帝登基后，东吴的严白虎，是描写得最详细的一起武装暴动的头目，自称“东吴德王”，据守吴郡，遣部将守住乌程、嘉兴。孙策与之对阵，围住吴城三日，严白虎方面无人出战。太史慈射伤城上一员裨将，严白虎大惊失色，派弟弟严舆出城求和，声称要与孙策“平分江东”，被大怒之际的孙策飞剑杀死。严白虎只得弃城而逃。令人意料不到的一幕出现了：会稽太守王朗竟然引兵救严白虎，形成了国家军队与武装暴动势力联合作战，对抗孙策的混乱局面。刀枪之战尚未拉开序幕，孙策同王朗之间先有一场口舌之战。

孙策对王朗说：“吾兴仁义之兵，来安浙江，汝何故助贼？”王朗骂道：“汝贪心不足，既得吴郡，而又强并吾界。今日特与严氏雪仇。”（第十五回）

舌战言辞不多，却足以使我们看到汉朝末年社会动乱，政局黑暗，各地掌权官员搞割据，闹独立，互相树敌，彼此攻伐的混乱在不断飙升的发展趋势。王朗作为太守同造反势力严白虎合流，对抗以镇压、剿灭武装暴动势力为己任的孙策，说明依法办事并不是轻而易举的事情，有时甚至会发生大规模的军事武装力量之间的大冲突、大混战。王朗个人的言行则已触犯法律，构成犯罪，可依法论处。

这一战事的结局，以孙策的胜利告终。严白虎的人马死的死，降的降，其本人则被董袭割下首级，头献与孙策军前。王朗则率残兵败将逃生到沿海地区去了。

紧接着，还有孙权与周泰共同抵抗四面杀来的“山贼”，以保卫宣城的战斗场面展开在读者眼前。周泰在作战中受重伤，幸亏华佗及时救治了一个月才痊愈。

除了国家军队剿灭各地武装土匪的战争之外，还有民间自卫武装同来犯的武装土匪之间的小规模战斗发生。有意思的是，这种民间自卫武装竟胆敢跟国家军队对阵，从而出现法律性质很难判断的战斗。许褚跟曹兵连续两天对打及其投降曹操的故事，既表明了民间抗匪的战争性质，又道出了战争性质有难以说清的奥妙，很耐人寻味。

那是在曹操镇压黄巾军的战斗告一段落之后紧接着出现的新一轮战斗故事。

> 曹兵掩杀贼众，夺其金帛、粮食无数。何仪势孤，引数百骑奔走葛陂。正行之间，山背后撞出一军。为头一个壮士，身长八尺，腰大十围，手提大刀，截住去路。何仪挺枪而出，只一合，被那壮士活挟过去。余众着忙，皆下马受缚，被壮士尽驱入葛陂坞中。
>
> 却说典韦追袭何仪到葛陂，壮士引军迎住。典韦曰："汝亦黄巾贼耶?"壮士曰："黄巾数百骑，尽被我擒在坞内!"韦曰："何不献出?"壮士曰："你若赢得手中宝刀，我便献出。"韦大怒，挺双戟向前来战。两个从辰至午，不分胜负，各自少歇。不一时，那壮士又出搦战。典韦亦出。直战到黄昏，各因马乏暂止。典韦手下军士，飞报曹操。操大惊，忙引众将来看。次日，壮士又出搦战。操见其人威风凛凛，心中暗喜，吩咐典韦，今日且诈败。韦领命出战，战到三十合，败走回阵。壮士赶到阵门中，弓弩射回。操急引军退五里，密使人掘下陷坑，暗伏钩手。次日，再令典韦引百余骑出。壮士笑曰："败将何敢复来!"便纵马接战。典韦略战数合，便回马走。壮士只顾往前赶来，不提防连人带马，都落于陷坑之内，被钩手缚来见曹操。操下帐叱退军士，亲解其缚，急取衣衣之，命坐，问其乡贯姓名。壮士曰："我乃谯国谯县人也，姓许，名褚，字仲康。向遭寇乱，聚宗族数百人，筑坚壁于坞中以御之。一日寇至，吾令众人多取石子准备，吾亲自飞石击之，无不中者，寇乃退去。又一日寇至，坞中无粮，遂与贼和，约以耕牛换米。米已送到，贼驱牛至坞外，牛皆奔走回还，被我双手掣二牛尾，倒行百余步。贼大惊，不敢取牛而走。因此保守此处无事。"操曰："吾闻大名久矣，还肯降否?"褚曰："固所愿也。"遂招引宗族数百人俱降。(第十二回)

就这样，民间剿匪英雄许褚和他的宗族人众，在跟曹兵交火中一举转变为国家军队中的将士。本文除了在此记载许褚的民间抗匪战斗补充、发展了国家军队消灭土匪的战绩之外，还意在提请读者顺便讨论许褚们跟曹兵打仗的战争性质的趣味性，不研究《三国演义》中的战争性质，这个有趣的问题也就从我们眼皮底下溜走了。

六　战争性质（六）

——以军事手段对付部队的违法行为

曹操跟张济的寡妻邹氏发生非法性关系之后，引发张济之侄张绣的反叛之战，致使曹操的长子曹昂和侄子曹安民以及典韦等三人阵亡，曹操本人受伤。就在收集残兵的混乱之际，夏侯惇所领青州兵乘机下乡劫掠百姓之家，形同武装土匪的打家劫舍。平虏校尉于禁面对部队集体违法犯罪、侵扰人民群众的行为，采取了一个果断措施：用军事行动即打仗的方式“即将本部军于路剿杀”，以“安抚乡民”。战争性质的讨论，不能不关注这一次写得很简略的战斗，因为它别具一格，意义非凡。也许正是因为如此，小说无意于张扬如何具体“剿杀”违法部队的战事场面，而在使读者认识战争的特殊性质、非凡意义上大做文章，值得思索的法律意味，恰在这里。小说是这样描述“剿杀”事件的：

> 时夏侯惇所领青州之兵，乘势下乡，劫掠民家；平虏校尉于禁，即将本部军于路剿杀，安抚乡民。青州兵走回，迎操泣拜于地，言于禁造反，赶杀青州军马。操大惊。须臾，夏侯惇、许褚、李典、乐进都到。操言于禁造反，可整兵迎之。
>
> 却说于禁见到操等俱到，乃引军射住阵角，凿堑安营。或告之曰：“青州军言将军造反，今丞相已到，何不分辩，乃先立营寨耶？”于禁曰：“今贼追兵在后，不时即至；若不先准备，何以拒敌？分辩小事，退敌大事。”安营方毕，张绣军两路杀至。于禁身先出寨迎敌。绣急退兵。左右

诸将，见于禁向前，各引兵击之，绣兵大败，追杀百余里。绣势穷力孤，引败兵投刘表去了。曹操收军点将，于禁入见，备言青州之兵，肆行劫掠，大失民望，某故杀之。操曰："不告我，先下寨，何也?"禁以前言对。操曰："将军在匆忙之中，能整兵坚垒，任谤任劳，使反败为胜，虽古之名将，何以加兹!"乃赐以金器一副，封益寿亭侯；责夏侯惇整兵不严之过。(第十六回)

青州兵把于禁采取的军事行动诬称为"造反"，待曹操到来，受诬的于禁把个人的名誉安危置之度外，而是一如既往地认真指挥部队，迎战敌人——此时的敌人是张绣的叛军。直到"安营方毕"，才去见顶头上司曹操，说明情况。于禁的坦荡胸怀以及之后的身先士卒，率部追杀敌人的英勇精神，都很感动人。

在对待于禁行事的问题上，曹操并不听青州兵的危言耸听的一面之词，而是静听于禁解释情况，终于在到底是"造反"还是"剿杀"犯罪军人以"安抚乡民"这样一个大是大非的判断上澄清了是非，肯定了于禁，贬斥了夏侯惇，在这里，曹操又一次以严于执法、奖惩分明的形象，给读者留下了好印象。

这里需要讨论的问题是：于禁以军事行动对付或惩治所在部队的武装劫掠罪行，其具体法律依据到底是什么？这涉及的具体法律问题就是军队中发生的刑事案件审判的管辖问题以及审理、判决的方式问题。依据中国法制史学家研究所得，可知军队中的案件实行"专门管辖"。要言之，各级军事长官通常"既负责军队的军事行政方面的事务，也管辖军队发生的案件"（张晋藩《中国法制通史》第二卷）。大将军级别的军事长官，为了方便执行军法，往往建立专门的执法机构，配备专职法官：

大将军开设幕府，由护军都尉或监军使者"监其军，察其非法"，由军正、军正丞执掌军法。凡普通士兵犯军法的案件，都由诸将军通过军正等官具体负责执行。(张晋藩《中国法制通史》第二卷)

于禁用自己带领的部队，剿杀犯有劫掠罪行的青州兵的执法活动以及曹操得知真相后封赏于禁的做法，都可以从这里找到法律依据。曹操其时自封大将军，又是国相，自然有权管辖自己部队的案件。于禁任平虏校尉，职责大约就是执行军法的军中法官。曹操打败青州复起的黄巾军之后，招安得到的降兵三十万，号称“青州兵”。曹操把这支部队交给夏侯惇带领。很可能是青州兵刚刚归降到曹操手下，对于禁作为军中法官还不了解，于是在犯案后遭到于禁部队的惩治之际不能意识到其是在执法，故诬称为“造反”。

有意思的地方，恰在“造反”二字道出了于禁部队同青州兵之间的军队的关系，形成了互相厮杀的战争景观。而这种绝无仅有的战争的性质，在《三国演义》所写三百多次战争中别具一格，属于军中用战争方式来处罚犯罪部队的特殊执法活动。

其特殊性在于：于禁作为曹兵中的法官对于突发的青州兵以犯罪团伙的形式武装劫掠、骚扰、危害百姓的恶性案件，来不及请示，也无法进入诉讼程序，便当机立断，自作主张，毅然、决然用战争方式将作案的青州兵中的官兵予以消灭——相当于就地处以死刑。不明真相的青州兵中人，自然要称之为“造反”了。

于禁作为军中法官，只是兼职罢了，他更重要的任务，还是作为二级军事长官为曹大将军负责。正因为如此，在依法惩处青州兵的罪行之后，只能暂时把个人的名誉置之度外，一如既往履行作为长官带兵打仗的职责。曹操在究明真相后，一方面从重封赏于禁，另一方面又责备夏侯惇治兵不严，这种赏罚分明的执法治军的言行，是应当予以肯定的。

七　战争性质（七）

——官渡之战：罪臣斗叛将

易中天说：“公元200年的官渡之战，是三国时期的三大战役之一。这是一场决定着当时中国命运和前途的战争。”（易中天《易中天文集》）这是易中天自己所说的“萝卜史学”的战争观之一，同《三国演义》所写的官渡之战自身的性质，毫无瓜葛。

若从小说的实际出发，只能说：官渡之战，是罪臣曹操同叛将袁绍之间的一次大拼杀。用俗话说，这叫作黑吃黑。这种不光彩的战争性质，从战幕一拉开时双方对阵前的一场舌战，就可看出大致轮廓。

> 曹阵上门旗开处，曹操出马。许褚、张辽、徐晃、李典等，各持兵器，前后拥卫。曹操以鞭指袁绍曰："吾于天子之前，保奏你为大将军，今何故谋反?"绍怒曰："汝托名汉相，实为汉贼！罪恶弥天，甚于莽、卓，乃反诬人造反耶！"操曰："吾今奉诏讨汝！"绍曰："吾奉衣带诏讨贼！"操怒，使张辽出战。(第三十回)

双方的舌战，把战争的是非问题提了出来。曹操认为袁绍犯有"谋反"大罪，故曹兵前来征讨，是合法的讨伐罪臣的兴师问罪。而袁绍则认为，自己奉汉献帝的衣带诏来攻打罪臣曹操，那衣带诏具有最高法律效力，谁敢不服从呢。

事实胜于雄辩。双方只顾打仗，顾不得摆事实，讲道理。评论者如果只管看热闹而不讲道理，或讲不出事实昭示的道理，那岂不是跟当事人曹操、袁绍一样蛮横吗?

先谈袁绍是否谋反的问题。袁绍最初是渤海太守。在曹操发矫诏招义兵讨董卓时，被十七镇联军推为盟主。讨董战争尚未有实质性战果之际，因众心不齐而盟军自行解体，袁绍便领兵离开洛阳，到关东去了。此后的袁绍的所作所为，几乎都是挑起内战：先恩将仇报，夺了好心送军粮给他的冀州牧韩馥之权，把冀州据为己有；紧接着，自食其言，不承诺跟公孙瓒的君子协定——平分冀州土地，相反杀死前来索要土地的公孙越，并跟死者之兄公孙瓒在磐河打仗；曹操为了缓和同袁绍的矛盾，使其放弃攻打许昌的企图，的确奏封袁绍为大将军，于是袁绍又进兵攻打公孙瓒，终于消灭了公孙瓒。公孙瓒为北平太守，曾是讨董联军的首领人物之一，如今被袁绍弄得全军覆没，家破人亡——公孙瓒走投无路，先杀了妻儿，然后自缢，其将士全部投降于袁绍。此时，袁绍已拥有百万大军，便发檄文历数曹操罪状，以精兵三十万进发黎阳，曹操也引兵二十万到黎阳，两军相距八十里，相持两个月不曾交战。后来，孙权继孙策之位，曹操封他为将军，这一下激怒了曾想联吴伐曹的袁绍，于是起冀、青、幽、并等州人马七十余万，再次攻打许昌。曹操迎战，两军在官渡相遇。从袁绍的上述经历可以知道，他已从汉朝的地方长官和军事长官逐渐沦为一个无法无天、自行其是、为所欲为的大军阀。以七十万大军进攻天子所在的许都，名义是讨伐曹操，其骨子里的东西，当在继续做僭称帝号的美梦。其弟袁术已自称帝，后弄得众叛亲离，皇帝当不下去了，才想到把帝号转让给袁绍，只是因为袁术兵败而吐血死去，这转让活动才宣告流产。所以说，曹操认为袁绍“谋反”，无可异议。

那么，袁绍所说的奉衣带诏讨曹贼的话，又是怎么一回事呢？汉献帝于建安四年（公元199年）写血诏于衣带之上以讨贼臣曹操，确有其事，但奉诏并签字画押的六人名单中，没有袁绍。这件秘事，他在刘备兵败投袁绍的时日里有所听闻，并把自己当作了奉诏人之一。袁绍的话，有真有假，其目的在于使自己的用兵打仗合法化。曹操作为贼臣或罪臣，本来就该讨伐。所以，袁绍攻曹操并非一无是处。

至此，可以把袁绍同曹操之间的官渡之战的法律性质概括为一句话：叛将斗罪臣。用俗话称之为黑吃黑，恰如其分。

至于官渡之战曹胜袁败的结果，对当时汉朝颓败的局势并无什么影响。胜败双方都在继续干黑吃黑的内战勾当。小说丝毫无意把官渡之战当作大事件来对待。易中天的说法，言过其实，且未能触及上述叛将斗贼臣的非法性质。

三大战役之一的官渡之战，竟是黑吃黑的非法战争，这使对官渡之战津津乐道的纯文学家不免尴尬之至。是的，文学名著的法律解读，就是一种尽显纯文学家无能为力的无情学术工程。惟其如此，眼见自己处处捉襟见肘的纯文学家才有省悟与悔改的可能性。

官渡之战中双方投入的兵力是袁绍之兵七十万，曹操之兵七万。研究者几乎都抓住这一关键，认为是以少胜多的典型战例。于是，由此产生的评论意向便是：有人看到的是曹操的胜利的经验，有人看到的是袁绍失败的教训，有人取中立态度，对经验、教训皆无兴趣，只是随便发表议论，认为“不是袁绍无能，而是曹操太狡猾”（赵爱兵《重读乱世英雄》）。还有人把兴趣放在史实的考证上，经过一番查找史书，得出结论说："官渡之战袁曹双方的兵力是约十一万与约二三万之比。《三国演义》说曹操以七万之众抵抗袁绍七十万大军，是夸大其辞，乃有意渲染官渡之战的大战气氛。"（李燕捷《三国演义与三国史实》）还有上述易中天极力夸大战争的重要意义的看法。这五花八门的意见的共同点，都在把小说自身极为关注的战争性质的焦点问题置于不顾，这就再一次证明：抛弃法律视角，无从到达应有的视野范围和目标。以上所谈阵前袁曹的对话，便道出了官渡之战黑吃黑的基本性质。

此外，袁曹双方的部下就此大战的有关议论，也提供了我们认定战争性质的有用材料。在袁绍方面，田丰反对，上书谏曰"不可妄兴大兵"，而逢纪则讨好主子说"主公兴仁义之师"，沮授则就双方兵力、粮草配备作对比，从而提出了相应的战略方针。袁绍在阿谀之词的蛊惑之下，根本听不进田丰、沮授等人的中肯意见，反映出袁绍用大兵之时根本没有应有的高尚追求。在曹操方面，官渡之战前，郭嘉曾就曹操想攻打袁绍的意图发表了"绍有十败，公有十胜"的议论，其中的"道胜"、"义胜"、"德胜"、"仁胜"等项，实质上就是对曹操用兵打仗的肉麻吹捧，将其极力美化为仁义道德的战争。尤其是关于"绍以逆动，公以顺率"的所谓"义胜"这一提法，把袁绍说成是背叛天意民心发动战争，而把曹操的乐于打仗说成是顺着天意民心来应战，这就从根本上抹杀了曹操作为战争罪犯和朝廷罪臣的法律地位，美化了曹操意在侵略、扩张、吞并的非法而不义的战争。荀彧立即表示认同，说："郭奉孝十胜十败之说，正如愚见相合。"曹操对这些奉承言辞，无不笑纳。（第十八回）

在我们看来，袁曹双方及其各自的部下，均不可能对包括官渡之战在内的纷纭复杂的战争性质有正确判断和认识。惟其如此，三国乱世的乱打仗，才有着认识上的原因。以官渡之战的"罪臣斗叛将"这一法律上的根本属性而言，曹操作为罪臣、袁绍作为叛将，能够自觉意识到自己的身份、地位以及相互间的斗打均为法律所不容吗？各为其主的那些部将、谋士，即使有可能在某种程度上能意识到某种违法犯罪的东西，他能够如实发表意见吗？田丰、沮授仅仅只是就战争本身能否开展、如何攻守发表了无关大局的意见，就被袁绍训斥、治罪。真知灼见无从产生，当局者就只能一个劲儿地"迷"下去。

八　战争性质（八）

——赤壁之战的讨论

要谈战争的法律性质，就非具体分析赤壁之战不可。这是因为，历代读者、评论家都共同认为这一战役是《三国演义》以描写战争见长的例证。万分遗憾的是，真正能准确无误地予以定性的意见，还不曾出现。而被当做经典、权威见解的议论，却是不值一驳的误解，这使人又一次突出地感觉到：纯文学家乃至整个文学界，对涉法文学名著的误解很深，而大家却感觉良好，丝毫不以为学术谬误早已病入膏肓，非大力疗救不可。

不妨从《“赤壁之战”分析》这篇专论文章谈起。下面一段话是该文极力论证的基本观点：

> 赤壁之战是《三国演义》中最精彩的一场大战役，首尾共用了八回（第四十三回至五十回）的巨大篇幅来写它。当时曹操拥有八十三万大军，乘战胜之余威直逼江南，而刘备、孙权不过各有几万人马，这一次会战的结果，也是一个以弱胜强，小国可以打败大国的生动说明。（古耜《悟读三国：中国作家别解古典小说》，着重号为笔者所加）

为了强调自己的这一基本看法，文章在结尾处又一次指出：东吴周瑜在赤壁之战中充当了主角，这样描写的优越性是：“东吴如果在全书中始终居于陪衬的地位，‘三国鼎立’就会变成‘两国交兵’，因此小说中必须让这个陪客也担任一回主角，这样鼎足三分的局势才旗帜鲜明。”

在我看来，这样看赤壁之战，是完全错误的。只要把参战双方法律地位、立场及其相互关系做一番考察，以上论述的失败之处就尽显无遗了。

首先一点，当时汉献帝尚在位，时值建安十三年（公元 208 年），离日后魏、蜀、吴三国成立相距十多年，何来“三国鼎立”、“两国交兵”、“小国可以打败大国”之事呢？可见，该文的全部议论，是建立在无视基本史实的虚幻基础之上的主观臆断，不能当作是对赤壁之战的正确认识。

其次一点，该文以相当的篇幅分析曹操同刘备、孙权联军的战略思想，战术运作上的得失，大有作军事、战争的专门演讲的意味，我们以为这失之于舍本求末。要知道，汉朝灭亡前的国内战争多达两百次以上，而赤壁之战是其中规模最大的一次，居全书所写的三百多次战役、战斗的首位。若不揭示其战争性质这一根本问题，势必影响到对全书的所有战争描写的正确认识。

赤壁之战的发动者，是曹操其人。作为法律人物形象的曹操，本书有专辑详加讨论。这里只需指出，此时的曹操名为丞相，实为罪犯，汉献帝下血诏讨伐曹操始终未能落实，所以他是一个逍遥法外的钦犯、罪臣。惟其顽固坚持这种犯罪立场，才做出了发动非法战争的罪恶之事。他在发到东吴的战斗檄文中声称：

> 欲与将军会猎于江夏，共伐刘备，同分土地，永结盟好。（第四十三回）

刘备是汉朝的凶恶敌人，需要曹、孙联合起来，像打猎围捕野兽一样消灭刘备吗?“同分土地”云云，岂不是要瓜分汉朝的国土以作为私有财产而占有吗?“永结盟好”云云，只不过一时的权宜之计罢了。日后伐吴、灭吴的事实便彻底揭穿了这弥天大谎。还有一点：曹操有一次酒后吐真言说出了檄文中不便讲、也没有讲的又一战争目的——以百万之师下江南，只不过为了得到东吴的两个美女大乔和小乔。所以说，悍然发动赤壁大战，是曹操的一桩特大罪行。

跟曹操较量的联军人物，对曹操其人的罪恶本质都有着清醒的认识。孔明说：曹操“今乃专权肆横，欺凌君父，是不惟无君，亦且蔑祖，不惟汉室之乱臣，亦曹氏之贼子也”（第四十三回）。鲁肃在跟孔明的谈话中，把曹操称之为“国贼”（第四十四回）。周瑜对孙权也说过：“操虽托名汉相，实为汉贼。”在对众将作战斗动员之时，周瑜指出：“曹操弄权，甚于董卓”（第四十四回）。就这样发动声势浩大的赤壁之战，是曹操将汉朝大地从北到南推向战争灾难的极恶大罪之一。

最后一点，该文一味为刘、孙联军唱赞歌，尤其对周瑜大加美化，同小说所写实际不吻合。论者说："八回中的主角是周瑜，写得最出色的也是周瑜……书中刻画出这一机智英俊的一代风流人物是笔酣墨饱，咄咄逼人的，他的一言一笑都令读者为之凝神屏息"。且不多说别的，单就闭口不谈周瑜千方百计谋杀孔明这一件事，就足以看出论者以偏概全的毛病大得很。

刘、孙联军抗曹始末，周瑜出于妒忌孔明的才智而发展出仇恨心理，而仇恨心理一旦萌芽又恶性发展出谋杀动机，在谋杀动机促使下便产生了一系列的谋杀手段。小说对此描写得头绪清晰，推进有序，最后以谋杀流产而告终。依次读来，我们便可对这起大战中穿插的谋杀未遂的刑事案件的来龙去脉了如指掌。

孔明在舌战群儒、智激周瑜、劝说孙权以达成刘、孙联手抗曹这件事情的每一环节，都有不俗的表现。周瑜自愧弗如，却不思追赶、进取，而是要把他作为竞争对手加以铲除。人类多有的妒忌心理，在周瑜身上尤为强烈，于是点燃了仇恨的火花，引爆出杀人动机。小说写道：

周瑜……暗忖曰："孔明早已料着吴侯之心，其计画又高我一头，久必为江东之患，不如杀之。"（第四十四回）

在同孔明的哥哥，在东吴给孙权当部下的诸葛瑾谈话之后，周瑜进一步强化了杀人动机，已进入了谋杀活动的酝酿过程。小说第四十五回一开头，便写道：

却说周瑜闻诸葛瑾之言，转恨孔明，存心欲谋杀之。

接下来，周瑜对鲁肃坦言自己的谋杀手段是让孔明引军去劫曹兵的军粮，以便借刀杀人，不留笑柄，断绝后患。鲁肃从孔明那里得知孔明本人预料到了周瑜将借刀杀害自己的阴谋，回复周瑜，不料更增添了仇杀的力度。周瑜说："此人见识胜吾十倍，今不除之，后必为我国之祸"（第四十五回）。一计不成，又生一计的周瑜，又令孔明三天之内交纳十万支箭，否则重罚。说穿了，就是为杀孔明找一个好借口。孔明草船借箭的胜利，使周瑜的谋杀计划又一次破产。在万事俱备，只欠东风，即将用火攻曹兵的大战前夕，周瑜对受命的将士赤裸裸地下达谋杀令："休问长短，拿出诸葛亮，便行斩首，将首级来请功”（第四十九回）。预先约好的赵云把孔明用船接走了，再一次使周瑜的谋杀行动失败。

论者对小说如此有头有尾叙说的未遂杀人案不置一词，却把周瑜说得那样年轻有为，令读者倾心，实在大失公允。客观说来，赤壁之战中的抗曹大胜利跟周瑜杀孔明未成的小失败交相辉映，相得益彰，从不同的角度——宏观的与微观的角度，表现了汉朝内战时期乱打仗、乱杀人的主题思想的深广度，使读者感受到的是军中将士生存状态中的双重威胁与恐惧：非法战争的血与火的威胁、恐惧和乱杀人的刑事案件随处发生的威胁、恐惧。惟其如此，发动内战、制造谋杀案的曹操、周瑜之流，便令人厌恶。笔者无论如何对周瑜都没有多少好感，更不要提为他歌功颂德了。

九　战争性质（九）

——彝陵之战：哄抢国土

继赤壁大战之后的又一大战役是彝陵之战。我们说过，汉朝末年频繁出现的内战，往往有交战双方瓜分、占有汉朝国土的共同目的。彝陵之战的性质，可以说是最典型的哄抢国土的三方大混战。直接交战的双方是吴兵与曹兵，在南郡至彝陵两地之间展开了各有胜负的拉锯战，反复争夺不休，而坐收渔翁之利的却是刘备一方。

彝陵战役中吴、曹交火共七次，双方均有人员伤亡，吴兵领军人物周瑜就中毒箭受伤。刘备们却不费吹灰之力达到了自己的罪恶目的。彝陵战役的结局，正是刘兵一方坐收渔利的阴险手段和其丰厚收获的大展览。

周瑜、程普收住众军，径到南郡城下，见旌旗布满，敌楼上一将叫曰：“都督少罪！吾奉军师将令，已取城了。吾乃常山赵子龙也。”周瑜大怒，便命攻城。城上乱箭射下。瑜命且回军商议，使甘宁引数千军马，径取荆州；凌统引数千军马，径取襄阳；然后却再取南郡不迟。正分拨

> 间，忽然探马急来报说："诸葛亮自得了南郡，遂用兵符，星夜诈调荆州守城军马来救，却教张飞袭了荆州。"又一探马飞来报说："夏侯惇在襄阳，被诸葛亮差人赍兵符，诈称曹仁求救，诱惇引兵出，却教云长袭取了襄阳。二处城池，全不费力，皆属刘玄德矣。"周瑜曰："诸葛亮怎得兵符？"程普曰："他拿住陈矫，兵符自然尽属之矣。"（第五十一回）

只有究明了双方争夺曹兵所据守的南郡和彝陵两地的起因、经过，才可更清楚地看出刘备一方的贪婪、诡诈之处。赤壁大战之后，周瑜乘胜前进，屯兵油江口，准备攻取曹仁所据守的南郡。不料刘备孔明也屯兵油江口，同样要攻取南郡。为此，双方见面达成了一个君子协议：先由东吴攻取，攻取不下，再由刘备下手去取。这里，孔明阴险地设置了一个使东吴上当受骗的陷阱。

周瑜不知其中的骗局，只顾依君子协议布置战役事宜。取南郡为什么要先打彝陵呢？从地理位置上看，彝陵是南郡城外的一块高地，二者成犄角之势，不先攻下彝陵，就不可能进入南郡。曹兵方面，是曹仁守南郡，其部下曹洪守彝陵。经过八个回合的各有胜负的争夺战，周瑜的战果只是暂时拿下了彝陵，而在攻南郡城时，虽然曹兵大败，致曹仁不敢回南郡，只得带残兵败将逃往襄阳方向。这时，赵子龙依孔明的密计，乘曹兵倾巢而出，只有陈矫引几个军士守城的空当，顺利占领了南郡。就这样，周瑜们出生入死地打仗，刘备坐山观虎斗而得利。

至于刘备们用张飞袭荆州、关羽袭襄阳，则包含有孔明的新一轮罪行。原来，守南郡的陈矫知道曹仁所执掌的兵符存放的地方，赵子龙夺城之后便命他交出兵符，然后利用兵符的法律权威和效力，诈称调遣两地的兵马来救南郡，于是乘虚而入夺取了荆州和襄阳。孔明此计的犯罪实质，就在把汉朝法定的调兵凭证的兵符，当作了军事上的"兵不厌诈"的谋略的一种工具，严重地侵犯了皇帝的全国最高军事指挥权。请看法学家的有关论述：

> 在军事上，皇帝掌管着全国最高的军事指挥权。指挥权的象征为铜虎符与竹使符。汉文帝……该制度规定，皇帝握有国家的发兵权，当需要发动地方军队时，派使者持符之一半至郡，符合后即可发兵。（张晋藩

《中国法制通史》第二卷）

由此可知，刘备们的罪过，不仅仅在发动、参与哄抢国土的非法战争，同时还严重侵犯了皇帝拥有的发兵权。相形之下，刘备们在彝陵之战中的罪行比周瑜们更严重。至于曹兵，在此战役中只是被动挨打的角色，没有什么新的罪行可言。

曹兵法律上的可议之处，只在于彝陵战役之外的荆州、襄阳两地的守城军事长官，充当了上当受骗者，是刘备们兵符欺诈的对象。他们有着共同的教训，这就是对持有兵符的“使者”的身份，未曾作必要的核实。事实上，所谓“使者”，并不是汉献帝派遣的，而是刘备手下的特务，倘若能识破这假使者的真面目，就有避免兵符欺诈者得逞的可能性。

小说没有写陈矫交出兵符的细节，故不能评价他是否有过错。如果出于赵子龙的威逼利诱，那么尚情有可原，怕就怕他主动讨好卖乖，心甘情愿献出兵符。如果是这样，他就有亵渎皇帝的发兵权的嫌疑。

关于诸葛亮盗用兵符，到荆州、襄阳两处诈称调兵出城的细节，不见于《三国志》，当为罗贯中所虚构。由此可见，这一细节的虚构，使哄抢国土的彝陵之战的非法战争性质又增添了一层法律属性，即战争中盗用兵符，侵犯了皇帝手中的调兵权，是极为严重的罪行。

诸葛亮历来是《三国演义》评论者关注的人物之一，谈论的角度与话题可谓丰富多彩极了。诸如他的神机妙算、年轻有为、超人智慧、军事上的攻守策略等，无不备受垂青。甚至连他为什么要娶丑媳妇，也有人议论。还有文学家注意到诸葛亮形象的文化意义。我们不满足的地方在于，诸葛亮形象的法律蕴含很丰富，本应作专门研究，却至今不见有人作正面的完整的论述。本文所谈盗用兵符之罪，当是诸葛亮形象的多种法律认识价值之一，不可不谈。以后将要谈到的斩马谡，是诸葛亮严格执行军法的一个著名案例，此处不赘述。

十　战争性质（十）

——刘备：哄抢国土的大集团首领

刘备出身贫寒，曾以织席、卖鞋谋生。靠镇压黄巾起义跻身仕途后，曾长期手无寸土，没有自己的立足之地。自从彝陵之战一举哄抢国有土地南郡、荆州、襄阳等地得手之后，便野心勃勃，发动了继续抢占国土的系列战争，终于成为三国时期哄抢国土的大集团首领。由此可知，刘备依宗族人伦是汉献帝的叔叔，美其名曰“刘皇叔”，实际上他跟皇帝身边的丞相曹操遥相呼应，是架空皇权，吞并国土，导致汉朝灭亡的罪魁祸首之一。肆无忌惮地为哄抢、占有国土而发动内战，是其突出罪行之一。

彝族之战的哄抢活动，是其大犯罪的第一步。第二步，便是连续发动攻取武陵、长沙、桂阳、零陵四郡的内战，把它们全部据为刘氏集团的私有财产。

在攻占零陵时，太守刘度的上将邢道荣在阵前把孔明引来的人马称之为“反贼”。依汉朝法律，这称谓并无贬义，是名副其实的法律地位的评判之词。从当初刘备接受马良的建议而“大喜”的神态来看，刘备集团反叛汉朝并非偶然失足，而是政治野心的驱使。马良的建议，是冲着刘备“请问保守荆襄之策”的目的而来的。他说：

> “荆襄四面受敌之地，恐不可久守；可令公子刘琦于此养病，招谕旧人以守之，就表奏公子为荆州刺史，以安民心。然后南征武陵、长沙、桂阳、零陵四郡，积收钱粮，以为根本。此久远之计也。”玄德大喜，遂问：“四郡当先取何郡?”（第五十二回）

如此把汉朝国有的四郡当作刘氏天下“积收钱粮”的立足之“根本”，不是反叛朝廷是什么?

再说，用武力征服四郡之后，刘备集团的共同做法，都是先夺郡主之大权，再由他们自行任命郡主。拿下零陵之后，太守刘度捧出官印出城投降，刘备仍任用刘度为郡守。桂阳太守赵范，同样在重演刘度先投降再任命的政治活报剧。攻打武陵时，太守金旋率兵迎战，中箭坠马，被军士割头献给张飞。金旋的部下巩志出城投降，交出官印。“玄德大喜，遂令巩志代金旋之职”（第五十三回）。攻打长沙郡，由于碰到老将黄忠抵挡，颇费周折。投奔太守韩玄的魏延，先砍死韩玄，再引百姓出城投降。刘备听从黄忠的建议，任命刘表的侄儿即闲住于攸县的刘磐执掌长沙郡。

在这系列内战中，刘备集团除了应直接负发动非法战争、侵占国有土地两项罪责之外，在四郡长官的任命上犯有侵犯皇权的大罪。关于汉代官员的任免，法制史家指出：

> 在行政上，“君为臣纲”，从中央到地方的全国大小官员，无一不是皇帝的臣僚。官员们的荣辱进退，任免予夺，官吏职能的轻重虚实，官制结构的配置变更，莫不归属皇权决断；国家重大行政决策的生效，概取决于皇帝的“制可。”（张晋藩《中国法制通史》第二卷）

刘备把当权的汉献帝搁在一边，自己俨然大权在握的皇帝一样，先让原郡主投降交权，再当即任命新官。若依法论处，仅此一项，刘备集团就犯有危害政权罪和亵渎皇权罪这两种严重罪行。

若了解一下汉代的地方行政组织法，则可进而知道刘备集团上述两种罪行所带来的巨大社会危害性。郡是汉代地方最高一级的行政机构，相当于现在的省级行政机构。至汉平帝时，全国共有 83 个郡，太守是郡的最高长官，相当于现在的省长，属于高级干部。对太守的重要职责，法制史教科书有着极详明的介绍。现仅抄录其最后的结论性论述：

> 郡守职能的双向化及郡府组织的部门化，使郡一级地方行政机构在履行政治、经济、军事、社会、文化等项基本职能方面，完整表现并具体执行了中央集权政治的国家职能，成为地方最重要的一级政权。（同上）

刘备集团自行任免四郡长官之事，意味着他们把这四郡已经置于刘氏集团的掌控之下，即从汉的统一政权机构网络中独立出来，不再是汉朝管辖范围之内的一级政权了。说穿了，这就是非法的伪政权。刘备此时离他在四川称帝还相距十多年。可从其目空一切，自命郡一级的高官的作为来看，他实质上已在做唯有皇帝才能做的事情，刘备口口声声说自己是汉室宗亲，要极力恢复汉室。这是多虚伪的道德标榜！法律上，他已是汉室的凶恶大敌。

刘备集团哄抢国土的第三步，就是把内战大火烧到四川，在那里开辟和建立一个独立王国。到这一步，刘备集团哄抢国土的内战活动登峰造极，使所有崇尚武力侵略国土、扩大私有地盘的军事集团都望尘莫及。刘备作为这个特大集团的头目，在肆意瓜分、占有汉朝国土，使统一的汉朝走向四分五裂的残破颓势这一罪行上，即使东征西伐不断的曹操，也无可比拟。以下，是刘备进入四川攻城入邑所打内战的大体进程：

益州牧刘璋的部下，别驾张松等从荆州把刘备们接到西川，起初同刘璋称兄道弟，刘璋令其守葭萌关，以抵御即将来犯的张鲁。不久，刘备翻脸不认人，把葭萌关当作了自己攻打西川的大本营。

紧接着，依谋士庞统所献之计，刘备们杀害了涪水关守将杨怀、高沛，袭取了涪水关。

刘璋跟文武官员商议，点五万大军退守雒县，领军人是刘璝、冷苞、张任、邓贤四员将领，经过反复较量，后孔明又带大队人马入川增援，终于又攻破雒城。

在危急关头，刘璋派女婿费观和李严共同领兵三万，来守绵竹，以防刘备进攻成都，老将黄忠与魏延打败了守军，绵竹又归刘备所有。

面对各个关隘、城池接二连三失守的大败局面，刘璋只得投降，刘备大军又顺利进入成都。刘备自领益州牧，把刘璋赶到公安去闲住。刘氏集团哄抢、扩张地盘的非法战争取得了全面胜利，离其建立蜀国，自称皇帝，可以说仅一步之遥。

我们只要看看这战争进程表，就可看出三国乱世乱打仗最多、最凶、夺城抢地、最贪婪、最疯狂的就是刘备集团。因此，若以战争罪论处三国时代的各大军事集团的首脑人物，毫无疑问地可将刘备定为头号罪魁祸首。一个手无寸土的手工业小作坊出身的人，硬是在汉朝的西川大地上建立了一个名为蜀的国家。这种恶劣至极的犯罪，自然是使汉朝分裂、灭亡的根本性原因之一，研读《三国演义》这部文学名著，若对刘备的这一极恶大罪都不能识别，我们的文学阅读与评论，可以说就闹出了不通法律的大笑话。

令人不安的是，这样的大笑话至今仍安然无恙地出现、流传。

十一　战争性质（十一）

——意气用事的西凉大兵头目

三国乱世的战争性质的主导方向，是功利性的哄抢国土，以扩大各路军阀的地盘。除此之外，就是意气用事，把打仗当联络私人感情，协调人际关系的工具。这种战争，跟现代黑社会帮派、团伙之间的互相殴打、厮杀并无本质区别。唯有揭开这层黑幕，我们对乱打仗的混乱状况才会有进一步的深入了解。

此种性质的战争，应以二十万西凉大兵从联合进攻走向内部混战的事例最有代表性。两个领军人物马超和韩遂，同时就是意气用事的带头人。这两个军事长官意气用事的结果，是使当初的二十万西凉兵投入战争，再转入内战，不久便土崩瓦解：韩遂成了残废，马超只剩下三十多个随从落荒而逃，西凉大军已不复存在。可以说二十万西凉大兵转瞬间便全军覆没。马超和韩遂的意气用事所造成的军事力量的损失之巨大，无法估量，其罪责之严重令人震惊。

那么，他们当初意气用事的主观随意性是如何萌生、发展、起破坏作用的呢？换一句话说，他们乱打仗导致全军覆没的主观意识中的弊病如何呢？

先谈马超。兴兵攻长安的决策人是马超，而他此次用兵毫无明确的功利性实际目的，纯属主观意念上的随心所欲。使他内心骚动不安的冲击波有三股。其一，其父马腾因谋杀罪臣曹操事败，反被曹操杀害，马超作为长子，要报这杀父之仇。其二，曹操企图让韩遂捉拿马超，解赴许昌，以封韩遂为西凉侯作为回报条件，马超入关攻打长安，自然也有替自己报仇的动机。其三，刘备致信马超，动员他“率西凉之兵以攻曹操之右”，刘备承诺自己“举荆襄之众，以遏操之前”，还描述了“逆操可擒，奸党可灭，仇辱可报，汉室可兴”的美好前景（第五十八回）。马超看完此信，竟激动得流泪，当即写了回信，并随即动员、发动了西凉大军。

这三大内心冲击波汇集起来，有如惊涛骇浪，使马超再也不能保持精神世界的平静。作为合格的军事长官，尤其是优秀的军事长官，会对此三种冲击力量作出权衡、判断，不费什么努力便可化解它的冲击力。且不多说为报杀父之仇、为报害己之仇而打仗是滥用军事长官的权力，为法律所不容，单讲刘备来信的目的不过是要利用马超对付曹操，从而缓解曹操对江南用兵。对此，马超不思考，不调查，凭一时冲动就满足了刘备们的需要。这是马超的一个大失误。

当二十万西凉大兵攻下长安，长安郡守钟繇只得“退守潼关，飞报曹操”，曹操“知失了长安，不敢复议南征”（第五十八回）。就是说，日后战争的进展事实证明，孔明、刘备们利用马超的西凉大兵入关的战争，来阻挡曹操南征的预期目的完全达到。被利用的马超对此毫无觉察：意气用事的军事长官，就这样失去理智，闯下擅自发动内战的大祸仍执迷不悟。一旦识破这一被利用的骗局，马超就会认识到，以同情父亲被杀害的煽情语言和虚构未来政治美景的方式鼓动马超发兵打仗的孔明、刘备们比曹操的行径更可恶、可恨，所造成的社会危害性比曹操杀害马腾、马休等人大得多。

再谈韩遂。韩遂是镇西将军，跟马超的父亲马腾为结拜的兄弟，两人的私交不错。马腾当年“因讨贼有功，拜征西将军”，曾受衣带诏讨伐罪臣曹操，后企图谋杀曹操不成，反被曹操杀害。当马超为报父仇而兴兵之际，韩遂收到曹操关于捉拿马超赴许昌的密信。韩遂的意气用事就表现在重结拜兄弟的情义，不仅把曹操害马超的密信出示给马超，还口头讲述了信中内容，并当面承诺：

> 汝若兴兵，吾当相助。（第五十八回）

说着，韩遂就将曹操派来送密信的使者“推出斩之”，并点手下八部军马——侯选、程银、李堪、张横、梁兴、成宜、马玩、杨秋，跟马超的军队一同进发。很清楚，老一辈的军事长官韩遂此次用兵，同样出于个人的意气用事，铸成大错。

一老一少两个领军人物韩遂、马超发动的内战，一时间取得了攻占长安和潼关两座城池的胜利。由于领导人物随心所欲地指挥打仗，故不知道下一步要干什么。于是，我们看到的是马超每次跟曹兵打仗，都是奋不顾身，冲向曹操，三番五次地要亲手捉住仇人曹操。作为二十万西凉大兵的主要发动者、指挥者如此置大部队的整体调度于不顾，只是以自己个人的勇敢来抓获一个仇敌曹操，以此为唯一追求目标，这就潜伏着全军覆没的极大危险。在盲目大战暂时胜利的形势下，马超的意气用事就这样集中表现在一心捉拿曹操这一点上。

韩遂此时的意气用事，则表现在有失老一辈军事长官的沉着应战、有效指挥的风范，而是无所用心，无所作为，形同应付差事。

狡猾而一贯善于用小技巧的曹操，采取不急于收复失地打长安、潼关而另行开辟战场，进兵渭河的对策。缺乏谋略又未曾共同研究作战方案的马超、韩遂，面对新的战争形势，不仅没有好的举措，而且迅速中了曹操挑拨离间的诡计，使马、韩互相猜疑、互相防范，直至产生严重内讧，把西凉大兵打关内的大内战，变成了西凉兵之间的互相混战的小内战。本来，曹操进兵渭河一带的企图，就在于截住西凉兵的归路，使其围困于关内，再造成对西凉大兵的夹攻之势。无计可施的西凉兵内部，自然而然出现了用兵上的分歧。韩遂及其部下主张向曹操割地求和，马超不知如何是好，任凭韩遂派部下去曹营求和。这一下给曹操带来了离间马、韩关系的良好契机。曹操故意跟韩遂在阵前相谈一个时辰（两个小时），之后又有意写出经过涂改的信件给韩遂，马超得知这两件事，便怀疑韩遂已投靠曹操。战争推进到这一阶段，马超的意气用事，主要表现为中曹操奸计，怀疑叔父韩遂暗中投靠了曹操。

而此时韩遂的意气用事，就是推翻了当初“相助”的承诺，跟自己的随从五将（已战死三将）共同商量何去何从之事，结果达成了一个置马超于死地的共识：抛弃倚仗个人武勇的马超，暗中投靠曹操，以求他日封侯升官。果然，曹操收到投降密信的当时，就封韩遂为西凉侯、杨秋为西凉太守，其余官员也皆有官爵。韩遂甚至还有骗杀马超的图谋。

马超得知事态变化至此，已无路可走，只得带亲随数人到韩遂帐中做最无奈的拼搏：砍伤韩遂，跟五名部将大打出手，一阵混战。紧接着，马超跟围攻的曹兵交战，最后仅剩下马超和随从三十来人，逃往陇西临洮方向。

就这样，二十万西凉大兵的两个领军长官的个人意气，导致了汉朝军队相互间的大内战，又引发了西凉军队之间的小内战，最后全军土崩瓦解。

若要研究《三国演义》中的战争罪，那么马超、韩遂犯此罪的共同心理原因——意气用事，就值得作为典型个案实例详加剖析。

十二　战争性质（十二）

——魏、蜀、吴三国之间的侵略之战

自从汉献帝下台，魏、蜀、吴三国相继成立之后，小说所写战争性质有一个大转折，即从形形色色的战争，转变为针对别国的侵略之战。无论发动战争的一方找什么借口，讲什么理由，都不能改变这种侵略的性质。古代法律这样看待国与国之间的战争——侵略与被侵略，现代法律依然这样看待国与国之间的战争。美国出兵打伊拉克，就是实例。

第一个出面拉开侵略战争大幕的人，是蜀国皇帝刘备。他出于报杀关羽之仇，出兵伐吴。这里不多讲。

第二个站出来搞侵略的人是魏国皇帝曹丕。他的如意算盘是："吴兵远去，国中空虚，朕虚托以兵助战，令三路一齐进兵，东吴唾手可得也"（第八十四回）。其结果，是三路兵败。曹丕后悔说："朕不听贾诩、刘晔之言，果有此败"（第八十五回）。他吃过这后悔药不久，听说刘备攻吴失败，自身又重病不治而死，侵略扩张的野心又勃然骚动起来。曹丕大喜说：

> 刘备已亡，朕无忧矣。何不乘其国中无主，起兵伐之？（第八十五回）

司马懿积极响应曹丕的主张，建议发动五路大军五十万，猛攻蜀国，以

取西川。时为建兴元年（公元223年），丞相孔明表面上对魏国的入侵无动于衷，急得后主刘禅团团转，不得不出宫到丞相府来找孔明询问对敌之策。胸有成竹的孔明挫败了魏国的此次侵略阴谋。

孔明并不甘心处于被动挨打的地位，他心里想的东西，跟曹丕不一样：统一天下，消灭其他两国。但他更多的是考虑谋略，在跟户部尚书邓芝交谈中，孔明不掩饰地问道：

> 今蜀、魏、吴鼎分三国，欲讨二国，一统中兴，当先伐何国？（第八十五回）

经过一番交流与讨论，他们达成一个共识：为达最终目的，目前的权宜之计是蜀吴联手，共同对魏。这一谋略很快由邓芝到东吴当特使而实现。

至此可见，魏、蜀两国都不本分，总在算计别人。吴国则老实，要么因自我保卫而战，要么与邻国友好相处，没有想要侵略别人。简言之，只有吴国迟迟没有发动非法的不义的侵略战争。从维护国际和平这一点看，吴国的合法立场、态度是值得称道的。

侵略吴、蜀的两次大战均以失败告终的曹丕，并不甘心于失败，也不想过和平日子，而是从吴、蜀和好中看出了两家合兵斗一家的潜在危险性，于是又一次主动发起侵略战争。曹丕说：

> 吴、蜀连和，必有图中原之意也，不若朕先伐之。（第八十六回）

文武百官商议这次将吴国作为侵略目标，水陆军马集结了三十多万，魏主曹丕亲临战场观阵，结果又是大败而回。

曹丕死后，曹睿即位。此后，独领侵略战争风骚之人，是孔明。他那被世人视为对朝廷、皇上尽忠尽职的宣言书《出师表》的著名文章，在“兴复汉室”的外衣之下，掩饰的正是大打侵略战争的政治激情和非法性质。须知，汉朝是汉朝，蜀国归蜀国，即使蜀统一了天下，所建立的将是另一个封建王朝，还能继续打出汉朝的招牌吗？《出师表》中的全部动听言词，无非是将侵略战争美化得让世人乐于接受罢了。果然，顺利动员、组织起来的蜀兵三十多万，在孔明率领之下踏上了入侵魏国的征途。不料损兵折将，吃了大败仗。

诸葛亮这样给自己找台阶下：

> 孔明在汉中，惜军爱民，励兵讲武，置造攻城渡水之器，聚集粮草，预备战筏，以为后图。（第九十六回）

在蜀兵休战期间，魏国兵分三路攻打吴国，吴国以陆逊为总司令，统兵七十余万迎敌。魏都督曹休一路人马，在石亭被陆逊打得狼狈大败。曹休回到洛阳，又怕又气，忧患太过成病而死。司马懿无功而返，受到众人嘲笑。

魏、蜀仿佛在轮流充当侵略战争的发动者一样：当魏兵大败之后，喘息过来的孔明又向后主献上《出师表》，受命起三十万精兵伐魏。尽管打了若干胜仗，还造出了木牛流马这样的神奇作战、运输的工具，孔明还是没有实质性的战果，最终丧命于五丈原。

从此，蜀、魏轮流发动侵略战争的局面宣告结束，进入了由魏国唱独角戏而进攻吴、蜀的新阶段。魏国灭掉吴国、蜀国，晋国在魏国的班底上建立了新政权，为百年征战史画上了句号。这一新阶段的战争的性质，因晋国的建立而增添了一点新因素，可这样加以概括：三国鼎立时期的非法侵略战争，打来打去，终于打出了一个统一的封建帝国，结束了中华大地分裂为三个国家的动乱局面，在这个新帝国的法律中，它的征服、统一战是完全合法的。

非法的侵略战争，打出了一个统一的中国。这个统一的国家即便不叫晋国，也会在自己制定的法律中把入侵、吞并、统一的战争叫作合法战争。这便是《三国演义》所描写的魏、蜀、吴之间的混战体现出来的法律、战争、政治三者之间的微妙关系之要点。唯有把握了这一要点，小说后四十回的战争描写的法律内涵的总体性或实质性的精髓，才算进入了正确解读的意识之中。

十三　战争性质（十三）

——平息少数民族地区的叛乱

在三国时代的百年征战史上，《三国演义》以第八十七回至第九十回共四回篇幅所描写的平息南方少数民族地区叛乱的战争，与其说是蜀国的一座武功丰碑，不如说是丞相诸葛亮的仁义道德牌坊。对蛮王孟获的七擒七纵，抒写的无不是诸葛亮的仁义之心征服蛮王勇武之力的仁德颂歌。此次战争，把蜀国建国初诸葛亮用军事镇压、道德感化与法律制裁三者有机结合的方略，表现得热火朝天，尽人皆知。

平叛中棘手的一件事，是建宁太守雍闿竟结连南蛮王孟获造反，牂牁郡太守朱褒、越嶲太守高定二人拱手献城。孟获与雍、朱、高三人的部下协同作战，企图攻打永昌郡。面对此种复杂形势，诸葛亮启奏后主亲自出征。

诸葛亮在征战中用计使犯“谋反”罪的高定等人自我省悟，产生内讧，以反戈一击，杀了不知悔改的雍闿和朱褒，从而顺利解决了高定等人的“谋反”罪行的问题。戴罪立功的高定被任命为盖州太守。

在对待蛮王孟获的问题上，诸葛亮值得称道的一点，在于对“南蛮之地”的人们“多不习王化”的痼疾有准确把握。什么是“不习王化”？小说的注释者认为是不听从“天子的教化”。从小说日后把艺术笔触深入到蛮王巢穴所描述的情景看，“王化”的重要内容当在法律化，而南蛮地方“不习王化”则是另有一套落后、野蛮、简单的法律与习俗。请看那巢穴所处的银坑山之中：

> 山中置宫殿楼台，以为蛮王巢穴。其中建一祖庙，名曰“家鬼”。四时杀牛宰马享祭，名为“卜鬼”。每年常以蜀人并外乡之人祭之。若人患病，不肯服药，只祷师巫，名为“药鬼”。其处无刑法，但犯罪即斩。有女长成，却于溪中沐浴，男女自相混淆，任其自配，父母不禁，名为“学艺”。年岁雨水均调，则种稻谷；倘若不熟，杀蛇为羹，煮象为饭。每方隅之中，上户号曰“洞主”，次曰“酋长”。每月初一、十五两日，皆在三江城中买卖，转易货物。其风俗如此。（第九十回）

从孟获的领地拥有独特而不文明的法律、习俗这一点看，使之归顺蜀国，有着加强少数民族地区的法制建设，使民俗文明化的重要意义。很可惜的是，聪明过人的诸葛亮，在征服孟获的过程中，道德感化有余，法制上的宣传教育严重不足。早在第一次擒获孟获的时候，诸葛亮的这一大弱点就暴露出来了。

> 孔明教唤武士押过孟获来。不移时，前推后拥，缚至帐前。获跪于帐下。孔明曰："先帝待汝不薄，汝何敢背反?"获曰："两川之地，皆是他人所占土地，汝主倚强夺之，自称为帝。吾世居此处，汝等无礼，侵我土地。何为反耶?"孔明曰："吾今擒汝，汝心服否?"获曰："山僻路狭，误遭汝手，如何肯服!"孔明曰："汝既不服，吾放汝去，若何?"获曰："汝放我回去，再整军马，共决雌雄；若能再擒吾，吾方服也。"孔明即令去其缚，与衣服穿了，赐以酒食，给与鞍马，差人送出路，径望本寨而去。(第八十七回)

在这里，蜀国与孟获之间的根本矛盾，孟获讲得很明白。他认为：我们世世代代居住在这里，而蜀国皇帝和臣子们都是外来的入侵者，故不存在什么造反的事情。对此，曾舌战群儒，以能说会道著称的诸葛亮无从回答，于是来了一个答非所问的对策，另起话头，又提出一个诉诸武力的简单问题："吾今擒汝，汝心服否?"老实说，诸葛亮这样回避根本性的问题，无从使人心服口服。经过七擒七纵之后，孟获们表示永不反叛，只不过是武力角逐上不能跟蜀国相抗衡罢了，而孟获所提出的根本性问题，在孔明那里始终未能解决。

蜀国是战乱中建立的小国家，建国后皇帝亲自带兵外出打仗，无从顾及国家的建设和治理。对待少数民族地区的自治的法律、政策等问题，均未提到议事日程上来。当时掌权者所追求、满足的东西，只在少数民族形式上服从蜀国，不搞武装斗争。于是乎，内心深处的文化心理层次问题便任其存在下去。

汉族同少数民族的关系处理，是政治、法律、道德、宗教、心理、习俗等社会性综合工程，既要有理论上的正确导引，又要有实际工作的履行，把说与做结合起来。仅以法律一项来说，立法文件唯一正确的做法，就是规定各民族完全平等，享有共同的权利和义务。任何形式的民族歧视，都是违法的。其余的政治、道德等综合性社会工程的介入，都必须跟民族平等的立法接轨。

十四　军法执行问题（一）

——前期程序：立军令状

《三国演义》所写军法与战争的另一重要方面，是军法执行问题。对此，可从程序、经验、教训、效果、问题这些环节入手进行探讨。以执行军法的程序而论，有前期、中期、后期三大程序。前期程序，适用于遭遇重大战略任务、战斗任务的场合，表现形式是：通常是长官责成接受任务的将士履行立军令状的手续。特殊情况下，连命令的授予者也立军令状，其用意在于：万一不能完成某一重大任务，连长官本人也该受军法处治。

赤壁大战期间，周瑜交给孔明一个紧急任务：十天之内，监造十万支箭。在当时兵荒马乱的条件下，事前又毫无准备，要完成这一任务几乎是不可能的。且不说周瑜本人意在刁难孔明，借机杀害孔明，以铲除他所妒忌的军中奇人，单从表现形式上看军法执行的前期程序，这一案例就非常有代表性。当时，孔明意识到周瑜的阴谋诡计，但胸有成竹地表示，只要三天，便可完成任务。这样就启动了军法执行的前期程序。其经过是：

> 瑜曰："军中无戏言"。孔明曰："怎敢戏都督！愿纳军令状：三日不办，甘当重罚"。瑜大喜，唤军政司当面取了文书，置酒相待曰："待军事毕后，自有酬劳"。（第四十六回）

也许是孔明在这次立军令状的亲身实践中有着特别深刻的感悟的缘故，从此之后，在他指挥重大战斗的前夕，每每责成受命将领履行立军令状的手续。特别有意思的是：在赤壁大战中，孔明派关云长到华容道上埋伏，以便捉拿败逃至此的曹操，双方都立下军令状。为什么要如此慎重？孔明考虑到：关云长在许昌时，曾得到曹操的优厚关照，如今担心他可能会在华容道上假公营私，即徇私情放走曹操，故要用军法约束他。关云长对用兵才能尚未充分展示的孔明此时尚有疑问，故反问孔明：若曹操不从华容道上逃跑怎么办？

于是孔明意识到：自己对军情若判断、预料不准确，也该负法律责任。就这样，指挥者孔明也立下军令状。小说对这一执法程序的细节，描写得很感人：

> 时云长在侧，孔明全然不睬。云长忍耐不住，乃高声曰："关某自随兄长征战，许多年来，未尝落后。今日逢大敌，军师却不委用，此是何意?"孔明笑曰："云长勿怪！某本欲烦足下把一个最紧要的隘口，怎奈有些违碍，不敢教去"。云长曰："有何违碍？愿即见谕"。孔明曰："昔日曹操待足下甚厚，足下当有以报之。今日操兵败，必走华容道；若令足下去时，必然放他过去。因此不敢教去"。云长曰："军师好心多！当日曹操果是重待某，某已斩颜良，诛文丑，解白马之围，报过他了。今日撞见，岂肯放过"！孔明曰："倘若放了时，却如何"？云长曰："愿依军法"！孔明曰："如此，立下文书"。云长便与了军令状。云长曰："若曹操不从那条路上来，如何?"孔明曰："我亦与你军令状"。云长大喜。（第四十九回）

这之后，赵云领命攻打桂阳，张飞攻打武陵及充当先锋打马超，马谡奉命守街亭等重大战斗任务降临之际，孔明无不使受命人立下军令状。孔明以法治军打仗的原则，可以说是坚持始终，从不松懈的。

除孔明在立军令状的程序环节上一丝不苟外，其他军事长官每逢重大战事而不忘执行军法的，也不乏其例。如曹洪在奉命进兵汉中，即将取巴西之际，张郃自告奋勇，要领兵前往。曹洪认为，巴西守将张飞非等闲之辈，为遏制其轻敌思想，便动用了军法的约束力与威慑力。小说写道：

> 张郃来见曹洪，问曰："将军既已斩将，如何退兵?"洪曰："吾见马超不出，恐有别谋，且我在邺都，闻神卜管辂有言：当于此地折一员大将。吾疑此言，故不敢轻进。"张郃大笑曰："将军行兵半生，今奈何信卜者之言而惑其心哉！郃虽不才，愿以本部兵取巴西。若得巴西，蜀郡易耳。"洪曰："巴西守将张飞，非比等闲，不可轻敌。"张郃曰："人皆怕张飞，吾视之如小儿耳，此去必擒之！"洪曰："倘有疏失，若何?"郃曰："甘当军令。"洪勒了文状，张郃进兵。（第六十九回）

这里所谓“勒了文状”，指的就是让张郃立军令状。由于军令状属于法律文书之一，故称之为“文状”。

特别值得一提的是张鲁，他在汉中建立了一个独立王国，根本不把汉朝统一的法制放在眼里，而是在他的小王国里自行其是地执行一整套土法律。这一点，我们还要专门讨论。现在仅说明一件事：在他搞侵略扩张，自称汉宁王而发动的内战中，居然对广大用兵长官令部下立军令状的统一的规范性执法程序、方式表示认同，并照章办事。其时，杨昂、杨任被曹兵打败，杨昂死于战场，张卫带杨任来见张鲁——

> 卫言二将失了隘口，因此守关不住。张鲁大怒，欲斩杨任。任曰：“某曾谏杨昂，休追操兵。他不肯听信，故有此败。任再乞一军前去挑战，必斩曹操。如不胜，甘当军令”。张鲁取了军令状。杨任上马，引二万军离南郑下寨。(第六十七回)

就为人和处事的整体倾向而言，孔明同张鲁是两个极端的人物。孔明一贯重视法律，在被刘备看中当了军师之初，便向刘备“乞假剑印”。为什么叫“乞假剑印”？乞，为乞讨，是下级对上级有所请求、索取的自谦之说法。假，即借，借用，跟“乞”的用法、语义相同。剑印，借代的修辞手法，用以指刘备的武力、权威。联系到小说极为重视军法的法律文化环境和氛围，“乞假剑印”的整体语义，应当是：既然你刘备任命我当参谋长，那么我就得跟你一样，有职有权，能依军法治军打仗。后来，刘备称汉中王，命孔明制定法律，为此还进行了一场法律从轻还是从重的辩论。可见孔明处于尊法重法的极端。而张鲁则是孔明的对立面，处于贬法轻法的极端。然而在命部下去执行重大战斗任务之时不忘或注意履行立军令状的手续这一环节上，二者不约而同。由此可见，三国时期的战争岁月里，军事长官们无不高度重视用军法规范治军打仗之事。

看不到这极为普遍的现象而企图谈清《三国演义》所描写的三百多次战争，是根本办不到的事情。

十五　军法执行问题（二）

——中期程序：现场取证

有不少认真执行军法的好经验应当加以总结，有的东西至今仍有益于社会主义法律的执行。好经验之一，是执法军事长官发布军令之后，注意深入到部队基层调查研究，发现案情便注意取证，以便依法论处，不致发生误判误罚。这一经验，产生于军法执行的中期程序，可称之为现场取证。

孙权任命吕蒙为大都督，总制江东各路军马。吴兵袭了荆州之时，吕蒙便传令军中："如有妄杀一人，妄取民间一物者，定按军法。"军令下达之后，吕蒙便随时注意部队的执行情况，终于发现了违令现象：

> 一日大雨，蒙上马引数骑点看四门。忽见一人取民间箬笠以盖铠甲，蒙喝左右执下问之，乃蒙之乡人也。蒙曰："汝虽系我同乡，但吾号令已出，汝故犯之，当按军法。"其人泣告曰："某恐雨湿官铠，故取遮盖，非为私用。乞将军念同乡之情！"蒙曰："吾固知汝为覆官铠，然终是不应取民间之物。"叱左右推下斩之。枭首传示毕，然后收其尸首，泣而葬之。自是三军震肃。（第七十五回）

我们的八路军、新四军当年的"三大纪律，八项注意"，只是把"不拿群众一针一线"当作部队的纪律，还没有升格为法律。吕蒙治军，也许过于苛严，但其深入实际办案，在取得证据之后，又不以犯令者跟自己是同乡而姑息，坚决依法严惩犯令者，这一点是值得称道的。

魏国的骠骑大将军司马懿，在引兵攻打蜀军之时，为严肃军法，深入军营了解情况，竟换上士兵的装束，大有微服私访的味道。

> 各下寨已毕。懿先引一枝兵伏于山谷中；其余军马，各于要路安营。懿更换衣装，杂在众军之内，遍观各营。忽到一营，有一偏将仰天而怨

曰："大雨淋了许多时，不肯回去；今又在这里顿住，强要赌赛，却不苦了官军！"懿闻言，归寨升帐，聚众将皆到帐下，挨出那将来。懿叱之曰："朝廷养军千日，用在一时。汝安敢出怨言，以慢军心！"其人不招。懿叫出同伴之人对证，那将不能抵赖。懿曰："吾非赌赛；欲胜蜀兵，令汝各人有功回朝。汝乃妄出怨言，自取罪戾！"喝令武士推出斩之。须臾，献首帐下。众将悚然。（第一百回）

若不是混迹于普通士兵之中，下级军官这种怠慢军心怨天尤人的话语，根本不可能及时发现，那也就谈不上用法律加以纠正了。

更值得称道的当数关羽。他在刘备称汉王时被任命为五虎大将之首，领兵取樊城。当时，正值钦差大臣——前部司马费诗来向关羽下达"王旨"，关羽款待费诗，忽听"城外寨中火起"的叫喊声。这时，关将军不是在帐中坐等下级官员来汇报案情，而是立即披挂上马，出城作实地察看，迅速发现了责任人的如下责任事故，并即时予以处罚：

乃是傅士仁、糜芳饮酒，帐后遗火，烧着火炮，满营撼动，把军器粮草，尽皆烧毁。云长引兵救扑，至四更方才火灭。云长入城，召傅士仁、糜芳责之曰："吾令汝二人作先锋，不曾出师，先将许多军器粮草烧毁，火炮打死本部军人。如此误事，要你二人何用！"叱令斩之。费诗告曰："未曾出师，先斩大将，于军不利。可暂免其罪。"云长怒气不息，叱二人曰："吾不看费司马之面，必斩汝二人之首！"乃唤武士各杖四十，摘去先锋印绶，罚糜芳守南郡，傅士仁守公安；且曰："若吾得胜回来之日，稍有差池，二罪俱罚！"二人满面羞惭，喏喏而去。（第七十三回）

关羽尤为可贵之处，是他在军中发生刑事案件、危及将士人身安全及武器装备之紧急关头，首先作为营救者的姿态出现，发挥抵御灾难性突发事件的领导者和实际工作者的双重作用，同时又在现场取证，使处罚犯罪者的工作合法、合情、合理，无可挑剔。后来发生的糜、付二人叛逃案，只能归咎于作案者本身陷于犯罪泥坑不能自拔，怪不得别人。

读者可能会说，在大量执行军法的案例中，执法长官能够深入现场取证的未免为数太少。是的，小说全书的确只这么几个案例可谈。其余的，几乎全是长官们“喝令推出斩首”，片刻便“斩讫报来”的执法方式。较之当今法制社会程序完备的审判、执行模式，小说中军法执行的程序大多数未免简单得出奇，办案过程未免快得迅雷不及掩耳。这正是古代中华法系不重视程序法的特点、缺陷在小说描写军法执行问题上的必然反映。相反，假如小说所写一切如同今天军事法庭审判案件一样慢条斯理，一环扣一环地审问、答辩、争论、合议、宣判、执行，这倒是不可思议的怪诞描写。

十六　军法执行问题（三）

——后期程序：处治违法犯罪者

经由立军令状、现场取证程序之后，进入了落实法律责任的阶段，这就是依法处治违法犯罪者。从处治轻重程度上划分，其方式只有两种：轻则施用肉刑，即拷打违法犯罪者，使其大吃皮肉之苦，重则剥夺其生命权，即判处死刑，通常采用“斩”的死刑方式。

大家非常熟悉的苦肉计——周瑜打黄盖，实质上就是用处罚违法犯罪者的法律程序或形式包装而成的军事侦察活动。仅看其包装物，就跟演戏一样，果真像长官依法处治犯罪将士那么一回事。

> 次日，周瑜鸣鼓大会诸将于帐下。孔明亦在座。周瑜曰：“操引百万之众，连络三百余里，非一日可破。今令诸将各领三个月粮草，准备御敌。”言未讫，黄盖进曰：“莫说三个月，便支三十个月粮草，也不济事！若是这个月破的，便破；若是这个月破不的，只可依张子布之言，弃甲倒戈，北面而降之耳！”周瑜勃然变色，大怒曰：“吾奉主公之命，督兵破曹，敢有再言降者必斩。今两军相敌之际，汝敢出此言，慢我军心，不斩汝首，难以服众！”喝左右将黄盖斩讫报来。黄盖亦怒曰：“吾自随破虏将军，纵横东南，已历三世，那有你来？”瑜大怒，喝令速斩。甘宁

进前告曰："公覆乃东吴旧臣，望宽恕之。"瑜喝曰："汝何敢多言，乱吾法度！"先叱左右将甘宁乱棒打出。众官皆跪告曰："黄盖罪固当诛，但于军不利。望都督宽恕，权且记罪。破曹之后，斩亦未迟。"瑜怒未息。众官苦苦告求。瑜曰："若不看众官面皮，决须斩首！今且免死！"命左右拖翻打一百脊杖，以正其罪。众官又告免。瑜推翻案桌，叱退众官，喝教行杖，将黄盖剥了衣服，拖翻在地，打了五十脊杖。众官又复苦苦求免。瑜跃起指盖曰："汝敢小觑我耶！且寄下五十棍！再有怠慢，二罪俱罚！"恨声不绝而入帐中。（第四十六回）

现在，且专门讨论名副其实的处置犯罪者的有关案例故事。无论事前是否立过军令状，对于违法犯罪，对军事设施或作战等方面造成重大损失的，长官们无不表示依法惩处的意向。这是首先要肯定的普遍现象，几乎找不到一个放任自流、不闻不问的例外现象。这就有力证明：三国乱世中，无论怎么乱打仗，对于部下犯罪依法处罚这一点，是各路军事长官都高度重视，高度一致的。也就是因为这一点，不管长官人品如何、政治倾向怎样，他都能带兵打仗。要不然，那军队就会乌烟瘴气，不成其为军队。军队如此，国家、社会、地区、单位、家庭莫不如此。只不过，法律的表现形式、性质各不相同或有所区别罢了。

其次，可以指出，当长官们各自把执法处罚的意向表现出来，动手落实军法去处罚犯罪将士的时候，最初意向会以种种条件为转移。这里所产生的一系列问题另当别论，本书予以分门别类进行论述，此处不详谈。

最后，仅就执法程序这一点而言，毫不走样地处罚当事人的案例并不缺乏。魏景元四年（公元 263 年），钟会受镇西将军之印，起兵伐蜀，召集诸将听令：需任一人为先锋，在行军路上逢山开路，遇水架桥。虎将许褚之子许仪，自告奋勇。钟会对许仪口头强调："如违，必按军法。"这就是说，执法前期程序已经启动。

不料许仪领命之后，对于当先锋的本职工作敷衍塞责，却"要立头功，先领兵至南郑关"打仗，结果大败。路上一桥失修，致钟会坐骑失蹄，挣扎不起，只得弃马步行。换句话讲，钟会在行军路上的实地考察、取证，已证明许仪没有完成法定军务。于是，此案经由先期、中期两个程序，进入了后期程序——

> 会唤许仪至帐下，责之曰："汝为先锋，理合逢山开路，遇水叠桥，专一修理桥梁道路，以便行军。吾方才到桥上，陷住马蹄，几乎堕桥；若非荀恺，吾已被杀矣！汝既违军令，当按军法！"叱左右推出斩之。诸将告曰："其父许褚有功于朝廷，望都督恕之。"会怒曰："军法不明，何以令众？"遂令斩首示众。诸将无不骇然。（第一百一十六回）

当今有法学家在谈到司法正义时说，司法正义既要求法律程序上的正义，又要求适用实体法上的正义。钟会斩许仪一案，在程序法和适用实体法上，都合乎正义的要求。三国时代，尽管没有司法正义的理论研讨和学理诉求，但小说所写案例故事，却使我们感受到了一条重要法理：一个认真负责执行军法的长官，他所依法论处的案子昭示的理性认识上的宝贵价值，很有可能具有极强的生命力，时光流逝，这法理的生命力依然能够延续至今，同当今的法律意识、追求保持了一致。这就是笔者十分欣赏钟会斩许仪一案的理由之所在。

钟会执法还有一点可贵之处，就是对于当时诸将求情之事，不为所动。后面将有专题文章说明：军法执行上，时常会碰到人情这只拦路虎。军法夭折、被破坏，被取消，常常就是不能绕过这只拦路虎。这里我们可预先指出：钟会同样碰到了这只拦路虎，但他不是绕道而行，也没有悄悄退缩，而是以说理的方式使人情之虎狼狈逃走。法律因而得以执行。跟那些对人情的拦路虎有畏惧、屈从的军事长官们相比，钟会的经验显得格外难能可贵。

十七　军法执行问题（四）

——经验：晓之以理，动之以情

三国时期军中的执法经验不算多。以上所谈注意深入现场取证的几个案例，体现了经验之一——重视证据。此外，孔明挥泪斩马谡的案例，提供了另外一条经验：执法长官不是法律机器，被处罚的罪犯也不是木偶，故人性化的军事执法活动，应以人为本，在执法过程中注意对受罚者的人格尊严的关爱，做到晓之以理，动之以情。这样，不仅当事人口服心服，周边的人们也会受到教育和感召。

因为这个缘故，剖析、借鉴、推广孔明的宝贵经验的意义，已大大超越了读懂《三国演义》的文学范畴，而具有促进社会主义法律工作健康发展的功利性意义，或者说具有法律实务的价值。

此案中，孔明在执法的每一个程序上都一丝不苟。除了认真履行法定手续，还要将军事、法律上的道理一一讲明白。在跟司马懿打仗之时，守街亭这个小地方意义重大。孔明向马谡交代任务的细节描写不容忽视：

> 孔明大惊曰："孟达作事不密，死固当然。今司马懿出关，必取街亭，断吾咽喉之路。"便问："谁敢引兵去守街亭？"言未毕，参军马谡曰："某愿往。"孔明曰："街亭虽小，干系甚重：倘街亭有失，吾大军皆休矣。汝虽深通谋略，此地奈无城郭，又无险阻，守之极难。"谡曰："某自幼熟读兵书，颇知兵法。岂一街亭不能守耶？"孔明曰："司马懿非等闲之辈；更有先锋张郃，乃魏之名将；恐汝不能敌之。"谡曰："休道司马懿、张郃，便是曹睿亲来，有何惧哉！若有差失，乞斩全家。"孔明曰："军中无戏言。"谡曰："愿立军令状。"孔明从之。谡遂写了军令状呈上。孔明曰："吾与汝二万五千精兵，再拨一员上将，相助你去。"即唤王平吩咐曰："吾素知汝平生谨慎，故特此以重任相托。汝可小心谨守此地；下寨必当要道之处，使贼兵急切不能偷过。安营既毕，便画四至八道地理形状图本来我看。凡事商议停当而行，不可轻易。如所守无危，则是取长安第一功也。戒之！戒之！"二人拜辞引兵而去。（第九十五回）

孔明把街亭视作蜀兵行军的"咽喉之路"，言简意明，指出了此地战略上的极重要的意义。同时强调"军中无戏言"，也就是说奉命守街亭之事要拿严肃执法作保障。于是履行了第一程序：立军令状。

街亭失守，使此案进入中期程序即现场取证阶段。孔明因要指挥全军打仗，不可亲自去街亭，故采取了询问从街亭阵地上回来的目击证人的取证办法。孔明先问王平：

责之曰："吾令汝同马谡守街亭，汝何不谏之，致使失事？"平曰："某再三相劝，要当道筑土城，安营守把。参军大怒不从，某因此自引五千军离山十里下寨。魏兵骤至，把山四面围合，某引兵冲杀十余次，皆不能入。次日土崩瓦解，降者无数。某孤军难立，故投魏文长求救。半途又被魏兵困在山谷之中，某奋死杀出。比及归寨，早被魏兵占了。及投列柳城时，路逢高翔，遂分兵三路去劫魏寨，指望克复街亭。因见街亭并无伏路军，以此心疑。登高望之，只见魏延、高翔被魏兵围住，某即杀入重围，救出二将，就同参军并在一处。某恐失却阳平关，因此急来回守。非某之不谏也。丞相不信，可问各部将校。"（第九十六回）

取得证人证言之后，孔明再讯问当事人马谡。这时，案子已进入后期程序——处罚犯罪者。难能可贵的是，鉴于案子重大，马谡罪行严重，孔明跟马谡关系密切等原因，孔明不是简单地用刑，而是晓之以理，动之以情，有一段既是执法者对犯罪者的严厉审判，又是情同兄弟亲人之间推心置腹的亲切交谈与诀别的感人场景：

孔明喝退，又唤马谡入帐。谡自缚跪于帐前。孔明变色曰："汝自幼饱读兵书，熟谙战法。吾累次叮咛告诫：街亭是吾根本。汝以全家之命，领此重任。汝若早听王平之言，岂有此祸？今败军折将，失地陷城，皆汝之过也！若不明正军律，何以服众！汝今犯法，休得怨吾。汝死之后，汝之家小，吾按月给与禄粮，汝不必挂心。"叱左右推出斩之。（第九十六回）

在即将落实死刑处罚的紧急关头，执法人孔明遇到了人情的干扰。这就是参军蒋琬为马谡求情。后面我们将专文指明和讨论军法执行路上时常碰到人情的拦路虎。本案中孔明的又一可贵之处，在于他以情胜情，即以司法正义的理智之情，战胜了军中爱惜人才的人伦之情，同时又阐述了维护军法尊严对于治军、作战的重要意义。也就是说，在排除人情的干扰这一点上，执法者孔明跟取证、审判时一样，也坚持晓之以理，动之以情的做法。小说写道：

> 左右推出马谡于辕门之外，将斩。参军蒋琬自成都至，见武士欲斩马谡，大惊，高叫："留人！"入见孔明曰："昔楚杀得臣而文公喜。今天下未定，而戮智谋之臣，岂不可惜乎？"孔明流涕而答曰："昔孙武所以能制胜于天下者，用法明也。今四方分争，兵戈方始，若复废法，何以讨贼耶？合当斩之。"须臾，武士献马谡首级于阶下。（第九十六回）

至此，从执法程序而言，此案已审判、执行终结。假如是单纯写办案子，此案至此已再无话可说。法律界中人谁都会持此看法。然而，《三国演义》作为描写法律的文学名著，毕竟不是简单记录法律程序，而是要在法律程序中再现法律与人情的种种关系、种种法理，于是，在法律人看来的案结之后，文学作家又节外生枝似的写道：

> 孔明大哭不已。蒋琬问曰："今幼常得罪，既正军法，丞相何故哭耶？"孔明曰："吾非为马谡而哭。吾想先帝在白帝城临危之时，曾嘱吾曰：'马谡言过其实，不可大用。'今果应此言。乃深恨己之不明，追思先帝之言，因而痛哭耳！"大小将士，无不流涕。马谡亡年三十九岁，时建兴六年夏五月也。（第九十六回）

读至此处，我以为罗贯中有意将此案当做全书所写执行军法的经典案例来对待的创作意图，已得到圆满实现。若不将孔明在这里表现出的带普遍意义的执法经验总结出来，加以吸取、推广，实在是有负罗公的一片良苦用心。

我甚至在想，连不忘交代马谡亡年"三十九岁"，案发于建兴六年（公元228年）的时间的确指，都有法理上的某种暗示。我所想到的是：马谡这样的军事人才的夭折是可惜、可叹的，他死亡的年头是不应该忘记的，这是因为：为了法律的尊严，作为严于执法的法律工作者，不能不做可惜、可叹的憾事，而这种憾事无可指责，甚至应永远铭记。若不是这深沉的法理情思使作家坐卧不安，甚至心痛难忍，他强调"三十九岁"和"建兴六年"这些数字，岂不是多此一举吗？

文学中的法律和法理自有其妙不可言的方方面面。我们在法律家无话可说的地方依小说家言发表的一通联想与感悟，当是这妙不可言的许多东西中的一件罢了。

十八　军法执行问题（五）

——教训一：以长官意志取代阶级意志

大家都知道，法律是统治阶级的意志的表现。这是法律的本质。作为法律部门之一的军法自然也不例外。具体说到汉代的军法系统，那自然是封建统治阶级在军事领域的意志的完整表述。有趣的是，在《三国演义》的百年征战史上，掌握着军法执行大权的历代各路军事长官在实践中往往把个人意志当作了军法，而国家颁布的军法却处在从属的地位。这是军法执行中最为普遍而严重的教训。

"军法"一词，在三国世界是一个习以为常的口头禅。只要你注意使用它的人物、场合、经过、结果等，便可对小说描写的军法执行问题有系统的认识。以军法往往被军事长官弄成了他们个人意志的表现这一教训而论，指的就是大权在握的统兵人物总是依据各自的临时需要来强调军法的权威，甚至把军法当作了威慑部下和别人的武器。这样一来，军法就失去了规范整个军事领域的完整功能，仅仅只剩下了一种威慑力、强制力了。可以认为，在三国乱世，"军法"正是这样被搅乱成一锅粥的。严肃认真执行军法的个案虽然不在少数，但相形之下，搅乱军法的时候占大多数。这教训的普遍性，正表现在为数众多上。

率先叫喊"军法从事"的人，是董卓。董卓统治西凉大兵二十万，在汉少帝刚登基，宦官专权的混乱之机带兵到京师洛阳，不知怎么当上了太尉，当着朝廷百官的面提出废少帝、立陈留王的动议，立即遭到中军校尉袁绍的反对，两人差一点在酒席上拼杀起来。太傅袁隗是袁绍的叔伯辈人，见侄儿冲撞太过，便前来陪话："太尉所见是也。"这时，董卓叫喊说：

敢有阻大议者，以军法从事！（第四回）

董卓的所谓“以军法从事”，就是杀人，杀掉那些反对自己的动议的人。这纯属用死亡来限制、剥夺人们言论自由的权利。

接着是强调军法的重要性的袁绍发表意见。他是讨卓联军的盟主，即总司令。在被十七镇大军的负责长官推举为盟主的时刻，袁绍感到军法重要至极，对大家说道：

“绍虽不才，既承公等推为盟主，有功必赏，有罪必罚。国有常刑，军有纪律，各宜遵守，勿得违犯。”众皆曰：“唯命是听。”（第五回）

“国有常刑，军有纪律”，指的就是国家和军队都有法可依。听众对袁绍的言外之意——服从袁氏领导，听从袁氏指挥，即按袁绍的长官意志办事，都心领神会，于是表态发言的基调完全一致：唯袁绍之命是听。至于国家颁布的军法，没有谁去关心。

《三国演义》中多次把“军法”、“军令”两个法律名词并用。从学理上说，二者是有明显区别的：前者为国家制定颁布的军事法律，是稳定、一贯的行为规范，后者是临时根据需要而制定、颁布的，具有灵活性。而在小说中，二者则几乎是等同的，都用来指军事长官的命令。这样，其长官个人意志的本质，就更加鲜明了。刘备在被曹操任命到豫州任职时，跟关羽、张飞有一场谈话，同时运用了军法、军令这两个概念，并都用以指曹操下达的有关命令。

操大怒，斩郝萌于军门。使人传谕各寨，小心防守；如有走透吕布及彼军士者，依军法处治。各寨悚然。玄德回营，分付关、张曰：“我等正当淮南冲要之处，二弟切宜小心在意，勿犯曹公军令。”飞曰：“捉了一员贼将，操不见有甚褒赏，却反过来唬吓，何也？”玄德曰：“非也。曹操统领多军，不以军令，何能服人？弟勿犯之。”关、张应诺而退。（第十九回，着重号为笔者所加。）

这段文字中，一次运用了“军法”，两次运用了“军令”，它们都是指的曹操跟吕布打仗时发布的有关命令，并不是汉朝的统一军法。

有趣的是，关羽曾用“法令”一词，来指称刘备的有关命令，并用以制止张飞不听该命令的行为。那是在刘备的部下跟曹兵打仗的时候，先后俘获了曹操的两名部将刘岱和王忠，经过一番接触，刘备下令释放了他们。这时，张飞领兵拦住刘岱和王忠的去路，大声叫喊道——

> “我哥哥忒没分晓！捉住贼将如何又放了？”唬得刘岱、王忠在马上发颤。张飞睁眼挺枪赶来，背后一人飞马大叫：“不得无礼！”视之，乃云长也。刘岱、王忠方才放心。云长曰：“既兄长放了，吾弟如何不遵法令？”飞曰：“今番放了，下次又来。”云长曰：“待他再来，杀之未迟。”刘岱、王忠连声告退曰：“便丞相诛我三族，也不来了。望将军宽恕。”飞曰：“便是曹操自来，也杀他片甲不回。今番权且寄下两颗头！”刘岱、王忠抱头鼠窜而去。（第二十二回）

在这一小插曲中，关云长所说的“法令”跟他们结义三兄弟曾讨论过的“军法”、“军令”一样，也是指的长官下达的命令。不管称作什么，反正都是用以指军事长官的命令，而且往往起到了使军中将士遵守命令乃至国家军法的积极作用。

正是因为如此，国家军法在军中实施的过程中逐渐形成了一种不可逆转的风气：将士们淡忘了国家统一的军法，只听从长官的各种命令；而长官们，则把国家军法放在一边，各自很随意地根据临时需要下达种种命令，甚至以“斩”相威胁，一旦发现不听命令的现象，果真在眨眼间就会“斩讫报来”。如此随便杀将士、责罚将士的事件，不时发生。这类故事的共同教训，都在于一个致命之处：军中把长官个人意志奉为“军法”、“军令”的习惯和风气的弊病，会导致长官的为所欲为的军阀作风，从而破坏了国家军法的严肃性、规范性。

极端的事例，当是吕布的“戒酒令”。从其出炉到其执行，都是随心所欲的。曹兵围攻下邳之时，吕布因每天跟妻妾在一起痛饮美酒，酒色过度，形容憔悴。一天偶然照镜子——

惊曰："吾被酒色伤矣！自今日始，当戒之。"遂下令城中，但有饮酒者斩。（第十九回）

就这样，吕布因自己饮酒过度伤及身体健康而下达了戒酒令。否则，这条军令便不会出笼。再说，其内容"但有饮酒者斩"，并不科学。要言之，失之于处罚过于严酷。

再从这条军令的执行情况来看，同样暴露出吕布的主观随意性。关于这一点，将在《人情是军法的拦路虎》一文中专门讨论，此处从略。

十九　军法执行问题（六）

——教训二：无诚信，搞欺骗

军法执行中的又一教训，是大权在握的执法长官缺乏诚信，竟然利用执行军法的借口、机会搞欺骗活动。上面谈过的周瑜用立军令状的法律程序、企图杀害孔明的案例，就是这一教训的具体表现。

出乎大家意料的是，昔日作为上述法律骗局的当事人孔明，居然在后来的执法工作中也充当了这一教训的反面教员。

事情发生在蜀国建立之后的建兴十二年（公元234年）。孔明引蜀兵三十四万，分五路前进，去攻打魏国。这时，孔明在同司马懿率领的魏兵交战阵中发现：魏国降将郑文的投降有假，属于诈降，对于蜀国而言，这是法律不允许的罪行。孔明对其用刑，方才证实果然是诈降的事实。不料，就在这个节骨眼上，孔明给郑文设置了一个骗局。请看：

郑文提首级入营。孔明回到帐中坐定，唤郑文至，勃然大怒，叱左右："推出斩之！"郑文曰："小将无罪！"孔明曰："吾向识秦朗；汝今斩者，并非秦朗。安敢欺我！"文拜告曰："此实秦朗之弟秦明也。"孔明笑曰："司马懿令汝来诈降，于中取事，却如何瞒得我过！若不实说，必然斩汝！"郑文只得诉告其实是诈降，泣求免死。孔明曰："汝既求生，可修书一封，教司马懿自来劫营，吾便饶汝性命。若捉住司马懿，便是汝之功，还当重用。”郑文只得写了一书，呈与孔明。孔明令将郑文监下。樊建问曰：“丞相何以知此人诈降？”孔明曰：“司马懿不轻用人。若加秦朗为前将军，必武艺高强；今与郑文交马只一合，便为文所杀，必不是秦朗也。以故知其诈。”众皆拜服。（第一百零二回）

在这里，孔明的欺骗之词暂且无从发现：陷阱往往有伪装。孔明用什么东西来伪装从而给郑文设置陷阱呢？那就是一个虚假的承诺——修书一封，教司马懿来劫营，吾便饶你性命。郑文照办不误。如果讲执法诚信，孔明应兑现自己的承诺，旁人才无话可说。

且看事态发展，正沿着孔明所期待的方向推进。孔明派人持郑文之信，到司马懿军中以花言巧语骗得信任，果然有魏兵来劫营之举，蜀兵获得了打死魏将秦朗、大败魏兵的胜利战果。按照孔明的许诺，不说重用郑文，起码应当让其活命。然而，在打胜仗之后，孔明回营便“命将郑文斩了”。孔明此次自食其言，表明他在执法中搞欺骗，令人很反感。

中国兵法有云：兵不厌诈。兵法是军事谋略、技巧，可以弄虚作假，唬弄敌军。而军法，则是军事上适用的法律、法令，执行中绝不可弄虚作假，否则便是破坏法律的公正与尊严。法律之所以禁止诬告、作伪证、制造冤案错案，就是讲究诚信，反对虚假。执法长官对当事人搞欺骗，大大有损于司法工作者的司法道德水准。聪明过人的孔明难道没有想到这个细节？

要讲执行军法上无诚信、搞欺骗的弊病暴露得最彻底、最充分的典型案例，莫过于魏国发动的侵略蜀国的战争中，邓艾父子被杀的案件。此案在执行军法的名义下包藏着六种骗局，它们犬牙交错，互为因果，使多少当事人至死也没有弄明白其中的是是非非。粗心的读者，即使读小说十分认真也不一定能马上弄得是非分明，毫无疑惑。至于文学家，则从不见有谁注意到其中的奥妙而加以揭秘。

为着总结、吸取执法教训，也为着了解罗贯中设置这个骗中有骗、骗个没完的执法案件所花费的心血，我们将六层法律骗局一一揭示在读者面前。

第一个层面的总体大骗局的设计者、主持者是魏国丞相司马昭。魏景元四年（公元263年），司马昭既任命镇西将军钟会、征西将军邓艾起兵伐蜀，把侵略、消灭蜀国的重任交给他们，与此同时又怀疑他们可能独掌大权，甚至会谋反。中国古代官场有一条不成文的规矩：疑人不用，用人不疑。司马昭不信这一点。他既要用人，又要疑人。于是便不断有提防部下的无形骗局施展开来。早在送钟会出师的这一天，司马昭就跟一个朝臣发表了唯他们两人知道的秘密谈话，大意是：只要取得伐蜀的大胜利，就不怕钟会谋反。说完，就叮嘱说：

此言乃吾与汝知之，切不可泄漏。（第一百一十六回）

当邓艾大败蜀兵，灭掉蜀国，任命一批官员掌管四川地方州郡大权之时，司马昭便“深疑邓艾有自专之心，乃先发手书与卫瓘，随后降封艾诏”，诏文中封邓艾为太尉。受封后的邓艾给朝廷写信，朝中竟皆言“邓艾心有反意”，司马昭对邓艾“愈加疑忌”。这时，司马昭就依朝臣建议，采取双管齐下的对策：封钟会为司徒，意在用钟会防邓艾造反，同时又命令卫瓘“监督两路军马”，既防钟会，又防邓艾。

在第二层骗局中惨淡经营的是魏国镇西将军钟会与蜀国名将姜维。邓艾大军灭亡蜀国之后，姜维闻讯不甘投降，便到钟会军中搞策反之计：先向钟会投降，然后劝说钟会反叛魏国，以川西为根据地，攻打魏国，复兴汉室，即使不胜，也可固守川西，当刘备二世。两人达成这种共识，结为兄弟。这样，钟会名义上依然是魏国的镇西将军、受封的司徒，实际上已是一支既不属于魏国，又不属于蜀国，更不属于吴国的特别军队的首领，其目标就是同邓艾“决战”，将其打倒。

鉴于邓艾的战功与官职都在钟会之上的情况，钟、姜商量出的对策是：

即遣人赍表进赴洛阳，言邓艾专权恣肆，结好蜀人，早晚必反矣。于是朝中文武皆惊。会又令人于中途截了邓艾表文，按艾笔法，改写傲慢之辞，以实己之语。

司马昭见了邓艾表章，大怒，即遣人到钟会军前，令会收艾；又遣贾充引三万兵入斜谷，昭乃同魏主曹奂御驾亲征。西曹掾邵悌谏曰：“钟

> 会之兵，多艾六倍，当令会收艾足矣，何必明公自行耶?”昭笑曰：“汝忘了旧日之言耶？——汝曾道会后必反。吾今此行，非为艾，实为会耳。”（第一百一十八回）

被引进第二层骗局的司马昭，依然以第一层骗局的设计者、运作者的姿态出现，同时又多少受钟会欺骗，故接到被涂改的邓艾的假表章，立刻“令会收艾”。于是，钟会用执行军法和朝廷命令的双重名义，命督军卫瓘将邓艾父子逮捕，送回洛阳去治罪。这样，堂堂征西将军、太尉、功臣邓艾便一下陷进两层骗局的夹击而成为罪犯，实在太冤枉。

第三层骗局又是钟会与姜维合谋策划的。钟会诈称病亡的郭太后有遗诏，内容是讨伐司马昭，以正其弑君（即杀死曹髦——引者注）之罪。于是，钟会在宴请魏兵诸将时，命他们签名画押，共同讨伐司马昭，声称“违令者斩”，当即引发魏兵内部互相残杀，死了数十人。结果，钟会被乱箭射倒又被众将杀死。姜维在混战中突发急病，自刎而死。这层骗局就此破产。

第四层骗局尚处在萌芽状态。其酝酿制造者，就是督军卫瓘，他因为亲手逮捕了邓艾，如今一旦真相大白，邓艾便会报复。正在担心自己命运的卫瓘，还没有来得及考虑如何行骗渡过自己的危难之关，便立即有人出面来制造骗局。这样，就在第四层尚处萌芽状态的骗局中生长出第五层骗局。二者共同的目标是整死邓艾。

第五层骗局的行骗之人是护军田续。他不打自招地说出了之所以要去行骗的缘故：

> “昔邓艾取江油之时，欲杀续，得众官告免，今日当报此恨!”瓘大喜，遂遣田续引五百兵赶至绵竹，正遇邓艾父子放出槛车，欲还成都。艾只道是本部兵到，不作准备；欲待问时，被田续一刀斩之。邓忠亦死于乱军之中。（第一百一十九回）

原来，田续是邓艾的部下，曾受邓艾行军法的处罚，如今要出气报仇，便借混乱之机骗杀邓艾父子。果然，邓艾死到临头，还不明真相，误以为是自己的部下来救自己回成都平反。说实在的，如果卫瓘、田续两人中有一个人能秉公执法，毫无私心，邓艾的冤案就很容易平反昭雪。他们都把自己的名利置于军法之上，使受冤屈的邓艾不仅未能平反，相反倒受骗而枉死。亲手杀邓艾的田续，犯有杀人罪——这才是事情的真相。局外人却误以为他在执法。卫瓘也是此杀人案的凶手之一。

第六层骗局的行骗人是贾充。贾充是司马昭的心腹，任昭府中长史，在田续用执法名义杀害邓艾之后不久来到了川西，任务是平定这里的混乱局势。显然，这也是一种执法活动。然而，这里亦有骗局存在，小说不动声色地写道：

> 旬日之后，贾充先至，出榜安民，方始宁靖。留卫瓘守成都，乃迁后主赴洛阳。（第一百一十九回）

骗局何在？在于“留卫瓘守成都”这一人事安排上面。卫瓘明明是杀害功臣、太尉邓艾的凶手之一，只不过躲在幕后罢了，贾充不仅不追究其法律责任，对邓艾之死也不闻不问，相反倒把杀人凶犯卫瓘任命为留守成都的长官，这不是盗名欺世是什么！假如他真不知真相，则是一个大糊涂虫。

邓艾父子无辜枉死的冤假错案要想彻底平反昭雪，就得一一揭穿上述六层互相包容的骗局。在那兵荒马乱的岁月，尤其在从上至下都在行骗的紊乱人际关系中要想做到这一点，谈何容易。

二十　军法执行问题（七）

——弊病一：兵源杂乱不堪

在部队建设问题上，士兵来源是一大环节。军法规范的结果，必然是产生法定的兵役制度。比如说，当今社会主义中国的兵役法，就规范着中国人民解放军的兵源问题。

汉末至三国建立的百年征战史上，兵源怎么解决的呢？《三国演义》没有正面、直接引用任何军法条文，而只是描写了有关的大量现象。我们梳理它们所得出的一个结论是：当时乱打仗的一个重要表现，就是参与打仗的士兵，其来源杂乱不堪，似乎根本没有法律来约束、规范似的。换一句话讲，从兵源混乱不堪的现象着眼，可以推知军法执行上有大空当、大漏洞、大问题。

要言之，从小说中看不到依法从民间子弟招兵的情形。而凡有军队扩充编制，增加人员的地方，几乎全是非法的招降纳叛，有的则是属于私人的招兵买马性质——这自然是非法的。这样的故事，实在太多了。

最早的一次，应是曹操发矫诏招义兵的故事。发矫诏，是犯罪行动，即谎称皇帝有关于招兵的旨意。这种犯罪侵犯了皇权，性质很严重。尽管所招义兵都是国家军队，其目的在于讨伐罪臣董卓，但用犯罪手段来做这种事，是讲不通的。

许褚曾引许氏宗族人等数百，经常跟来犯的土匪作战，颇有名气。一次，竟然同曹兵交火。就在这一次许褚跟曹兵打仗时被捕，招引数百人投降曹操。

汉献帝在叛将李傕跟郭汜内讧，互相厮打不休的混战日子里，为了救驾，居然下令招来三支非法军队到身边听用。其领军人物是韩暹、李乐、胡才。韩暹是白波起义的首领。黄巾军被镇压后，余部郭泰等人在白波谷复起，史称白波起义。韩暹即是其中首领之一。将法律规定予以严惩的军队招来听皇帝调用，这等于是皇帝本人带头破坏军法。至于李乐、胡才则是“啸聚山林之贼，今不得已而召之”（第十三回）。

上梁不正下梁歪。仿效皇帝，随意招降纳叛的事，此后接连不断。下面是东吴孙策一次性接受三百多名武装土匪和三千多名降卒参军的故事：

> 原来那寨后放火的，乃是两员健将：一人乃九江寿春人，姓蒋，名钦，字公奕；一人乃九江下蔡人，姓周，名泰，字幼平。二人皆遭世乱，聚人在洋子江中，劫掠为生；久闻孙策为江东豪杰，能招贤纳士，故特引其党三百余人，前来相投。策大喜，用为军前校尉。收得牛渚邸阁粮食、军器，并降卒四千余人，遂进兵神亭。（第十五回）

这一幕，出现于孙策引兵同刘繇的部下张英打内战之时。刘繇本是扬州刺史，屯兵于寿春，被袁术赶过江东，到达曲阿，跟孙策交上了火。蒋钦、周泰两个土匪头目，在国家军队内战之时，帮一方打一方，终于靠这种手段赢得了孙策的赏识。这一次，孙策靠内战招降纳叛，一举扩充了一个师的兵力。

特别有趣的是太史慈，他招兵买马速度之快，简直如同变魔术。太史慈是刘繇的部下。他是莱黄县人，引兵跟孙策作战，被打得只剩数十骑，连夜逃往泾县去了。等孙策移兵到泾县来捉太史慈的时候，他竟然一下招得精壮两千余人。这些人，“大半是山野之民，不谙纪律”，很快就被打得落花流水，太史慈本人也被抓获。孙策以礼待之，受感动的太史慈依据二人达成的君子协定，第二天又引一千多人到孙策营中参军。就这样迅速扩充势力，孙策很快拥有数万兵力。

在三国乱世，像孙策这样不顾国家法律，不管上级命令，私自发展兵力，扩充军队的事情不断发生，带兵之人丝毫也不觉得有什么不正常的地方。有一次，吕布听部下报告说：

> “玄德在小沛招兵买马，不知何意。”布曰：“此为将者本分事，何足为怪。”（第十六回）

张飞在古城抢地盘、招军马的事情，更是无法无天到了极点。小说通过一个土人之口，向关羽讲出了张飞的所作所为：

> “此名古城。数月前有一将军，姓张，名飞，引数十骑到此，将县官逐去，占住古城，招军买马，积草屯粮。今聚有三五千人马，四远无人敢敌。”（第二十八回）

为了强调张飞胡作非为的犯罪性质，小说又以叙事人的角度叙述道：

> 却说张飞在芒砀山中，住了月余，因出外探听玄德消息，偶过古城，入县借粮；县官不肯，飞怒，因就逐去县官，夺了县印，占住城池，权且安身。（第二十八回）

张飞为了自己及几十个部卒有一个安身的地方，跟打家劫舍的绿林好汉一样，将一个县城闹得天翻地覆：县级政府被夺了权，县官不知去向，他自己招兵买马，把不足一个连的兵力，火速发展为一个加强师。刑法、军法被张飞践踏得不成样子，要追究起来，其罪名真不在少数。

在兵源混乱的带兵军事长官名单中，应当名列榜首的创纪录之人，是曹操。他在奉圣旨兴兵攻打青州复起的黄巾军的寿阳大战中，“不过百余日，招安到降兵三十余万”，这就是所谓的“青州兵”（第十回）。被法律视为“盗贼”的黄巾军，转眼间变成由曹操统率的汉室国家军队，这岂不是拿法律变魔术、开玩笑吗？事实上，这些青州兵的行为大成问题。在曹操为报杀父之仇而血洗徐州的大灾难中，到处杀人、抢劫、放火、挖掘坟墓的，都是青州兵所为。在此后不久的内战中，因为有青州兵在战争中掠夺钱财而发生了于禁用兵来镇压的严重事件。这证明，曹操在扩充自己的军事力量时为所欲为，造成了巨大的、恶劣的损失和影响。

曹操引兵入南皮，“黑山贼张燕引军十万来降，操封为平北将军”（第三十三回）。赤壁之战前夕，曹兵发展到八十三万，诈称一百万。其中四十多万竟来自法律认定为“盗贼”的非法军队，故曹氏军队有兵匪合流、兵匪一家的意味。

二十一　军法执行问题（八）

——弊病二：军官的管理普遍失控

军法执行中产生的又一弊病，是对带兵的军官的管理——任命、升职、降职、免职、调动等，均未能依法进行，而是处在严重失控状态，或者说无政府状态。

这里的混乱现象是，把本来需要以法律规划、调整的军官任用之事，变作了大权在握的官员的个人行为。这本是军官管理上有法不依，严重失控的混乱现象和严重弊端，而纯文学家竟然当其为政治家、军事家知人善用的美德来欣赏。这类令人啼笑皆非的评论，实在多得很。

例如说，在数不清的有关论著中，文学家多习以为常地要谈到曹操集团、刘备集团、孙权集团、袁绍集团、袁术集团等，似乎这些集团都是不用追问与思考的合法合理存在。实际上，这些集团之所以能够迅速形成，正是军法以及行政管理法被架空，军官管理法律化蜕变为私人行为化的恶果。对这种破坏国家统一、安定的大集团竞相存在，互相攻击的恶果，不穷追猛打，挖除病根，反倒美其名曰“招贤纳士”，这样的学术研究岂不是在混淆是非，传播谬误吗？

不错，小说叙事中的确运用了“招贤纳士”一类的概念。但这只是用人者心目中的“招贤纳士”，若以法律视之论之，只不过在以私人行为、交情取代官员的法律化管理罢了。再说，其中所谓“贤士”，有不少属于罪犯，因为有某种长处——适应打仗的勇武有力，不怕苦、不怕死，而忽略其罪行的一面，唯勇，唯武，唯力而当作贤士加以任用，甚至是重用。这样的看法、做法，当是三国乱世用人之道的大混乱、大弊病的突出表现。

细读小说对各个大型政治、军事集团在战乱中先后迅速崛起的概括性记叙，稍有法制观念的读者，就会从中感受到汉朝分裂，灭亡的祸根之一，就在于私人化的用人之道。先看曹操集团。“操在兖州，招贤纳士。”如此打开话匣子之后，便记叙有所纳士的名单，所任职务，还有招纳途径、方式，不妨用下列表格一一记录如下：

姓　名	职　务	招纳途径、方式
荀彧	行军司马	自我投靠
荀攸	行军教授	自我投靠
程昱		荀彧推荐
郭嘉		程昱向荀彧推荐，荀彧再推荐
刘晔		郭嘉推荐
满宠	军中从事	刘晔推荐
吕虔	军中从事	刘晔推荐
毛玠	军中从事	满宠、吕虔共同推荐
于禁	点军司马	自我投靠
典韦	帐前都尉	夏侯惇推荐

注：表中人员为小说第十回所记叙

就是仰仗这些私自录用的谋臣武将，曹操集团迅速膨胀开来，威震山东。

再看孙权集团。孙权继承父亲孙坚、兄长孙策的基业，以江东为根据地，在吴会建造有宾馆，派顾雍、张纮负责专门接待四方宾客。其“广纳贤士”的方式，依然是曹操式的私人间的“你我相荐”：

> 时有会稽阚泽，字德润；彭城严畯，字曼才；沛县薛综，字敬文；汝阳程秉，字德枢；吴郡朱恒，字休穆，陆绩，字公纪；吴人张温，字惠恕；乌伤骆统，字公绪；乌程吾粲，字孔休：此数人皆至江东，孙权敬礼甚厚。又得良将数人：乃汝南吕蒙，字子明，吴郡陆逊，字伯言；琅琊徐盛，字文向；东郡潘璋，字文珪；庐江丁奉，字承渊。文武诸人，共同辅佐，由此江东称得人之盛。（第三十八回）

最后看刘备集团。人们总是鼓吹刘备三顾茅庐，请孔明出山当军师的佳话，不愿看或根本看不到刘备在扩张上比曹操、孙权们更恶劣的做法。上述两个集团毕竟有民间的“你我相荐”的用人过程，多少有一点择优而用的意味。刘备则是靠兵变和政变的双重手法，把汉朝国家军队、官员一举变作刘氏集团成员。其时在攻益州，赶走益州主刘璋，“刘备自领益州牧”，原有文武官员，经由“尽皆重赏，定拟名爵”的加工、包装环节，全部改换门庭，成了刘氏集团中人：

> 严颜为前将军，法正为蜀郡太守，董和为章军中郎将，许靖为左将军长史，庞义为营中司马，刘巴为左将军，黄权为右将军，其余吴懿、费观、彭羕、卓膺、李严、吴兰、雷铜、李恢、张翼、秦宓、谯周、吕义、霍峻、邓芝、杨洪、周群、费祎、费诗、孟达，文武投降官员，共六十余人，并皆擢用。诸葛亮为军师，关云长为荡寇将军、汉寿亭侯，张飞为征虏将军、新亭侯，赵云为镇远将军，黄忠为征西将军，魏延为扬武将军，马超为平西将军。孙乾、简雍、糜竺、糜芳、刘封、吴班、关平、周仓、廖化、马良、马谡、蒋琬、伊籍，及旧日荆襄一班文武官员，尽皆升赏。遣使赍黄金五百斤、白银一千斤、钱五千万、蜀锦一千匹，赐与云长。其余官将，给赏有差。（第六十五回）

就这样，刘备靠以武力征服的兵变和重新任命的政变相结合的手段，把益州的一大批文武官员变作了刘氏集团的私有财富。

纵观三大集团的恶性膨胀历程，其共同要害，都在于严重破坏了军事和行政官员管理的法律制度。唯有了解中国法制史学家关于汉代的行政管理法的论述，我们才能看到症结之所在。

中国法制史专家指出："在中国古代官僚制度发展史上，汉代的官吏管理法堪称为一座里程碑"，其重大具体表现，就是各级官吏的任用、权利、义务、纪律、考核、奖惩、任免，都"制定出相当完备的法律措施，促使官吏们几乎是在一个法定的内部机制中履行职责，享受权利"（张晋藩《中国法制通史》第二卷）。曹操、孙权、刘备们之所以拥有各自由文武官员和数以万计的将士组成的庞大集团，就在于完全抛开用人的法律制度而自行其是。日后的三国鼎立，就是从这个根本性的突破口产生出来的三大集团的宣告独立——问题的实质触目惊心。纯文学家把汉朝分裂、灭亡的祸根，竟然当作了"招贤纳士"的从政经验来肯定，该错得何其遥远！

军官管理上严重失误的另一混乱现象，就是军官们有着强烈的人身依附观念，他们梦寐以求地总在指望寻找、投靠自己可以托付终身的恩主。一旦失望，便又开始新一轮的求索、奔波活动。就这样，军事人才像嗡嗡叫唤的蚊蝇一样，总难找到落脚之地而满天飞窜。吕布其人，应是如此飞窜不定的最突出的代表。

无论怎么说，吕布是难得、少有的军事人才。在三国乱世，他似乎格外的生不逢时，没有一个真正知人善用的长官来任用他、改造他。因此，他只得到处乱闯。最初，他认荆州刺史丁原为义父。因丁原跟董卓开战，董卓要利用他便加以收买，他又认董卓为义父。经过王允用美人计使吕布杀死董卓之后，他又开始了投奔生涯：

> 原来吕布自遭李、郭之乱，逃出武关，去投袁术。术怪吕布反覆不定，拒而不纳。投袁绍，绍纳之，与布共破张燕于常山。布自以为得志，傲慢袁绍手下将士。绍欲杀之。布乃去投张杨，杨纳之。时庞舒在长安城中，私藏吕布妻小，送还吕布。李傕、郭汜知之，遂斩庞舒，写书与张扬，教杀吕布。布因弃张杨去投张邈。恰好张邈弟张超引陈宫来见张

邈。宫说邈曰："今天下分崩，英雄并起；君以千里之众，而反受制于人，不亦鄙乎！今曹操征东；兖州空虚；而吕布乃当世勇士，若与之共取兖州，霸业可图也。"张邈大喜，便令吕布袭破兖州，随据濮阳。（第十一回）

曹兵攻下定陶，吕布的主子张邈投袁术去了，吕布又一次成了无主的败将，只得收集残军败将逃往海滨。这时，吕布本想再投靠袁绍，不料袁绍帮助曹操来打吕布，他只好与陈宫商量到徐州来投靠刘备，刘备便让他到小沛安身。

文学界有一句行话，叫作典型环境中的典型性格。吕布在军官管理严重失控的混乱典型环境中，的确养成了一种典型性格，这就是随心所欲地投靠新主子，一如他随心所欲地背叛旧主子。且说刘备收留、安置吕布守小沛之后，吕布尽干背叛刘备的不义之事：先乘刘备外出、张飞守徐州之机，夜袭徐州，打跑张飞，自己占据了徐州，刘备不得不屯兵于小沛；其后，张飞抢劫吕布军中买回的马一百五十匹，吕布以此为借口，跟张飞酣战一百多回合，未见胜负，继而又猛力攻城，致使刘备们只得放弃小沛投曹操去了。

为了攻打袁术，曹操到徐州封吕布为"左将军，许于还都之时，换给印绶"（第十七回）。这就是说，吕布又以曹操为新主子了。当得知曹操把吕布视为心腹大患，即将进兵征剿的秘密信息之时，吕布又背叛了曹操。在走投无路的无奈中，吕布竟然接连泰山地区的山寇孙观、吴敦、尹礼、昌豨等人，大打内战，结果兵败而退守下邳这个仅有的小城。不久，众叛亲离，下邳失守，吕布被曹操处死。

吕布一生，都是在投新主、弃旧主周而复始的运动中度过的。其他许多人，都有着类似的经历。如果说法制史学家所论述的纸张上的官员管理法得到了实施，这种普遍的混乱现象就不可能存在。

二十二　军法执行问题（九）

——弊病三：人情是军法的拦路虎

军法的适用对象是有别于百姓的军队和军人。跟民间社会法律实时常受到人情的干扰一样，在军法实施过程中也大有人情因素从中作梗。

刘表当是小说中以一己私情而使军法受阻的第一人。孙坚引军攻至襄阳，蔡瑁请战，被荆州之主刘表批准。交战不到几个回合，孙坚杀得蔡瑁军尸横遍野。蔡瑁败逃进城。小说写道：

> 蒯良言瑁不听良策，以致大败，按军法当斩。刘表以新娶其妹，不肯加刑。（第七回）

就这样，因为有执法大权的刘表同犯罪军官蔡瑁是姻亲关系，于是当妹夫的刘表便放了内兄蔡瑁一马。小说以短短两句话，便揭示出此案人情使军法受阻的实质。

人情干扰军法执行的另一案例，较之前一案例，描写得细致、具体多了。孙权封徐盛为安东将军，镇守江南一带。正在徐将军新官上任三把火，决心施展守护江岸大计之时：

> 忽一人挺身出曰："今日大王以重任委托将军，欲破魏兵以擒曹丕，将军何不早发军马渡江，于淮南之地迎敌？直待曹丕兵至，恐无及矣"。盛视之，乃吴王侄孙韶也。韶字公礼，官授扬威将军，曾在广陵守御；年幼负气，极有胆勇。盛曰："曹丕势大，更有名将为先锋，不可渡江迎敌。待彼船皆集于北岸，吾自有计破之"。韶曰："吾手下自有三千军马，更兼深知广陵路势，吾愿自去江北，与曹丕决一死战。如不胜，甘当军令"。盛不从。韶坚执要去。盛只是不肯，韶再三要行。盛怒曰："汝如此不听号令，吾安能制诸将乎"！叱武士推出斩之。刀斧手拥孙韶出辕门

> 之外，立起皂旗。韶部将飞报孙权。权听知，急上马来救。武士恰待行刑，孙权早到，喝散刀斧手，救了孙韶。韶哭奏曰："臣往年在广陵，深知地利；不就那里与曹丕厮杀，直待他下了长江，东吴指日休矣！"权径入营来。徐盛迎接入帐，奏曰："大王命臣为都督，提兵拒魏；今扬威将军孙韶，不遵军法，违令当斩，大王何故赦之"？权曰："韶倚血气之壮，误犯军法，万希宽恕。"盛曰："法非臣所立，亦非大王所立，乃国家之典刑也。若以亲而免之，何以令众乎"？权曰："韶犯法，本应任将军处治；奈此子虽本姓俞氏，然孤兄甚爱之，赐姓孙；于孤颇有劳绩。今若杀之，负兄义矣。"盛曰："且看大王之面，寄下死罪"。权令孙韶拜谢。韶不肯拜，厉声而言曰："据吾之见，只是引军去破曹丕，便死也不服你的见识"！徐盛变色。权叱退孙韶，谓徐盛曰："便无此子，何损于兵？今后勿再用之"。言讫自回。是夜，人报徐盛说："孙韶引本部三千精兵，潜地过江去了"。盛恐有失，于吴王面上不好看，乃唤丁奉授以密计，引三千兵渡江接应。(第八十六回)

孙韶违反军法，徐盛正要执法处死孙韶，碰到了来自顶头上司孙权的亲自求情的阻力，致使孙韶逃脱了法律的严惩。这是此案受人情干扰的实质之所在。

把两案中阻碍法律落实的人情因素加以考察、比较，可知人情对法律的阻力是由执法者这一中介而造成的，而执法者之所以不免为人情所动，是因为人情因素中有着让人不得不动心的合理之处。以刘表对蔡瑁而言，刘表作为妹夫，对犯死罪的妻兄有同情、怜悯之心，舍不得下手处死，的确是人之常情。反之，刘表若只讲法不讲情，悍然处死蔡瑁，不仅会遭到部下非议，而且新娶的蔡氏妻也会不依不饶，结果会弄得他内外交困。就这样，刘表以情坏法是很无奈的。

再说孙权的以情坏法，比刘表更有值得人同情、认可的理由。孙韶本姓俞，因孙权之兄孙策生前很喜欢这个青年人，便赐姓孙。如今兄已作古，他所爱之孙韶对孙权也不错，有功劳，有成绩。若只讲法而不讲情，就对不起亡兄，自己心里也有愧疚。

军法实施受人情干扰还有一种常见现象：当军事长官对犯罪者进行刑罚的时刻，部将不免出面为之求情，提出免除或减轻刑罚的要求。带兵打仗之人，也是血肉之躯，跟民间法官一样，也会受到这人情浪潮的左右。于是乎，该打的只得“免打”；该斩的，便改为鞭笞，甚至连鞭笞也免了。吕布的戒酒令，便是因部将替违犯者一再求情而致使在执行中大大地、反复地打了折扣。吕布——

因酒色过伤，形容销减；一日取镜自照，惊曰：“吾被酒色伤矣！自今日始，当戒之”。遂下令城中，但有饮酒者皆斩。

却说侯成有马十五匹，被后槽人盗去，欲献与玄德。侯成知觉，追杀后槽人，将马夺回；诸将与侯成作贺。侯成酿得五六斛酒，欲与诸将会饮，恐吕布见罪，乃先以酒五瓶诣布府，禀曰：“托将军虎威，追得失马。众将皆来作贺。酿得些酒，未敢擅饮，特先奉上微意”。布大怒曰：“吾方禁酒，汝却酿酒会饮，莫非同谋伐我乎”！命推出斩之。宋宪、魏续等诸将俱入告饶。布曰：“故犯吾令，理合斩首。今看众将面，且打一百！”众将又哀告，打了五十背花，然后放归。众将无不丧气。（第十九回）

就是因为“诸将俱入告饶”、“众将又哀告”，致使吕布不得不把当初定下的“斩”刑即死刑，一再打折扣，最后只落实到打“五十”。就这样，部下还个个感到“丧气”。人情阻挠军法落实的阻力实在大得可怕。

诸如此类的案例，还有不少。韩猛押运粮车数千辆，解赴袁绍军营，被曹将徐晃等人截住去路，战斗中徐晃们放火烧毁粮车。韩猛败军还营，袁绍大怒，“欲斩韩猛，众官劝免”（第三十回）。

曹仁部将李典，在曹仁“意欲踏平新野”，猛攻刘备之际，建议：“彼军精锐，不可轻敌，不如回樊城”。曹仁大怒说：“汝未出军时已慢吾军心，今又卖阵，罪当斩首”！随即喝刀斧手推出李典要斩，“众将苦告方免”。（第三十六回）。

就连治军有方、执法从严的刘备，在行军法时也不免落入人情的困境。关羽在华容道执行任务时，曾立下军令状，还口头承诺“愿依军法”（第四十九回）。可还是在华容道放走了曹操。孔明看出关羽“想曹操昔日之恩，故意放了”，于是“按军法”叱武士推出斩之（第五十回）。这时，刘备出面求情：“昔吾三人结义时，誓同生死。今云长虽犯法，不忍违却前盟。望权记过，容将功赎罪”（第五十一回）。就这样，严肃的军法又搁浅在人情的沙滩上。

东吴也有类似的案例出现。彝陵初战，“蒋钦兵败，回见周瑜，瑜怒欲斩之，众将告免”（第五十一回）。

曹操命曹洪、徐晃守潼关，吩咐说：“如十日之内失了关隘，皆斩；十日外，不干汝二人之事”。到第九天，曹洪不听徐晃建议，非跟马超交锋不可，结果兵败弃关而走。“曹操大怒，喝斩曹洪，众官告免”（第五十八回）。还有一次，曹操欲斩被劫寨的夏侯渊、张郃，“以明军法，众官告免”（第六十七回）。

非常有意思的是，就连西南地区少数民族的军事长官在执行军法时，也照样受人情的干扰。其规律性现象之一，就是上述常见的部将替犯罪的同僚求情，致使军法执行打了折扣。孟获的部将董荼那在夹山峪跟蜀将马岱交锋，马岱指责他忘记了丞相的不杀之恩，董荼那惭愧而无心打仗。孟获大怒，把退阵归来的董荼那大骂了一顿：“吾知汝原受诸葛亮之恩，今故不战而退，正是卖阵之计”。说着，命推出斩首。这时——

> 众酋长再三哀劝，方才免死，叱武士将董荼那打了一百大棍，放归本寨。（第八十八回）

蜀国在对犯官李严行法时，先后两次受到来自不同官员的求情的干扰，是人情阻碍军法实施的又一个不能不谈的典型案例。

总之，百年征战史上人情拦路虎使军法执行半途而废的案例不少。时至今天，法律实施中的人情阻力依然大得很，把它称之为法律的拦路虎依然会得到法律人的认同。因此，研读上述一系列案例故事，对于今天研究和排除人情干扰法律的问题，有很重要、很迫切的现实意义。

有社会学家指出，中国自古以来就是一个伦理性的国度，讲人情，使人情阻扰法律实施，应是中国社会伦理性根深蒂固的必然反映。从这种高度俯视法律与人情，也许才看得更深刻、更全面，也才有可能找到根治的途径与方法。

二十三　军法执行问题（十）

——弊病四：军中杀人罪行成灾

军法执行中的又一个突出弊病，是军中杀人罪行特别严重，几乎泛滥成灾。

法律视角下的杀人现象，彼此有别，千万不可一概而论，互相混淆。战场上两军对阵，双方打杀而死人，通常不负法律责任。若要追究起来，发动不义战争的人，应负战争罪的刑事责任，其余一般指战员无罪。军中长官对死刑犯执行死刑而杀人，若合法，无可异议。我们所说军中的杀人罪行，主要指的是军中将士杀害和平居民的行为。当今中国刑法中军人违反职责罪的三十多个罪名中，就有一条"战时残害居民罪"，指的就是军人烧杀军事行动地区和平居民的行为。在汉代，当年刘邦"杀人者死"的立法精神，同样适用于军营。小说中军人大肆杀害居民，自然是军营未能执行刑法，对杀人罪行放任自流的必然反映，可以说，小说中军队乱打仗与乱杀人，往往是穿插、结合在一起的。

军中大肆杀人的犯罪，若以作案行凶之人在军中的地位而论，几乎全是操执法大权的长官，士兵行凶杀人，皆受长官指使、命令，若不服从就自身难保，故他们可不负法律责任。至于长官大权在握为什么不干善事而轻易杀人，那是因为他们蔑视人的生命，没有珍惜生命、尊重人的生命权的法律意识和人道主义精神。在大犯杀人罪的长官名单中，关云长也许还不够榜上有名的标准，但他有一句黑色名言，可用以概括说明所有杀人军官犯罪的主观心理意识。那是在关云长跟曹兵交锋，俘获其部将于禁，于禁请求饶命时所说的一句话：

吾杀汝，犹杀狗彘耳，空污刀斧。（第七十四回）

把别人的生命，看作猪狗一样，以为杀人见血污染了自己的凶器：这就和盘托出了任意杀人的长官们的生命价值观的根本缺陷。关羽在杀人上多少有一点节制还尚且如此，那些大开杀戒的掌权军阀们形同屠夫的行为更可想而知。

以杀人时的条件和方式、对象等因素而言，军中杀人可分为三大类型。第一类，是平时杀人。对象不定：有时是无辜平民，那杀人似乎是为了取乐，即形同玩杀人游戏；有时是专杀富户，以劫取钱财；有时杀害敌军的家属，意在把战场上尚未发泄完的仇恨再一次发泄出来。以下事例，不可不记录出来作研讨之用：

例一，当百姓举行祭祀活动之时，董卓命军中将士将他们围住，尽数杀害，数以千计，竟扬言是杀贼大胜而回。（第四回）

例二，迁都长安之际，董卓派骑兵五千，在洛阳杀戮富户数千家，还要诬称为“反臣逆党”。（第六回）

例三，董卓被杀后，其部将李傕反叛汉朝，兵败亦被杀，曹操把李氏家族两百多人处斩于市。（第十七回）

例四，关羽引兵攻徐州，刺史车胄以一千人出城迎战，被砍死，关羽称之为“反贼”，张飞则把车胄全家杀尽。（第二十一回）

前两例，董卓的杀人大罪无可争议。第三例，曹操下令处斩李氏家族两百多人，名为执法，实为滥杀。封建法律实行连坐制度，对于谋反重罪的家属也要问罪，但其处罚并非一律处斩。我们没有查到汉代有关法律条文，但从唐代法律有关规定可看出曹操的法律之误。

诸谋反及大逆者，皆斩；父子年十六以上皆绞，十五以下及母女、妻妾、祖孙、兄弟、姊妹若部曲、资财、田宅并没官，男夫年八十及笃疾、妇人年六十及废疾者并免；伯叔父，兄弟之子皆流三千里，不限籍之同异。（《唐律疏议》）

曹操对两百多口人一律“处斩”，法律错误很多：除了李傕本人该斩，家属中人即使处死，其方式只能是“绞”，此外，则有的没官为奴，有的免予处罚，有的流放，都不是处死。曹操的滥杀行为，应视为犯杀人罪。

第四例，关羽攻徐州属于非法战争，可治其罪，而张飞杀车胄一家老小，则是杀害和平居民。

第二类，是战时，在战争爆发地的杀人行为。其杀害对象，有无辜百姓，军人家属、战俘不降者、已降将士。无论杀害哪一类对象，都是犯罪行为。

曹操为报杀父之仇，用大兵血洗徐州，不是什么战争，实质上是集体大屠杀，曹操是这次大屠杀的穷凶极恶的罪魁。（第十回）

只因为平原县令辛毗帮助曹兵攻打袁尚部将审配所守的冀州，审配便迁怒于辛毗家属，把辛氏一家老小八十余口杀死在冀州城楼上，还将死者之头砍下来掷于城下，辛毗号啕大哭。（第三十二回）

马超攻冀城，刺史韦康不听劝告，大开城门投降，这“叛君之徒”认为“事急请降，非真心也”，于是杀了韦康等四十多人（第六十四回）。在曹兵前来反击马超的战斗中，梁宽、赵衢等人采取报复手段，杀害了马超的妻子、幼儿等十余口亲人。

魏国镇东大将军诸葛诞，因为是孔明的族弟，始终被司马昭怀疑，以致逼得他谋反。司马昭除了打仗征讨诸葛诞，还杀害其家族及被俘的部卒：

> 司马昭入寿春，将诸葛诞老小尽皆枭首，灭其三族。武士将所擒诸葛诞部卒数百人缚至。昭曰：“汝等降否?”众皆大叫曰：“愿与诸葛公同死，绝不降汝!”昭大怒，叱武士尽缚于城外，逐一问曰：“降者免死。”并无一人言降。直杀至尽，终无一人降者。（第一百一十二回）

司马昭也是一个用执法名义行凶杀人的大罪犯。

第三类，是用武力胁迫百姓参战打头阵，以抵挡敌军武力杀伤的危险，致使许多百姓被敌军所杀，这种杀人罪责，应由胁迫者一方的主帅来承担。曹兵攻打南皮的一次战斗中，袁谭听从郭图的建议，就采取了如此杀害百姓的卑劣、残酷手段。

> 郭图谓谭曰：“来日尽驱百姓当先，以军继其后，与曹操决一死战。”

谭从其言。当夜尽驱南皮百姓，皆执刀枪听令。次日平明，大开四门，军在后，驱百姓在前，喊声大举，一齐拥出，直抵曹寨。两军混战，自辰至午，胜负未分，杀人遍地。操见未获全胜，弃马上山，亲自击鼓。将士见之，奋力向前，谭军大败。百姓被杀者无数。（第三十三回）

袁谭是此“百姓被杀者无数”的大血案的决策人，应负杀害广大百姓的罪责。

以上大量案例事实反复表明，在三国乱世，乱打仗与乱杀人形影不离。发动非法战争的军事长官，几乎同时就是乱杀人罪行的主凶，双重的刑事法律责任决定着他们死罪难逃。只是战火纷飞的动荡不安中，法律航船通常只能是上下沉浮，不断颠簸摇晃，难以抵达既定的彼岸。

二十四 军法执行问题（十一）

——弊病五：受罚将士叛逃频繁

从理论上讲，无论古今中外的刑法对违法犯罪者予以处罚，除了死刑之外，无不在于要改造罪犯，使之重做新人。但从实践上来看，刑事处罚的结果会朝两个不同的方向分化：其一，实现了刑罚的目的，的确有许多服刑人员新生；其二，适得其反，不仅没有将罪犯改造过来，反倒变本加厉地仇恨法律，仇恨法律工作者，更加疯狂地继续犯罪。

《三国演义》中那些受过军法处罚的将士，悔过自新的不多见，大为不满而叛逃投敌的却时常出现。这就构成了军法执行上的又一大弊病。

整部小说至少写有七起同一性质的叛逃案件。从叛逃者的心理因素来看，可知其共同点都在对于执法长官的仇恨，因此叛变、投敌的行为受到狭隘心理支配，正确的理智思考失去控制。

若考察长官方面的责罚因素，则有的执法公平、正义，并无过错，有的则有可议的短处。因此在研读这一系列的案例故事时，应当注意异同上的对比、区分，不该一概而论。

首例叛逃案，发生在张飞的军营中。张飞守徐州之时，设宴请官员赴席，自己连饮几十杯，不觉大醉。当他又一次为曹豹斟酒时，遭到拒绝。就为这区区小事，张飞以为有违自己的“将令”，认定“该打一百”，结果“鞭至五十，众人苦苦告饶，方止”。曹氏为此“深恨张飞”，便给吕布写信，意在乘张飞大醉之机引兵来攻取徐州。就这样，导致了吕布夜袭徐州的大战，张飞只得弃城而逃到盱眙去见刘备（第十四回）。叛变而反戈一击来追打张飞的曹豹虽然被张飞杀死于交战之中，但张飞的执法实质上是耍酒疯，造成的损失极为巨大。

第二例叛逃案，出自吕布军中。其时，吕布在下邳伤于饮酒过度而下达戒酒令：“但有饮酒者皆斩”。侯成有十五匹马被盗，因及时发觉而追回，便酿酒欲会饮作贺。出于害怕犯戒酒令，侯成先送酒给吕布喝，自己尚未来得及喝贺酒，就被吕布视为违反了戒酒令，扬言要将他处斩，众将苦求之下，还是打了五十大板。怀恨在心的侯成当晚跟另外两个军官一起叛变：侯到曹操军中报信，另外两人留在城里作内应，一举攻夺了下邳，吕布被曹操处死。第十九回如此描写这起叛逃案，批判吕布执行军法上的随意性的法理内涵，是可想而知的。

第三例叛逃案，来自守冀州城的审配军营。小说是这样记叙其始末的：

> 审配设计坚守，法令甚严，东门守将冯礼，因酒醉有误巡警，配痛责之。冯礼怀恨，潜地出城降操。操问破城之策，礼曰：“突门内土厚，可掘地道而入”。操便命冯礼引三百壮士，夤夜掘地道而入。
>
> 却说审配自冯礼出降之后，每夜亲自登城点视军马。当夜在突门阁上，望见城外无灯火。配曰：“冯礼必引兵从地道而入也”。急唤精兵运石击突闸门；门闭，冯礼及三百壮士，皆死于土内。（第三十二回）

应当承认，审配“痛责”因酒醉而误军务的守将冯礼，并无过错。为此怀恨而叛变投敌的冯礼，应为罪上加罪。在军事上，审配对于叛徒的告密所可能引发的相应后果，预料准确，防范得当，一举造成曹兵的巨大减员，叛徒也同时死于非命。此案褒审配的正确执行军法、贬冯礼的违犯军法的法律思想倾向是鲜明的。

在七起叛逃案件中，唯第四起的当事人甘宁所受的责罚是无形的精神性的。原来，甘宁有被时人称之为“锦帆贼”的犯罪前科，曾带一帮亡命徒在江湖上劫掠为生。后弃恶从善，引众投刘表未成，又欲投东吴，却被刘表的部将黄祖留住于夏口。但黄祖对甘宁保持着警戒之心，不重用他。在东吴破黄祖，甘宁救回夏口，建立了战功之后，依然不重用他。都督屡荐甘宁，黄祖一再拒绝，说：

> 宁乃劫江之贼，岂可重用？（第三十八回）

公正地说，黄祖的看法是合法的、正确的。即使在今天，有刑事犯罪前科的人员，均不能参军、当国家干部。公务员招聘考试的一条原则，就是不允许这类人员报考。所以说，黄祖对甘宁的态度，是一种精神性的法律处罚，也可以说是在坚持军中用人的法律尺度。这不仅不应非议，相反倒值得赞扬与提倡。

然而当事人甘宁对此怀恨在心，于是引众渡江，投奔孙权去了。在向孙权出谋划策，攻打夏口时，甘宁以“军无法律”之类的恶语评价黄祖，这显然是大大歪曲事实的不实之词。甘宁的反叛及以东吴兵的身份来攻打夏口，在路上杀死黄祖，并非黄祖有什么执法过错，实在出于甘宁在弃恶从善的人生之旅上旧病复发的缘故。

关云长责罚当事人引发的第五起叛逃案，案发、处罚情形已在《中期程序：现场取证》一文中引用小说材料作过说明，认为关云长的执法经验很宝贵。受处罚的糜芳、傅士仁本应感激关云长从宽发落的不杀之恩，却恩将仇报，认为关公痛恨自己，于是投降到孙权部下。

以上五案，均发生在汉朝末年。后面两案，则发生于三国建立之后，且都在蜀国。在叛逃案发生的次序编排上，小说作者似乎在作精心调度：由张飞唱开场戏，写了第一案，再由张飞唱压台戏，写了第六案。东吴杀害了关云长，张飞命令军中三天之内办妥挂孝伐吴的全部事情：全军举白旗、披白甲。两员末将叫苦说：多几天时间才可以办到。张飞一怒之下——

> 叱武士缚于树上，各鞭背五十。鞭毕，以手指之曰：“来日俱要完

> 备！若违了限，即杀汝二人示众”！打得二人满口出血。回到营中商议，范疆曰：“今日受了刑责，着我等如何办得？其人性暴如火，倘来日不完，你我皆被杀矣！”张达曰：“比如他杀我，不如我杀他”。疆曰：“怎奈不得近前。”达曰：“我两个若不当死，则他醉于床上；若是当死，则他不醉。”二人商议停当。(第八十一回)

就这样，两名受罚者不仅行凶杀害了张飞，而且割下张飞首级，引数十人，连夜投东吴去了。此案中，张飞滥用刑罚，过错明显。再说，挂孝打仗，成何体统？可见他口中的所谓“将令”即“军法”“军令”的内容荒诞不经。今天读来，尤为可笑。在这种情况下引发叛逃案，实在有鞭挞张飞执法失误的寓意。至于叛逃者的杀人、投敌两条罪行，另当别论，不可因张飞的过错而纵容两个罪犯。有人在谈到张飞被杀时，仅仅片面地批评张飞的“残忍”，而对凶手却进行开脱，认为“他们在当天夜里就杀死了张飞”，“他们的行为无可指责”。这种无视刑法的法理错误有害无益，非纠正不可。（李新宇《三国演义批判》）

最后一件叛逃案，出现于孔明带兵进攻魏国的大战之中。永安城李严遣都尉苟安押送粮米，至军中交割。好酒的苟安在路途上延误时日，违限达十天之久。孔明说：违限三天就该处斩，如今违限十天，处斩苟安不在话下。在众人力劝之下，对苟安“杖八十放之”。对此，苟安不思悔改，也不念从宽发落的好意，却怀恨在心，径往魏兵军营投降。更可恶的是，叛变后的苟安作为魏国的军事间谍潜回蜀国，到成都散布关于孔明要篡夺帝位的流言蜚语，致使朝廷一片惊恐。待孔明调查清楚苟安新一轮罪行，即将逮捕其归案之时，发现苟安作案后返回魏国去了。

从上述第一案发生的建安元年（公元 196 年）至最后一案发生的建兴八年（公元 230 年），其间历时三十多年。受军法处罚的将士一再叛变、投敌说明：在执行军法的过程中，普遍弊病之一，在于其效果不如人意，出乎立法者的预定目的之外。而小说所写这些案件给予我们的总体启示，当在两个方面：其一，总结执法者的经验、教训；其二，研究叛逃者的内在心理根源，尽可能有预防措施。

第二辑
关于“杀人者死”的法律追问与思考

“杀人者死”语义学的基本意思，是指犯杀人罪的行凶之人应当被依法处以死刑。在我国，这种法律规定由来已久，可以追溯到先秦时代。墨家的代表人物之一的腹䵍的唯一儿子犯了杀人罪，秦惠王鉴于他年迈而别无他子的情况，已下令法官从宽发落，但腹䵍以墨家“杀人者死，伤人者刑”的法律规定劝说秦惠王，坚持将儿子判处了死刑。这是《吕氏春秋·去私》所记载的一个典型案例故事，生动表现了“杀人者死”的基本法律精神早已深入人心。

《三国演义》法律思想内容的一个重要方面，就在于对“杀人者死”的法律问题进行追问和思考，为当今的有关法律的执行提供了许多可汲取的教训。

二十五　桃园三结义的法律之误

——关羽杀人却逍遥法外的症结

早在汉朝建立之前，汉高祖刘邦“约法三章”的首要一条，就是“杀人者死”。法制史学家认为这是汉代立法活动的开端。那么，到汉朝末年，这一重要的法律规定是否得到了执行呢？带着这样的疑问来阅读《三国演义》，我们将会大开眼界。

首先碰到的自然是关羽杀人而逍遥法外的故事。发人深省的绝妙之处，是小说把这杀人罪行同国人津津乐道、群起仿效的“桃园三结义”故事紧密联系在一起，从而一石数鸟，集中暴露了刘备、关羽、张飞这三结义兄弟的法律之误。

刘备和张飞正在乡村酒店里喝酒，眼见一个推车大汉也进店喝酒，刘备便邀其同坐，并问其姓名。得到的回答是：

> 吾姓关，名羽，字长生，后改云长，河东解良人也。因本处势豪，倚势凌人，被吾杀了；逃难江湖，五六年矣。今闻此处招军破贼，特来应募。（第一回）

听到关羽的杀人外逃故事之后，“玄德遂以己志告之”，而张飞则热情有加地说：

> 吾庄后有一桃园，花开正盛；明日当于园中祭告天地，我三人结为兄弟，协力同心，然后可图大事。（第一回）

就这样，刘、关、张三人结为异姓兄弟：玄德为兄，关羽次之，张飞为弟。以上是大家都非常熟悉的桃园三结义的故事。自此之后，中华大地上闯荡江湖的各色人等仿效刘、关、张而结拜兄弟姐妹的事情，便层出不穷，一直延续到今天仍势头未减。

在我看来，如此稀里糊涂地结拜兄弟的行为，应是鲁迅当年所非议的“三国气”的一种常见表现，而“三国气”的弊端里面，就隐藏着刘、关、张们只讲哥们义气，不讲国家法律的老毛病。

关羽在家乡杀人，本犯有死罪，面对刘备、张飞这两个陌生人，关羽直言不讳坦言自己是杀人逃犯，其诚实、勇敢的品性是令人感动的，这应当是刘、张看重关羽的极重要的原因。然而，诚实、勇敢的好品德并不能抵消行凶杀人的罪行。确认关羽的这一死罪事实，桃园结义的法律之误的症结就不容置疑。

这症结，若用今天的刑法视之论之，就是刘备、张飞以结拜兄弟的方式，犯有窝藏、包庇罪，应当负刑事法律责任。由此看来，这结拜的兄弟，都是应当受到法律惩罚的罪犯。被国人当作佳话传播的桃园三结义，法律性质竟然如此严重，实在是大大出乎人们的意料。

有人会不以为然地说，汉代末年的三国人物岂能用今天的刑法去衡量？这话自然不错，但并不能用来为刘、张二人作无罪辩护，理由是早在汉朝，就有类似的法律规定。

不妨先看一个真实的案例。据《汉书·王子侯表第三》记载：修故侯刘福，在元康元年（公元前65年），“坐首匿群盗弃市”（《汉书二》）。这里的“坐”，是依法判处的意思。“首匿”是汉朝的法定罪名之一，意思是为首藏匿罪犯。“群盗”，是被藏匿的众多强盗。“弃市”，是当年对死刑犯处以死刑的方式之一，具体做法就是处死之后在街头陈尸示众。由此可知，既然已封侯五年之久的刘福因窝藏、包庇强盗而被判处了死刑，那么作为平头百姓的刘备、张飞窝藏杀人逃犯关羽，自然更要受法律追究了。

法制史学家告诉我们，凡犯“首匿”罪的人，“皆处死刑”（张晋藩《中国法制史》）。这样看来，刘备、张飞跟关羽一样，也犯有死罪。三个死刑犯置法律于不顾，在张氏桃园中烧香跪拜，发誓报效国家，似乎有英雄气概、哥们情义，实际上是在拿国家法律当儿戏。是此，我们还能把刘、关、张桃园三结义的行为当作佳话传播、当作楷模来仿效吗？

以上是桃园三结义的法律症结之一。此外，还有一点法律症结，这就是关羽口中的“破贼”的“贼”，指的是汉末黄巾起义军将士。“玄德遂以己志告之”的“志”，也是指的“破贼”即镇压黄巾起义这件事。三个结拜兄弟发誓报效国家，具体讲就是一同参军去攻打黄巾军。从这一点看，他们三兄弟的法律立场是一致的，即都在用当时的法律眼光与尺度，把农民起义军称之为“贼”，把镇压农民起义当作豪迈的正义事业。封建法律的反动性，在刘、关、张身上的反映是很强烈、很鲜明的。不用说，在读者津津乐道桃园三结义的故事时，脑海中不免会淡忘三个人物所固有的法律立场的历史局限性。我们的议论，权作备忘录，完全有必要。

尤其不能忘记的是，在后来投军镇压黄巾军的战斗中，刘、关、张三人均建立了战功。用历史唯物主义的观点看，这实质上是屠杀农民起义军的罪过。这作为罪过的东西，早在桃园三结义的过程中就已经萌芽。这就是我们所讲法律症结的最令人痛心疾首的地方。须知，关羽在家乡杀人，只是杀一个人，并且是一个横行乡里的大坏蛋。而在镇压黄巾起义的战场上，刘、关、张杀人不仅数量巨大，而且所杀的是推动历史前进的农民革命者，而这种杀人行为却是合乎封建法律的。换一句话讲，“杀人者死”的法律规定，不适用于杀农民起义将士，相反倒视之为功劳。这种立法精神，充分反映了封建统治者对农民起义的刻骨仇恨和极端恐惧，暴露了封建法律的反动性。刘、关、张等人物尽管深受人民群众的喜爱，许多地方有关帝庙甚至把关羽当作神来供奉，但不能忽视他们在镇压黄巾起义这件事情上的罪过。

关羽在家乡杀人外逃的死罪始终未能受到法律追究，充分证明“杀人者死”只是一种纸张上的规定，唯有得到实施，这一规定才能真正在社会生活中发挥作用，否则就是一纸空文。我们之所以认定三国时期的乱世中有“乱杀人”这一乱，指的就是“杀人者死”的立法精神遭到践踏，杀人罪行始终没有得到惩罚与遏制，大有泛滥成灾之势。

有一篇专题文章《桃园结义的核心价值是什么》，文章用“上报国家，下安黎庶”这八个字来概括结义者的价值追求。文章结尾，论者既号召大家牢记这八个字，又批评了读者对“桃园结义”的“误解”和“歪曲”。他说：

> 对“桃园结义”的宗旨和核心价值的误解乃至歪曲已非一日，这至少是没有认真读书所致。但愿我的解说能帮助读者重视罗贯中写得明明

白白的这八个字："上报国家，下安黎庶"。（沈伯俊《你不知道的三国》）

法律视角的"桃园结义"解读，不仅宣告了历来的纯文学家的"误解"和"歪曲"的客观存在，同时还宣告了这位企图正本清源的"权威"专家的郑重其事的"解说"同样属于"误解"和"歪曲"。"上报国家，下安黎庶"这八个字，不过是"结义"时的口头宣言罢了，日后这三兄弟的实际行动，却往往是违法、犯罪行为。镇压黄巾起义虽然合法，也符合这八个字的要求，然而跳出人物的历史局限性，则会得出不同的结论。

二十六　被先收买后重用的杀人犯吕布

有一本研究《三国演义》的专著在谈吕布杀丁原的时候，对小说的有关描写只字不提，却在《三国志·吕布传》《后汉书·吕布传》《资治通鉴》等史书中对董卓、丁原、吕布等三人的经历、关系等方面作考证，然后得出如下三点结论：

一是和吕布一样认为董卓属于正义的代表，吕布杀丁原是义举。

二是丁原这个旧主的管理水平太差，不能得到大多数部下的拥护和支持。

三是形势所逼，不得已而为之。（沈忱《煮酒品三国》）

我们认为，这种做法，这种观点，既不符合史实，更不是对小说原文的正确解释。

吕布杀丁原的案件，实属政治性的谋杀。依法而论，董卓、李肃是出谋划策者，吕布是凶手，三人都犯有死罪。

谋杀丁原的起因，在于董卓在招待文武百官的酒宴上当众提出废除少帝的动议，刚刚出口，便遭到荆州刺史丁原的强烈反对：

不可！不可！汝是何人，敢发大语？天子乃先帝嫡子，初无过失，何得妄议废立？汝欲为篡逆耶？（第三回）

恼羞成怒的董卓当场就想杀掉这敢于直言，当众顶撞自己的丁原，因被李儒劝谏而作罢。次日，丁原引兵到城外挑战，指骂董卓说：

国家不幸，阉官弄权，以致万民涂炭。尔无尺寸之功，焉敢妄言废立，欲乱朝廷？

董卓未及回言，丁原的义子吕布飞杀过来，卓兵大败，退三十余里下寨。这时，董卓大有吕布人才难得之慨。虎贲中郎将李肃连忙讨好主子说：“主公勿忧。某与吕布同乡，知其勇而无谋，见利忘义。某凭三寸不烂之舌，说吕布拱手来降，可乎？”于是，董卓用黄金一千两、明珠数十颗、玉带一条，外加千里马赤兔一匹，将吕布收买过来，充当了杀手。

吕布于深夜暗杀了丁原，割了丁原首级，由李肃引见，又拜董卓为义父。董卓的回报，是封吕布为骑都尉、中郎将、都亭侯。依法理而论，丁原为朝廷命官，反对废少帝实质上是在维护法定的皇帝制度以及皇权、皇帝个人尊严，应予以高度肯定。吕布被收买来充当了凶手，杀害丁原，属于政治性的谋杀。董卓为主谋，其罪行比直接行凶的吕布更严重。由于董卓大权在握，法律严惩谋杀者的规定不仅不能落实，直接的行凶者吕布倒成了英雄，又发财，又升官，靠犯罪得到了荣华富贵。

此案不仅使我们从案情中确认董卓、吕布等人的罪行以及应当受到的处罚，更重要的一点启示，在于其认识价值大大超越了“杀人者死”的纯粹法理框架，生长出另一层面的法理根苗，这就是法律与政治的关系。更具体地讲，这里的政治的实质对象，就是高官董卓手中的军政两种大权。作为统兵二十万的高级军事长官和作为仅次于皇帝的太尉、丞相这样的行政高官，如果正确行使手中大权，不仅不会发生谋杀丁原的案件，而且会在辅助少帝上出力，一同治理好国家。董卓其人的作为，是滥用权力，把权力变作了犯罪的资本和保护自己逃避法律追究的保护伞、防空洞。

笔者曾对中国当代文学关于法律与权力的关系问题作过反复讨论，在几本拙著中都谈过它。这里，可以作一点补充说明：《三国演义》的法律描写的一个突出特点及巨大贡献，就是对中国社会早在三国时期就存在着的法律与权力的关系，有着深刻感悟，于是用一系列事实、案例来加以揭示。吕布被董卓收买行凶杀人一案，就是小说开卷不久就切入的法律与政治的观察点。它看出的一大症结，就是董卓手中的大权不是常理之下的权力。常理之下，权力是法律的后盾，可保证法律健康运作，使之得到实施。当权力滥用，就意味着掌权者胡作非为，这就导致权力走向了法律的对立面，成了犯罪的资本，成了法律的绊脚石，成了破坏法律的顽强敌人。董卓自己疯狂犯罪，收买吕布杀丁原，又重用犯罪之后的吕布，无不是因为他滥用手中大权。这是法律与权力关系的一种负面景观。

后来董卓被吕布所杀，同样昭示了法律与权力的微妙之处。吕布背叛董卓并杀死董卓，固然有司徒王允所使用的美人计的作用，但关键性的是权力之争的结果，是汉献帝下诏除董卓。皇权大于臣权。当吕布奉诏讨董卓的时候，意味着皇权跟臣权较量。臣权既然斗不过皇权，那么董卓手中的大权就失去了往日的威严与功效，于是他就只能受到法律的严厉处罚——剥夺生命。

值得注意的是，汉献帝的皇权同董卓的臣权的较量中，皇权所显露的并非是尊容，而是一副可怜相。汉献帝皇权旁落于董卓之手，成了傀儡，故董卓手中的臣权带有皇权的意味，朝臣谁都惧怕董卓的总根子就在这里。当汉献帝在一些忠臣的拥戴之下，行使皇权来依法处罚罪臣董卓的时候，就不能不权衡自己的傀儡地位，于是不得不小心谨慎地把下诏书、罚罪臣的行动安排得如同搞宫廷谋杀那样机密。若不如此，一有风吹草动，大权在握的董卓就随时有反扑过来的可能性。果真如此，汉献帝恐怕连傀儡皇帝都当不成。因此，吕布刺杀董卓给我们的感觉，不像钦定的执法处死罪臣，而酷似一次宫廷谋杀案。这种怪异的法律现象，恰到好处地揭示出汉朝行将灭亡之前皇权丧失了固有的权威与尊严的本来面貌。在我们研究法律与权力的关系时，这种突破了中国法制史特征——皇权大于法律的怪异现象，就千万不可忽视。不然，我们的有关认识和议论，就会失之于片面、肤浅。

关于汉献帝的皇权旁落的问题，我们在讲“法律与皇权”这一专辑时还将加以讨论，此处从略。

二十七 两个少年杀人犯

当今之世，青少年犯罪，或未成年人犯罪，是社会广泛关注的一个热门话题。《三国演义》中有两个少年杀人犯的个案，对于我们今天认识和解决这一问题，不无有益的启示。

先看夏侯惇的杀人案。这个日后受到曹操重用的军事将领——

> 字元让，乃夏侯婴之后；自小习枪棒；年十四从师学武，有人辱骂其师，惇杀之，逃于外方；闻知曹操起兵，与其族弟夏侯渊两个，各引壮士千人来会。此二人本操之弟兄：操父曹嵩原是夏侯氏之子，过房与曹家，因此是同族。（第五回）

年仅十四岁就胆敢杀人，这在一般人看来，匪夷所思，可作案人夏侯惇却自以为杀得理直气壮。别人辱骂自己的老师，作为学生有责任有义务挺身而出维护师道尊严，但方式与手段，当合理合法。杀死那辱骂者，不仅不能解决问题，反倒把自己推到了死刑犯的法律地位。这十四岁的夏侯惇之所以要“逃于外方”，就是因为闯了祸，故要规避法律追究。

曹操攻打关羽时，以夏侯惇为先锋，率兵五千。用今天的军事编制看，率五千人的军官，相当于军级，这证明受曹操重用程度很高。这种不作调查研究而重用杀人逃犯的做法，大有可议之处。“同族”的封建宗法关系，也许就是曹操无原则重用杀人逃犯的关键之处。

另一少年杀人犯，是孙坚。他作案的大体过程及后果是：

> 年十七岁时，与父至钱塘，见海贼十余人，劫取商人财物，于岸上分赃。坚谓父曰：“此贼可擒也。”遂奋力提刀上岸，扬声大叫，东西指挥，如唤人状。贼以为官兵至，尽弃财物奔走。坚赶上，杀一贼。由是郡县知名，荐为校尉。（第二回）

孙坚到底是不是杀人犯呢？若用今天的刑法来看，是毫无疑问的。当今的刑法，禁止任何杀人行为。即使是犯了死罪的人，不经法律程序依次进行批捕、逮捕、审判、执行死刑，任何人都不得随时随地将他杀死，否则就以杀人罪论处。十七岁的孙坚杀死一名海盗的事件，用当今的刑法来看，属于犯杀人罪的案件。这是不争的事实。

现在要讨论的是，在小说中，孙坚杀海盗不仅没有被视为犯罪，反倒认为有功，名声大振，地方政府推荐他当了地方上的执法官员。我们不禁要问：汉朝果真有允许一般人随意杀罪犯的法律规定吗？在刑事责任年龄上有没有具体规定？

查《三国志·吴书》孙坚的传记，确有他十七岁时杀死一名海盗而当了官吏之事。这表明小说所写是一件真实案例。不过在法律细节的处理上，小说有两处不同于史实。

其一，史实为孙坚没有自行其是，而是征求了父亲的意见。他的原话是："请讨之。"其父立即表示反讨，说："非尔所图也。"意思是惩治海盗不是你这孩子所应做的事情。

在小说中，只有孙坚自作主张去跟海盗斗智斗勇并杀一人的情形，没有请示父亲和父亲反对的对话。

其二，史实为孙坚杀一海盗归来后其父"大惊"，后来官府闻讯而"召署假尉"。小说中，没有孙父"吃惊"之状，孙坚当官不是直接由地方官府任命，而是"荐为校尉"。

这两点区别，使其法律寓意彼此不同。首先一点，小说中的孙坚胆大妄为，自行其是，犯杀人罪的性质很明显。其次一点，小说中官府提拔少年孙坚当官，采取了由地方推荐、申报上级批准的合法程序。由此可知，官方从地方到中央都不认为孙坚杀海盗是犯罪，相反倒是有功，授予官职是对他的功劳的一种奖励。现在要进一步讨论的是，小说如此写来，有没有汉朝立法事实上的依据。

首先，可以肯定，汉代法律不允许任何人私自随意杀任何犯罪之人。换一句话讲，孙坚杀海盗依法而论，犯了杀人罪。从史实孙坚事前请示父亲、父亲表示反对、事后孙父大吃一惊等细节可以知道，正因为杀人犯罪，才有郑重其事、非同小可一类的描述出现。小说经过对史实的改造、加工，孙坚的罪责更明显、更突出。

其次，是官府在处理孙坚杀人案的实际做法上，不以罪论处，而以功论处，也有汉朝法律上的依据，并不是为所欲为地执法犯法。汉代有不少刑法实施的原则。孙坚作为当着父亲的面作案杀人的少年犯，在依法论处上有两大法定原则应当遵循。原则之一，是“亲亲得相首匿”。首匿，本是罪名，指犯包庇罪。从汉献帝时起，首匿变成了符合孔子的“亲亲相隐”的思想的一种原则，父子间相互隐瞒对方所犯罪行，是合法的，官府不予追究。孙父吃惊于儿子孙坚犯杀人罪的事实，事后不仅没有告发儿子，反倒百般美化，这才惊动官府让他儿子当了官。

原则之二是矜恤老幼妇残。七八十岁的老人，七八岁的孩子，孕妇，残疾人，一旦犯罪，可以免予刑事处罚。孙坚十七岁杀人，虽超过了原则规定范围，但毕竟尚未成年，多少有一点可以“矜恤”的理由或借口。

这两条原则共同作用，使少年杀人犯孙坚做了官。可见，用今天的法理完全讲不通的法律事实，在汉朝的法律和法理上却讲得通。这反映了古今法律的不同之处。

《三国演义》中还有一个少年杀人犯的故事，故事的主角是徐庶，留待下面再讲其不同于上述两案的地方，此处不赘。

二十八　谋财害命第一案

胡赤儿杀牛辅，完全是谋财害命。这是《三国演义》所写两大谋财害命案件的第一起，案情如下：

> 次日，吕布进兵与牛辅对敌。量牛辅如何能敌得吕布，仍复大败而走。是夜牛辅唤心腹人胡赤儿商议曰：“吕布骁勇，万不能敌；不如瞒了李傕等四人，暗藏金珠，与亲随三五人弃军而去。”胡赤儿应允。是夜收

拾金珠，弃营而走，随行者三四人。将渡一河，赤儿欲谋取金珠，竟杀死牛辅，将头来献吕布。布问起情由，从人出首："胡赤儿谋杀牛辅，夺其金宝。"布怒，即将赤儿诛杀。(第九回)

这就是《三国演义》中的谋财害命第一案的全部案例材料。这一案件不是孤立的存在，是案中有案的复杂案件群中的一件。董卓被杀之后，其部将李傕、郭汜等人背叛朝廷，杀入长安，扬言替主子董卓报仇，一时间弄得举国上下动荡不安。这是一起大案。谋财害命案从属于这一谋叛大案。

在我们剖析这谋财害命案的案情的时候，又可发现此案发生之前，先发生了一起军中的多人合谋的盗窃案，其主谋是牛辅。牛辅是董卓的女婿，任中郎将。他引兵五千人欲与丈人报仇，恰好碰到李傕等人的叛乱军队，便合兵一处，他成为杀入长安的叛军的先头部队的领导人。就是这么一个叛军头目，为贪图钱财，跟胡赤儿这一心腹之人合谋，偷盗了大量金银财宝，逃离了战场。

胡赤儿杀牛辅的谋财害命案，处于第三个层次，直接导源于偷盗案。偷盗案的随行者三四人，也是胡赤儿谋财害命案的参与者、知情人。牛辅，则是命案的受害人。如果胡赤儿作案后逃跑，这一案件在兵荒马乱中也许就破不了。谁知胡赤儿竟然将被害人的首级献给吕布。这就等于自投罗网。小说没有写胡赤儿之所以这样做的原因。推测起来，大约是胡某想一举两得：既得到了大量钱财，又可通过献叛军头目首级的举动，从平叛的吕布那里捞得一官半职。至于案子败露及其下场，他没有去多想。这就叫作利令智昏。

现在要说的一个重要法理是：吕布一怒之下杀死胡赤儿，是执法处以罪犯死刑呢，还是犯了杀人罪？说来有趣。《三国演义》中的许许多多军事长官，无论生在何时，身在何处，一怒之下杀人的事，不断发生。乍一看，似在执法，又似在犯罪，并不是一下就能看准说清的。

按照"杀人者死"的立法精神，胡赤儿为了独自占有合谋盗窃的巨额财富而杀人，罪上加罪，自然应当处以死刑。着眼于此，吕布把胡赤儿杀死，可以认为是依法对案犯处以死刑。

但仅仅只这么看问题，就会失之于片面、简单化。军中发生的刑事案件，是由地方来审判呢，还是由军中来审判呢？这里存在着管辖权的问题。还有一点，对这案中有案的复杂案件，审理、判决、执行起来，有一个法定程序问题。不一一到位地处理好每一个环节，便违反了有关程序法。着眼于此，吕布一怒之下就把案犯胡赤儿杀了，可认为是违法，甚至犯罪。三国时期各地军事长官们眨眼就杀人的行为，几乎都跟吕布一样，具有普遍的违法犯罪性质。

中国法制史学家在谈到汉代法律的管辖权制度时，以“专门管辖”的醒目标题，指出“军队”中的审判案件的管辖权限：

> 平时，所有的部队各以部类相从，由各级军事长官统领。他们通常既负责军队军事、行政方面的事务，也管辖军队发生的案件。（张晋藩《中国法制通史》第二卷）

若以此观察吕布杀胡赤儿的案件在管辖上的法理问题，仍然有疑问。吕布是董卓当太尉时任命的骑都尉、中郎将、都亭侯，属于带兵的军事长官，这是可以讲通的。但在杀死董卓后司徒王允跟吕布商议平叛的时刻，吕布身边没有自己的军队，而是带领李肃的部队迎战叛军。再说，李肃本人被叛军劫寨，吃了败仗，吕布一怒之下把他杀死，悬头军门示众。第二天，就发生了一怒之下又杀胡赤儿的事情。由此而来的疑问是：滥杀平叛的国家军队长官的吕布，已属于犯案军官，还能执法办案吗？

读《三国演义》中的案例故事、法律现象，我们会感到很累。这是因为，罗贯中用他的神来之笔在不经意之间，时常描写出案例故事中套有案例故事、法律现象中包含法律现象的复合法制生活景观。于是，其中抽象出来的某种法律思维头绪尚在来路不明、去向不清之际，又牵扯出另外的丝丝缕缕，它们像一团乱麻纠缠在一起。这一麻团好不容易清理出头绪来，下一章节中又滚出许多不曾见过的新麻团来。只要你以极负责任的态度，不解开所有麻团的法理头绪不罢休，你就会备感任重道远，肩头的学理担子很重。于是一来，纯文学家看来轻松愉快的文学欣赏的悠闲雅事，在涉法文学欣赏领域却是一件无形之中的艰苦劳累的精神劳动。不错，涉法文学名著欣赏中既有文学欣赏通常伴随的审美快感，同时又有法理探索、艰苦追问过后的乐趣。《三国演义》及我们已谈过的《水浒传》、《红楼梦》就是使我们获得这快感、这乐趣的杰作。通俗的侦探小说、推理小说是不可能使我们产生这种阅读经验的。

上述谋财害命案，之所以使我们联想到多层法理法意以及涉法文学的美学特征在创作、阅读、理论研究上的许多感悟，就是因为文学中的法律理性思维天空广阔无边。一件命案的描写尚且如此，整部《三国演义》，乃至涉法文学世界的广袤就可想而知了。

二十九　谋财害命第二案

《三国演义》写到的第二件谋财害命案，接踵而至。曹操任东郡太守，因镇压青州黄巾军有功，朝廷加曹操为镇东将军，这时曹操派人去接避难在外的父亲曹嵩来团聚，不料发生了冲着曹氏钱财而来的特大杀人案。案子是这样发生的：

> 曹嵩率家小行到华、费间，时夏末秋初，大雨骤至，只得投一古寺歇宿。寺僧接入。嵩安顿家小，命张闿将军马屯于两廊。众军衣装，都被雨打湿，同声嗟怨。张闿唤手下头目于静处商议曰："我们本是黄巾余党，勉强降顺陶谦，未有好处。如今曹家辎重车辆无数，你们欲得富贵不难，只就今夜三更，大家砍将入去，把曹嵩一家杀了，取了财物，同往山中落草。此计何如？"众皆应允。（第十回）

就这样，"张闿杀尽曹嵩全家，取了财物，放火烧寺，与五百人逃奔淮南去了"。

我们从上述引文可以看出，这起谋财害命案的主谋是张闿。张对手下头目们的谈话，表明了他杀人的目的，在于占有曹家的巨额财富。这目的，在实现之前，表现为杀人动机。刑法学、犯罪学、犯罪心理学等法学分支学科，都注意研究这种因谋财而害命的动机。

张闿的谈话，还道出了本案的另一层法理，这就是法律与政治的关系。

张闿及其部下头目，从前曾是黄巾起义者，属于政治上闹革命、搞造反的人物，汉朝及所有封建王朝的法律都视为“盗贼”。“余党”云云，指的就是军事镇压和法律惩治之后的残余势力。张闿意识到，自己和部下投降徐州太守陶谦之后，日子过得不顺心，这反映了官场对投降归顺的黄巾班底的人们在政治上有一定程度的歧视、戒备、防范心理。这些，全在法律与政治的相互关系的范畴之内。可以认为，张闿之所以干出谋财害命的勾当，不仅仅有占有钱财的经济实利的考虑和追求，也有政治上不得志、不如愿的原因起作用。

此外，张闿的谈话还吐露出另一层法理：作案之后，逃往深山老林去当武装土匪。换一句话说，他要带领大家从目前的合法身份、地位脱离开来，回归到以往的违法犯罪的老路上去。而这老路并非昔日的造反、革命之路，却是纯粹的犯罪之路：以打家劫舍为生，即将犯罪职业化。

综合上述三点，张闿选择了自甘沉沦的不归之路。

再看其作案过程、手段、结果。曹操的父亲曹嵩、弟弟曹德等一家老小四十余人，全部被杀害。所劫取的财物有多少，小说没有确指，但从曹父“从者百余人，车百余辆”的盛况来推测，所携带的钱财数额巨大。要知道，主子、奴婢共一百四十多人奔波于长途，每天的生活花销就是一个不小的数目。若没有巨额财富，这浩浩荡荡的大家庭的迁徙生活根本无从度过。杀人、劫财之后，张闿还不罢休，又干出一桩新的罪行：放火烧寺。

一旦归案，张闿及其所带五百人，将被追究杀人、劫财、放火三大罪责。小说仅交代这伙案犯“逃奔淮南”去了，就没有再讲他们此后的动向。我在想，小说有意指明“逃奔淮南”，也许意在不动声色暗示读者，从这逃亡方向上去联想案犯们终于逍遥法外的结局。为什么？淮南是个不安宁的是非之地。袁术这个大军阀，占据了淮南，仰仗其地广粮多，又有孙策借兵三千所抵押得手的传国玉玺，便自称皇帝，同时还统领大军二十多万去打徐州。在如此混乱不堪的地方，谁来对张闿们执法办案呢？这么一追问，那逍遥法外的结局就在情理之中了。

从小说的叙事线索来看，此案为曹操报杀父之仇而血洗徐州做了铺垫。以后要专文讨论曹操攻徐州的战争的荒谬与罪恶。此时的曹操，因为奉诏镇压复起的黄巾起义有功，被封为镇东将军。作为军事长官和大血案的受害者的亲属，应当有起码的法律修养，对我们以上所谈的几方面的法理有清醒的认识。否则，便可认为他是一个对法律一窍不通的糊涂官。

小说所写曹操听到案发消息后的第一个反应，便是“哭倒在地”，悲伤至极。这一点可以理解，无可厚非。问题在于哭过之后，他咬牙切齿地说了糊涂话：

> 陶谦纵兵杀吾父，此仇不共戴天！吾今悉起大军，洗荡徐州，方雪吾恨！（第十回）

“陶谦纵兵杀吾父”，不能成立。事实是陶谦派张闿引兵五百保护曹父一家。张闿们作案，与陶谦毫无关系。因此，曹操恨陶谦是无理的。至于为报私仇而起大军攻徐州，在心理机制上跟报复杀人犯为复仇而作案完全相同。可以认为，此案把曹操作为罪犯的心理特征显露得一清二楚。

三十　是英勇杀敌　还是疯狂犯罪

——关羽过五关斩六将小议

只要一提到关羽过五关斩六将的故事，三国迷就会大加赞赏。殊不知，这里有大是大非需要澄清：关羽的行为，到底是英勇杀敌呢，还是疯狂犯罪？

请先看事实。身为丞相的曹操很器重关羽，曾引他朝见汉献帝，献帝任命关羽当了偏将军。不久，曹操又表奏朝廷，封关羽为汉寿亭侯，还铸造了官印。当闻知失散的结义兄长刘备到了河北的消息之后，关羽留下了辞别曹操的一封信，悬汉寿亭侯印于公堂之上，飞马去找刘备。过五关斩六将的事情，就发生在寻找刘备的路途之中。第一关为东岭关，守关将为孔秀。孔秀不许关羽过关，理由是“法度所拘，不得不如此”。关公大怒，举刀便杀死孔秀，还对其部下撒谎说：“借汝众军之口，传语曹丞相，言孔秀欲害我，我故杀之。”（第二十七回）

第二关为洛阳。守关将为洛阳太守韩福，他向关公索要通行证，关公没有，就以武力解决问题：把牙将孟坦一刀砍为两段，又把放箭射伤自己左臂的韩福斩于马下。

第三关为汜水关，守关将是卞喜。此人原是黄巾起义者，后投曹操，奉命守关。卞喜听说关公即将到来，便设计暗杀他，识破真相的关公挥刀把卞喜劈为两段。

第四关为荥阳，守关将为荥阳太守王植。他跟被关公杀死的洛阳太守韩福是儿女亲家，听到韩福的死讯，便商议暗害关公。他对部下胡班说：“关某背丞相而逃，于路上杀太守并守关将校，死罪不轻。”依据这一理由，他设计放火烧死关公。胡班见关公是一条好汉，便向关公告密，使关公得以带领刘备的两位夫人逃离旅馆。王植快马追来，被关公拦腰砍死。

第五关为黄河渡口，守关将是秦琪。他也当面索要通行证，关公与秦琪争执不下，只得动武，二马相交，只一个回合，秦琪便人头落地了。

以上是过五关斩六将的大体经过。关公事后有这样的心理活动：“吾非欲沿途杀人，奈事不得已也。曹公知之，必以我为负恩之人矣。”（第二十七回）

澄清了上述基本事实，该议的法理便可大白于天下。首要一点，关公过关斩将之前的弃官舍侯行为，由于有违中国封建社会的传统道德原则而导致了践踏皇权的严重罪行。中国自古有忠孝难以两全的伦理矛盾。忠，指对国家、社会、朝廷、民族的尽职尽责；孝，指对家庭的顺从父母，若对兄长而言这孝成了悌。我们每一个人都没有分身术，可以同时满足忠义与孝悌两个方面的不同要求。这就是忠孝难以两全的伦理矛盾产生的由来。在这种情况下，有志于献身国家、民族利益的人们，往往采取尽忠而不孝的做法。这就是大公无私的传统美德。关羽却与之相反：不顾朝廷的封官封侯，抛开应有公务，全身心照顾结义兄长刘备的两位失散的夫人，又归心似箭地带两个嫂夫人去寻找刘备本人。这样，他就以孝悌压倒了忠义。这应当是有违中华民族大公无私的传统美德，把哥们义气当作头等大事的道德缺憾的集中表现。

就是这种道德缺憾，导致了关羽践踏皇权的严重犯罪结果。汉献帝封关羽为偏将军的官职和汉寿亭侯的爵位是皇权发挥作用的一大典型事例。惟其如此，作为平头百姓的关羽才得以身价百倍。汉献帝甚至还当面夸奖关羽是“真美髯公”（第二十五回）。然而关羽把皇权根本不当一回事：既不要官职又不要爵位，一心只要投奔他心目中的“家兄”刘备。法律是不允许关羽这种作为的。汉代实行以君主为核心的中央集权统治，皇帝大权独揽，其地位至尊无上。封建正统法律思想的形成，更是在皇帝头顶上套上了一个神秘的光环。为了维护以皇权为中心的专制主义统治，法律对侵犯皇帝权威与尊严者均予以严厉打击，设置了种种罪名，关羽的上述罪行可依“大不敬”和“不道”两个罪名加以严惩。（张晋藩《中国法制史》）

如果说一般人由于不熟悉汉代法制史而难以识别关羽弃官舍侯的犯罪性质，那么他过五关斩六将的杀人罪行，则显而易见。需要进一步指出的，只在于每一次杀人的前因后果不尽相同而在法律性质上彼此有别。

在东岭杀孔秀，属于不折不扣的故意杀人，在法律上没有任何可以从宽论处的情节。因为，被害人孔秀对过关的关羽的态度和做法，都无可挑剔。须知，孔秀是奉命守关，亦即是依法行事。他向关羽索要通行证，又表明“法度”即法律规定他非看通行证不可，当关公要强行通关之际，孔秀又提出要留下人质。所有这些，都表明了孔秀毫无过错，是一个认真执法的军官。然而关羽蛮横不讲理，大怒之下，“举刀就杀孔秀”。行凶杀人之后，关羽还撒谎骗人说：“孔秀欲害我，我故杀之。”不用多说，在东岭关的关羽实属故意杀人的死刑犯。

在洛阳关第二次行凶杀牙将孟坦和太守韩福，关羽的杀人行为有可以理解的因素。韩福和孟坦奉命、依法守关，是无可非议的。孟坦曾指出：“既无丞相文凭（即通行证——引者），即系私行，若不阻挡，必有罪责。”这就又一次证明守关将士是有自觉的法律意识的。可惜的只在于一点：设计“用暗箭射之”。果然，当关羽过关之际，他俩依计行事，由韩福暗箭射伤了关羽。联系此案的来龙去脉，可见关羽这一次行凶杀人，有正当防卫的法理可议，可作从轻处罚的辩护。

在汜水关杀卞喜，关羽正当防卫的法律性质很突出。当闻知关公即将到来之际，卞喜寻思出一个暗杀的计划：在关前镇国寺中，埋伏下刀斧手二百多人，引诱过关的关羽到镇国寺去。然后击盏为号，一举杀死关羽。被诱骗的关羽偶然发现墙壁的帷幕里藏有刀斧手，便当面质问卞喜：“吾以汝为好人，安敢如此！”卞喜眼见密计败露，便撕下伪装：“左右下手！”就这样关羽不得不在剑拔弩张之时大开杀戒，先杀死许多刀斧手，后杀动武行凶的卞喜。在这里关羽的杀人行为，可以不负法律责任。尽管此前关羽犯有杀人罪，但卞喜们并非执法办案人员，无权处死他，故犯有谋杀罪。关羽以杀人手段对付企图谋害自己的凶手，以今天的法律论之，属于正当防卫，没有什么过错。至于汉代法律是否如此认定则有待于进一步研究。不过，若从下一关的杀人故事可以知道：当时的人们依然认为关羽犯有死罪。

这样看问题的人，可以王植为代表，他是荥阳太守，跟被杀的洛阳太守韩福是儿女亲家，闻知关公杀韩福，也跟卞喜一样，企图暗杀他。在对部属胡班下达暗杀指令时说：“关某背丞相而逃，又于路杀太守并守关将校，死罪不轻”（第二十七回）。可见，王植认为关羽过关斩将的行为都犯有死罪。王植暗杀关羽的手段是晚上放火把关羽一行人全部烧死。不用多说，这也是法律不允许的杀人罪行。小说把此种行径写成“商议欲暗害关公”，表明了作者的法律立场和态度，正在揭露、鞭挞这一酝酿中的罪行。不料胡班在作案过程中意外看到关公是一条好汉，不忍加害，便告密泄露了王植的暗害计划，从而使关羽携带刘备的两位夫人逃离了所住驿馆。王植快马追赶上来，跟关公交手，被拦腰砍死。

王植虽然有自觉的法律意识，认识到关羽过关斩将犯下了严重的死罪，但这并没有阻止他企图烧死关公等人的犯罪活动的开展。认识法律和遵守法律，不一定有因果的必然联系。正因为如此，知法甚至执法而犯法的大有人在。王植的教训，至今仍值得汲取。

第五关是黄河渡口。在此守关的是秦琪。他向关羽索要通行证未果，便出言不逊：“吾奉夏侯将军将令，守把关隘，便插翅也飞不过去。”关公以在路上杀人相威胁，秦琪不仅毫无惧怕，反倒挑衅说：“你只杀的无名下将，敢杀我么?”关羽、秦琪都恼怒不已，交手只一个回合，秦琪便人头落地。

此次杀人，关羽应负法律责任，这一点无可争议。秦琪作为守关将领，言行都是光明磊落的，远远不同于韩福、卞喜、王植这一帮人的阴谋暗害，尤其是秦琪根本没有加害关羽的任何企图。他跟关羽交手，只不过是尽守关的职责罢了，并非要置他于死地。

关羽本人在这里的杀人心理，属于典型的激情杀人，在犯罪心理学上不失为一个值得研究的典型案例。所谓激情杀人，指的是杀人者行凶杀人的原因类型，是在一定条件下失去理智，身心被一时间的亢奋情绪所主宰，于是不由自主地将他人杀死。凡是激情杀人者，事后几乎都对自己悔恨不已。关公杀秦琪就是如此。他在事后有这样的悔恨心理活动："吾非欲沿途杀人，奈事不得已也。曹公知之，必以我为负恩之人矣。"（第二十七回）

综上所述，奉劝读者诸君：切莫廉价捧颂关公的过五关斩六将行为。

纯文学家们对关羽形象百般美化，上述挂印封金、过关斩将之事，一直都被认作是关羽的丰功伟绩。

20世纪50年代，就有学者把关羽说成是"忠义完人"，而"过关斩将"就是这位大英雄"英武的神威"的表现之一。（李希凡《论中国古典小说的艺术形象》）

还有专家说，关羽"不得已斩了六员曹将"，而"这所向披靡的战绩，成为关羽赫赫功业的一个重要组成部分"。（沈伯俊《你不知道的三国》）

本文的论述证明，纯文学家从根本上不能解读文学作品中的法律内容。于是乎，不免把杀人犯当作大英雄、把杀人行为当作英雄壮举。

三十一　家庭以谋杀手段解决妻妾矛盾的案例

袁绍死后，其妻刘氏大开杀戒，把丈夫生前所宠爱的五个妾全部杀害。这还不罢休：

> 又恐其阴魂于九泉之下再与绍相见，乃髡其发，刺其面，毁其尸：其嫉恶如此。袁尚恐宠妾家属为害，并收而杀之。审配、逢纪立袁尚为大司马将军，领冀、青、幽、并四州牧，遣使报丧。（第三十二回）

此案中刘夫人和袁尚除了杀人，还犯有什么罪行？刘夫人和袁尚为什么对袁绍的妾们如此恨之入骨呢？他们大肆杀害无辜的严重罪行为什么大家都视而不见？小说仅含而不露地将基本事实点到为止，将巨大的思考余地留给了读者。

第一，刘夫人和他的儿子袁尚所犯杀人罪很严重。除了杀死袁绍的五个妾，还杀害了这些妾们的家属。俗话有云：杀人如麻，杀人不眨眼。刘夫人、袁尚杀人的凶恶程度，用这些俗话来形容，是一点也不过分的。

第二，除了杀人罪之外，案犯还犯有侮辱、残害尸体罪。对五个被害的宠妾的尸体，案犯采取了“髡其发，刺其面，毁其尸”的做法。髡发、刺面，本是适用于罪犯的刑罚，用以对待死者，意在侮辱、残害尸体。至于“毁其尸”，指的是连被弄得面目全非的残破尸体还不放过，进而烧毁，使其彻底消失。中国古代刑法和当今社会主义中国的刑法，都有侮辱、残害尸体方面的罪名。仅以这一点来看，刘夫人和袁尚都是应加以惩处的罪犯。

第三，刘夫人和袁尚对袁绍的宠妾们之所以恨之入骨，除了他们个人心胸狭隘，性格残忍的心理、情操上的缺憾之外，更有着封建婚姻制度的客观条件上的原因。汉代法律“虽然确认一夫一妻制的婚姻关系，丈夫纳妾却不为法律所禁止，因此纳妾之风盛行，贵族官僚往往妻妾成群……一妻多妾的存在，必然造成妻妾之间的矛盾与斗争，容易破坏家庭结构的稳定”（张晋藩《中国法制通史》第二卷）。读到法学家的这一论述，回头再看刘夫人和袁尚的两大罪行，我们就会有新的感悟。大军阀袁绍健在之时，他的妻妾成群的家庭结构保住了，他死后其夫妻关系也就随着自然解体。要说妻、嫡子对妾的仇恨再大，在既有的婚姻关系自然消亡后，也就该缓解了，但他们仍怀恨在心。可见，平日积累的心头之恨实在太深刻、太沉重了。引发此仇此恨的封建婚姻制度，对于罪犯和被害的妾们及其家属，都是可恶的。就是这可恶的婚姻制度，造成了袁绍死后的家庭大血案、大悲剧。着眼于这一点，小说所写此案的首要功绩，在于批判封建婚姻制度，其次才是谴责杀人罪行。

第四，刘夫人和袁尚杀人罪行严重至极，为什么都逍遥法外，无人过问呢？这是非追问不可的一个要害问题。答案就在上述引文后面的几句话之中。当时，袁绍吐血而死。其部下审配、逢纪急于做的只有两件事：一件是给袁绍办丧事，“报丧”云云；另一件就是抓紧时机把袁绍遗留下来的军政大权由袁尚来继承，“立袁尚为大司马将军，领冀、青、幽、并四州牧”。从这里就可知道，袁氏父子享有军政大权，这意味着也执有一方的司法大权。既然执掌军、政、司法三种大权的人及其妻子、母亲合谋搞家庭谋杀，那么谁能插手来追究其罪行呢？换言之，滥用权力的犯罪，也就是今天人们所说的职务犯罪，只能依靠上一级的权力机构来执法查办。傀儡皇帝汉献帝早已不能行使最高司法、执法权了。因此，在袁绍死后袁尚掌权的独立王国里，五个宠妾的大血案，只能是不白之冤，无从昭雪天下。

第五，刘夫人和袁尚用暗杀方式来解决家庭户主袁绍死后的妻妾矛盾的做法，除了有违刑法，犯下重罪之外，还有违民法，导致了新的家庭矛盾产生。原来，刘夫人是袁绍的继室夫人，生有袁尚。袁绍的原配夫人生有袁谭，袁谭是长子。依照封建时代的官职、财产的继承和袭荫的法律，嫡长子处于绝对的优先地位。现在是庶出第三子袁尚把长子袁谭扒到一边，来抢班夺权式地继承，长子袁谭理所当然不服气。

既然这民事纠纷也发生在权势之家，那么合法的诉讼途径自然同样行不通。那么，解决方式如何呢？答曰：打仗。于是，在三国乱世乱打仗的板块中，出现了袁家兄弟互相攻打的战争画面。袁尚依审配的馊主意，主动点燃了同室操戈的战火：

> 袁尚依言，便披挂上马，引兵五万出城。袁谭见袁尚引军来，情知事泄，亦即披挂上马，与尚交锋。尚见谭大骂。谭亦骂曰："汝药死父亲，篡夺爵位，今又来杀兄耶！"二人亲自交锋，袁谭大败。尚亲冒矢石，冲突掩杀。谭引败军奔平原，尚收兵还，袁谭与郭图再议进兵，令岑壁为将，领兵前来。尚自引兵出冀州。两阵对圆，旗鼓相望。壁出骂阵；尚欲自战，大将吕旷，拍马舞刀，来战岑壁。二将战无数合，旷斩岑壁于马下。谭兵又败，再奔平原。审配劝尚进兵，追至平原。谭抵当不住，退入平原，坚守不出。尚三面围城攻打。谭与郭图计议。图曰："今城中粮少，彼军方锐，势不相敌。愚意可遣人投降曹操，使操将兵攻冀州，尚必还救。将军引兵夹击之，尚可擒矣。若操击破尚军，我因而敛其军实以拒操。操军远来，粮食不继，必自退去。我可以仍据冀州，以图进取也。"（第三十二回）

为争夺官职的继承权，袁氏兄弟之间的非法战争，就这样打起来了，一时间不见有休战的迹象。在我看来，这种争权夺利的大规模战争的危害性，大大超过了上述谋杀案。须知，双方以数万兵力对阵，一仗打下来再接着往下打，其军费开销之大，双方伤亡人数之多，给战地居民带来的战争灾难之深重，都是可想而知的。

依据军法，袁氏兄弟如此擅自发动内战，都得从严惩处。法律在战乱中形同废纸的不正常状态，只能使他们继续超然于法律之外，安然无恙。

这里应当提请读者充分注意小说的法律描写的突出艺术特色，就在于把三国乱世中的乱杀人与乱打仗水乳交融地结合在一起，浑然一体，从而使其法律寓意的多层面的组合极为自然、巧妙。这里的乱杀人的刑法问题思考、乱打仗的军法问题探究、继承方面的民法问题讨论，以及婚姻制度弊端的法律批判，在娓娓道来的家庭故事中无形地鱼贯展开。读者若心情浮躁，一目十行，又全无法律意识，是什么奥妙都看不出来的。反之，若细品慢咽，带着法律思考的注意力来解析这案例故事，以上笔者的分析思路，便尽显眼前。

三十二　军中以谋杀手段对付怨敌的案例

此案发生在第三十三回的末尾：

却说袁熙、袁尚引数千骑奔辽东。辽东太守公孙康，本襄平人，武威将军公孙度之子也。当日知袁熙、袁尚来投，遂聚本部属官商议此事。公孙恭曰：“袁绍在日，常有吞辽东之心；今袁熙、袁尚兵败将亡，无处依栖，来此相投，是鸠夺鹊巢之意也。若容纳之，后必相图。不如赚入城中杀之，献头与曹公，曹公必重待我。”康曰：“只怕曹操引兵下辽东，又不如纳二袁使为我助。”恭曰：“可使人探听。如曹兵来攻，则留二袁；如其不动，则杀二袁，送与曹公。”康从之，使人去探消息。

却说袁熙、袁尚至辽东，二人密议曰：“辽东军兵数万，足可与曹操争衡。今暂投之，后当杀公孙康而夺其地，养成气力而抗中原，可复河北也”。商议已定，乃入见公孙康。康留于馆驿，只推有病，不即相见。不一日，细作回报：“曹公兵屯易州，并无下辽东之意”。公孙康大喜，乃先伏刀斧手于壁衣中，使二袁入。相见礼毕，命坐。时天气严寒，尚见床榻上无裀褥，谓康曰：“愿铺坐席”。康瞋目言曰：“汝二人之头，将行万里，何席之有”！尚大惊。康叱曰：“左右何不下手”！刀斧手拥出，就坐席上砍下二人之头，用木匣盛贮，使人送到易州，来见曹操。时操在易州，按兵不动。夏侯惇、张辽入禀曰：“如不下辽东，可回许都。恐刘表生心”。操曰：“待二袁首级至，即便回兵”。众皆暗笑。忽报辽东公孙康遣人送袁熙、袁尚首级至，众皆大惊。使者呈上书信。操大笑曰：“不出奉孝之料”！重赏来使，封公孙康为襄平侯、左将军。

这里叙述了汉朝军队内部以谋杀手段对付怨敌的两个互相包容的案例。案例之一，是辽东太守公孙康和部属公孙恭合谋杀害袁熙、袁尚兄弟，既遂。案例之二，是袁氏兄弟合谋杀害公孙康，未遂，成为既遂谋杀案的受害者。

先说既遂的谋杀案。公孙康之所以要谋杀袁氏兄弟，出于两个原因。原因之一，是他们的父亲袁绍，曾经有吞并辽东的企图，故有着积怨等待发泄。原因之二，公孙康知道袁氏兄弟被曹操打败，无处安身，如今来投靠一定是不怀好意。与其被对方算计，不如自己先下手为强。前一原因，出于对往日个人之间的恩怨的考虑，后一原因，出于对眼前个人安危、得失的盘算，二者均没有国家军队相互间应有的支持、帮助，而是互相防范，互相坑害。这样处理地方军队之间的关系，除了发动内战，就是杀人。

公孙康的谋杀行为，有着可进可退的两手准备，即以曹操是否有意侵犯辽东为转移。若即将进兵辽东，就放弃谋杀二袁的图谋，接纳他们，以共同对付曹兵。若近日无意于攻取辽东，那么就杀害二袁，并将其首级献给曹操，以博得封赏。这样损人利己的算计，是道德上的大缺陷，必将导致行为人往犯罪的泥坑里不断跌落，越陷越深。经过实际调查，证实了对曹兵的行动的估计，公孙康们便实施了谋杀行动计划。

曹操假如有一点正义感，在公孙康献二袁首级之后，至少应当考虑惩处谋杀者。问题在于曹操对“杀人者死”的法律精神根本不过问，反倒把杀人罪行当作一种功绩，把公孙康这个本应负主谋罪责的杀人犯封为襄平侯、左将军。在曹操手中，功与罪的关系被全然颠倒了。

再说二袁杀人未遂的案件。正如公孙康对二袁投辽东的来意预料的一样，兄弟俩的确是来者不善。他们兵败到辽东，正是要在这里寻找安身、喘息的地方，时机一旦成熟，便要下手铲除公孙康，把辽东作为进兵中原，打败曹操的根据地。他们的失败，在于公孙康并不是他们想象的大傻瓜，于是美梦尚未做完便成了人家的刀下鬼。谋杀案的受害人通常会令人同情。袁氏二兄弟被杀害，却不能唤起任何人的同情心。他们谋杀公孙康的动机，早在前往辽东、未曾见到公孙康之前就已产生。而公孙康的动机，是见到两个不速之客以后才诱发出来的。从这一点看，二袁的谋杀计划带有预谋杀人的性质，显得更可恶。

两件包容在一起的既遂和未遂的谋杀案，从刑法上看，作案者、被害者双方都有杀人罪行，区别只在罪行的既遂、未遂及罪重、罪轻的不同。从军事上看，是汉末各地军队之间你争我夺的矛盾激化的产物，反映了战乱中的军队不务正业——从防范外敌侵略，保护国家安宁而走向了内战、内讧的歧路。对于军中的这种腐败趋势，有识之士多少能够有所意识。曹操的部将郭嘉就是一例。

郭嘉临死之前，给曹操留下一封信，信中有言曰：“公孙康、袁氏必自相图，其势然也”（第三十三回）。在听到二袁投往辽东之初，郭氏就作出了这一判断：公孙康同二袁之间一定会“自相图”。“自相图”，说穿了，就是互相图谋对方，即互相残杀、互相坑害。当然，郭嘉这种正确的预料，虽然在一定程度上洞察到军队内部的混乱与腐败，但他的出发点、落脚点都不在救治歧路上的军队，而是在为主子曹操出谋划策：不要急于进兵辽东，待二袁同公孙康“自相图”告一段落之后，再进兵取辽东就省事多了。为此，曹操对郭嘉信中的预见得到证实异常欣慰。曹操作为丞相，本应从这里产生极大的忧患、沉痛之情思，才合乎掌握国家和军队的领导大权的正常心态，而他却幸灾乐祸，唯恐天下不乱。所以说，此案也折射出曹操的丑恶内心。

三十三　环环相扣的五连环杀人案

《三国演义》并非现代侦探小说，但其局部在案例的设计、叙述技巧上却为侦探小说创作提供了借镜，而案例中所容纳的丰富法律内容，又是追求故事情节的侦探小说所不可企及的。下面的一段文字，就使读者欣赏到环环相扣的五连环杀人案：

却说孙权弟孙翊为丹阳太守。翊性刚好酒，醉后尝鞭挞士卒。丹阳督将妫览、郡丞戴员二人，常有杀翊之心；乃与翊从人边洪结为心腹，共谋杀翊。时诸将县令，皆集丹阳。翊设宴相待。翊妻徐氏美而慧，极善《卜易》，是日卜一卦，其象大凶，劝翊勿出会客。翊不从，遂与众大会。至晚席散，边洪带刀跟出门外，即抽刀砍死孙翊。妫览、戴员乃归罪边洪，斩之于市。二人乘势掳翊家资侍妾。妫览见徐氏美貌，乃谓之曰："吾为汝夫报仇，汝当从我；不从则死"。徐氏曰："夫死未几，不忍便相从；可待至晦日，设祭除服，然后成亲未迟。"览从之。徐氏乃密召孙翊心腹旧将孙高、傅婴二人入府，泣告曰："先夫在日，常言二公忠义。今妫、戴二贼，谋杀我夫，只归罪边洪，将我家资童婢尽皆分去。妫览又欲强占妾身，妾已诈许之，以安其心。二将军可差人星夜报知吴侯，一面设密计以图二贼，雪此仇辱，生死衔恩！"言毕再拜。孙高、傅婴皆泣曰："我等平日感府君恩遇，今日所以不即死难者，正欲为复仇计耳。夫人所命，敢不效力！"于是密遣心腹使者往报孙权。至晦日，徐氏先召孙、傅二人，伏于密室帏幕之中，然后设祭于堂上。祭毕，即除去孝服，沐浴熏香，浓妆艳裹，言笑自若。妫览闻之甚喜。至夜，徐氏遣婢妾请览入府，设席堂中饮酒。饮既醉，徐氏乃邀览入密室。览喜，乘醉而入。徐氏大呼曰："孙、傅二将军何在！"二人即从帏幕中持刀跃出。妫览措手不及，被傅婴一刀砍倒在地，孙高再复一刀，登时杀死。徐氏复传请戴员赴宴。员入府来，至堂中，亦被孙、傅二将所杀。一面使人诛戮二贼家小，及其余党。徐氏遂重穿孝服，将妫览、戴员首级，祭于孙翊灵前。不一日，孙权自领军马至丹阳，见徐氏已杀妫、戴二贼，乃封孙高、傅婴为牙门将，令守丹阳，取徐氏归家养老。江东人无不称徐氏之德。（第三十八回）

有评论者在全文抄录了这段话之后，把徐氏称之为“女英雄”，认为“徐氏是演义中最完美的女性形象，也是古代女性中的优秀代表”，还极力美化她为报夫仇的“镇定自若与机智过人，使她成了胜利者”（蔡大东《三国那些人儿》）。

从原文的实际出发，会清楚地看出，徐氏实际上不是什么英雄，而是五连环杀人案中的杀人犯。尽管她杀人有某种可从轻论处的原因，但杀人罪责是不容否认的。

第一个环节的杀人案，是孙翊的部下妫览、戴员及其仆人边洪合谋杀害孙翊的谋杀案。妫览、戴员因为不满于孙翊酒后任意鞭挞士卒的粗暴而有意杀害他。但这两个部将不想承担罪责，便唆使边洪行凶。孙翊之死，两名主谋和一名凶手都罪责难逃，主谋比凶手罪行更重。汉代法律规定，凡谋杀判处弃市，即处以死刑之后，还要陈尸示众。

第二个环节的谋杀案，为妫览和戴员把杀死孙翊的罪责推卸到凶手边洪一个人身上，并“斩之于市”。请注意，表面上看妫览和戴员把边洪“斩之于市”，是在执法处死凶手，“斩之于市”即“弃市”的通俗说法，在定罪量刑上似乎很准确，而骨子里却是又一个谋杀案。这一谋杀案的主谋和凶手是妫览和戴员。其作案意图在杀人灭口，掩盖他俩谋杀孙翊的真相，以长期规避法律追究。边洪当初被利用去杀主人，是万万没有料到自己也是被谋杀的对象的。

第三个环节的谋杀案，主谋是徐氏，从犯为行凶杀妫览、戴员的凶手孙高和傅婴。徐氏的犯意有两点：一是替死去的丈夫报仇，一是自我保卫。

徐氏的正确做法，应是诉诸法律，通过法律途径来惩治作恶多端的妫览和戴员两个歹徒。私自报仇杀人是徐氏的法律之误。

第四个环节的杀人案，是“诛戮二贼家小”及“余党”。“二贼家小”即两个凶手的家属，他们应是无罪之人。所谓“余党”，就是妫览、戴员的部下，他们不曾参与谋杀，也都是无罪之人。杀死这么多无罪的人们，是徐氏的大罪行。

第五个环节的案子，不是杀人案，而是侵犯财产案。作案者就是妫览和戴员。他们在杀死孙翊、边洪之后，乘孙家混乱、惶恐之机，“掳翊家资侍妾”，就是劫夺、占有孙家的财产和奴婢。这种行为，可定罪为侵犯私有财产罪。汉代法律保护公有、私有财产，甚至规定主人如果杀死侵犯私有财产的歹徒可不负法律责任。

这里有一个法律细节要注意。封建社会中，主人家的奴婢，如同猪马牛羊，是私有财产。故劫夺、占有奴婢，也属于侵犯财产的罪行。

“杀人者死”的立法精神，本是指犯有杀人罪的案犯应依法处以死刑，在这一组连环杀人案中，妫览、戴员、边洪作为杀人犯的死亡，都不是依法处死，而是死于谋杀。徐氏以及孙高、傅婴等人，同样是行凶杀人，却受到孙权的重用和关照，这是对法律的践踏。其所以能如此肆意践踏法律，就是因为孙权滥用权力，为所欲为。若要追究，孙权罪责不小。

“江东人无不称徐氏之德”的现象，昭示了法律与道德的有机联系，不可机械地认为徐氏杀人本身是什么道德行为。江东人称赞的徐氏之德，是她在丈夫被杀害之后，不忘夫妻情义，以一定程度的正义感来报仇雪恨，杀死行凶作恶的两名凶手。换一句话说，就是她的犯罪动机是道德的而不是邪恶的。但要注意的是，谋杀行为本身，是不道德的、触犯刑法并危害社会的罪行。

三十四　互相谋杀的阴阳案

三国世界的乱杀人，表现形式千奇百怪。第六十二回开头所写，就是一个双方互相谋杀对方的阴阳案。一方面，是庞统为刘备出谋划策，要杀成都刘璋的两名部下杨怀和高沛，另一方面是杨、高二人合谋要杀刘备。

庞统有上、中、下三计，其中计便是谋杀杨、高之计。他们有如下合谋作案的对话：

> 玄德问：“那三条计？”统曰：“只今便选精兵，昼夜兼道径袭成都：此为上计。杨怀、高沛乃蜀中名将，各仗强兵拒守关隘；今主公佯以回荆州为名，二将闻知，必来相送；就送行处，擒而杀之，夺了关隘，先取涪城，然后却向成都：此中计也。退还白帝，连夜回荆州，徐图进取：此为下计。若沉吟下去，将至大困，不可救矣”。玄德曰：“军师上计太促，下计太缓；中计不迟不疾，可以行之。”

在刘备实施谋杀计划的同时，杨、高二人也在合谋杀刘备：

> 却说玄德提兵回涪城，先令人报上涪水关，请杨怀、高沛出关相别。杨、高二将闻报，商议曰：“玄德此回若何”？高沛曰：“玄德合死。我等各藏利刃在身，就送行处刺之，以绝吾主之患。”杨怀曰：“此计大妙。”二人只带随行二百人，出关送行，其余并留在关上。

为什么说这两件谋杀案为一阴一阳呢？刘备们的谋杀先出笼，积极主动，且对杨、高的谋杀有所预见、有所防范，故先下手为强，终于谋杀成功。因之，此案为阳。杨、高们的谋杀后出笼，尚有动议便为对方所预知，还没付诸行动就被对方搜出了行凶短刀，使对方找到了杀人的合法理由，故彻底失败。因之，此案为阴。

阴阳二案一成一败的结局，小说写得简明、生动极了。其中暗含不易觉察的富有哲理深度的法理，绝不容忽略。且先看小说原文：

> 却说杨怀、高沛二人身边各藏利刃，带二百军兵，牵羊送酒，直至军前。见并无准备，心中暗喜，以为中计。入至帐下，见玄德正与庞统坐于帐中。二将声喏曰：“闻皇叔远回，特具薄礼相送。”遂进酒劝玄德。玄德曰：“二将军守关不易，当先饮此杯。”二将饮酒毕，玄德曰：“吾有密事与二将军商议，闲人退避。”遂将带来二百人尽赶出中军。玄德叱曰：“左右与吾捉下二贼！”帐后刘封、关平应声而出。杨、高二人急待

争斗，刘封、关平各捉住一人。玄德喝曰："吾与汝主是同宗兄弟，汝二人何故同谋，离间亲情？"庞统叱左右搜其身畔，果然各搜出利刃一口。统便喝斩二人；玄德还犹未决，统曰："二人本意欲杀吾主，罪不容诛。"遂叱刀斧手斩杨怀、高沛于帐前。黄忠、魏延早将二百从人，先自捉下，不曾走了一个。玄德唤入，各赐酒压惊。玄德曰："杨怀、高沛离间吾兄弟，又藏利刃行刺，故行诛戮，尔等无罪，不必惊疑。"众各拜谢。

刘备、庞统等本来是行谋杀之计，其法律性质是犯杀人罪，而从杨、高二人身上"各搜出利刃一口"之后，他们一下就找到了行凶杀人的证据，于是顺理成章、不费吹灰之力地把自己的谋杀罪一变而成了惩处杀人犯。庞统所说的"罪不容诛"，意思是将杨、高二人处死，他们还死有余辜。刘备紧接着对死者的"二百从人"宣布"尔等无罪"，表面上看是不追究大家的法律责任，骨子里却是再一次向众人表明：杨、高二人死罪难逃，杀死他俩是依法行事。这样一来，事先策划好了的一起谋杀案，到了把人杀死之后，就由主、臣二人说成了依法处死犯罪者。简言之，犯罪行为成了执法活动。刘、庞二人真可谓巧舌如簧。"众各拜谢"的场面，正是骗局使大家不明真相即行骗者得逞于一时的证明。

有道是：成则为王败为寇。中国自古以来就有这样以成败定是非的积习。殊不知，在法律领域，也能演变出此种社会魔术：谋杀失败的，成为死有余辜的罪犯；谋杀既成的，竟被视作执法有功的英雄受到众人"拜谢"。刘备和庞统联袂表演了一回法律魔术，收到了唬弄旁观大众的效果。

揭开骗局，看案情的本来样子，正确的结论是：杨、高二人谋杀未遂而败露，虽然有罪，但罪不至死；刘、庞谋杀既遂，依法得判处死刑，但他们狡猾地利用物证把自己的谋杀罪行说成是执法活动，干净而彻底地掩盖了严重罪行。

我所说的富有哲学深度的法理，指的就是有意谋杀他人的刘备和庞统这两个本来的死刑犯，利用被害人也企图谋杀对方的未遂案件作伪装和物证，一举把自己包装为执法英雄的法律现象背后的法理启示，隐藏巧妙，不显痕迹，大大超出了人们的日常生活经验。文学作家从法制生活实际出发，以阴阳二案水乳交融的方式，把这法律哲学的新奇道理暗示给我们，实在叫人兴奋不已，感觉到有茅塞顿开的大收获。

《三国演义》所写大大小小的杀人案，各有法律内涵可议可谈，相形之下，唯独刘备、庞统制造的这一谋杀案的法理以深邃性、欺骗性称著，无可攀比者。几乎历代评论者都认为刘备是仁人君子，这在很大程度上取决于刘备口头上标榜的仁义道德随处可见。一旦从法律角度切入，刘备的违法犯罪行为将把他的口头道德宣言一扫而光。仅以谋杀杨怀、高沛的案件而言，就可见到刘备凶狠、虚伪的丑恶嘴脸。

三十五　少数民族内部的谋杀案

建兴三年（公元225年），西南少数民族地区的首领孟获起兵十万，向蜀国发动攻击。此后不久，便发生了孟获杀董荼那的案件。

董荼那是孟获手下的三大元帅之一。他之所以被杀，原因在于他既不同意孟获进攻蜀国的主张和行动，又跟众酋长一起将孟获捉拿到蜀国，表示愿意归顺蜀国。事败后，孟获出于报复而杀害了董荼那。

孔明重赏了董荼那等人，用好言将他们劝说回去了。同时，又释放孟获回去。这样，孟获出于报仇目的，把董荼那和另一个元帅阿会喃一同骗到大寨帐下杀害，抛尸于山涧之中。对这一切，孔明无从知晓。

综观此案，可议之法理不少。首先一点，“杀人者死”的立法精神，并不因为汉朝的灭亡而不复存在。蜀国的法律同样严禁杀人。可见，孟获暗杀部下的两个元帅，触犯了蜀国刑法，犯了死罪。

其次一点，当时处在战乱之中，孔明对孟获的七擒七纵过程，到案发之时才推进到第二步，因此对凶手孟获依法论处的时机，根本不具备。中国和世界各国的历史都反复证明，战争是法律的大敌。一切法律的实施，都有待于战火熄灭，和平降临人间。当今之世，美国入侵伊拉克的战争，一举将这有着古老的法律文明的国家变得混乱不堪，就是一个明证。

再次一点，待对孟获的七擒七纵完结之后，出现了如下皆大欢喜的局面，依法论处孟获的杀人罪案，无形之中便宣告流产了。请看：

却说孟获与祝融夫人并孟优、带来洞主、一切宗党在别帐饮酒。忽一人入帐谓孟获曰："丞相面羞，不欲与公相见。特令我来放公回去，再招人马来决胜负。公今可速去"。孟获垂泪言曰："七擒七纵，自古未尝有也。吾虽化外之人，颇知礼义，直如此无羞耻乎?"遂同兄弟妻子宗党人等，皆匍匐跪于帐下，肉袒谢罪曰："丞相天威，南人不复反矣!"孔明曰："公今服乎?"获泣谢曰："某子子孙孙皆感覆载生成之恩，安得不服!"孔明乃请孟获上帐，设宴庆贺，就令永为洞主。所夺之地，尽皆退还。(第九十回)

孔明对孟获的政策，是既有军事上的武力征服，又有道义上的仁义感化。这实质上是先秦时代就有的"宽猛相济"的治国手段的实际运用。说白了，也就是软硬兼施。孟获们一致表示归顺，正是这种两手政策的胜利。一旦有政治上的大胜利，法律上追究孟获的杀人罪自然就退居其次了。法律与政治的微妙处，由此是可以推想而知的。

在孟获们的领地里，有一套迥别于汉人的"风俗"。其中一项，便是"其处无刑法，但犯罪即斩"(第九十回)。且不说"无刑法"而认定什么是"犯罪"大成问题，单讲对犯罪者问"斩"这一点，就因孟获大权在握而成了问题。参与谋杀董荼那等两位元帅的人，亦即"刀斧手"和"心腹人"，都是孟获的部下。在孟获奉孔明之令"永为洞主"的条件下，谁能来执法"斩"这位犯有杀人罪的"洞主"呢？这是这四点可议之法理。

最后一点，孔明对待董荼那的问题上，缺乏法律上的洞察力，更没有相应的保护措施。当初，酋长们和董荼那一起讨论反对孟获进攻蜀国这一事件的时候，其思想境界是很可取的：

诸多酋长皆来告董荼那曰："我等虽居蛮方，未尝敢犯中国，中国亦不曾侵我。今因孟获势力相逼，不得已而造反。想孔明神机莫测，曹操、孙权尚自惧之，何况我等蛮方乎？况我等皆受其活命之恩，无可为报。

> 今欲舍一死命，杀孟获去投孔明，以免洞中百姓涂炭之苦。”董荼那曰：“未知汝等心下若何?”内有原蒙孔明放回的人，一齐同声应曰：“愿往!”于是董荼那手执钢刀，引百余人，直奔大寨而来，时孟获大醉于帐中。董荼那引众人持刀而入，帐下有两将侍立。董荼那以刀指曰：“汝等亦受诸葛丞相活命之恩，宜当报效。”二将曰：“不须将军下手，某当生擒孟获，去献丞相。”于是一齐入帐，将孟获执缚已定，押到泸水边，驾船直过北岸，先使人报知孔明。(第八十八回)

从这里可以知道，受到孔明感化而不愿跟孟获一道骚扰蜀国的少数民族人士为数不少。对他们的正确对待方式，除了好言相劝、重赏之外，更应考虑到反孟获所带来的人身安全问题。孔明以精于算计而受到人们的敬佩，可在这里他却大大失算。因此，当孟获和董荼那一同被放回之际，立即发生了报复杀人案。可以说，董荼那等两位元帅之死，有着孔明疏忽大意的原因。由此，我们感到董荼那们死得冤枉，死得可惜。

当今的司法实践中，对于受害人、目击证人、举报人的人身安全的保护较为注意。较之孔明当年粗枝大叶的做法，这是一种很大的进步，令人欣慰。

第三辑
法律与皇权

从汉灵帝刘宏病死，到晋武帝司马炎登基，其间汉朝以及魏、蜀、三国的皇权更迭凡十五次之多。《三国演义》的法律内容至关重要的一个方面，就是用历史事实与艺术虚构相结合的手法，把百年乱世中法律与皇权的罕见关系表现得淋漓尽致，从而大大有别于和平条件之下的皇权大于法律的中国法制史的一般特征。在这一点上，《三国演义》法律描写的贡献，可以说超凡脱俗，后世文学将永远难以企及。

关于符合中国法制史一般特征——皇权大于法律的一般情况，我在《法说红楼梦》和《法说水浒传》中多有所谈论。这里所谈法律与皇权的关系，则是超出中国法制史特征之外的不正常景象：皇权一再旁落于宦官、奸臣、反将之手，因而皇权不仅显得卑微、可怜，甚至连皇帝、皇后、皇亲国戚的人身安全都没有保障。乱世中的皇权与法律的这一层独特关系，是由《三国演义》首次、独家推出的。可以说，其中的一系列法理启示，是对中国法制史学家关于“皇权大于法律”的法制史一大特征的创造性发展、突破。因之，如果拘泥于法制史学家的一般定论，将完全读不懂《三国演义》中十五个皇帝的生动故事。反之，若对皇权大于法律的一般法制史特征一无所知，就更读不懂十五个皇帝法律地位的流变史。

纯文学家由于高度缺乏中国法制史的有关知识，无从挖掘《三国演义》中十五个皇帝身上凝聚的特有认识价值，往往把他们跟平民百姓等量齐观，大谈什么性格懦弱、人生悲剧之类的生活话题。唯有抓住三国乱世中继乱打仗、乱杀人之后的又一大乱——乱当皇帝的话题，才可挖掘出症结所在。

本辑的十五篇短文，不求面面俱到地评论每一个皇帝，只是寻找一个切入点，将他乱当皇帝的与众不同的特殊印记揭示出来。

三十六　被宦官牵着鼻子走的汉灵帝

《三国演义》是把汉灵帝刘宏作为汉末乱世的兆始皇帝来描写的。他出场时间为建宁二年（公元169年），还没干什么正经事，转眼间就到了光和元年（公元178年）。这种闪电般的叙事手段，暗示了汉灵帝十年间不过在虚度光阴而已。

第一个出场的汉灵帝刘宏，像一头又老又病的牛，被号称十常侍的一群宦官牵着鼻子走，毫无作为。对于黄巾起义、各地造反这样危及朝政的头等大事，专权的十常侍封锁消息，汉灵帝竟然毫无所知。

谏议大夫刘陶、司徒陈耽这两个忧心如焚、敢于跟胡作非为的十常侍作斗争的朝臣，却同时被汉灵帝关进监狱，这两个大冤案把汉灵帝作为傀儡皇帝的真面目，彻底暴露在广大读者面前，令人不能不深恶痛绝。

下面是冤案出笼的经过：

一日，帝在后园与十常侍饮宴，谏议大夫刘陶，径到帝前大恸。帝问其故，陶曰："天下危在旦夕，陛下尚自与阉臣共饮耶！"帝曰："国家承平，有何危急？"陶曰："四方盗贼并起，侵掠州郡。其祸皆由十常侍卖国害民，欺君罔上。朝廷正人皆去，祸在目前矣！"十常侍皆免冠跪伏于帝前曰："大臣不相容，臣等皆不能活矣。愿乞性命归田里，尽将家产以助军资。"言罢痛哭。帝怒谓陶曰："汝家亦有近侍之人，何独不容朕耶？"呼武士推出斩之。刘陶大呼："臣死不惜，可怜汉室天下四百余年，到此一旦休矣！"

武士拥陶出，方欲行刑，一大臣喝住曰："勿得下手，待我谏去。"众视之，乃司徒陈耽，径入宫中来谏帝曰："刘谏议得何罪而受诛？"帝曰："毁谤近臣，冒渎朕躬。"耽曰："天下人民欲食十常侍之肉，陛下敬之如父母，身无寸功，皆封列侯；况封谞等结连黄巾，欲为内乱。陛下今不自省，社稷立见崩摧矣！”帝曰：“封谞作乱，其事不明。十常侍中岂无一二忠臣?”陈耽以头撞阶而谏。帝怒，命牵出，与刘陶皆下狱。(第二回)

就这样，汉灵帝在光天化日之下制造了两起大冤案。第一起冤案，是把忧国忧民的忠臣、谏议大夫刘陶的正确意见，当作是不容皇上的犯上作乱的罪过，竟利用他手中的司法大权，喝令将他立即处以死刑。乍一看，汉灵帝似乎大权在握，神圣不可侵犯。实际上，他是被身边包围的宦官们牵着鼻子走，叫他干啥就干啥。十常侍面对刘陶的仗义执言，担心汉灵帝在逆耳忠言提示之下觉醒，于是一起跪下来求饶。这一下真管用，汉灵帝怒火中烧，忍无可忍便对刘陶下毒手：推出斩首。

第二起冤案，是汉灵帝把劝阻他滥用刑罚的又一正确言论，尤其是揭露十常侍胡作非为的话语听不进去，竟当面为之作无罪有功的辩护。陈耽不得不拼命坚持规劝意见，又被当作犯罪，关进了监狱。陈耽的一席据理力争的言辞虽然没有完全把失去理智的汉灵帝拉回头，但毕竟终止了对刘陶的处以死刑的活动。

两起冤案的受害人刘陶、陈耽双双被关进监狱，无罪而受刑坐牢。这是冤案推进到此时的法律实质。

冤案再推进一步，便是十常侍背后进一步陷害两位朝廷忠臣：当天晚上，就在狱中杀害了他们。对此，小说没有多写什么。读者不难推测其黑幕：十常侍无非是用花言巧语欺骗汉灵帝，甚至根本不报告杀人之事。汉灵帝制造冤案陷害忠臣，十常侍把受陷害的忠臣整死。依事实，名副其实的罪犯是十常侍。可他们大权在握，狐假虎威，谁能执法惩处十常侍的杀人重罪和其他一系列罪行呢?

整死刘陶、陈耽后，十常侍“假帝诏，以孙坚为长沙太守，讨区星”的一句话的叙事，表明了他们又牵着汉灵帝的鼻子在政治舞台上亮了一回相。“假帝诏”，就是盗用汉灵帝的名义下诏书。“讨区星”，则是十常侍在给自己装潢门面：他们在讨伐造反的土匪。有了这一层粉饰，那监狱中的谋杀案，就被严严实实掩盖住了。

汉灵帝在十常侍玩弄皇权的骗局中转眼又虚度了五年，直到中平六年(公元189年）病死，十常侍玩弄皇权游戏的骗局才宣告破产。袁术、袁绍、曹操等人把所有宦官都杀干净，连同他们的家属也赶尽杀绝。矫枉过正的问题不免出现。十常侍的家属，大多数应是无辜的，一概杀死，未免扩大化。小说有一句看似闲话的叙事，实为点明了宫廷谋杀宦官的斗争有误杀好人的倾向。这句话是：

多有无须者误被杀死。(第三回)

人们如此仇恨宦官，跟汉灵帝把宦官当作“忠臣”，视若掌上明珠，形成了极大的反差。汉灵帝的不得人心，无所作为，由这种反差中可以体现。

谈到这里，应当为读者提供一点关于皇帝制度的法制史背景材料。皇帝的称号，是秦始皇创造的。在周朝，国家的最高统治者称为王，又叫作天子。东周以来，各诸侯国的最高统治者称为君。秦始皇统一中国后，为表示自己的权力至高无上，就自称为中国第一个皇帝，并确立了世袭的皇帝制度。到两汉，秦始皇创立的皇帝制度得到进一步巩固与充实，使皇帝的承袭、权力、职责以及人身安全的保护，皇亲国戚的特殊地位等等，都制度化、法律化，谁也不许任意对待。否则，就视为犯了极恶大罪，将受到极为严厉的处罚。因此皇帝的地位、权力，甚至一言一行，无不超然于法律之外。从秦开始，到清代为止，中国古代法制史的一个突出特征，通常都是如此：皇权大于法律。

汉朝末年至三国鼎立的百年乱世之中，上述法制史特征突然中断，仿佛出现了突破历史规律的怪异景象——本来神圣不可侵犯的皇帝和皇权，从汉灵帝开始，不仅不再神圣，相反倒很可怜、可笑、可悲。汉少帝、汉献帝以及魏、蜀、吴三国的皇帝们，几乎都是如此。无论史实如何，《三国演义》所写，便是如此。因此，我认为三国乱世的一大标志，在于“乱当皇帝”，意即法制史的上述基本特征，在这些皇帝身上不同程度地消失了，故显得“乱”。至于乱当皇帝的“乱”之由来，一是皇帝本人不争气，无作为，不像皇帝；二是皇帝身边的人们——丞相或宦官或其他罪臣、叛将，架空了皇帝，使皇权旁落，不让他们正儿八经地当皇帝。

更有甚者，皇帝本人、后妃以及其他皇亲国戚的人身安全都没有保障，成为罪臣侵犯、欺压、杀害的对象——这就是“乱”到了极致。

显然，解读《三国演义》法律内容的一个重要而艰巨的任务，就在于从中国法制史常态的背景下，寻觅和思考可怜、可悲、可叹的十五个皇帝在位期间不正常的“乱”处。汉灵帝时期的“乱”，就在于被宦官当作蠢驴、笨牛牵着鼻子走了二十年，直到病死。

三十七　皇位尚未坐热就被废、被杀的汉少帝

汉灵帝于中平六年（公元189年）病死，汉少帝刘辩登基，不到半年就被废除，紧接着被毒杀。皇龄短，皇命不保，这就是汉少帝乱当皇帝的看点。

至高无上的皇帝宝座保不住，神圣不可侵犯的皇帝的人身安全也没有保障，这里还有什么皇权大于法律可言呢！

那么，是谁吃了豹子胆，竟敢把皇帝拉下马，又把下马的皇帝往死里整呢？此人就是董卓。关于董卓的无法无天，此处不用多讲。我们要讲的只是一点：汉少帝的乱当皇帝，表现在登基仅半年就被赶下台，而在台上的日子里，他所做的只有一件事：在兵荒马乱中逃出皇宫，等他返回皇宫就被赶下台，接着就是死于毒杀。在十五个乱世皇帝中，汉少帝创造了在位时间最短的纪录，又创造了第一个被杀的纪录。

读少帝在位半年及被废和毒杀的故事，总的感觉就是：他像皮影戏中一个出场极少的小角色，只见他身边的人上上下下，出出进进，忙闹得不亦乐乎，而本该一呼百应的他却迟迟不露面。朝政任凭旁人指手画脚，说三道四，这种喧宾夺主的艺术描写，实际上已一再表明：汉少帝只不过是个摆设，他在位跟被废没有什么实质性的区别。可将这种情形用一个成语来概括：尸位素餐。

少帝两次出场跟读者见面，其情景都很凄凉。第一次出场，正值袁术、袁绍、曹操等人进宫诛杀宦官。十常侍中的张让、段珪两人，乘混乱之机拥

少帝和陈留王“冒烟突火，连夜奔走至北邙山”：

约二更时分，后面喊声大举，人马赶至；当前河南中部掾吏闵贡，大呼：“逆贼休走!”张让见事急，遂投河而死。帝与陈留王未知虚实，不敢高声，伏于河边乱草之内。军马四散去赶，不知帝之所在。帝与王伏至四更，露水又下，腹中饥馁，相抱而哭；又怕人知觉，吞声草莽之中。陈留王曰：“此间不可久恋，须别寻活路。”于是二人以衣相结，爬上岸边。满地荆棘，黑暗之中，不见行路。正无奈何，忽有流萤千百成群，光芒照耀，只在帝前飞转。陈留王曰：“此天助我兄弟也!”遂随萤火而行，渐渐见路。行至五更，足痛不能行，山冈边见一草堆，帝与王卧于草堆之畔。草堆前面是一所庄院。庄主是夜梦两红日坠于庄后，惊觉，披衣出户，四下观望，见庄后草堆上红光冲天，慌忙往视，却是二人卧于庄草畔。庄主问曰：“二少年谁家之子?”帝不敢应。陈留王指帝曰：“此是当今皇帝，遭十常侍之乱，逃难到此。吾乃皇弟陈留王也。”庄主大惊，再拜曰：“臣先朝司徒崔烈之弟崔毅也。因见十常侍卖官嫉贤，故隐于此。”遂扶帝入庄，跪进酒食。

却说闵贡赶上段珪，拿住问曰：“天子何在?”珪言：“已在半路相失，不知何往。”贡遂杀段珪，悬头于马项下，分兵四散寻觅；自己却独乘一马，随路追寻。偶至崔毅庄，毅见首级，问之，贡说详细。崔毅引贡见帝，君臣痛哭。贡曰：“国不可一日无君，请陛下还都。”崔毅庄上止有瘦马一匹，备于帝乘。贡与陈留王共乘一马。离庄而行，不到三里，司徒王允、太尉杨彪，左军校尉淳于琼、右军校尉赵萌、后军校尉鲍信、中军校尉袁绍，一行人众，数百人马，接着车驾，君臣皆哭。先使人将段珪首级往京师号令，另换好马与帝及陈留王骑坐，簇帝还京。先是洛阳小儿谣曰：“帝非帝，王非王，千乘万骑走北邙。”至此果应其谶。(第三回)

第二次出场，少帝已不在其位。他被废后，“与何太后、唐妃困于永安宫中，衣服饮食，渐渐少缺，少帝泪不曾干”。一天，他见双燕飞于庭中，便吟诗一首，末两句是“何人仗忠义，泄我心中怨”。董卓通过耳目获得此诗，便以此为借口，将少帝以鸩酒毒死，还绞死了唐妃。就这样，少帝失位不久，就成了宫廷谋杀案的受害者。

汉灵帝大权旁落失之于他对宦官偏听偏信。汉少帝大权旁落，固然有董卓为非作歹的重要原因，但不是因为他重用了这个歹徒，而是在于皇帝制度本身的毛病：让一个未成年人出任国家元首。在当今之世的任何一个国家都不会发生这种怪事。而在实行皇帝制度的古代中国，却是常见现象。且不说秦始皇上台当皇帝时才十三岁，单讲《三国演义》中先后上台当皇帝的未成年人就有汉灵帝刘宏、汉少帝刘辩、汉献帝刘协、魏齐王曹芳、吴会稽王孙亮、吴景帝孙休、蜀后主刘禅七人。让这么多未脱童稚之气的少年乃至儿童当国家一号领导人，这本身就是大笑话。出乱子，是必然的事。罗贯中难以像现代人对皇帝制度的荒唐性或谬误性有深刻认识，但他对少年儿童当皇帝也是看不惯的。在叙说少帝逃难于荒野的狼狈情形时，曾借庄户主人之口说道：

二少年谁家之子？

这话说白了，就是皇帝是个孩子，没有一点皇帝的样子。此后，又有童谣说：

帝非帝，王非王。

在下面将要讲到的汉献帝的故事中，特别点明他登基“时年九岁”（第四回）。更有甚者，曹芳登基当皇帝时才八岁。

这些看似平淡的文字，集中起来加以咀嚼，是可品出寄寓其中的嘲讽意味的。

三十八　先后五度当傀儡皇帝的汉献帝

在三国时期十五个皇帝的流变史上，汉献帝不仅以在位时间长达三十二年名列前茅，而且以五度当傀儡引人注目。

由秦始皇发明、创造的皇帝制度，是中国封建社会的根本制度。这种制度的基本特征，就是将皇帝的一切——从姓名、称呼到衣、食、住、行，从上朝接见文武百官，到退朝的后宫日常生活，从处理政务到审理案件，从赏功罚罪到封官予爵，无不法律化。与此同时，皇帝本人的意愿、言论，通常具有最高法律效力。此外，皇帝的执法权至高无上，其他官职的执法都得服从皇帝的旨意。可以说，皇帝就是法律。

汉献帝五度沦为权臣的傀儡，就意味着国家的法律被架空得完全不起作用。换一句话讲，就是掌握国家大权的朝臣成了超越法律之外的实质上的皇帝，大权旁落的皇帝只是名义上的皇帝。这就是汉献帝在位三十二年的法律地位的全部内容。乱世之乱，就乱在汉献帝五度当傀儡这一症结上。

首先使汉献帝当傀儡的是丞相董卓。依汉朝的法律规定，丞相为承天子之命的百官之长，拥有决策权、人事权、司法权。通俗地说，丞相就是仅次于皇帝的二把手。若依法尽职尽责，遇事请示皇帝，无论皇帝本人的能力、德行如何，国家的法律制度就可以正常运转。问题就出在董卓根本不把九岁登基的小皇帝汉献帝当一回事，他俨然就是神圣不可侵犯的皇帝。

丞相手中的大权的滥用，使董卓成为罪恶滔天的歹徒。汉献帝若能行使皇权，早就可以对他绳之以法。小说极力暴露董卓的滔天罪行，反衬出的正是汉献帝皇权旁落导致的危害已登峰造极。

董卓的罪恶之一，就是继把汉少帝赶下台后，又用鸩酒毒死了他，还绞死了唐妃。这时的董卓，名为丞相，实为杀人犯。其次，还有奸淫宫女、屠杀百姓、抢劫财物等罪行。小说写道：

> 自此每入夜宫，奸淫宫女，夜宿龙床。尝引兵出城，行到阳城地方，时当二月，村民社赛，男女皆集。卓命军士围住，尽皆杀之，掠妇女财物，装载车上，悬头千余颗于车下，连轸还都，扬言杀贼大胜而回；于城门外焚烧人头，以妇女财物分散众军。（第四回）

由于董卓的胡作非为，引发了讨伐董卓的战争，这就使全国陷入了战火纷飞的大动荡之中。在劫持天子并后妃从洛阳迁都西安之际，董卓一伙人的犯罪活动达到了登峰造极的地步。他们不仅将反对迁都的一批朝臣有的罢官，有的杀害，更是把整个洛阳城变成了人间地狱，造成了空前的大灾难。

李儒曰："今钱粮缺少，洛阳富户极多，可籍没入官。但是袁绍等门下，杀其宗党而抄其家赀，必得巨万。"

卓即差铁骑五千，遍行捉拿洛阳富户，共数千家，插旗头上，大书"反臣逆党"，尽斩于城外，取其金赀。李傕、郭汜尽驱洛阳之民数百万口，前赴长安。每百姓一队，间军一队，互相拖押；死于沟壑者，不可胜数。又纵军士淫人妻女，夺人粮食。啼哭之声，震动天地。如有行得迟者，背后三千军催督，军手执白刃，于路杀人。卓临行，教诸门放火，焚烧居民房屋，并放火烧宗庙宫府。南北两宫，火焰相接；长乐宫庭，尽为焦土。又差吕布发掘先皇及后妃陵寝，取其金宝。军士乘势掘官民坟冢殆尽。董卓装载金珠缎匹好物数千余车，劫了天子并后妃等，竟望长安去了。(第六回)

董卓被刺杀之后，其部下李傕、郭汜等人造反，杀入长安，以大军压境的武力，逼迫汉献帝对他们封官赐爵：封李傕为车骑将军，池阳侯，封郭汜为后将军，美阳侯，二人同秉朝政。于是乎，汉献帝又成了这两个取得了合法身份、地位的叛将的傀儡。

且说李傕、郭汜既掌大权，残虐百姓；密遣心腹侍帝左右，观其动静。献帝此时举动荆棘，朝廷官员，并由二贼升降。(第十回)

由于李、郭二人内讧，互相攻打不休，李傕的侄儿李暹引兵劫驾出宫，致使汉献帝与伏皇后过了一段随军流亡的日子。在这段奔走不休的时日里，被封为征北将军的李乐和被封为征东将军的韩暹掌握了大权，无形中使汉献帝在流亡中第三次当了傀儡。小说写流亡到安邑的情形，用"全不成体统"作结，揭示了朝廷混乱至极的严重程度。

驾至安邑，苦无高房，帝后都居于茅屋中；又无门关闭，四边插荆棘以为屏蔽。帝与大臣议事于茅屋之下，诸将引兵于篱外镇压。李乐等专权，百官稍有触犯，竟于帝前殴骂；故意送浊酒粗食与帝，帝勉强纳之。李乐、韩暹又连名保奏无徒、部曲、巫医、走卒二百余名，并为校尉、御史等官。刻印不及，以锥画之，全不成体统。（第十三回）

韩暹、李乐的来历同他们专权玩弄汉献帝的现状联系起来，读者会大吃一惊。韩某，是黄巾起义被镇压后复起的领导人之一，属于法律严惩的对象。李某是啸聚山林之贼的头目，也是法律严惩的对象。在兵荒马乱之际，汉献帝如同饮鸩止渴一般，竟下诏召他们前来救驾。所以说，汉献帝这次流亡中当傀儡，吃饭都成大问题，实在是自讨苦吃。

第四次让汉献帝当傀儡的是曹操。曹操奉诏救驾有功，使流亡的汉献帝回到洛阳，后又迁都许昌，曹操乘机掌握了大权。汉献帝又一次靠边站，那惨景是：

自此大权皆归于曹操：朝廷大务，先禀曹操，然后方奏天子。（第十四回）

关于曹操如何把汉献帝当作傀儡，任凭玩弄于股掌之间的详情，此处从略，在讲曹操作为法律人物形象的专辑中再谈。

第五个把汉献帝当作傀儡玩弄的人，是曹操的儿子曹丕。小说有道是：“曹丕自继位之后……威逼汉帝，甚于其父”（第七十九回）。逼来逼去的最后结果，是曹丕干脆把傀儡皇帝汉献帝逼下台，让他去当山阳公，自己取而代之当了皇帝，改国号为“大魏”。按照汉朝的法律，曹丕犯了“篡逆之罪”。以复兴汉室为己任的刘备，就是依照汉朝的法律来评论曹丕称帝之事的。东吴的人们，也持这样的观点。问题只在于，汉朝连国家都灭亡了，其法律还有什么实际作用呢！

三十九　在国事、家事上均一再出尔反尔的曹丕

曹丕是魏国的开国皇帝，从延康元年（公元220年）登基，到黄初七年病死，在位七年。在其短暂的皇帝生涯中，虽然保持了皇权的尊严，没有人敢犯上作难，但他并没有任何政治建树。其平庸、失败之处何在？在我看来，曹丕之戒，就在于无论在处理国事、家事上，他都出尔反尔，缺乏一贯的正确的准绳。以这种反复无常的理智认识、判断缺陷来行使法定的至高无上的皇权，就无从有效治理国家，甚至连家事也会弄得一团糟。

是的，曹丕当皇帝七年，就失败在他出尔反尔这个老毛病。且说他无心于建设国家而热衷于打仗这件事，他就因为心无定规而连连打败仗。起初，在蜀兵大举攻吴的时刻，孙权写表称臣，投降魏国，曹丕封孙权为吴王。大夫刘晔建议：趁此良机，进攻吴国，跟蜀国形成两面夹攻之势，一举灭掉吴国。曹丕反对说：

> 孙权既以礼服朕，朕若攻之，是沮天下欲降者之心。不若纳之为是。（第八十二回）

刘晔又一次坚持自己的意见，遭到曹丕的第二次否决，说是："朕意已定，卿勿复言。"

然而，正当蜀兵在纵横七百余里的大范围内攻击吴国之时，曹丕既嘲笑刘备不懂兵法，又要趁机灭掉吴国。他对朝臣们说：

> 陆逊若胜，必尽举吴兵去取西川。吴兵远去，国中空虚，朕虚托以助战，令三路一齐进兵，东吴唾手可取也。（第八十四回）

就这样，曹丕调遣三路军马，以"暗袭东吴"。兴兵袭东吴过程中，贾诩、刘晔等人再一次发表了劝阻意见，曹丕硬是听不进去，亲自引御林军上前接应三路兵马。结果是三路兵败，骑兵、步兵共损失了百分之六七十。曹

丕这才后悔地承认错误，说："朕不听贾诩、刘晔之言，果有此败"（第八十五回）。从政治形势来看，此败导致了"吴、魏自此不和"的局面。这是曹丕比兵败还惨重的大失败。

在得知刘备病死的消息后，曹丕乘人之危，提出要进攻蜀国。司马懿提出了兵分五路的进兵之计。不料，不仅仅是蜀军大败魏兵，连吴兵也大败魏兵。曹丕居然厚着脸皮派人到吴国既认错，又撒谎，又求救，干了一件毫不知羞耻的蠢事，那使者对孙权说：

> 蜀前使人求救于魏，魏一时不明，故发兵应之。今已大悔，欲起四路兵取川，东吴可来接应。若得蜀土，各分一半。（第八十六回）

"蜀前使人求救于魏"，纯属撒谎，意在掩饰主动伐吴的事实。"魏一时不明"，"今已大悔"云云，是羞羞答答地承认错误。"东吴可来接应"，是求救于东吴，而"若得蜀土，各分一半"是对于求救的回报上的虚假许诺。可孙权并没有买账，从而使曹丕丢了一回脸。

当听到"吴蜀通好"的消息之时，曹丕似乎全然忘记了到吴国认错、撒谎、求救的丑事，怒不可遏，又一次提出起兵伐吴，所调集的水陆军马多达三十余万。曹丕亲临火线指挥、督战，结果是"魏兵大败而回"（第八十六回）。

以上是曹丕在处理国事，即在外交、军事上一贯前后矛盾的大致情形。再说在处理家事上，曹丕也有同样的弱点。曹丕十八岁那年，将袁熙之妻甄氏据为已有，其父曹操见到甄氏的美丽容貌，竟把儿子曹丕占人妻子的犯罪行为不当一回事，还欣赏说："真吾儿妇也"（第三十三回）。曹丕当了皇帝，并没有立即封甄氏为皇后。后纳郭氏为贵妃，她有取甄氏而代之当皇后的野心，曹丕对此毫无觉察，于是就发生了他一手制造的惨剧：

> 自丕纳为贵妃，因甄夫人失宠，郭贵妃欲谋为后，却与幸臣张韬商议。时丕有疾，韬乃诈称于甄夫人宫中掘得桐木偶人，上书天子年月日时，为魇镇之事。丕大怒，遂将甄夫人赐死，立郭贵妃为后。（第九十一回）

当年，曹丕尚未当皇帝，把别人之妻甄氏据为己有为法律所不容。如今，作为皇帝的曹丕将夫人甄氏“赐死”，虽然合法，无人敢出面表示异议，但因为甄氏根本无罪，“赐死”，便是滥杀无辜。其实质，是皇帝滥用权力，把自己无辜的夫人判处了死刑。

这里的“赐死”合法，仅仅是指法律形式上有“赐死”这么一回事，但其法律内容是有违有关规定的。什么是“赐死”？从历史沿革上讲，赐死是执行死刑的一种方式，至迟在秦代已经有明文记载。秦朝执行死刑的方式有十多种，如戮刑（先辱之，再杀之）、磔刑（剞其胸腰而杀之）、弃市（杀而陈尸示众）、定杀（投入水中淹死）、生埋（即活埋）、枭首（砍头，将头悬挂示众）、腰斩（砍头叫斩，斩腰叫腰斩）、囊扑（装进麻袋打死）、赐死（命令罪犯自杀）、族刑（株连无辜，即杀死无罪的家族之人）、具五刑（先对罪犯施用各种肉刑，再将其杀死）（张晋藩《中国法制通史》第二卷）。汉朝基本上承袭了这些执行死刑的方式。三国初期，魏、蜀、吴忙于打仗，在法律上都不免沿用汉朝法律。魏明帝即位后率先改革法制，制定了不少新的法律。由此可知，曹丕“赐死”甄氏，在名义、形式上是有案可查的。但适用对象大成问题。

赐死的对象，往往是犯有死罪的有功之臣。有时社会地位极高的人犯死罪，也赐死。甄氏作为曹丕的夫人，相当于皇后，只是没有行册封之礼罢了，地位是极高的，但她没有任何罪过，将其“赐死”，等于是借法律名义杀害好人。这就叫作冤假错案。

再说，郭贵妃陷害甄氏的那一套巫婆行妖法的伎俩，对曹丕根本不能造成实际的人身伤害。即使是甄氏所为，也无关紧要。曹丕不调查真相，把诬陷人的可笑东西当作真实的罪行论处，实属无知、野蛮、主观之举。

以上，是曹丕乱当皇帝的概况。如果作一番史实的考证，可更清楚地看出罗贯中法律上的追求，不仅是自觉的，也是有效的。仅以“赐死”甄夫人一事而言，对于史实的艺术处理手法就多种多样。其一，将散见于各处的史实，进行整合。《三国志·魏书·文帝纪》，对甄氏有言曰：“六月……夫人甄氏卒。”对郭贵妃有言曰：“九月……立皇后郭氏。”《魏书·后妃传》有言曰：“帝大怒，二年六月，遣使赐死，葬于荆。”将这些片段的简短叙事整合在一起，便构成了“赐死”的故事情节的大框架。

其二，有意缩短，甚至是取消各个片段史实发生的时序距离，从而把不明显的前因后果之间的联系变得格外突出。甄氏夫人卒于黄初元年（公元220年）六月，郭贵妃立为皇后是黄初三年九月，二者相距两年多。从史书行文中，看不出相距两年多的两件事有何关系。可小说中，两件分叙的孤立史实变成两件事的前因后果关系：

遂将甄夫人赐死，立郭贵妃为后。

其三，“赐死”甄夫人的事实缺乏细节，使人不得要领。作者以大胆想象和虚构，创造出一个有头有尾的小故事：郭贵妃跟一幸臣合谋，用无中生有的栽赃诬陷的方式，坑害甄，从而激怒了曹丕。

综合运用这些文学手法之后，曹丕“赐死”甄氏就形成了一个大冤案，而史实上无从看出的若干法律认识价值，在小说中就得到了形象化的表现，只要忠实于小说原文作解读，法理上的思绪就会一一呈现出来。

四十　滥用皇权的曹叡

曹叡接替曹丕当皇帝的时候，已经二十三岁，可谓血气方刚，有可能干一番事业，但其所作所为令人失望。俗语说，新官上任三把火。曹叡当了天字第一号大官却没有火起来，而是一上台就犯了一个大错误：糊涂地中了蜀国的奸计，将骠骑大将军司马懿的兵权夺了，使其“削职回乡”。糊涂的青年皇帝就这样滥用初到手的皇权，给人留下了笑柄。孔明闻讯大喜，说：“吾欲伐魏久矣，奈有司马懿总雍、凉之兵。今既中计遭贬，吾有何忧？”他那有名的《前出师表》，就写在曹叡中计后的大喜日子里。

蜀国使用的计策，就是假冒司马懿的名义，在魏国的邺城门上贴了一道告示，全文如下：

骠骑大将军总领雍、凉等处兵马事司马懿，谨以信义布告天下：昔太祖武皇帝，创立基业，本欲立陈思王子建为社稷主；不幸奸谗交集，岁久潜龙。皇孙曹叡，素无德行，妄自居尊，有负太祖之遗意。今吾应天顺人，克日兴师，以慰万民之望。告示到日，各宜归命新君。如不顺者，当灭九族！先此告闻，想宜知悉。(第九十一回)

这一告示，在魏国朝廷引起极大震动。君臣经过一番议论，决定对司马懿进行一次考验，以证实其是否有谋反的意图。备受委屈的司马懿明确指出，布告所言，是“吴、蜀奸细反间之计”，并面禀曹叡，但还是罢了他的军职，令其回乡种田。就这样，青年皇帝曹叡一上任就中敌国挑拨离间的诡计，干了一件使亲者痛而仇者快的大蠢事。

在诸葛亮率领蜀兵三十万，出屯汉中之际，曹叡在运用皇权于人事安排上又犯了一个大错误：任命清河公主的驸马夏侯楙为大都督，统兵二十多万来敌孔明，结果连失三郡，不得不逃窜到羌族地区去了。

紧接着的又一次人事安排，同样使曹叡脸上无光：任命曹真为大都督，王朗为军师，选拔东西二京军马二十万，亲自送出西门之外，前往抵抗蜀兵侵犯。没想到，七十六岁的王朗遭到孔明一顿辱骂，又气又急，撞死于马下。曹真接连打败仗，两个先锋阵亡，求救公文送上朝廷。这时，从蜀国投降魏国的孟达，又回归了蜀国。孟达被曹丕封为散骑常侍，曹叡上台后又任命他为新城太守，镇守上庸、金城等处。如今孟达反叛，对曹叡又增添了一层打击。

在这严峻形势之下，司马懿不等招用自己的圣旨下达，便事先出兵攻打反将孟达，大获全胜：杀死孟达，重新布置镇守新城等地事宜。曹叡不得不当面对立下汗马功劳的司马懿承认了自己的错误：

朕一时不明，误中反间之计，悔之无及。今达造反，非卿等制之，两京休矣！(第九十四回)

此时此刻的曹叡，是可爱的。君对臣能够坦言自己的错误，难能可贵。也许，曹叡身上仅仅只有这么一个小小的亮点，其余则全暗淡无光，毫无可取之处。要数滥用皇权，劳民伤财的腐败极致之事，当是他在许昌大兴土木这一举措。为修建豪华富丽的亭台楼阁，选派天下能工巧匠三万多人，役使民工三十多万，昼夜不停地施工。司徒董寻上表谏止此事，被废为庶人。太子舍人张茂也上表切谏，被斩。大兴土木的浩大工程不断推进、升级，直至发展到在长安城中建造高二十丈的高台，以使曹叡登上高台"与神仙往来，以求长生不老之方"（第一百五回）。

滥用皇权的曹叡的又一粗暴行径，是他为后宫毛皇后、郭夫人之间的争风吃醋的日常生活琐事而动用极刑。毛后失宠，不免烦恼，故得知皇上同郭夫人在芳林园中赏花饮酒的乐事之后，次日同偶尔碰面的曹叡开了一个小玩笑说：

> 陛下昨游北园，其乐不浅也。

曹叡事先命令对毛后严守游园的消息，现在听此话，知道消息已经走漏。就为这么一点芝麻大的事情，曹叡勃然大怒，一方面"喝令宫官将诸侍奉人尽斩之"，同时"降诏赐毛皇后死，立郭夫人为皇后"。毛皇后和那些宫女、太监没有一人犯罪，竟在曹叡一怒之下全都被杀死。在这里，皇权大于法律的中国法制史特征得到了一次形象化的诠释，使读者知道，这特征的实质，是皇帝权力超越于法律规定之上，他可以为所欲为地来对待、运作法律，借法律的名义、手段来任意处罚看不惯的任何臣民。

曹叡临终之前在按皇帝的世袭制度办事的最后一次人事安排上，是合法的，也是认真负责的，但用当今的法理、事理来看，其荒唐透顶的程度，无以复加。垂危的曹叡对司马懿托付后事说：

> "朕幼子曹芳，年才八岁，不堪掌理社稷。幸太尉及宗兄元勋旧臣，竭力相辅，无负朕心！"（第一百零六回）

明明知道八岁的毛孩子"不堪掌理社稷"，可这垂死的皇帝还是要让他来当接班人。皇帝制度如此承传下来，在当年谁也不会有异议。可今天看来，形同把国家大事当作儿戏一样闹着玩。三十六岁的曹叡在办完当今人们觉得可笑的这件荒诞之事的时刻，就永远闭上了眼睛。当然，在这件事上，他没有滥用皇权。然而如今中国和世界各国的法理、事理都会得出高度一致的结论：这里的荒谬性跟滥用皇权同样可恶。

曹芳当了皇帝之后，小说对其来历有如下补充记叙：

> 芳字兰卿，乃叡乞养之子，秘在宫中，人莫知其所由来。

这一句话，并非可有可无的闲笔，应读作是一种法律上的质疑之曲笔方式的运用。皇帝的世袭制度，意味着皇帝的继承人应是前任皇帝的血亲。“乞养”的曹芳来历不明，跟曹叡有无血亲关系大成问题。于是乎，他的继位的合法性，也就可疑了。这里如果有问题，责任自然不在曹芳身上，而在“乞养”他的养父曹叡身上。由此看来，这一疑点又反映出了曹叡滥用皇权的弊病。

四十一　八岁就当了皇帝的曹芳

如果说三国的动乱世界里未成年人当皇帝的荒诞现象屡见不鲜，那么创造年龄最小而登基做皇帝的纪录的人是曹芳。他当皇帝时才八岁。这种荒谬的皇帝制度，或者说皇帝制度上的荒谬，在曹叡咽气向司马懿托孤之际，他已有所意识。就凭这一点，无能而早夭的曹叡多少有点可爱。他说：

> 朕幼子曹芳，年才八岁，不堪掌理社稷。（第一百零六回）。

皇帝制度腐朽、荒谬的地方，在于偏要把这个不管用的八岁毛孩子推上皇帝宝座。假如读者有意把曹叡的上述言词同中国法制史学家所严肃论述的皇帝的法律地位相对照，便会哑然失笑，吃惊于有关皇帝的法律实施中竟然会发生这样匪夷所思的景象。而在三国世界，这等怪事接连不断：汉少帝刘辩十岁上台，汉献帝刘协九岁上台，魏主曹芳八岁上台。一个比一个小。当时的国人，竟都见怪不怪。现在的读者及评论者，似乎依然见怪不怪，对此不置一词。笔者却忍不住又在此饶舌，重谈上一篇文章谈过的这一层意思。

读者会问：一个八岁的孩子乱当皇帝，又有什么与众不同的新花样呢？

魏少帝曹芳在位十四年。前十年，他一无所为，任凭太尉司马懿和大将军曹爽“辅政”。小说中的“辅政”二字，应读作“专权”，亦即是皇权旁落于两个“辅政”的朝臣手中。这就是曹芳在孩童年龄段做皇帝美梦的法律上的实质或核心。

在这十年中，小说无意于关注曹芳的行踪，而是盯住了两位“辅政”者的腐败与钩心斗角。曹爽官位比司马懿低，故对司马懿谨小慎微，“一应大事，必先启之”，其次才是禀报皇上。曹爽门客达五百人，他自然不会自掏腰包养活他们，衣食住行全由国库开支是毫无疑问的。由于害怕司马懿权力过大，留下后患，曹爽入奏曹芳：“司马懿功高德重，可加为太傅”（第一百零六回）。这意味着曹爽想夺司马懿手中的兵权。果然，曹芳听从这一建议，兵权从此归曹爽掌管。

掌握了兵权的曹爽有恃无恐，用朝廷的规格来安排自己的享乐生活：

> 爽每日与何晏等饮酒作乐：凡用衣服器皿，与朝廷无异；各处进贡玩好珍奇之物，先取上等者入己，然后进宫；佳人美女，充满府院。——黄门张当，谄事曹爽，私选先帝侍妾七八人，送入府中；爽又选善歌舞良家子女三四十人，为家乐。又建重楼画阁，造金银器皿，用巧匠数百人，昼夜工作。（第一百零六回）

越轨的腐化堕落者是曹爽，根子却在曹芳年少无能，失去了对臣子应有的管束。换一句话讲，这还是未成年的小皇帝乱当皇帝的恶果之一。

十年之后，曹芳总算长成大人了，可依然没有回天之力。积累了十年之久的两个“辅政”大臣之间的矛盾终于激化，引发了一直推病不出的司马懿谋杀曹爽的大血案。

请读者留意的地方在于：小说在第一百零六回末尾处叙事时用的是“谋杀”二字，到下一回写具体谋杀经过时，又写得像执法办案，这就给读者解读其中的法律内容作了提示：

> 原来司马懿先将黄门张当捉下狱中问罪。当曰：“非我一人，更有何

晏、邓飏、李胜、毕轨、丁谧五人，同谋篡逆。”懿取了张当供词，却捉何晏等勘问明白，皆称三月间欲反，懿用长枷钉了。城门守将司蕃告称：“桓范矫诏出城，口称太傅谋反。”懿曰：“诬人反情，抵罪反坐。”亦将桓范等皆下狱。然后押曹爽兄弟三人并一干人犯，皆斩于市曹，灭其三族；其家产财物，尽抄入库。（第一百零七回）

这里的奥妙，就在于司马懿把自己因十年积怨而谋杀曹爽的罪行，进行一番精心包装，使不明内幕的人眼前所见，如同执法一般。那包装手段有三：一是抓住了曹氏兄弟、心腹之人都和曹芳外出扫墓、打猎的好机会，以便做充分周密的杀人准备工作。二是引旧官到后宫郭太后那里进行花言巧语的哄骗，说：“爽背先帝托孤之恩，奸邪乱国。其罪当废。”三是司马懿同时又以书面法律文书的形式，上表给曹芳，历数曹爽罪行，扬言“以军法从事”。

有了这三层包装，地地道道的“谋杀案”就变成了执法办案：捉拿案犯、审问犯人、录取口供、关进监狱、押赴刑场行刑、抄斩家族、财产入公……一环一环往下演戏，乍一看就酷似执法活动了。

如果曹芳是一个成熟了的男子汉大丈夫，又有头脑思考、判断司马懿的名为执法实为犯罪的真相与本质，并不难依法制裁司马懿。这里的一个基本法理，在于曹爽的问题主要是生活腐化，并没有政治上造反的罪行。因此，无论如何也谈不上是犯罪。株连家属，就更无从谈起。曹芳在这里的乱当皇帝，就是承认、接受司马懿的所有犯罪事实为合法，不仅没有给予应有的严惩，反倒封他为丞相。要言之，曹芳完全颠倒了罪与功的界限，把司马懿这个大罪臣当作了大英雄、大功臣。

嘉平三年（公元251年），司马懿病死，他的两个儿子司马师、司马昭，被十九岁的曹芳分别封为大将军、骠骑上将军。司马氏两兄弟得到了高官厚禄，还是不买曹芳的账，仍然不把曹芳当一回事。毫无君臣之礼的司马兄弟，本已为法律所不容，但曹芳无可奈何。小说不无讥讽又不无怜悯地写道：

魏主曹芳每见师入朝，战栗不已，如针刺背。（第一百零九回）

曹芳跟司马师的关系，表面上是君臣，实际完全颠倒过来了：臣君。群臣上殿奏事，“司马师俱自剖断，并不启奏魏主”，到退朝时，“师昂然下殿，乘车出内，前遮后拥，不下数千人”。

曹芳毕竟成年了，眼前的窝囊事，总算被他看出了眉目：

> 司马师视朕如小儿，觑百官如草芥，社稷早晚必归此人矣！（第一百零九回）

在万不得已的时刻，曹芳仿效当年的汉献帝，写下意在讨伐司马氏兄弟的血诏，也就是要行使皇帝的最高司法权，用法律武器自我保护，惩处罪臣。不料事败，司马师疯狂反扑过来：不仅杀害了奉诏的李丰等三名朝臣，杀了他们的家族，更是把曹芳赶下台，并杀害了张皇后。司马师拒不执行血诏，大开杀戒，推翻皇帝，依法犯了谋反大罪。用今天流行的国际法习惯用语来讲，这叫作宫廷政变。不用饶舌，曹芳闹到这种境地，可以说是他乱当皇帝已达到登峰造极的地步。

四十二　宫廷谋杀案的受害人曹髦

曹髦是魏国的第四任皇帝。不要说他在位六年没有什么业绩可谈，单讲他成了宫廷谋杀案的受害人而死于非命这一件事，就足以看出神圣的皇权被罪臣践踏得面目全非，大失体统。这应当是三国乱世的一个惨不忍睹、个中阴谋迭出的大看点。

有评论者在专谈曹髦之死的文章中，不问谋杀案的主谋、参与者、凶手及其各自应负的罪责，却大讲死者身上的“原因”，诸如“授柄于人，自失其权”、“不能隐忍，自寻其辱”、“不可而为，自入虎口”（于学彬《说三国话人生》）。这样做，就好比法官审理谋杀案把案犯放到一边去休息，却回过头来大讲死者的过错一样。

一个执掌皇权的当朝皇帝，成了宫廷谋杀案的受害人，其法律地位的变化，非同小可。就因为这种巨变，此案昭示的法理，也就大大不同于民间百姓的被谋杀。

从被谋杀的原因看，跟曹芳被赶下台一样，祸根依然在于皇权旁落于罪臣之手。司马师把曹芳赶下台的同时，就把曹髦扶上了台，但这并不意味着司马师对新任皇帝的尊重。他一如既往，对曹髦不行君臣之礼。不久司马师病死，其弟司马昭被封为大将军，自此，“中外大小事情，皆归于昭”（第一百一十回）。既然皇帝不能行使法定的皇权，那么司马昭为所欲为的犯罪行径，就无从遏制。这是致命的一大原因。

司马昭并不以掌实权为满足，而要由自己做皇帝、掌皇权，换句话讲就是推翻魏国，改朝换代。这在魏国法律看来就是犯极恶大罪。小说写道：

> 时魏主曹髦，改正元三年为甘露元年。司马昭自为天下兵马大都督，出入常令三千铁甲骁将前后簇拥，以为护卫；一应事务，不奏朝廷，就于相府裁处，自此常怀篡逆之心。（第一百一十一回）

甘露元年，是曹髦当木偶皇帝的第三年，从这一年开始，曹髦就有随时被推翻的可能性、危险性。事实上，曹髦从此对气焰嚣张的司马昭很害怕。俗话有云：伴君如伴虎。臣怕君，才是封建社会的正常君臣关系。可在曹髦这里，却是君怕臣。怕什么？无非都在一个“权”字。曹髦大权旁落于司马昭之手，司马昭就有了欺君的法宝。

曹髦是不是怕司马昭的“权”，怕司马昭怕到什么程度？小说写了一个形象的答案：司马昭以挑拨离间的方式，逼得震东大将军诸葛诞谋反，就要发兵去征讨，又担心外出后朝廷有变故对自己不利，于是接受心腹之人贾充的建议，逼迫太后和天子“御驾亲征”。对这臣下指使太后和天子一同上前线打仗的怪事，先是“太后畏惧，只得从之”，接着是“髦畏威权，只得从之”。于是，司马昭下诏，“尽起两都之兵二十六万，命镇南将军王基为正先锋，安东将军陈骞为副先锋，监军石苞为左军，兖州刺史州泰为右军……浩浩荡荡，杀奔淮南而来”。（第一百一十一回）

从调兵遣将，到兵力部署，从指使太后和天子上阵，到行军的前进路线和方向，都由司马昭一手操持，堂堂当朝皇帝却处于“畏权”而“从之”的困境。曹髦怕司马昭的实质和程度，在这场战事的启动环节上表现得再清楚不过了。

以上是魏国当朝皇帝曹髦成为宫廷谋杀案的原因和背景。这里的法律实质性问题是：曹髦的神圣皇权旁落于司马昭之手，而司马昭有政治野心，企图推翻魏国统治。法律和政治上的双重严重局势，必然导致皇帝人身安全得不到法律保护。

以下，再谈宫廷谋杀案自身的案情。曹髦跟凡夫俗子一样，也有着对逆境的承受极限。在忍无可忍之际，曹髦便召侍中王沈、尚书王经、散骑常侍王业等三人计议讨伐司马昭之事。只有王经站在曹髦一边，王沈、王业表示反对，并且立即到司马昭那里去打小报告，以免一死。这就是说，曹髦讨司马昭的行动尚未开始就被司马昭所知晓。其惨败的结局，不言自明。

俗话说，当局者迷。曹髦此时只知按主观设想行动，根本不去想事情的成败如何。于是，曹髦带领大小太监三百多人鼓噪而出。王经大哭而谏，反对此时此刻去送死。曹髦一意孤行，带着太监大军冲出了皇宫。殊不知，谋杀案早已在酝酿之中。待曹髦们冲过来，谋杀案就一层层地揭开了遮羞的面纱：

第一层面纱，可称为谋杀罪行军事化。贾充身穿战衣，左有成倅，右有成济，引数千铁甲禁兵，呐喊杀来。禁兵，本来是保卫京师和皇宫的部队，如今却用来杀皇帝，这是法律所不容的兵变或造反。数千铁甲兵同三百太监队伍，在兵力上不成正常比例，在装备上更无可相提并论。由此，曹髦的失败已不可逆转。

第二层面纱，可称为谋杀案的主谋之一的贾充下令凶手行凶。曹髦面对几千禁军大声喝叫："吾乃天子也！汝等突入宫廷，欲弑君耶?"禁兵们一听，都不敢动。这就表明，广大士兵是被骗到这里来的，他们不知真相，毫无罪过。主谋之一的贾充便喝令成济下手。成济不得其详，请示道：是杀，还是捆？贾充并不讳言，回答道："司马公有令，只要死的。"一句话，不打自招，揭露了谋杀案幕后主谋司马昭早有杀害曹髦的图谋。成济悍然杀死了曹髦，成为直接行凶的杀手。

第三层面纱，可称为主谋之一的司马昭推脱罪责，使杀手成济成了两个主谋的替罪羊。请看司马昭在谋杀案发生之后的意在逍遥法外的表演：

时太傅司马孚入内，见髦尸，首枕其股而哭曰："弑陛下者，臣之罪也！"遂将髦尸用棺椁盛贮，停于偏殿之西，昭入殿中，召群臣会议。群臣皆至，独有上书仆射陈泰不至。昭令泰之舅尚书荀顗召之。泰大哭曰："论者以泰比舅，今舅实不如泰也。"乃披麻戴孝而入，哭拜于灵前。昭亦佯哭而问曰："今日之事，何法处之？"泰曰："独斩贾充，少可以谢天下耳。"昭沉吟良久，又问曰："再思其次？"泰曰："惟有进于此者，不知其次。"昭曰："成济大逆不道，可剐之，灭其三族。"济大骂昭曰："非我之罪，是贾充传汝之命！"昭令先割其舌。济至死叫屈不绝。弟成倅亦斩于市，尽灭三族。（第一百一十四回）

司马昭所演的是滑稽戏、恶作剧，法律上的荒诞叫人哭笑不得。明明是他本人和心腹贾充当了谋杀皇帝的主谋，依法该被处斩、灭族，如今却被表演成执法者，当众处罚罪犯。成济死罪难逃，司马昭和贾充更死罪难逃。成济叫屈有理，理在主谋来执法处罚罪轻之人。法律此时此刻形同儿戏，形同油彩，任凭滥用权力的司马昭怎么玩弄，怎么涂抹。

试问：民间的谋杀案，能够寓含以上这些奇特的法律现象和法学道理吗？

具有法理探讨的好奇心的读者，还可从案情中进一步开掘笔者的未尽之意。

四十三　在杀人案发后登基，又在杀人案发后退位的曹奂

魏国的第五任，也是最后一任皇帝曹奂，从登基到退位，竟然都以杀人案发生之后的混乱、恐怖法律现象作背景。

所谓登基时的杀人案背景，就是上文谈过的杀害前任皇帝曹髦的宫廷谋杀案。就是此案的主谋司马昭，立曹璜为帝，改元景元元年（公元260年）。曹璜称帝后改名为曹奂。曹奂执政的头一件事，就是犯了一个极大的法律错误——颠倒罪与功的界限，把本来应处以死刑的司马昭当作大功臣来对待：

奂封昭为相国、晋公，赐钱十万、绢万匹。（第一百一十四回）

杀害皇帝的谋杀案的头号主谋、元凶，居然被继任的皇帝捧上了天，使其升高官，发大财，这岂不是拿法律来开玩笑吗？曹奂如此乱当皇帝，到底是因为他本人智商低下，毫无法律修养呢，还是司马昭太狡猾，一直把整个朝廷的文武百官都蒙在鼓里呢？这实在是一个不能不追问的严峻问题。

当我们带着这样的法律疑问与期待往下阅读《三国演义》时，瞬间就有了大收获。这就是曹奂上台的消息一传入蜀国，蜀将姜维当即便认定了"司马昭弑君之罪"，于是要起兵十万去伐魏。魏国上下都不能、没有依法论处的司马昭的弑君之罪，作为别国的旁观者一眼就看出来了。可见，魏国在法律的执行上，漏洞多，弊端大，不作大反思、大整改，就不可能走出乱世的阴影。

再往下阅读，迟迟不见曹奂设朝议事，却只有司马昭在朝廷上高谈阔论。不祥的预感，会在读者心目中油然而生。果然，下面就出现了曹奂当傀儡的情景，其时为魏景元五年，改元为咸熙元年（公元264年）：

却说朝中大臣因昭收川有功，遂尊之为王，表奏魏主曹奂。时奂名为天子，实不能主张，政皆由司马氏，不敢不从，遂封晋公司马昭为晋王，谥父司马懿为宣王，兄司马师为景王。（第一百一十九回）

就这样，身负弑君大罪的司马昭，又官升一级，成为晋王，不能行使皇权的曹奂只得眼睁睁看着魏国在罪臣的胡作非为中一天天乱下去。

曹奂上台五年后一直不曾出场跟读者见面，要问为什么，那就实在是因为这个不起作用的木偶皇帝身上没有什么看头。

这年八月，司马昭病死。其长子司马炎即晋王位。司马炎跟他父亲一样，根本不把曹奂当作一回事。比其父更胜一筹的地方，是司马炎急于要赶曹奂下台，由他来改朝换代当皇帝。由此，引发了司马炎当着曹奂的面杀害黄门侍郎张节的血案。案情很简单：一天，司马炎带剑直入后宫，口无遮拦，笑嘻嘻地明言曹奂该让位于"有才德者"。曹奂大吃一惊，无言以对。张节大声喝道："晋王之言差矣！……今天子有德无罪，何故让与人耶？"司马炎大怒之时，更明白地扬言："吾今日岂不堪绍魏之天下乎？"张节一针见血地指出了司马炎的要害：

> 欲行此事，是篡国之贼也！（第一百一十九回）

恼羞成怒的司马炎，当即叱武士将张节打死。曹奂软弱无能到了极点，竟然不顾当朝皇帝的脸面，对司马炎"泣泪跪告"求饶。

张节言行的可贵之处，在于义正词严地捍卫皇权的尊严，坚持国家法律的立场，同敢于篡国的谋大逆的罪臣作面对面的斗争。只要曹奂稍有一点作为，就可名正言顺地依法惩处司马炎。而眼前的现实，却是司马炎利用权势，杀害张节，威胁曹奂，表明推翻曹魏政权势在必行。从政治上讲，司马炎的言行带有"革命"性质，但从法律上讲，却是地地道道的犯罪行为。再说，这种"革命"，只不过是封建统治者内部的矛盾白热化罢了，并非一个阶级推翻另一个阶级的斗争。

不久，对发生在眼前的杀人血案心怀余悸的曹奂，乖乖捧出传国玉印，宣告了建国四十五年的魏国的灭亡，被封为陈留王，赶出了皇宫，并被告诫说：今后"非宣诏不许入京"。

可以认为，曹奂当皇帝的六个年头，自始至终，一直都在司马氏父子的权威之下喘息，没有过一天名副其实的皇帝的舒心日子。中国法制史上皇权大于法律的一大突出特征，被曹奂从反面发挥到了极致，其要义便是：封建皇帝的神圣、绝对权力一旦旁落于有政治野心的朝臣之手，那么就等于把皇帝变成了傀儡。在这种情况下，权臣的为所欲为罪行，无从依法惩处，而权臣则成了实际上的皇帝，其超然于法律之外的全部言行的犯罪性质无可争议。由此可见，把当朝皇帝当作傀儡的罪臣，比其他任何罪犯的任何罪行都要严重得多，危害朝廷和社会的程度无以复加，而法律对他无可奈何。三国乱世中这样架空皇权的朝臣实在多得很。使汉献帝五度当傀儡的董卓、李傕、郭汜、曹操、曹丕等人，便是掌大权而架空皇帝，破坏法律的罪臣。司马炎也是这种罪臣。这是中国封建法律的一大奥妙，曹奂六年梦魇般的皇帝生涯，再一次暗示了这一奥妙。封建王朝衰败与灭亡的原因之一，可从这法律奥妙中去寻找。

四十四　为报私仇而发动战争的刘备

刘备是蜀国的开国皇帝，于章武元年（公元221年）登基。几乎所有评论《三国演义》的学人都认为小说有“拥刘反曹”的倾向。在这种一边倒的评论话语的暗示之下，大家往往忽视了小说的现实主义的公允态度和做法，这就是在客观描写和暴露刘备、曹操的阴暗面上，是一视同仁的。且不多说别的，单讲刘备称帝第二天所做的第一件大事——起兵伐吴，就是作品对刘备的无情鞭挞，绝不是什么热情歌颂。

小说是这样描写刘备为报私仇而战的急切心理的：

次日设朝，文武官僚拜毕，列为两班。先主降诏曰：“朕自桃园与关、张结义，誓同生死。不幸二弟云长，被东吴孙权所害；若不报仇，是负盟也。朕欲起倾国之兵，剪伐东吴，生擒逆贼，以雪此恨！”（第八十回）

赵云、孔明、秦宓等朝臣先后多次苦谏，反对出兵伐吴，均遭到拒绝。孔明听说秦宓因反对伐吴而被关进监狱，还有杀头的危险，便上表救秦宓，同时又一次表态反对攻吴。刘备仍固执己见。

臣亮等切以吴贼逞奸诡之计，致荆州有覆亡之祸；陨将星于斗牛，折天柱于楚地：此情哀痛，诚不可忘。但念迁汉鼎者，罪由曹操；移刘祚者，过非孙权。窃谓魏贼若除，则吴自宾服。愿陛下纳秦宓金石之言，以养士卒之力，别作良图，则社稷幸甚！天下幸甚！

先主看毕，掷表于地曰：“朕意已决，无得再谏”！遂命丞相诸葛亮保太子守两州；骠骑将军马超并弟马岱，助镇北将军魏延守汉中，以当魏兵；虎威将军赵云为后应，兼督粮草；黄权、程畿为参谋；马良、陈震掌理文书；黄忠为前部先锋；冯习、张南为副将；傅彤、张翼为中军

护尉；赵融、廖淳为合后。川将数百员，并五谿番将等，共兵七十五万，择定章武元年七月丙寅日出师。（第八十一回）

就在刘备如此固执己见发兵攻吴的这一件事情上面，刘备在行使法定的皇权上，有多种过错。首先一点，作为新生的蜀国，面对国家分裂为三，战争不断，民不聊生的局面，最重要的事情，当在发展生产，安定民心，使国家逐渐富强起来，而绝不是对外作战。刘备这个开国皇帝，如果自己未曾想到这一当务之急，那么在蜀国建国第二天设朝议事之时，赵云极力反对伐吴的建议，他就应当采纳，以纠正自己的过失。

赵云的建议，虽然也没有谈到搞和平建设，但他认为国贼是曹操，而不是孙权，即使要打仗，也应当讨伐曹操。这样，赵云的建议可以遏制刘备为报私仇而打吴国的战争意图，从而阻止这场不义战争。

由此可知，刘备一心伐吴的施政头号大事是错上加错：既错在不搞生产建设而乐于打仗，又错在打仗时未认准应当攻击的凶恶敌人。

其次一点，动员全国七十五万大军去进攻吴国，竟然是为报东吴杀害关羽的私仇，这岂不是意味着堂堂蜀国皇帝极尽全力在世人面前假公营私吗？这该是多么荒谬的战争！在这一点上，赵云的看法尤为正确。他说：

汉贼之仇，公也；兄弟之仇，私也。愿以天下为重。（第八十一回）

刘备当即否定了赵云的意见，其公之于众的理由，虽只有一句话，但足以彻底暴露这个开国皇帝只重视兄弟私情的荒谬。他说：

朕不为弟报仇，虽有万里江山，何足为贵？

这种话出自一个开国皇帝之口，宣告了蜀国皇帝鼠目寸光，一无所能。稍有作为国家元首应具备的雄才大略，那么他就知道，一个新生的国家，百废待兴，来日方长，要做的治国大事多得数不完，怎么能够说只有为结义兄弟报仇这样一件区区小事呢？蜀国开国皇帝刘备理智如此贫乏，心胸如此窄小，作一个普通臣民尚且有待提高素养，而作为国家元首，他欠缺的就太多了。

有一位文学教授不仅把刘备的性格特征誉为“宽厚”，还进一步认为：“人们正是以这种总体印象作凭证，坚定不移地把刘备视为圣主仁君好皇帝典型的。”（刘敬圻《刘备性格的深隐特质》，《文学遗产》1989年第3期）刘备当皇帝之后的第一件政绩，也是唯一的政绩，便是带重兵伐吴，最后兵败而死于前线指挥部。请问：明明心胸狭窄得只有兄弟私情、报私仇，且做了一件大蠢事，劳民伤财、损兵折将无数，怎么是“宽厚”，怎么成了“好皇帝的典型”呢？

实事求是地说，以“好”与否论《三国演义》中出场的十五个皇帝，这种道德评论尺度根本不管用。唯有用法律尺度先看准他们乱当皇帝的种种法律事实，然后才可有作道德评价的坚实基础。以此论之，这十五个皇帝中没有一个好皇帝，更没有什么好皇帝的典型。

至此为止，已经可以对刘备做皇帝的表现盖棺论定：他是一个不知和平建设，乐于为报私仇而打仗的江湖哥们般的皇帝。在三国乱打仗、乱杀人、乱当皇帝的三乱世界中，刘备当皇帝前后都有数不清的“三乱”言行。这十五个皇帝之中，没有一个堪称“好”皇帝。刘备也是如此。

刘备于章武元年七月至章武三年四月这三个年头中如何吃败仗的事，对于认识他作为皇帝的法律实质性的东西，已无关大局，可略而不论。

四十五　昏聩无能的刘禅

蜀后主刘禅自建兴元年（公元223年）登位，至炎兴元年（公元263年）向魏国投降，当了四十年皇帝，创造了三国时期执掌皇权时间上的最高纪录。然而，他昏聩无能，没有什么积极作为。小说写道：

> 却说蜀汉后主刘禅，自即位以来……凡一应朝廷选法、钱粮、词讼等事，皆听诸葛丞相裁处。（第八十五回）

刘禅当皇帝的头十二年，就是这样仰仗诸葛亮掌权执政而混过来的。现在我们要问：诸葛亮于五丈原病逝后的二十八年，刘禅是怎样当皇帝的呢？大体说来，刘禅在痛失丞相诸葛亮，独立自主当皇帝的二十八年间，做了四大错事。

第一件错事，是滥用皇权，将有功之臣杨仪废为庶人，致使其羞惭而自杀。杨仪是长史、绥军将军，在揭露、平定魏延造反的事件上立了大功。尤其要注意的是，魏延造反之初，为混淆视听，掩饰罪行，曾先后几次上表诬称杨仪背反朝廷，同杨仪揭露魏延的奏表唱对台戏，一时间是非难辨。承受如此风险，后主论功封赏时却对他不予过问，杨仪不免口出怨言。后主得到小报告，“大怒，命将杨仪下狱勘问，欲斩之”。经丞相蒋琬建议，“遂贬杨仪赴汉嘉郡为民”（第一百零五回）。就这样，杨仪寻了短见，自刎而死。

杨仪对于后主的不公平的封赏口出怨言，有其合理之处，纯属正常的朝臣行为，根本不是什么罪行，后主滥行皇权，滥用刑罚，以重罪论处，在法理上是不能成立的。因此，杨仪被废为庶人，是一大冤案，致其自杀是本冤案的直接后果。

第二件错事，是处理后宫之事无方，滥用刑罚，导致朝臣众叛亲离。

> 却说后主在成都，听信宦官黄皓之言，又溺于酒色，不理朝政。时有大臣刘琰妻胡氏，极有颜色；因入宫朝见皇后，后留在宫中，一月方出。琰疑其妻与后主私通，乃唤帐下军士五百人，列于前，将妻绑缚，令军以履挞其面数十，几死复苏。后主闻之大怒，令有司议刘琰罪。有司议得：“卒非挞妻之人，面非受刑之地：合当弃市”。遂斩刘琰。自此命妇不许入朝。然一时官僚以后主荒淫，多有疑怨者。于是贤人渐退，小人日进。（第一百一十五回）

刘琰在没有事实依据，仅凭怀疑的前提下，指使数百士兵对自己的妻子施用拷打之刑，为法律所不容，但罪不至死。后主处斩刘琰，跟刘琰挞妻一样，都是滥用权力、滥用刑罚。君臣全如此，谁也不比谁高明。至于下达“命妇不许入朝”的禁令，纯属多此一举，引起非议是必然的。

第三件错事，面对魏国遣钟会、邓艾两员大将统兵几十万入侵蜀国的严重战争形势，握有用兵大权的后主刘禅不考虑用兵之道，却听信宦官黄皓的胡言乱语，把京城中的一个巫婆找来大做“法事”——烧香点烛，陈设享祭礼物，乞求神人降福消灾。蜀将姜维从前线发来的告急表文，被黄皓隐匿，后主根本不知前方的战事如何。一个皇帝，面对敌国入侵而不用兵，却信神信鬼，用巫婆做“法事”，这个满脑子迷信思想的皇帝，如此荒谬绝伦地对待战争，又一次把三国乱世乱打仗、乱当皇帝的混乱之势推向了极致。其时为炎兴元年（公元263年），即蜀国灭亡的年头。掌国柄的皇帝在国难当头的危急时刻不办人事，而去装神弄鬼，哪有不灭亡的呢！

第四件错事，在前方姜维们出生入死对敌作战的同时，后主刘禅在宫中考虑的却是不战而降，且终于带领朝臣六十余人，出北门十里向魏将邓艾投降。古今的中国法律，都视投降为犯罪行为。秦国的法律中就有降敌罪的罪名，当今中国的刑法，也有关于投降罪的规定，用以惩戒战场上贪生怕死，自动放下武器投降敌人的行为。蜀后主刘禅率众奔走十里，积极、主动投降，其罪行显得尤为突出和可恶。到洛阳，刘禅与降臣们受到司马昭设宴款待，事前还有文艺演出活动。“乐不思蜀”的“妙语”便是这亡国降魏之君在席间发言所创造的。

相形之下，刘禅的第五个儿子、北地王刘谌的骨气特别感人。他反对父皇投降，制造了家庭悲剧：他的舍身求义言论，受到妻子崔夫人的称赞，于是她触柱而死；刘谌接着杀了三个儿子，然后自杀而死。刘禅不为所动，在埋葬刘谌一家死难者后，依然进行他的投降活动。

刘禅当了四十年皇帝，竟不见他做一件值得肯定的治国之事，我们看到的全是诸如上述的错事、蠢事、丢人现眼之事，堪称乱当皇帝尽做错事的最高纪录。

有人在谈到刘禅时这样说：“刘禅作为一个人来说，比东吴的孙皓和魏国的曹丕以后的混蛋皇帝都要好得多，实在没有什么劣迹”（赵爱兵《重读乱世英雄》）。以上所谈四件错事，是有目共睹的“劣迹”，论者却视而不见。原因就在于论者缺乏中国古代法定的皇帝制度的知识，故不能对刘禅滥用皇权所做的四大错事的“劣迹”作出正确判断。

四十六　留下三大法律疑问的孙权

孙权是吴国的开国皇帝，在位二十四年。《三国演义》描写孙权的皇帝生涯着墨不多，仅仅只是留下了三大法律疑问，有待于读者自行探讨。

法律疑问之一，是作为吴王的孙权接受张昭、顾雍的启奏，改元黄武元年（公元222年）（第八十六回）。直到八年之后，又在官员们集体启奏之下，孙权才迟迟正式称帝（第九十八回）。这是为什么？我以为，在孙权心目中，蜀国属于汉的继承国，他要称帝依汉代法律是大逆不道。所以，迟至魏、蜀独立七八年之后，吴王孙权才谨小慎微地称帝，反映了孙权在法律上的慎重态度。这种心灵深处的东西，通过蜀国的反应可以清楚地看出苗头。

孙权当皇帝不久，君臣议定要先搞和平建设，再谈打仗，于是派人去蜀国建立吴、蜀同盟关系。不料蜀后主和朝臣们“皆谓孙权僭逆”，打算“绝其盟好”（第九十八回）。这就证明，孙权尽管小心翼翼地等待、观望了八年之久，迫于群众的要求与支持才当了皇帝，然而以汉室继承者地位自居的蜀国君臣依然不允许、不买账。

消息传到魏国，人们同样认为“东吴孙权僭称帝号”。这就是说，魏国君臣也以自己的国家为合法政权，对东吴立国以非法的性质视之论之。

由此可以说，孙权迟迟不称帝建国，在于他内心深处的清醒法律意识抑制着他当皇帝、立吴国的政治向往。实践证明，八年之后的立国称帝活动，依然受到魏、蜀两国君谴责。换一句话讲，孙权不愿公之于众的内心法律苦衷，正是日后两个敌国的法律批判之词所道出的东西。

查《三国志》，没有找到蜀、魏两国君臣关于孙权“僭称帝号”的评论。例如《蜀书·后主传》提到孙权称帝之事，只是这样行文：“是岁，孙权称帝，与蜀约盟，共交分天下”。可见，“僭称帝号”是小说作者的虚构之词，意在表明孙权登基当皇帝的法律性质为汉朝法律所不容。在我们看来，孙权在魏、蜀立国后八年之久才迟迟称帝，内心受这种法律约束是重要原因之一。

但因很难得到证实，故以法律疑问论之。

法律疑问之二，是孙权立太子即挑选皇位的继承人的过程，一波三折，很不顺利，这是否暗示着吴国江山难以久传于天下呢？这是我们从小说下列叙事的字里行间揣摩出来的一个疑问。

> 却说吴主孙权，先有太子孙登，乃徐夫人所生，于吴赤乌四年身亡，遂立次子孙和为太子，乃琅琊王夫人所生。和因与全公主不睦，被公主所谮，权废之，和忧恨而死，又立三子孙亮为太子，乃潘夫人所生。（第一百零八回）

太子尚未接班上任，就因天灾人祸而先后夭折了两个。罗贯中对此加以记叙，其郑重其事的良苦用心，或许就在暗示吴国皇权的传承将不会顺利、稳定和长久。其原因可能是孙权身上有某种不适合当皇帝的内在因素。

法律疑问之三，来自对孙权突发疾病的诱因的描述：

> 太元元年秋八月初一日，忽起大风，江海涌涛，平地水深八尺。吴主先陵所种松柏，尽皆拔起，直飞到建业城南门外，倒卓于道上。权因此受惊成病。至次年四月内，病势沉重，乃召太傅诸葛恪、大司马吕岱至榻前，嘱以后事。嘱讫而薨。在位二十四年，寿七十一岁，乃蜀汉延熙十五年也。（第一百零八回）

太元元年（公元251年）八月一日的这一场特大风暴所造成的“江海涌涛”、“松柏拔起”之类，纯属自然现象，并不可怕，堂堂吴国皇帝孙权，却受惊成病，以致一命呜呼，这就不禁让读者作这样的推测：孙权其人，缺乏执掌一国大权的政治家的雄心壮志与胆识，面对自然风暴尚且惊吓成病，那么对更严酷的社会性灾难缺乏应有的抗拒心理机制与外部能力，就是很自然的了。这样，皇权落到孙权这样心理脆弱的皇帝手中，能不叫人忧虑吗？

以上三点法律疑问，均属于对孙权当皇帝、行皇权的内在心理的探索或揣摩，有利于从心理层面考察法律与皇权的关系。那么，这种心理上的探幽发微，能否从孙权的外部行为方式上得到印证呢？能。一个有力的例证，就是诸葛亮致信孙权，相约蜀吴联合伐魏之事，被孙权办砸锅了，从而给诸葛亮带来了毁灭性的沉重打击。诸葛亮信中有云：

望陛下念同盟之义，命将北征，共取中原，同分天下。（第一百零二回）

此信写于诸葛亮五出祁山，未得寸土，深有负罪感，希望通过联吴使蜀吴共同伐魏，取得新进展的背景之下。孙权读信之后，大喜过望，当即起兵三十万，并决定“御驾亲征”。这动向是令人鼓舞的。令人大失所望的是，孙权的所谓“御驾亲征”的用兵之道，遭到全方位的失败。吴国朝臣费祎到孔明这里来报告了失败概况，孔明一听，顿时发病，并预料自己将不久于人世：

祎曰：“魏主曹叡闻东吴三路进兵，乃自引大军至合淝，令满宠、田豫、刘劭分兵三路迎敌。满宠设计尽烧东吴粮草战具，吴兵多病。陆逊上表于吴王，约会前后夹攻，不意赍表人中途被魏兵所获，因此机关泄露。吴兵无功而退。”孔明听知此信，长叹一声，不觉昏倒于地；众将急救，半晌方苏。孔明叹曰：“吾心昏乱，旧病复发，恐不能生矣！”（第一百零三回）

孙权这次带兵打仗，真是一个草包司令，不说如何克敌制胜，就连赖以活命的粮草都被敌方烧毁，尚未付诸实施的作战机密计划也被敌方劫获。就这样，吴兵全面崩溃。对孙权抱有极大希望的孔明，也因之遭到毁灭性的打击而死于五丈原。既然如此，认为孙权也是乱当皇帝的人中的一员，同样有理有据。

四十七　当了六年皇帝还未成人的孙亮

吴国第二任皇帝孙亮，于建兴元年（公元 252 年）登基，到太平三年（公元258 年）被废为会稽王时，还是一个刚刚十六岁的孩子。依当今的法律，孙亮本是受法律特别保护的对象，而在三国乱世却被推上了执掌最高司法权和其他所有国家权力的皇帝宝座。未成年人孙亮被推上台、被拉下台的现象本身，都是对法律的无情嘲讽。

要谈孙亮当皇帝六年间的法律故事，更是以嘲讽法律为主题的趣闻或笑话，有的则是人间悲喜剧，叫人哭笑不得。

孙权病死，太傅诸葛恪把年仅十岁的孙亮立为皇帝。不料孩童皇帝孙亮恩将仇报，竟在登基的第二年杀害了诸葛恪。这是小皇帝乱当皇帝的头一件劣迹。我们后面讲诸葛恪的故事时，再讲其中经由，此处从略。这里仅指出一点：极力参与杀害诸葛恪的孙峻，被孙亮封为丞相、大将军、富春侯，总领全国军队，于是此后“权柄尽归孙峻矣”（第一百零八回）。封赏不当，自找苦吃，这是孙亮乱当皇帝的第二件劣迹。两件劣迹接连出现，互为因果，充分暴露了孩童皇帝孙亮被成人朝臣耍弄的本质。

孙峻病死，其从弟孙綝辅政。孙綝为人强暴，杀害了大司马滕胤、将军吕据、王惇等，以此夺得了吴国大权。孙亮对这刽子手般的辅政者，“无可奈何”（第一百一十一回）。孙綝把孙亮当作傀儡，并非孙亮有什么过错，用法律术语来讲，孙亮作为皇帝对罪臣孙綝的错误叫作“不作为”。也就是说，他本应行使皇权，利用法律来制裁罪臣孙綝，但由于大权旁落，只能处在不作为的状态。这就大失皇帝的职责。

在罗贯中的心目中，孙亮的乱当皇帝，不在于他人品、才智差，而在于年岁小。要探究孙亮乱当皇帝的根源，就应当思考一个问题：为什么让一个十岁的孩子上台当皇帝呢？这样一追问，皇帝的世袭制本身固有的缺陷就暴露出来了。本着这样的思路，小说在孙亮下台的这一年，有意点明：“吴主孙亮时年方十六”。为了强化抨击皇帝世袭制度的不合理，小说这时的叙事沿着强烈对照的两个侧面展开：一个侧面是显示孙亮的聪明才智，另一个侧面是辅政者孙綝的为所欲为，通过对照，罗贯中寄托着未能明言的潜台词：孙亮对孙綝无可奈何，并非孙亮年幼无知，而是未成年人斗不过成年人，因而要追究皇帝之错，只能追到皇帝世袭制本身不合理的层面上去。

孙亮的聪明，表现在破案有方上。他亲身经历与侦破的案件如下：

一日出西苑，因食生梅，令黄门取蜜。须臾取至，见蜜内有鼠粪数块，召藏吏责之。藏吏叩首曰："臣封闭甚严，安有鼠粪?"亮曰："黄门曾向尔求蜜食否?"藏吏曰："黄门于数日前曾求蜜食，臣实不敢与。"亮指黄门曰："此必汝怒藏吏不与尔蜜，故置粪于蜜中，以陷之也。"黄门不服。亮曰："此事易知耳。若粪久在蜜中，则内外皆湿；若新在蜜中，则外湿内燥"。命剖视之，果然内燥，黄门服罪。亮之聪明，大抵如此。(第一百一十三回)

用侦破此案，来表现孙亮的聪明，再恰当不过了。要知道，皇帝手中有最高司法、执法权，全国从中央到地方的任何案件，他都有权审判、审查。孙亮用日常生活事理进行逻辑分析、判断，从而找出躲在暗中捣鬼、企图陷害藏吏的黄门。在侦破此案中，孙亮既重物证，又重人证，把主观推理与外部调查、取证结合起来，从而使黄门不得不服罪。

孙綝的为所欲为，表现在大肆杀害无辜上。当听说全端、唐咨等人投降魏国的消息后，孙綝一怒之下，将两家的家眷全部杀光。连隐藏的陷害他人的案情孙亮都能挖掘出来，何况这明摆着滥杀无辜的罪行呢？孙亮一眼就看出孙綝杀人太过，但朝政"被孙綝把持"，自己"不能主张"。

孙亮的下台，恰恰是因为决心有所作为，依法严惩"专权妄杀"、欺压皇帝"太甚"的罪臣孙綝，而遭到对方的顽强反抗。换言之，孙亮想好好当一回皇帝，孙綝偏偏不让他如愿。从这一点看，孙亮有值得称道之处，罪责全在孙綝身上，请看事实：

一日，吴主孙亮闷坐，黄门侍郎全纪在侧，纪乃国舅也。亮因泣告曰："孙綝专权妄杀，欺朕太甚；今不图之，必为后患。"纪曰："陛下但有用臣处，臣万死不辞。"亮曰："卿可只今点起禁兵，与将军刘丞各把城门，朕自出杀孙綝。但此事切不可令卿母知之，卿母乃綝之姊也。倘若泄露，误朕匪轻。"纪曰："乞陛下草诏与臣。临行事之时，臣将诏示众，使綝手下人皆不敢妄动。"亮从之，即写密诏付纪。纪受诏归家，密告其父全尚。尚知此事，乃告妻曰："三日内杀孙綝矣。"妻曰："杀之是也。"口虽应之，却私令人持书报知孙綝。綝大怒，当夜便唤弟兄四人，点起精兵，先围大内；一面将全尚、刘丞并其家小俱拿下。比及平明，吴主孙亮听得宫门外金鼓大震，内侍慌入奏曰：“孙綝引兵围了内苑。”亮大怒，指全后骂曰：“汝父兄误我大事矣！”乃拔剑欲出。全后与侍中近臣，皆牵其衣而哭，不放亮出。孙綝先将全尚、刘丞等杀讫，然后召文武于朝内，下令曰：“主上荒淫久病，昏乱无道，不可以奉宗庙，今当废之。汝诸文武，敢有不从者，以谋叛论！”众皆畏惧，应曰：“愿从将军之令。”尚书桓彝大怒，从班部中挺然而出，指孙綝大骂曰：“今上乃聪明之主，汝何敢出此乱言！吾宁死不从贼臣之命！”綝大怒，自拔剑斩之，即入内指吴主孙亮骂曰：“无道昏君！本当诛戮以谢天下！看先帝之面，废汝为会稽王，吾自选有德者立之！”叱中书郎李崇夺其玺绶，令邓程收之。亮大哭而去。（第一百一十三回）

这段叙事，有几点法理可议。第一，孙亮写密诏，属于特殊情况下以特殊方式下达圣旨，具有最高法律效力，意在依法诛杀罪臣孙綝。第二，国舅全纪在接受密诏之后，不听孙亮的事先告诫，走漏了秘密消息，造成孙綝疯狂反扑。全纪有违圣命，罪行严重。其父全尚是走漏消息的第一个当事人，被孙綝斩杀，如同自取灭亡。第三，孙綝的反扑、报复行为，矛头直指孙亮及其密诏，实属触犯皇权，对抗皇命的极恶大罪，然而由于他大权在握，俨然以执法者自居，又是“下令”，又是行刑，又是用“谋叛”的罪名威胁朝廷文武百官，又是废孙亮为会稽王，忙得不可开交。真正以法律公正评论，孙綝实质上是在疯狂犯罪，且罪大恶极。问题恰恰在于：连皇帝都被赶下台来，此时此刻有谁能来执法惩处罪魁祸首孙綝呢！

最后应特别郑重地指出，当时唯有尚书桓彝的法律立场是正确、坚定的。他认定孙綝为“贼臣”亦即是罪臣，认为孙綝出言不逊，对孙亮的人身侮辱之词为“乱言”，誓死不从孙綝，被孙綝亲手杀害。桓彝是吴国以生命捍卫法律尊严、捍卫皇权的义士和英雄，至今仍有现实教育意义。

“孙亮大哭而去”。做了六年皇帝美梦和噩梦的孙亮，此时此刻梦境结束了，主宰他身心的是莫名的屈辱、悲伤、遗憾。归根结底，是世袭的皇帝制度害苦了这个十六岁的未成年人。罪臣孙綝的作恶与加害，也是这个制度需要成年人“辅政”未成年皇帝的必然。我们谈过的少年皇帝汉少帝、汉献帝、魏国的曹芳以及以下即将谈到的孙亮的继任者孙休等人，他们身边的“辅政”者大抵都是如此。

四十八　接三哥之班的小皇帝孙休

被废的少年皇帝孙亮，是孙权的第三个儿子，下台时十六岁。接三哥之班上台当皇帝的是孙权的第六个儿子孙休。这一回又是一个未成年人当皇帝！法制史学家所论述的皇帝的法定地位、权利、职责之类，到了孙家哥们手里，竟形同儿戏。中国封建社会的皇帝制度，真是腐朽到了极点。

如若不信，请看孙休上台的这一年，就把大肆杀人当游戏，根本分不清是在执法还是在犯罪。此情此景，小说写得很详细，作者的用意当在引导读者回味其中寄托的严肃的法律意识。

> 冬十二月，綝奉牛酒入宫上寿，吴主孙休不受。綝怒，乃以牛酒诣左将军张布府中共饮。酒酣，乃谓布曰：“吾初废会稽王时，人皆劝吾为君。吾为今上贤，故立之。今我上寿而见拒，是将我等闲相待。吾早晚教你看！”布闻言，唯唯而已。次日，布入宫密奏孙休。休大惧，日夜不安。数日后，孙綝遣中书郎孟宗，拨与中营所管精兵一万五千，出屯武昌；又尽将武库内军器与之。于是，将军魏邈、武卫士施朔二人密奏孙休曰：“綝调兵在外，又搬尽武库内军器，早晚必为变矣。”休大惊，急召张布计议。布奏曰：“老将丁奉，计略过人，能断大事，可与议之。”休乃召奉入内，密告其事。奉奏曰：“陛下无忧，臣有一计，为国除害。”休问何计，奉曰：“来朝腊日，只推大会群臣，召綝赴席，臣自有调遣。”休大喜，奉同魏邈、施朔掌外事，张布为内应。
>
> 是夜，狂风大作，飞沙走石，将老树连根拔起。天明风定，使者奉旨来请孙綝入宫赴会。孙綝方起床，平地如人推倒，心中不悦。使者十余人，簇拥入内。家人止之曰：“一夜狂风不息，今早又无故惊倒，恐非

吉兆，不可赴会。”綝曰：“吾弟兄共典禁兵，谁敢近身！倘有变动，于府中放火为号。”嘱讫，升车入内。吴主孙休忙下御座迎之，请綝高坐。酒行数巡，众惊曰：“宫外望有火起！”綝便欲起身。休止之曰：“丞相稳便。外兵自多，何足惧哉?”言未毕，左将军张布拔剑在手，引武士三十余人，抢上殿来，口中厉声而言曰：“有诏擒反贼孙綝！”綝急欲走时，早被武士擒下。綝叩头奏曰：“愿徙交州归田里。”休叱曰：“尔何不徙滕胤、吕据、王惇耶?”命推下斩之。于是张布牵孙綝下殿东斩讫。从者皆不敢动。布宣诏曰：“罪在孙綝一人，余皆不问。”众心乃安。布请孙休升五凤楼。丁奉、魏邈、施朔等，擒孙綝兄弟至，休命尽斩于市。宗党死者数百人，灭其三族，命军士掘开孙峻坟墓，戮其尸首。（第一百一十三回）

孙休登基时其三兄孙亮才十六岁，孙休应为小于十六岁的小皇帝。当了六年皇帝后病死。中华书局出版的《三国志·吴书·三嗣主传》云：“休薨，时年三十，谥曰景皇帝”。“时年三十”应为“二十”之误。不知是陈寿当年行文笔误，还是如今印刷出版有误，笔者未能更多考证，此处暂且存疑。借此考证说明，笔者的用意在于指出：孙休这个小皇帝上台之后乱当皇帝的所作所为令人大有感慨。

首先想说的是，孙綝之所以要敬奉牛肉、好酒来给孙休过生日及遭到拒绝，有内在隐秘。孙休登基，在于孙綝的极力扶持。作为回报，孙休一上台便封孙綝为丞相、荆州牧。表面上来看，这君臣关系是不错的。但要追究起来，孙休封官之举大错而特错。上文谈过，孙綝是一个大罪臣，本应严惩，可在皇权更迭的混乱中不仅逍遥法外，更是成了扶持新君登基的功臣。可见，孙休封孙綝为丞相，既是政治上的大错误，也是法律上的大错误。孙休不接受孙綝的生日礼物，大约出于对自己的两大错误的悔悟。遭到拒绝的孙綝大为恼怒，在与左将军张布饮酒时，不免吐露出了心中的怨尤。

其次要谈的是，张布对孙亮打小报告，披露了孙綝对孙休的不满之后，小皇帝心理脆弱，承受不了事态的压力，竟然“大惧，日夜不安”。皇帝与丞相的关系，必然在孙休的这种极不正常的心理机制中恶化。

再次，孙綝有私自调兵遣将，动用兵器的活动，其中很可能潜藏着某种预定的图谋。因此，又有人向孙休报告了这一重大动向。作为回应，孙休跟忠于他的朝臣制订了铲除孙綝的秘密计划。依法理，皇帝有权公开制裁任何犯罪的朝臣。孙休对付孙綝，之所以不按平常的法理行事，完全是因为孙綝刚当丞相不久，有的罪行尚未被众人识破，再说孙綝握有兵权，弄不好有兵变的危险。正是出于这样的考虑，行皇权治罪臣的活动，弄得像神秘的宫廷谋杀案。

最后，孙休依计杀了孙綝兄弟之后，大开杀戒，致使孙綝“宗党死者数百人，灭其三族”，在使用死刑上有扩大化的失误。“族刑”，是执行死刑的方式之一，即除处死罪犯本人之外，还要斩杀其宗族、家属。族刑有等级差别，最重的是“夷三族”，适用的是谋反、大逆罪。汉代的死刑中有族刑。到魏、蜀、吴，随着法律上的改革推进，族刑的范围大为缩小。例如魏国的《新律》规定，本人腰斩，“家属从坐”，祖父母或子孙等不再株连处死（张晋藩《中国法制史》）。孙休的滥杀，显然同三国时期的法律改革潮流背道而驰。这应是小皇帝的又一大过错。

六年后，刚满二十岁的孙休过早地夭折了。《三国志》只是客观记叙了死亡的事实，并未提及其他。《三国演义》却继续沿着上述心理脆弱的线路开掘，指出其死因在于受不了司马炎篡魏称帝的变故，担心其“必将伐吴”，在别无对策之际，竟“忧虑成疾卧床不起”，不久便停止了呼吸（第一百二十回）。担心别国入侵，是皇帝应当考虑的国家大事之一，那么就该集思广益，寻求对策，一个人冥思苦想，以致急病，是解决问题的出路吗？已经成年的孙休在二十岁血气方刚之年依然未脱尽少年皇帝惯有的童稚之气，除了批评他乱当皇帝，还有什么更恰当的评语呢？

另外，孙休还有一点可议之处，这就是他临终前的一个无言的小动作：“吴主把兴臂，手指𩅦而卒”。兴，是新任丞相濮阳兴，𩅦，是孙休的儿子孙𩅦，“手指𩅦而卒”，那没有来得及说出口的遗言，当是让孙𩅦来接班当皇帝。连孙休都只有二十岁，其儿子能有多大？充其量两三岁罢了。能让一个还在吃奶的孩子来当皇帝吗？遵孙休遗言而出的濮阳兴，果然想立孙𩅦为君。左典军万彧一针见血地指出：“𩅦幼，不能专政”。是此，孙休的手语式遗命遭到了彻底否决。

四十九　在皇帝宝座上吃喝玩乐加杀人的孙皓

孙皓登位当皇帝，适逢司马炎已篡魏，建立了晋朝，灭掉了蜀国。稍有使命感，他就应当把前任皇帝孙休忧虑成疾的晋国伐吴的头号大事承担起来，做最大努力加以解决。孙皓根本不去想这件当务之急的大事，而是由着他的本性，吃喝玩乐，稍不如意就杀掉使他烦恼的人。他的十六年皇帝生涯，就是在吃喝玩乐加大肆杀人中度过的。神圣的皇权，在他手中成了吃喝玩乐的特权和大肆杀人的凶器。问题的这种法律性质，把中国法律史上的皇权大于法律的特征推向了一种可怕、可恶的巅峰状态。

先说孙皓的吃喝玩乐。孙皓住在武昌，扬州百姓逆水行船给他运送一切生活用品，苦不堪言。孙皓奢侈无度，弄得国库空虚。左丞相陆凯上疏苦谏，孙皓听不进去。

孙皓还大兴土木，修建昭明宫，下令文武百官进山采木。

孙皓高兴时，每宴群臣，皆令沉醉。

在吃喝玩乐之余，孙皓召术士尚广，令他举行占卜活动，从中探问天下之事。尚广讨好皇帝，编出弥天大谎：陛下卜得吉兆说，在庚子年，将攻入洛阳灭掉晋国。孙皓糊涂至极，竟根据这胡说八道的术士之言来部署兵力——“沿江一带屯数百营，命老将丁奉总之”（第一百二十回）。这种作为，与其说是孙皓在管理军队，不如说是在享乐生活中拿国事、军事来做游戏，是其吃喝玩乐的一种方式。这种方式以宣扬迷信，信奉鬼神，崇尚占卜这一套反科学的思想意识为主导和特征。

孙皓还玩出另一样名堂：出入常带铁骑五万，以耀武扬威，致使“群臣恐怖，莫敢奈何”。

再说孙皓大肆杀人。这里的大肆杀人，不是杀平头百姓，而是专杀敢于批评孙皓的倒行逆施行为的广大朝臣。小说写道：甘露元年（公元265年），也就是孙皓当皇帝的第二个年头——

> 皓凶暴日甚，酷溺酒色，宠幸中常待岑昏。濮阳兴、张布谏之，皓怒，斩二人，灭其三族。（第一百二十回）

濮阳兴是丞相，张布是左将军，为建议、劝说孙皓弃旧图新，做一个好皇帝，竟遭到杀害，连家族也未能幸免杀身之祸。

从此之后，孙皓动不动就杀害对他有异议的朝臣。小说给这杀人魔君算了一笔杀人总账：

> 吴主皓自改元建衡，至凤凰元年，恣意妄为，穷兵屯戍，上下无不嗟怨。丞相万彧、将军留平、大司农楼玄三人见皓无道，直言苦谏，皆被所杀。前后十余年，杀忠臣四十余人。（第一百二十回）

"杀忠臣四十余人"，对任何臣民来说，都是不能饶恕的特大罪行，早该受到法律严惩。孙皓因身为皇帝，超然于法律之外，谁也无可奈何。这就是皇权大于法律的一种残酷真相。

孙皓在吃喝玩乐加杀人中迎来当皇帝的第十个年头，终于做了一件正经事，这就是面对晋国以四十多万大兵来攻打吴国的严重局势，孙皓急召丞相张悌、司徒何植、司空滕修，计议退兵之策。且不论张悌所献之策内容、效果如何，单讲孙皓当时所为此事本身，较之他一贯吃喝玩乐、杀人，的确是一件正经大事。然而，可笑的是，在朝廷议完这一正经大事过后，一回到后宫，孙皓宠信中常侍岑昏的马脚就不免又显露出来。岑昏异想天开，出了一个馊主意，孙皓一听如获至宝，立即付诸实施，结果是晋兵没有抵挡住，吴国兵败而亡。岑昏的馊主意是：

> "臣有一计，令王濬之舟，皆为齑粉矣"。皓大喜，遂问其计。岑昏奏曰："江南多铁，可打连环索百余条，长数百丈，每环重二三十斤，于沿江紧要去处横截之。再造铁锥数万，长丈余，置于水中。若晋船乘风而来，逢锥则破，岂能渡江也？"皓大喜，传令拨匠工于江边连夜造成铁索、铁锥，设立停当。（第一百二十回）

吴国君臣心目中的这种御敌妙计，晋国将士只动用了一个原始的粗糙的方法，便使其宣告报废。请看晋国将士是怎样让孙皓出丑的：

前哨报说："吴人造铁索，沿江横截；又以铁锥置于水中为准备"。濬大笑，遂造大筏数十方，上缚草为人，披甲执杖，立于周围，顺水放下。吴兵见之，以为活人，望风先走。暗锥着筏，尽提而去。又于筏上作火炬，长十余丈，大十余围，以麻油灌之，但遇铁索，燃炬烧之，须臾皆断。两路从大江而来，所到之处，无不克胜。

就这样，吴国葬送在暴君孙皓手里，孙皓成为晋国的俘虏。孙皓当皇帝十年，没有做一件有利于国家和人民的事情，导致吴国灭亡是必然的。

五十 篡魏灭吴的司马炎

司马炎是晋国的开国皇帝。他乱当皇帝与众不同的地方有两点：一是篡夺魏国皇帝曹奂的皇权，自己来当皇帝，并把魏国推翻，建立新的朝代，取名为晋；二是把吴国皇帝赶下台，灭掉吴国，使其统统归属自己的掌控之下。

如何看这两个方面的"乱"，这里大有学问。我们说过，"乱"是一个法律术语，指的是不合法的紊乱的社会现象，包罗的范围广阔无边，只要是非法现象，一概可称之为乱。司马炎不让本国的曹奂当皇帝，自己取而代之，又不让别国的孙皓当皇帝，将其赶下台，依魏国、吴国的法律，全是"十恶"不赦中的大罪行。问题在于，评价历史与文学以及一切人文现象的价值尺度是多元的，除了法律之外，还有政治、道德等尺度。再说，文学名著所描写的法律，往往是多学科交叉的综合体。因之，司马炎的这两个方面的法律之"乱"，若用政治论之，则叫作革命、统一中国。尽管这个革命是封建阶级内部矛盾激化的反映，是封建统治阶级内部一个集团取代或消灭另一个集团，但毕竟结束了一个朝代，灭掉了一个王国，固政治上的这种革命性质是客观存在的。假如永远只讲单一的法律，政治上的改朝换代就无从谈起。政治上的任何形式、性质的革命，对于原有的法律而言，总处在非法、犯罪的地位。这是中国和世界各国的规律性社会现象。

现在，我们着重讨论的是司马炎篡魏灭吴的法律之乱。唯有诠释了这些，才堪称抓住了司马炎乱当皇帝有别于上述十四个皇帝的独特之处。

司马炎的非法篡魏，很类似当年曹丕篡汉。可以认为，《三国演义》先后所描写的曹丕篡汉和司马炎篡魏，正是三国中最突出的两大“乱”世高峰。曹丕、司马炎所施展的手段，是小说关注的目标，也是我们读懂小说的看点之所在。对此，唯有作法律上的正确解读，方可悟出“乱”在何处。下面一段话，是一位批判《三国演义》的学者谈论曹丕当皇帝的“合法性”发表的意见：

> 曹操独揽大权，然而终其一生辅佐无能的献帝，而不曾取而代之。到了曹丕的时代，则是通过中国历史上政权交替中最伟大也是最合法的手续“禅让”而获得了天下。无论如何，皇帝的大印是汉家最后一个皇帝亲手奉上的。虽然这其中会有种种被迫和无奈，但是，在中国的历史上，宫廷斗争内幕甚多，详请无法一一确考，所以重要的就是当时政权移交的形式，只在汉献帝没有发表声明对曹丕政权的合法性予以否认，曹丕对天下的继承就无可质疑。如果本来的皇帝是合法的，那么，既然皇帝亲自宣布辞职，并把权力亲手交给下任，还有什么理由怀疑这种权力的合法性？（李新宇《三国演义批判》）

论者反复谈到“合法性”，但整段话却反映了不通法律的许多毛病，可见他对于曹丕篡汉的若干法理一窍不通。第一，“禅让”，只是尧、舜、禹时代交接权力的民主协商的方式，其时作为阶级意志的法律尚未产生，哪里有“合法”与否的事情呢。第二，自从进入封建社会，秦始皇创造了皇帝制度之后，皇权的合法交接是世袭的，皇族之外的异姓人，根本无从插手。曹丕能合法继承刘氏皇帝依次传递下来的皇权吗？论者对法定的皇帝制度一无所知的毛病，不言自明。第三，曹丕以武力逼迫汉献帝下台，明明是自己要取而代之，却害怕外界关于篡位的舆论，于是用“禅让”的历史佳话来粉饰自己的篡位本质。小说对此有一系列的形象化描写。论者不管其内在本质，把伪装的“禅让”外皮当作实质来肯定，流于形式主义。第四，皇权的“继承”，只存在于同姓皇族之间，曹丕推翻献帝，自己上台当皇帝，建立魏国，是典型的非法篡位，绝不是什么合法的“继承”。第五，论者心目中的“合法性”，是笼统的、不可分的混沌物。实际上，中国封建时代的各个王朝无不各有自己的法律。合乎或不合乎前朝法律，对于后一朝的法律来说，很可能另当别论。以曹丕篡汉来说，是汉朝法律认定的极恶大罪，而在曹魏的法律中，他却是开国皇帝，自然合法。综合这几点，可以认为，论者对于小说中曹丕篡汉的法理完全没有读懂。以此类推，论者对后来司马炎篡魏的同一法律事件，无疑还是不懂。

读者只要把第八十回曹丕逼迫汉献帝下台且美化为“禅让”的情景同第一百一十九回所写司马炎逼迫魏元帝曹奂下台也美化为“禅让”的情形对照一下，便可立即明白这一前一后的两次所谓“禅让”，都是篡权者将自己的非法行为蒙上一层遮羞布。论者不顾这基本事实所发表的议论，在法理上的漏洞实在多得很。

比曹丕更多一层非法行为的是司马炎。继把曹奂赶出皇宫之后，他又一次把当权皇帝赶下台，这就是灭掉吴国，不让孙皓当皇帝。不用说，对吴国的法律而言，司马炎以几十万大军既发动侵略、吞并战争，又欺凌皇帝、剥夺皇权，罪行严重至极。

有趣的是，晋国司马炎和他的朝臣们唯恐吴国天下不乱。他们十分害怕吴国在暴君孙皓之后“更立贤君，则吴非陛下所能得也”。老臣羊祜临终前的这番话，道出了晋国君臣的共同愿望：乘孙皓专行无道弄得众叛亲离的混乱之机，以大兵攻吴，实现在司马炎当皇帝的时候灭掉吴国的宏伟目标。这就表明，站在敌对的立场上，司马炎希望和欢迎的东西，正是吴国的“乱”。于是，再把战争灾难强加于吴国人民，终于一举把这乱国一笔勾销了。可以说，晋国对吴国带来的法律意义上的“乱”，是彻底毁灭的大灾乱、大浩劫。其灾星就是司马炎。

如果司马炎只满足于待在晋国当皇帝，不把手伸得那么老长，吴国也许有立贤君、求大治的一线希望。就因为他乱当皇帝，把别人的一线希望完全破灭了。

当然，司马炎灭掉吴国，统一中国，在政治上有进步意义。以此看其上述法律之乱，可知法律与政治除了统一的关系之外，还有着对立、矛盾的关系。司马炎的篡魏灭吴之事，就有着法律与政治对立、矛盾的关系。

十五个皇帝的故事，构成《三国演义》的极为重要的内容之一。对他们乱当皇帝的全面、系统的阐释，是涉法文学研究上的一项大工程，对于丰富、发展中国法制史学家有关皇帝制度的研究成果有极重要意义，有待学人深入探讨。

第四辑
小故事与大法理

以上三辑，分别谈到了《三国演义》所写乱世中的乱打仗、乱杀人、乱当皇帝的“三乱”概况。除此之外，小说在正面描写“三乱”情况的过程中，时常穿插一些小故事，作为对“三乱”世界的补充、点缀。一一阅读它们，可看到这些小故事往往体现着值得一谈的大法理，从而开拓了上述“三乱”描写的深广度。本辑的任务就在解读这些小故事的法理。

五十一　到底谁是滥官污吏

——督邮挨打的故事

张飞打督邮的故事广为人知。京剧、汉剧、川剧等剧种都有《鞭打督邮》《打督邮》的剧目，这便提升了该故事的知名度。但能读出其中的诸多法律意味的人，恐怕不多见。

适督邮行部至县，玄德出郭迎接，见督邮施礼。督邮坐于马上，惟微以鞭指回答。关、张二公俱怒。及到馆驿，督邮南面高坐，玄德待立阶下。良久，督邮问曰："刘县尉是何出身？"玄德曰："备乃中山靖王之后；自涿郡剿戮黄巾，大小三十余战，颇有微功，因得除今职。"督邮大喝曰："汝诈称皇亲，虚报功绩！目今朝廷降诏，正要沙汰这等滥官污吏！"玄德喏喏连声而退。归到县中，与县吏商议。吏曰："督邮作威，无非要贿赂耳。"玄德曰："我与民秋毫无犯，那得财物与他？"次日，督邮先提县吏去，勒令指称县尉害民。玄德几番自往求免，俱被门役阻住，不肯放参。

却说张飞饮了数杯闷酒，乘马从馆驿前过，见五六十个老人，皆在门前痛哭。飞问其故。众老人答曰："督邮逼勒县吏，欲害刘公；我等皆来苦告，不得放入，反遭把门人赶打。"张飞大怒，睁圆环眼，咬碎钢牙，滚鞍下马，径入馆驿，把门人那里阻挡得住，直奔后堂，见督邮正坐厅上，将县吏绑倒在地。飞大喝："害民贼！认得我么？"督邮未及开言，早被张飞揪住头发，扯出馆驿，直到县前马桩上缚住；攀下柳条，去督邮两腿上着力鞭打，一连打折柳条十数枝，玄德正纳闷间，听得县前喧闹，问左右，答曰："张将军绑一人在县前痛打。"……玄德终是仁慈的人，急喝张飞住手。傍边转过关公来，曰："兄长建许多大功，仅得县尉，今反被督邮侮辱。吾思枳棘丛中，非栖鸾凤之所；不如杀督邮，弃官归乡，别图远大之计。”玄德乃取印绶，挂于督邮之颈，责之曰：“据汝害民，本当杀却；今姑饶汝命。吾缴还印绶，从此去矣。”（第二回）

有一位史学博士把兴趣放在考证史实上，认为罗贯中移花接木，把发生在刘备身上的鞭打督邮的故事安放到张飞身上，符合张飞的性格特征。这话是不错的，但完全没有顾及故事的法律内涵。

首先应当究明：督邮何许人也？督邮，是汉代的一种官职，属于地方行政监察系统，是郡一级政府的属吏，在地方行政组织中行使监察权，所督对象与范围相当广泛，甚至连军队中的低级官也在其督察之列。可以认为，督邮是专门管官的官。小说中的督邮，没有姓名，以官职称呼其人。也许这样写来，更有涵盖力。张飞连督邮都敢打，可见事态的严重性。

接着就要问：张飞为什么要打督邮。督邮的职责既然是依法监督官员，那么就应该秉公执法，清正廉洁。可小说中的这个督邮，却是一个执法犯法的贪官污吏。且不说他态度傲慢，瞧不起官职低微的刘备，更可恶的是他利用督邮的管官的特殊职责来敲诈各地官员的钱财。地方官中经常跟督邮打交道的人，都了解这种伎俩。因此，县令得知督邮此次前来作威作福，知道又是故伎重演，乘机勒索钱财。刘备是个清官，没有钱给督邮，可几次求情都不起作用。这就有张飞打督邮的必然性和合理性。

值得注意的是，张飞打督邮还有更直接的诱因：督邮索取贿赂的手段不断升级，既向所有县官索贿，更令门人殴打为拿不出钱或不想行贿的官员们、求情的衙役与居民。这就触犯了众怒。有见义勇为侠者风范的张飞这时忍无可忍，便大打出手了。

再次，行凶打人是犯法的。无论打人者有怎样正当的理由，动手打人就意味着侵犯了他人的人身权利，为法律所禁止。在小说中，朝廷得知张飞打督邮，正是以犯罪视之的。当刘备前往渔阳剿匪，打了胜仗，立有战功之后，朝廷将功抵罪，才没有追究张飞的罪责。小说有这么一句话的交代，是不能忽视的：

朝廷赦免鞭督邮之罪。

由此可见，小说是将张飞打督邮作为犯罪行为来对待的。上述史学博士的“性格特征”云云，未能触及事件的这一法律性质。

最后还有一点可议之处。张飞打督邮之后，刘备交出自己当县尉的印绶，意味着主动弃官。就这样，刘、关、张前往代州投刘恢去了。而督邮则状告张飞，官府“差人捕捉”凶手。这里有汉代官吏管理上的漏洞。汉代的官吏管理法被中国法制史学家誉为里程碑。《三国演义》所反映的实际生活图景，却时常显出漏洞。以督邮的一贯索贿而论，尽管引发了张飞打人的罪案，但他执法犯法的问题依然没有得到朝廷注意，因而始终逍遥法外。刘备的弃官他投，显然不合法，却无人过问。我们谈过的军官管理上的混乱现象，在地方官员的管理上同样存在。在当今的中国，任何一级政府官员若自动离职他投，谁也不会再随意让他易地为官。可在《三国演义》中，这是家常便饭。漏洞和混乱达到了惊人的程度。

最可恶的是，督邮明明自己是贪官污吏，却口口声声把别人诬称为“滥官污吏”。他玩这种贼喊捉贼的把戏，且长期漏网，可见有很大的欺骗性。张飞将其痛打一顿，并未撕下他的假面具。若将鞭打改为合法的举报，无疑会有更好的效果，至少可带来解决问题的契机与希望。以犯罪手段对付犯罪，是大大不可取的。这就是张飞的失败之处。

比张飞错得更厉害的是关羽，他竟产生了杀督邮的意念，提出杀死督邮后返归乡里。如果刘备采取认同态度，很可能引发命案。从关羽的杀人动议，可见他在家乡杀人外逃后的许多年来，对自己的杀人罪行未曾痛思悔改，这就是日后过关斩将再次犯杀人罪的思想、认识上的根源。我们不能因为督邮其人的可恶而原谅张飞行凶打人、关羽动念想杀人的犯罪行为和犯罪意识。

五十二　暗杀不成反被杀

——伍孚的故事

曹操暗杀董卓未遂的故事，为广大读者和评论家所熟悉。实际上，在曹氏行刺之前，伍孚就一直想暗杀这个身居高位的歹徒，可惜他没杀成董卓，却被董卓杀死。只因伍孚的知名度低，故其故事往往被忽视。这暗杀不成反被杀的小故事，自有其可议之法理。

> 越骑校尉伍孚，字德瑜，见卓残暴，愤恨不平，尝于朝服内披小铠，藏短刀，欲伺便杀卓。一日，卓入朝，孚迎至阁下，拔刀直刺卓。卓气力大，两手抠住；吕布便入，揪倒伍孚。卓问曰："谁教汝反?"孚瞪目大喝曰："汝非吾君，吾非汝臣，何反之有?汝罪恶盈天，人人愿得而诛之！吾恨不车裂汝以谢天下!"卓大怒，命牵出剖剐之。孚至死骂不绝口。(第四回)

这一则小故事的法理脉络有四点。

第一，伍孚作为朝臣，身藏凶器，企图暗杀董卓，蓄谋已久，终于付诸行动，只是因为斗不过董卓而失败，属于故意杀人未遂的性质。汉朝法律称之为"贼杀"，相当于《唐律》中的"故杀"。用今天的刑法看，叫作故意杀人罪。贼杀既遂，应当判处死刑，未遂则应从轻论处。伍孚依法理，罪不致死。这是此案的基本法理。唯有加以确认，才算大体上把握住了这一故事的法律内容。

第二，案件当事人双方，各执一端，对法理的自我认识都不客观，在刑法学上称之为"认识错误"。董卓是伍孚杀人未遂案件的受害人，他把一般刑事案提升到带有政治色彩的高度来对待，认为是法定的"谋反"重罪，并且怀疑背后有人指使，故质问"谁教汝反"。作案人伍孚，则把自己的故意杀人行为合法化、合理化，认为是在依法惩罚罪臣。实际上，这理由不能成立。应当肯定，伍孚驳斥董卓的所谓"谋反"罪名不成立，道理讲得很正确。他用了一个形式逻辑推理：你不是我的君，我也不是你的臣，既不存在君臣关系，也就无从谈谋反与否了。伍孚的认识错误只在于：把私自杀歹徒的行为当作了正义行为。这是不对的。对任何罪犯，除了依法论处，其他任何人都不能私自加以处罚，更不能私自杀害。

刑法学上的认识错误，指的就是法律案件的当事人对是否犯罪、犯罪轻重等方面的认识不符合事实与法理。此案中，董卓、伍孚双方就有上述认识错误。

第三，董卓杀死伍孚，是在执法呢，还是在犯罪？这是故事的又一重要法理。董卓罪行严重至极，杀死伍孚，是董卓继杀害下台的汉少帝、绞死唐妃之后的又一罪行。尽管董卓以执法者自居，但这掩盖不了他的又一杀人罪行。退一步讲，即使董卓是一个忠臣、清官，对于杀人未遂而罪不至死的伍孚处以死刑，也是滥用极刑的表现。因此，董卓杀伍孚的法律实质，应为罪臣以严重犯罪手段对付较轻的犯罪行为，是报复性的故意杀人。

第四，董卓杀伍孚的方式极其残酷："剖剐之"。即先挖开胸膛，取出心脏，再一刀一刀把人活割而死。俗话说的"千刀万剐"就是指的这种杀人方式。本来这是先秦到秦一直有的法定死刑方式，到汉代有废止不用的趋势。董卓明明是报复杀人，经由他的权力包装，给人造成的印象却似乎是在执法严惩重刑犯。

退一步讲，即使伍孚犯下死罪，依法论处时也不应采用"剖剐之"的死刑方式。董卓故意杀人的手段如此残酷，正反映了他的报复心理疯狂到了极点。

谈到这里，我们来回顾一下毛宗岗的有关点评，是很有意思的。在第四回的夹批中，毛宗岗在伍孚行刺董卓的行为发生之后，作了这样的评论：

> 将叙曹操行刺，却先有伍孚行刺作引。天然奇妙。孚之勇往直前较胜于操，盖曹操顾身，伍孚不顾身也。

毛宗岗只看到"行刺"的现象，至于这现象的法理寄托，他没有评论。用"勇往直前"来形容伍孚的"行刺"，似乎可以理解为伍孚的暗杀行为虽然不光彩，但颇有正义因素，且不失为见义勇为的英雄性质。毛宗岗把伍孚行刺董卓同不久曹操去行刺董卓作了比较之后感到"曹操顾身"即胆小怕死，而伍孚则胆大"不顾身"，即不怕死。即使这种对比的评论是正确的，充其量只是对行刺者的勇怯的评价，并没有什么法理可言。

尤其匪夷所思的地方，是在点评曹操行刺董卓的时候，竟有这样的话出现："读至此，又为董卓捏一把汗。"如果说上面"勇往直前"的话多少流露了一点正义感，那么在这里则把这仅有的一点正义感全然抹杀了。董卓无恶不作，罪孽滔天，若能被刺杀，真是大快人心，这才是应有的阅读情感体验。我们无论如何也想象不出毛宗岗替董卓“捏一把汗”的同情心从何而来。

五十三　堂堂刘皇叔竟也用暗杀手段

——刘备的故事

在第二辑中，我们已谈过刘备到川西后谋杀杨怀、高沛的案件。早在此案之前，堂堂刘皇叔就有杀人行为出现。话说曹操引兵到豫州地面，刘备早引兵迎接，被请入曹营。就在此时此刻，这刘皇叔的暗杀手段显露出来。小说写道：

> 相见毕，玄德献上首级二颗。操惊曰：“此是何人首级？”玄德曰：“此韩暹、杨奉之首级也。”操曰：“何以得之？”玄德曰：“吕布令二人权住沂都、琅琊两县。不意二人纵兵掠民，人人嗟怨。因此备乃设一宴，诈请议事；饮酒间，掷盏为号，使关、张二弟杀之，尽降其众。今特来请罪。”操曰：“君为国家除害，正是大功，何言罪也？”遂厚劳玄德，合兵到徐州界。吕布出迎，操善言抚慰，封为左将军，许于还都之时，换给印绶。布大喜。操即分吕布一军在左，玄德一军在右，自统大军居中，令夏侯惇、于禁为先锋。（第十七回）

按照《三国志·魏书·董卓传》的记载，刘备杀韩、杨二人为依法处以死刑。原文说：

> 暹、奉不能奉王法，各出奔，寇徐、扬间，为刘备所杀。

意思是说，韩暹、杨奉二人触犯刑法，在徐州、扬州一带打家劫舍，被刘备依法处死。《三国演义》把这一历史事实演化为一起谋杀案，刘备为主谋，关羽和张飞为直接行凶的杀手，三人都应当负刑事法律责任。可见，刘备在向曹操献死者首级时所说的“请罪”，并非自谦之词，有意把功劳说成罪过，而是承认自己犯有杀人罪的客观、正确的意见。

刘备三兄弟的谋杀案的罪责，很特殊。它既不是谋财害命，也不是因个人恩怨而报复杀人，更没有不可告人的政治图谋，自然也不是心理异常而胡乱杀人，而是出于维护法律的尊严，惩治乱军的烧杀劫掠的罪行而私自杀人。这种杀人行为，很容易引起误解，以为是依法将罪犯处死。依据古今中外的法理，不允许任何人未经法律审判而私自杀人，即使杀的是该死的罪犯，也为法律所不容。

正因为这个理由，《三国演义》中的长官执法杀死刑犯的故事、场面，时常给人以法律上的疑问：到底是在犯杀人罪，还是在依法执行死刑？这疑问产生的由来，在于中国古代不重视刑事法律的审判程序，往往是长官一句“推出斩首”的指令，瞬间就“斩讫报来”，把一个大活人杀死。这就使执法形同犯罪。究明了这一点，我们就等于讲清了一个关于中国古代执行刑法的重要道理：轻视法律程序的死刑执行，容易同杀人罪混淆不清。欣赏中国古代的小说、戏剧中的有关故事、场景，一定要有严格区分二者的法律准绳，绝不应混为一谈。

刘备们的谋杀案，之所以认定为杀人罪行，而否定是执法处死罪犯，就是因为这里不仅没有任何法律程序，而只有事先三人的谋杀诡计：以设宴招待受害人为名，暗藏杀机，待受害人进入骗局之后，再按预定方案行凶杀人。着眼于程序法，可以肯定，刘备们既无执法的动机，又无执法的手续，而是虚构事实欺骗受害人，使其毫无准备而杀人。

若着眼于实体法，韩暹、杨奉二人到底是否有死罪，更大成问题。须知，这两个被害人，生前曾保驾有功。董卓受诛后，其部将李傕、郭汜反叛朝廷，劫持天子汉献帝出宫流亡。杨奉本是骑都尉，因跟李傕作战不利，引兵投长安去了。天子在驾到华阳县时，杨奉引军千余来护驾，杀退郭汜叛军，当夜天子宿于杨奉营中。在郭汜、李傕二叛将内讧大战后又合兵一处的危难关头，杨奉与董承不得不把白波起义的余党韩暹召来护驾。后来，汉献帝把韩暹封为征东将军。这就是说，杨、韩为护驾有功的朝臣，后二人因惧怕曹操而引兵他投。

对于有功之臣日后治军不严，乃至发展到形同土匪部队一样劫掠百姓，犯下大罪，如何处治，非同小可。依法，应启奏汉献帝，其他人都不得擅自论处。汉代有一系列刑法原则，规范着刑法的执行。其首要一条原则，便是“先请”，也称“上请”，是汉代法律赋予贵族官僚的一项法定特权。法制史学家指出：

> 凡宗室贵族六百石以上官僚犯法，司法官不许擅自判决，而须上请皇帝裁决。凡应先请而不予先请的，都以违法论之。一旦发现，当事人将受到严惩。（张晋藩《中国法制通史》）

由此可知，刘备等人即使是奉某位高官之命来执法问罪，处罚杨、韩纵军掠民的罪行，也是违背这一刑法原则的，更何况刘、关、张不经任何长官许可而私下骗杀二将。刘备很可能意识到自己的违法性，故杀人后在曹操面前有“请罪”的意向表示。

此时曹操已身为国相，一手把持了朝廷大务，汉献帝形同傀儡，当刘备“请罪”之际，意味着刘、关、张合谋杀人的案件已经为朝廷所知晓。曹操唯一正确的合法对策，是连忙启奏汉献帝定夺此事，而曹操却当即表示：这是为国除害的大功劳，根本无罪可言。于是，本应该严惩刘备的行法之事被一笔勾销，取而代之的却是“厚劳玄德”，亦即将严惩变为重奖。这就是彻底颠倒了罪与功的界限。

曹操处理此案，跟他自作主张处理一切国家事务一样，都置法律于不顾，随心所欲。若事事依法而行，汉献帝就根本不会成为傀儡皇帝，曹操的挟天子以令诸侯之事也就无从发生。正因为如此，此案的发生、了结，除了暴露刘备等人乱杀人的罪行之外，还为塑造曹操这一法律人物形象增添了一抹鲜活的油彩。

依照史书记载，刘备杀杨奉、韩暹之事，根本同曹操没有交集。经由罗贯中的神奇加工制作，成为被曹操定夺的一件包含多层法理的冤假错案，从而大大丰富甚至是从无到有地创造了法律认识价值。仅此一例，就可窥见罗氏在法律描写和追求上的一贯自觉性。

五十四　大智慧与小技巧

——祢衡的故事

大智慧是对人生、世界的某种整体性、创造性的深刻洞察与发现，正确认识世界、改造世界、创造文明史上的奇迹，仰仗的是大智慧。

小技巧是苟且偷生，防身自卫，损人利己的一切虚伪、狡诈的行径。胸无大志、鼠目寸光、自私自利之人，一辈子乐此不疲的东西，就是小技巧。

祢衡的故事，既表现了对大智慧的推崇与向往，又表现了对小技巧的贬斥与抨击，从而把小说的乱世中的法律思考引向了一个极富法律哲学深度的层面。

这里要讨论的法理是法律、司法实践怎样同大智慧、小技巧产生内在联系的问题。从立法上看，法律的正义的道德因素，必然将法律规范的制定引向保护大智慧、惩治小技巧的轨道。道理很简单：大智慧的价值取向是为人类社会的发展、进步提供应有尽有的东西，唯有加以保护，才能让大智慧发扬光大；而小技巧则有违道德，若不惩治，不要说保护大智慧，就连正常的人际关系、社会秩序都很难维持。

同时还要看到，由于时代、阶级的局限性，立法内容上不利于大智慧，而小技巧处处得实惠的情形，非常普遍。例如政治上有大智慧的人们被视为犯极恶大罪、科学上有大智慧的人们被视为鼓吹异端邪说的事例与案件，多得不能枚举。仅以汉朝法律中的“非所宜言罪”的罪名而论，就大大不利于祢衡才气十足、妙语连珠的言论的自由发表。这是一种什么罪行呢？法制史学家指出：

> 非所宜言指言语失误，说了不该说的话，它与诽谤这种故意进行指责、批评的行为有所区别。汉代对此罪的科断，似乎缺乏准确适用的条文，同罪异罚现象较为突出。（张晋藩《中国法制通史》第二卷）

以此来衡量祢衡目空一切，把一系列人士贬得一无是处的言论，很容易视为犯有此罪。事件发生在曹操召见祢衡的时候——

操遂使人召衡至。礼毕，操不命坐。祢衡仰天叹曰："天地虽阔，何无一人也！"操曰："吾手下有数十人，皆当世英雄，何谓无人？"衡曰："愿闻。"操曰："荀彧、荀攸、郭嘉、程昱，机深智远，虽萧何、陈平不及也。张辽、许褚、李典、乐进，勇不可当，虽岑彭、马武不及也。吕虔、满宠为从事，于禁、徐晃为先锋；夏侯惇天下奇才，曹子孝世间福将。——安得无人？"衡笑曰："公言差矣！此等人物，吾尽识之：荀彧可使吊丧问疾，荀攸可使看坟守墓，程昱可使关门闭户，郭嘉可使白词念赋，张辽可使击鼓鸣金，许褚可使牧牛放马，乐进可使取状读招，李典可使传书送檄，吕虔可使磨刀铸剑，满宠可使饮酒食糟，于禁可使负版筑墙，徐晃可使屠猪杀狗；夏侯惇称为'完体将军'，曹子孝呼为'要钱太守'。其余皆是衣架、饭囊、酒桶、肉袋耳！"操怒曰："汝有何能？"衡曰："天文地理，无一不通；三教九流，无所不晓；上可以致君为尧、舜，下可以配德于孔、颜。岂与俗子共论乎！"时止有张辽在侧，掣剑欲斩之。操曰："吾正少一鼓吏，早晚朝贺宴享，可令祢衡充此职。"衡不推辞，应声而去。辽曰："此人出言不逊，何不杀之？"操曰："此人素有虚名，远近所闻。今日杀之，天下必谓我不能容物。彼自以为能，故令为鼓吏以辱之。"（第二十三回）

我之所以认为祢衡有大智慧，就是因为从这段如同行云流水，又好似人物速写似的谈话中，看出了他非凡的气度、杰出的才能，惟其如此，他才可在瞬间不假思索地把曹操心目中的"英雄"一一认定为只会干小营生或非法勾当，或出乖露丑的凡夫俗子。这形象、风趣、流畅的人物论本身就是大智慧的产物。然而，这些话有贬损他人人格尊严之嫌。说者无心，听者有意，将其告上法庭治罪是很可能的事情。当时，张辽和曹操都有杀祢衡之心，原因就是他"出言不逊"。

一贯玩小技巧的人，要么根本没有祢衡这样文思敏捷、口若悬河的大智慧，从而无从犯"非所宜言罪"，要么在开口之前早已做好了察言观色的工作，从而在曹丞相面前投其所好地尽情讲奉承、巴结之词，自然也无从犯罪。

更为出格的地方，在于祢衡借曹操命他当鼓吏的机会，竟在大宴宾客的场合，不守礼法，“裸体而立”，演了一出国人尽知的“打鼓骂曹”的好戏：

> “汝不识贤愚，是眼浊也；不读诗书，是口浊也；不通古今，是身浊也；不容诸侯，是腹浊也；常怀篡逆，是心浊也！吾乃天下名士，用为鼓吏，是犹阳货轻仲尼，臧仓毁孟子耳！欲成王霸之业，而如此轻人耶?”（第二十三回）

曹操如果不是要请祢衡充当说客，去荆州劝刘表投降，很可能当场就杀了口无遮拦的祢衡。中国有“大智慧”之说。有大智慧的人一旦沉浸于他所呕心沥血的大事，就会无暇旁顾，身不由己。世人用尽小技巧的各种场合，要么不见他的身影，要么他身在此，心在彼，只处于消极应付状态，于是在局外人看起来像大傻瓜一个。正因为如此，大智慧时常被小技巧算计与捉弄，法律甚至也会来找心不在焉的大智慧的小麻烦。

祢衡之死，就是在出言不逊的路上一路走到黑，终于被忍受不了他的言辞羞辱的黄祖所杀害。这就是说，大智若愚的人们即使有幸逃过了法律的追究，也有可能成为犯罪者杀害的对象。祢衡到荆州刘表处，因语言冲撞，刘表不喜欢他，又叫他到黄祖那里去。祢衡跟黄祖喝酒，两人都喝醉了。祢衡这一次又信口而出，说黄祖“似庙中之神，虽受祭祀，恨无灵验。”黄祖一听，觉得在讽刺自己虽掌有兵权，只不过形同木偶罢了——于是杀了祢衡。

一个二十几岁的文弱书生，被乱世中的带兵将领所杀，是没有谁会出面为他讨回公道的。曹操听说此事，只一笑了之，还留下了一句令人生气又悲伤的话“腐儒舌剑，反自杀矣。”明明是“他杀”，可依法追究黄祖的罪责，但到了曹操眼中却成了“自杀”：认为祢衡咎由自取。

祢衡的传记未能进入《三国志》，《后汉书》中有祢衡传，但传中所写尚未充分展示出他的智慧。《三国演义》的作者在这里的虚构加工，尽情显示他的非凡语言天赋。在祢衡之死的处理上，把史实素材中黄祖部下杀祢衡，改造为因语言冲撞黄祖而直接被黄祖所杀。这样改写的效果，自然是突出了本文所谈“大智慧与小技巧”的法律主题。

要谈《三国演义》中玩小技巧的魁首，非曹操莫属。曹操正是作为祢衡的对立面出现的，罗贯中深恶痛绝玩小技巧者和极力推崇有大智慧的情思，除了在曹操与祢衡的故事中加以昭示之外，更在塑造曹操这一法律人物典型形象的艺术工程里发挥得酣畅淋漓。在讲曹操的专辑中，我们将着重从法律实践的角度讲大智慧与小技巧的问题。这是因为，曹操一贯善于玩小技巧，有大智慧的人时常吃他的大亏。杨修，就是继祢衡之后的又一个有大智慧者，结果死于玩小技巧的曹操的屠刀之下。大智慧者的如此大冤屈，不能不被再次提及。

五十五　两起有因果关系的报复杀人案

——孙策的故事（一）

东吴之主孙策因杀吴郡太守许贡，遭到许家仆人报复而被刺伤的故事，有着读者不容易看破的法律奥妙，挖掘出来，会使大家有恍然大悟之慨。这里隐藏有两起因果关系明显的报复杀人案：

> 孙策求为大司马，曹操不许。策恨之，常有袭许都之心。于是吴郡太守许贡，乃暗遣使赴许都上书于曹操。其略曰：
>
> 孙策骁勇，与项籍相似。朝廷宜外示荣宠，召还京师；不可使居外镇，以为后患。
>
> 使者赍书渡江，被防江将士所获，解赴孙策处。策观书大怒，斩其使，遣人假意请许贡议事。贡至，策出书示之，叱曰："汝欲送我于死地耶！"命武士绞杀之。贡家属皆逃散。有家客三人，欲为许贡报仇，恨无其便。
>
> 一日，孙策引军会猎于丹徒之西山，赶起一大鹿，策纵马上山逐之。正赶之间，只见树林之内有三人持枪带弓而立。策勒马问曰："汝等何人？"答曰："乃韩当军士也。在此射鹿。"策方欲举辔欲行，一人拈枪望

> 策左腿便刺。策大惊，急取佩剑从马上砍去，剑刃忽坠，止存剑把在手。一人早拈弓搭箭射来，正中孙策面颊。策就拔面上箭，取弓回射放箭之人，应弦而倒。那二人举枪向孙策乱搠，大叫曰："我等是许贡家客，特来为主人报仇!"策别无器械，只以弓拒之，且拒且走。二人死战不退。策身被数枪，马亦带伤。正危急之时，程普引数人至。孙策大叫："杀贼!"程普引众齐上，将许贡家客砍为肉泥。看孙策时，血流满面，被伤至重，乃以刀割袍，裹其伤处，救回吴会养病。(第二十九回)

我们全文抄录的这段话，道出了一串三连环案件：其一为吴郡太守许贡告发孙策图谋不轨的案件；其二为孙策报复杀害许贡的案件；其三为许家仆人替主人复仇而谋杀孙策的案件。三者的逻辑联系是，前一案件均是后一案件的诱发因素。

如果先查看史书的有关记载，回过头来再把小说所写作一番比照，那么法律意味不仅涌现于我们的脑海，而且能悟出罗贯中之所以改造史实的内在奥妙和卓越贡献。

> 建安五年……策阴欲袭许，迎汉帝，密治兵，部署诸将。未发，会为故吴郡太守许贡客所杀。先是，策杀贡，贡小子与客亡匿江边。策单骑出，卒与客遇，客击伤策……至夜卒，时年二十六岁。(《三国志·吴书·孙策传》)

在这段史实记叙中，孙策为什么杀许贡，没有作说明；许家客为什么杀孙策，也没有确认，只能使读者猜测可能是对杀害主子许贡的报复。这种含糊其辞的素材，罗贯中自然不满意，于是虚构细节，把报复杀人的犯罪原因加以突出，使之成为典型的报复杀人案。

先看孙策杀许贡的案件。孙策求朝廷高官不成，便恨曹操，若不付诸相应行动，仅有内心的仇恨，法律是不能过问的。问题是孙策以图谋攻打京城许昌的方式来发泄仇恨，这就是谋反的犯罪预备状态了，于是许贡向曹操揭发此事。告发流产了，孙策这次又有了新的怀恨与复仇的对象——信使和许贡，故引出了孙策报复杀死这两个怨敌的案件。

许贡告发孙策，完全合理合法，应当受到法律保护。孙策作为被告发的罪犯，杀害告发者，是罪上加罪。

再看许贡的家客亦即是仆人报复杀孙策的案件。许贡的三个仆人，在主人被杀害后，依然忠于许家，决心为主人报仇而伺机杀孙策。这种两个人以上的合谋杀人的行为，属于共同的故意杀人。在时机到来时，三人便刺伤孙策，使其不治身亡。这属于故意杀人既遂，跟孙策的杀人既遂一样，也犯了死罪。在作案中，三人直言不讳地说出了报复杀人的动机："我等是许贡家客，特来为主人报仇!"就这样，孙策的报复杀人案成了这一起报复杀人案的前因。

两起有因果关系的报复杀人案相继发生，作案者一为东吴之主，一为东吴百姓，这就表明在东吴地面上从头号大官到末等仆人，同样都跌入了报复杀人的深渊。换言之，两件连环报复杀人案反映出东吴地面乱杀人的法律现象。

经过这样把史实与文学的两相对照，我们就可以清楚地知道：罗贯中写这两起案件所自觉追求的东西，在于揭示三国乱世中"乱杀人"的原因之一，是人们内在的复仇心理过于强烈。当今司法界在有关案例的系统研究中发现，报复杀人是所有杀人案中占大比例的类型之一。小说描写此案的法律成就与贡献之一，恰在于提供了文学个案，有利于司法界和广大读者认识这一杀人罪案的类型和发生的内在心理原因。

此案的法律贡献之二，有利于广大读者以及法律人学习、掌握汉代的有关法制史知识。换言之，由此切入，可以看到此案在法制史学上的学术价值和意义。法制史学家有如下论述：

> 由于受到儒家伦常理论的影响，法律对于复仇行为采取纵容，甚至鼓励的态度，以至于东汉社会复仇杀人案件大增，引起恶劣的社会后果。(张晋藩《中国法制通史》第二卷)

据此，有充足理由认为罗贯中之所以要将上述平淡无奇的历史素材改造为两起报复杀人案，构成了《三国演义》法律描写的精彩片段之一，其奥妙就在他虽身处明代，却对三国时期的这种法制史上的法律弊病有正确的意识。

无论这种法制史意识从何而来，都是合乎实际的。文学的生活真实或本质真实，可由此得到一种新的诠释。由此，本案的法律与文学的双重学术意义就不用笔者多说了。

最后应指出的是，程普等人在孙策的一声“杀贼”的叫喊声中把许家的两个仆人“砍为肉泥”，也是一起故意杀人案，主犯为孙策，行凶杀人者是程普等人。程普等人的正确做法，应当把行凶杀孙策的两个仆人抓住送往官府进行审判，而不应以犯罪手段对付犯罪行为。

综观上述引文的全部叙事内容，可知有四起案件串连在一起，并且前一起案件都是后一起案件发生的诱因，是当事人出于报复心理导致了杀人罪行的恶性循环。这种恶性循环，把本来彼此没有利害关系的人都卷进了犯罪旋涡。许家客同孙策之间、程普同许家客之间向来毫无瓜葛，仅仅因为有替主人报仇的意愿，而成了杀人罪犯（程普等人），而许家客则既是杀人罪犯，又是新一轮的报复杀人案的受害者。至于孙策，则是报复心理使他连续犯罪（先杀了许贡的使者，后杀了许贡，再指使程普杀许家客）。所以说，人们内在的报复心理往往是犯罪的总祸根。要预防、打击犯罪，一个重要对策当在做心理疏导工作，化解受害人一方的报复情绪。

五十六　杀人后的恐惧引起的幻觉

——孙策的故事（二）

法律与其他社会科学的联系，非常广泛。这里，以孙策杀于吉之后出现幻觉的心理现象，来谈谈法律与心理学的不可分割的密切联系。

在法律的制定与实施中，无论是法律的制定者，还是法律的执行者，还有违法犯罪者、证人、受害人、律师等，无不有着各自的心理活动，这些心理活动对法律的影响构成了一门学问，该学问就是法制心理学。犯罪心理学是它的分支之一。孙策杀于吉之后的幻觉，在小说中详略不等地描述了十次，为犯罪心理学提供了一个历史悠久、知名度高、便于记忆和理解的实例，很值得剖析一番。

幻觉，是异常或病态心理因素。以其表现形式，可分为幻听、幻视两大类。幻听，指当事人所听到的声音是虚幻而不存在的。幻视，指当事人所看到的东西虚幻不实。孙策杀了于吉之后出现的幻觉，属于幻视，即看到了客观上不存在的于吉形象。小说写这种幻觉图景达十次之多，依次是：最初一次，出现于杀于吉的次日拂晓。守尸士兵发现尸体不知去向，连忙来报告这件怪事，孙策却看见一个人“从堂前徐步而来，视之，却是于吉”。

第二次——

> 是夜二更，策卧于内宅，忽然阴风骤起，灯灭而复明。灯影之下，见于吉立于床前。（第二十九回）

孙母命孙策请道士来家中烧香拜神，以求消灾。大约就在这种装神弄鬼的环境刺激下，加剧了孙策心理上的病变程度。以下是这密集的幻视镜头的连续呈现：

> 忽香炉中烟起不散，结成一座华盖，上面端坐着于吉。策怒，唾骂之；走离殿宇，又见于吉立于殿门首，怒目视策。策顾左右曰：“汝等见妖鬼否？”左右皆云未见。策愈怒，拔佩剑望于吉掷去，一人中剑而倒。众视之，乃前日动手杀于吉之小卒，被剑斫入脑袋，七窍流血而死。策命扛出葬之。比及出观，又见于吉走入观门来。策曰：“此观亦藏妖之所也！”遂坐于观前，命武士五百人拆毁之。武士方上屋揭瓦，却见于吉立于屋上，飞瓦掷地。策大怒，传令逐出本观道士，放火烧毁殿宇。火起处，又见于吉立于火光之中。孙策归府，又见于吉立于府门前。策乃不入府……
>
> 是夜策宿于寨内，又见于吉披发而来。策于帐中叱喝不绝。

直至最后一次幻觉出现，孙策已到了承受不了的极限，亦即是这纠缠不休的幻觉给孙策带来了毁灭性的打击：

> 次日，吴太夫人传命，召策回府。策乃归见其母。夫人见策形容憔

悴，泣曰："儿失形矣！"策即引镜自照，果见形容十分瘦损，不觉失惊，顾左右曰："吾奈何憔悴至此耶！"言未已，忽见于吉立于镜内。策拍镜大叫一声，金疮迸裂，昏绝于地。夫人令扶入卧内。须臾苏醒，自叹曰："吾不能复生矣！"（第二十九回）

从某种意义上来说，孙策是被无休止的幻觉折磨死的。

以犯罪心理学的视角来思考孙策的幻觉，可以知道：行凶杀人后的罪犯迫于惊动不安的心理压力，容易发生幻觉，幻觉一旦出现，反过来又加剧心理压力，二者恶性循环，就有导致心理崩溃的危险。孙策死于频繁的幻觉袭击，为我们探讨这种变异犯罪心理提供了活生生的个案实例。

罗贯中不仅探讨了杀人犯作案后的幻觉心理特征，更注意到诱发幻觉产生的主客观条件。以客观条件而论，他告诉读者，于吉一生与人为善：采药觅方，治病救人，祈风祷雨，普度众生，素有于神仙之称，广受军民敬仰，毫无罪过可言。杀此种好人，容易触犯众怒。

以主观条件而论，孙策顽固地站在东吴社会舆论的对立面，一口咬定于吉是妖人，认定他的一切言行都只是在"煽惑人心"。甚至把于吉从来不收取百姓报酬的义举当作是骗人，还把他称作是"黄巾张角之流"，于是不听百官劝说，硬要杀他，把他关进监狱。杀于吉，就是孙策滥用刑罚，一意孤行，孙策杀害于吉，不仅失去了民心，连其母亲也深为不满。二十六岁的青年孙策一举把自己变成了孤家寡人，陷于绝对孤独的境地。

就这样在内忧外患夹击之下，孙策的心理便发生了病变而幻觉不断。

不可忽视的是，为《三国志》作注的裴松的下列注释文字，为罗贯中成功的幻觉描写奠定了基础：

> 《搜神记》曰：策既杀于吉，每独坐，仿佛见吉在左右，意深恶之，颇有失常。后治创方差，而引镜自照，见吉在镜中，顾而弗见，如是再三，因扑镜大叫，创皆迸裂，须臾而死。（《三国志·吴书·孙策传》）

就是在这样的基石上，罗贯中创作出孙策杀人后幻觉迭出的变异心理。《搜神记》所写，已具有心理探索的意义与成果，尤其有"失常"的暗示关键词，表明孙策所见于吉只是心理失常状态下的幻视图像。罗贯中在前人探索所得的起跑线上，进而大力开掘，极有层次地、更形象地展现幻觉画面，突出了杀人犯作案后的变态心理的病因、病情、病害等方面，在犯罪心理学的探讨上更有普遍意义。

在《三国演义》所写大量杀人案件中，此案法理上独有的认识价值，就在于全力以赴探讨犯罪心理上的幻视病态知识，评论者不知孙策的幻视心理为何物，因而曲解甚至否定的例子不少。有人在列举于吉幻觉反复出现的事实后，先后两次解释为“于吉阴魂”向孙策“索命”（熊笃等《三国演义与传统文化溯源研究》）。这是无中生有的说法，有宣扬鬼神之嫌。还有人在批评《三国演义》的“怪诞”描写时，把“于吉作怪”作为“过虚”的艺术描写“失误”的论据之一（关四平《三国演义源流研究》）。这两位学者对孙策作为杀人犯和杀于吉之后的幻视心理，都未能形成概念，因而都无从进入固有的法理世界。

五十七　从杀人凶犯到军事高参

——徐庶母子的故事

现代化、人性化的法律规范及相应的司法实践同古代野蛮的法律的一大根本性区别，在于把以往注重惩罚的严厉、残酷改变为有利于对罪犯的警戒、改造、重作主流社会新人的方向和轨道上来。这样，刑法上的一个重要课题便纳入了法律界的议事日程。这就是：怎样把罪犯改造为新人呢？带着这个问题来重温徐庶母子的故事，我们会大受启发，深有感悟。

要言之，徐庶曾是一个少年杀人犯，日后成为刘备的军事高参，在樊城用计大败曹兵。曹操得知徐庶的传奇人生经历时，不假思索便叹其为“贤士”。一个少年杀人犯，怎么脱胎换骨成为“贤士”的呢？

且先谈这个少年杀人犯作案杀人的情形。曹操的部下程昱不仅非常了解徐庶，而且对徐庶极力推崇，在曹操面前承认其才“十倍于昱”。因此，程昱对徐庶当年杀人罪行的说明，不带个人恩怨，显得客观、公正，有权威性，有说服力。

> 此人幼好学击剑；中平末年，尝为人报仇杀人，披发涂面而走，为吏所获；问其姓名不答，吏乃缚于车上，击鼓行于市，令市人识之，虽有识者不敢言，而同伴窃解救之，乃更姓名而逃，折节向学，遍访名师，尝与司马徽谈论。此人乃颍州徐庶，字元直。单福乃托名耳。（第三十六回）

程昱的谈话，重点在讲徐庶当年作案杀人，被官方捕获、审问、逃亡的经过，也一笔带过地点到了日后弃旧图新之事，可使我们从中悟出少年杀人犯自新路径的起点及大体走向。接下来，程昱就讲到了徐庶的家庭情况，并引出了徐庶母亲的故事。这样综合阅读所得，徐庶的自新路径就很清晰了。举其要者是：

第一，徐庶少年时代作案杀人，并非出于不道德的邪恶目的，而是一味信奉哥们儿义气，为恩人去报仇杀人，结果使自己沦为要受法律惩罚的杀人犯。可见，“见义勇为”式的犯罪与因个人邪恶动机犯罪相比，罪犯的本质比较好，悔改可能性比较大，而后者的犯罪人则本质较差，悔改上困难大。这就是那些二进宫、三进宫以至于终生离不开监狱的惯犯不堪改造的一个基本原因。

第二，徐庶的可贵之处，在于道德修养上有执着、顽强的可爱之处。其表现，就是官方把不招供的徐庶押赴闹市游街示众，招来广大市民围观，既企图让人指认出徐庶的真实身份，又借以威慑这个顽强的少年杀人犯。可徐庶跟作案后“涂面披发而走”一样，依然坚持着规避法律的立场。所以说，此时同法律对抗的少年杀人犯的不屈服，是由他信奉的哥们儿义气之类的道德精神所支撑的。中华民族的哥们儿义气，不要把它贬得一钱不值，也不要把它奉为珍宝。公正地说，它只是一种可塑性极强的道德基因。一点也没有哥们儿义气，很难成为一个正直的人；全身心被哥们儿义气所主宰，则会成为江湖侠客。把哥们儿义气改造为崇高的道德情操，这是仁人、志士的一贯选择。徐庶后来成为曹操口中的“贤士”和刘备军中的高参，证明他选择了打造内心道德支柱的路子。

第三，徐庶逃脱法律的追究之后，不是苟活于世，更不是继续犯罪，而是自学成才。“折节向学，遍访名师”，广泛读书与遍访名师相结合的自学之路，是他从杀人犯变为有用人才的又一重要经验。

第四，徐庶从杀人犯幡然变为军事高参和知名度不小的“贤人”还源于他有一个好母亲，受到了良好、严格的家庭教育。小说没有正面描写徐母如何管教自己的孩子，但从她对成才以后的儿子依然管教严格的具体描写来看，我们就可明白徐庶自新之路上这一重要因素的作用。

在上文所说曹操赞叹徐庶为“贤才”的同时，程昱献计说：抓捕徐母，诱使徐庶出面营救，乘机软禁徐庶，迫使他投曹，为曹效力。不料，徐母敢于面对面跟曹操作斗争，指责说“汝虽托名汉相，实为汉贼”，说罢便打曹操，真是女中豪杰。当儿子徐庶果然上当跑到许昌来，徐母当面大骂道：

> “辱子飘荡江湖数年，吾以为汝学业有进，何其反不如初也！汝既读书，须知忠孝不能两全，岂不识曹操欺君罔上之贼？刘玄德仁义布于四海，况又汉室之胄，汝既事之，得其主矣。今凭一纸伪书，更不详察，遂弃明投暗，自取恶名，真愚夫也！吾有何面目与汝相见！汝玷辱祖宗，空生于天地间耳！”（第三十七回）

这一席严厉训子之话，以国家大事为重，将骨肉亲情置于第二位，毫无母子间应有的问寒问暖的闲话，把儿子的过错提高到不分好歹、不能为国家效力、有辱祖先的高度来议论。徐母之情怀，气壮山河，震撼人心，可谓慈母教育有方的极致。由此不难知道，自幼失去父亲的徐庶，有这样一位深明大义的慈母的言传身教，他的人生之旅不会有太大的偏差，即便偶然失足，也会重归光明大道。总之一句话，严格而高尚的家庭教育，是徐庶从少年杀人犯一变而为贤才、军事高参的又一重要原因。

当今文学中有不少走出大墙，重返社会作出了重要贡献的服刑人员的形象。他们的新生之功，除了个人的努力之外，法律上的惩戒、教育、改造功不可没。而徐庶的特殊之处，则在于法律惩戒之外的自我改造。以上所谈几点，均属于罪犯自我改造的成功经验，它们对于所有触犯法律的人们，都不失为现实的指导和启示。

五十八　主持正义竟遭杀害

——李珪的故事

李珪是荆州之主刘表的部下。刘表死后，在定夺继承人的问题上，李珪主持正义，公而忘私，坦诚发表意见却遭到杀害。先看事情的来龙去脉：

> 刘表既死，蔡夫人与蔡瑁、张允商议，假写遗嘱，令次子刘琮为荆州之主，然后举哀报丧。时刘琮年方十四岁，颇聪明，乃聚众言曰："吾父弃世，吾兄现在江夏，更有叔父玄德在新野。汝等立我为主，倘兄与叔兴兵问罪，如何解释？"众官未及对，幕官李珪答曰："公子之言甚善。今可急发哀书至江夏，请大公子为荆州之主，就命玄德一同理事：北可以敌曹操，南可以拒孙权。此万全之策也。"蔡瑁叱曰："汝何人，敢乱言逆主公遗命！"李珪大骂："汝内外朋谋，假称遗命，废长立幼，眼见荆襄九郡，送于蔡氏之手！故主有灵，必当殛汝！"蔡瑁大怒，喝令左右推出斩之。李珪至死大骂不绝。于是蔡瑁遂立刘琮为主。蔡氏宗族分领荆州之兵；命治中邓义、别驾刘先守荆州；蔡夫人自与刘琮前赴襄阳驻扎，以防刘琦、刘备。就葬刘表之柩于襄阳城东汉阳之原，竟不讣告刘琦与玄德。（第四十四回）

我们认为李珪主持正义，依据就是他当众发表的两番谈话。这堪称"正义"的东西，不仅仅是公正的道义或单纯的正义立场，更有严肃的法理内涵。因此，李珪的主持正义，实质上是维护封建时代的传统道德，同时还坚持汉代的有关法律制度。从整体上看李珪之死，我们感觉到的是荆州地面上的乱杀人发展到了杀害守法律、讲道德的仁人志士的头上。

对李珪的言论作法理上的分析，则可更细致入微的看到杀人者的行为多方面违背道德、触犯法律的危害性。首先，李珪对刘琮的正确而无定论的意见不仅大力支持，而且进一步提出了具体方案，就是把大公子刘琦立为荆州之主。刘琮当时的意见，是认为众人立自己做荆州之主不妥，因此，一旦兄长刘琦和叔父刘备“兴师问罪”就不好办。在这种表态中，刘琮把废长立幼看得很严重，如同犯罪一样，因而提出了自己担心的疑问：“倘兄长与叔父兴兵问罪，如何解释?”趁众人一时无以应对之机，李珪及时站出来发表意见，合乎礼法，合乎死者刘表的遗愿，无可挑剔。有一次，刘表跟刘备一起喝酒，曾酒后吐真言：长子刘琦虽然德行好，但柔弱，故想立聪明的小儿子刘琮为接班人，但担心“废长立幼”有碍于“礼法”。刘备表示：“自古废长立幼，取乱之道”（第三十四回）。刘表后来病重，在商量写遗嘱的时候，对刘备托孤正式表示：请刘备辅助长子刘琦为荆州之主。刘表的合乎礼法的意向，显然得力于刘备的明言规劝。李珪在刘表死后所反对的，正是刘表一度有过后来抛弃了的废长立幼的有违礼法的做法，而他所支持的，正是刘表后来正式表示立长子为荆州之主的意向。人们稍有正义感，就应该认同李珪的意见。

其次，李珪的言论，维护了汉朝的两种法律规定。其一是关于“任子令”的法律。它属于官吏管理法范畴，是录用官员的法规之一，贯穿于两汉始终，其具体规定是：“二千石以上的高级官员可以享有保举权，条件为任职满三年，保举对象为兄弟姐妹或儿子，人数限定一人，任职郎官。”（张晋藩《中国法制通史》第二卷）刘表作为一州之长，属于高级官员毫无疑问。他终身为官，临终前有意让长子接班当荆州之主，完全合乎“任子令”的要求。其二是关于继承的民事法律。“爵位继承是两汉法律调整的主要继承关系之一”，有关法律规定，“爵位的继承人必须是嫡长子”（同上）。“荆州之主”的提法中包含有官职及爵位。继承权的实现，往往通过被继承人生前遗嘱的法定方式。刘表的遗嘱虽然没有写成书面文件，但对刘备口头表示的遗嘱内容明确指出的继承人是长子刘琦。

明白了上述两种法律规定，就可知道，李珪主持正义的具体法律的内涵，就是坚持按照上述法律处理荆州之主的继承问题。在刘表死后，如果荆州政府依然有能力照常依法行政的话，那么李珪的合乎道义又合乎法律的主张，就会得到认同和落实。

问题在于，刘表的未亡人蔡夫人及其兄弟蔡瑁一手遮天，旁若无人，俨然以刘表的代言人自居，大权落到了蔡氏一家的手中。他们的阴谋，是排斥陈氏夫人所生长子刘琦，把蔡氏夫人所生次子刘琮捧上荆州之主的宝座，于是写出了假遗嘱，谎称是刘表的遗嘱，亦即是把非法的东西用合法的包装加以掩饰。这一伙人的所作所为，既不道德，又有违法律。

当李珪指出了问题的症结之后，蔡氏夫人一伙的唯一正确做法，是收回自己的错误，按刘琮的意愿和李珪的意见办事。而迫不及待地要把外甥扶上台的蔡瑁此时错上加错、罪上添罪地杀害了李珪。

请注意，蔡瑁杀李珪形式上似乎在执法，“喝令左右推出斩之”，是官府中长官命令下属将死刑犯立即处死的执法现象，读者再熟悉不过了。蔡瑁杀李珪实属刘表死后蔡瑁仰仗蔡夫人权势犯杀人罪的行为，根本不是什么执法。可见，李珪大骂蔡瑁，指出“故主有灵，必当殛汝”，是依法跟犯罪分子蔡瑁作面对面的斗争。

既然荆州地面上的大权落到了蔡氏一伙人的手中，他们又把杀害仗义执言、奉公守法的李珪的罪行伪装成执法活动，那么这起冤案就很难得到纠正了。李珪仿佛对自己的大冤屈有所预料，在大骂蔡瑁时无可奈何地把惩治歹徒的希望寄托于故主刘表的在天之灵。是的，看不到人世间的希望之所在的人们，只好在冥冥世界里去寻觅虚幻的希望。

五十九　一起流产的谋杀案

——周瑜的故事

在讨论赤壁之战的法律性质时，我们曾简略谈到周瑜谋杀孔明未遂的案子。鉴于此案有重要的法律认识价值，现在作专门论述。

周瑜企图谋杀孔明的案件，有一个从谋划到实施，再到流产的过程。周瑜在这起杀人未遂的罪案中的言行，具有刑法学和中国法制史学上的多种认识价值。

有一位史学博士提到周瑜“乃生杀诸葛亮之心”的故事情节之后说：“其

实，以上都是小说作者编造的情节，历史上周瑜并未对刘备和诸葛亮显露过杀机。”（李燕捷《三国演义与三国史实》）这种做法，容易使读者以为“小说作者编造的情节”没有什么意义值得解读。

笔者的兴趣在于：无论人物、故事是否忠于史实，只要有法律认识价值，便作认真负责的解释。对历史题材的涉法文学作品，应抱此种态度。

且说周瑜谋杀孔明未遂的案件在刑法学上的认识价值，指的是此案对于读者学习、掌握当今的刑法学理论的许多方面，有着以案说法的良好效果。所谓法制史上的认识价值，指的是此案对于了解汉朝刑法的有关知识也有形象化的以案说法的功效。

先谈刑法学的认识价值。

第一点，犯罪目的。犯罪目的，指的是犯罪人希望通过实施犯罪行为达到某种危害社会结果的心理态度，亦即是危害结果在犯罪人主观上的表现。周瑜企图杀孔明，即是以非法剥夺孔明的生命为目的。这一点，很容易理解，不必多说。

第二点，犯罪动机。犯罪动机，指的是刺激犯罪人达到某种预定目的的内心冲动或内在原因。在此案中，也就是周瑜为什么要杀死孔明？小说将探究周瑜的杀人动机作为关键或中心，有着大量的连续性的跟踪描述。要言之，周瑜妒忌孔明的才能胜过了自己。

在赤壁之战爆发前夕，孔明揣测吴侯孙权“心怯曹兵之多，怀寡不敌众之意”的心理极为准确，用兵之道又高于周瑜，这使心胸狭窄的周瑜很忌惮，于是产生了杀害孔明的动机，并当即跟赞军校尉鲁肃说明了“欲杀孔明之事”，因遭到反对而没有采取行动。

紧接者，周瑜命孔明之兄、在东吴效力的诸葛瑾做孔明的动员工作，让他也投奔吴侯孙权，遭到孔明拒绝。此事再一次引起了周瑜的仇恨，谋杀孔明的动机二度萌生。第四十五回开头写道：“却说周瑜闻诸葛瑾之言，转恨孔明，存心欲谋杀之。”

周瑜担心投降曹操的蔡瑁、张允坏了东吴的大事，便想使计让曹操将这两人杀死。为考察孔明是否识破此计，周瑜派鲁肃到孔明处进行试探，不料孔明当即就戳穿了鲁肃的来意。这一次，周瑜因嫉妒而引发的杀人动机大大

强化，对鲁肃说："此人决不可留，吾决意斩之。"（第四十六回）

火攻曹营，是赤壁之战白热化的高潮。就在这样的大军事行动到来之际，周瑜杀害孔明的动机也随之飙升到了顶峰，他气急败坏地宣称："若留此人，乃东吴祸根也。及早杀却，免生他日之忧"（第四十九回）。因为孔明不仅早早料到周瑜拟用火攻曹操的计谋，更有预料火攻所需要的东风何时到来的本领。这把周瑜一贯的嫉妒心火点燃到了炽盛难灭的地步，于是杀人动机再也遏制不了，便下令说："休问长短，拿住诸葛亮，便行斩首，将首级来请功。"

第三点，杀人未遂。杀人未遂，用通俗的话说，就是想杀人，也付诸行动，但没有达到目的。若以刑法学的理论表述这种意思，则有不少学问。所谓犯罪未遂，指的是已经着手犯罪，由于犯罪分子意志以外的原因而未能得逞的情况。同理，杀人未遂，也是指的杀人过程中出现了犯罪者个人意志以外的阻力，致使杀人行为没有达到预定目的。周瑜杀孔明一再失败，故属于杀人未遂的形态。小说对此也有着形象化的诠释。

周瑜三次行动均未得逞。第一次，周瑜派孔明去完成劫曹兵粮食的艰巨、危险任务，想借刀杀人。实施这一任务确实凶多吉少，周瑜在主观上又积极追求孔明被杀的结果，这在现代刑法上属于间接故意杀人。但孔明早料到周瑜借刀杀人的阴谋，使周瑜又气又恼，无法再实施这个诡计。这次出于周瑜意志之外的东西，就是被谋杀的对象太聪明。因此，失算的周瑜说："此人胜吾十倍，今不除之，后必为我国之祸。"

第二次，周瑜以执行军法的名义，想把杀人罪行合法化。这种掩耳盗铃的杀人诡计是：命孔明十天之内监造十万只箭，过了期限未完成此事，便要军法从事。这显然是不可能完成的任务，孔明知道其中有诈，但胸有成竹，立了军令状：只要三天便可完成任务。结果是：草船借箭大获成功，周瑜这次借法律名义杀人的行动又归于流产。

第三次，周瑜撕下伪装，公然令部下杀害孔明。不料孔明又一次识破周瑜的杀机，事先已安排好赵子龙用快船来接自己脱离虎口。待丁奉、徐盛二人来杀孔明之时，孔明已立于赵子龙的快船之中。再三失败的周瑜只好认输："此人如此多谋，使我晓夜不安矣。"鲁肃在一旁安慰说："且待破曹之后，却再图之。"（第四十九回）

总之，周瑜杀孔明一再未遂，均出于同一原因：孔明早有预料和防范，故使其杀人行动归于徒劳，而这种能摆脱被杀害厄运的个人智商的客观存在，是不以周瑜的意志为转移的。

以上所谈，是周瑜杀孔明未遂的案件在现代刑法学理论上的认识价值。换言之，以现代刑法学理论来解读周瑜企图杀孔明未果的故事，可以充分感受到罗贯中所写的三国历史故事，充满了刑法学的法理智慧，这是小说的生活真实与艺术价值的生动反映，也是作为文学名著的不朽生命力的表现之一。

以下再简单说明此案的法制史认识价值。要指出的第一点，是周瑜杀孔明的案件，因为他一再跟鲁肃等人商量杀人原因、做法，在汉代刑法中称为“谋杀”。本文的标题称为“谋杀案”，就是出于这一道理。

第二点，汉代刑法对于谋杀罪的判处是“弃市”，即处以死刑，再陈尸示众。

第三点，谋杀人未遂的刑事责任问题。许多读者会认为，像周瑜这样想杀孔明而未成，不会有什么刑事责任问题，也就是不算犯罪，法律不会追究。这种看法不正确。中国法制史学家指出：“谋杀人未遂，减免。”（张晋藩《中国法制通史》第二卷）其意思是，汉代法律认为谋杀人未遂，也有罪，但处罚上可以减刑，也可以免受处罚。以此来看周瑜，其罪行是无疑问的，若进入法律审判程序，则可根据“减免”之规定论处。

六十　自定择偶标准，争取婚姻自由

——樊氏女的故事

云安民已毕，赵范邀请入衙饮宴。酒至半酣，范复邀云入后堂深处，洗盏更酌。云饮微醉。范忽请出一妇人，与云把酒。子龙见妇人身穿缟素，有倾国倾城之色，乃问范曰：“此何人也?”范曰：“家嫂樊氏也。”子龙改容敬之。樊氏把盏毕，范令就坐。云辞谢。樊氏辞归后堂。云曰：

“贤弟何必烦令嫂举杯耶？”范笑曰：“中间有个缘故，乞兄勿阻，先兄弃世已三载，家嫂寡居，终非了局，弟常劝其改嫁。嫂曰：‘若得三件事兼全之人，我方嫁之：第一要文武双全，名闻天下；第二要相貌堂堂，威仪出众；第三要与家兄同姓。’你道天下那得有这般凑巧的？今尊兄堂堂仪表，名震四海，又与家兄同姓，正合家嫂所言。若不嫌家嫂貌陋，愿陪嫁资，与将军为妻，结累世之亲，如何？”云闻言大怒而起，厉声曰：“吾既与汝结为兄弟，汝嫂即吾嫂也，岂可作此乱人伦之事乎！”（第五十二回）

有人读过这则故事，发表了如下评论：

> 赵范并不认为改嫁是“失节”，赵云怒而拒绝只是因为自己与赵范结为兄弟，认为弟娶嫂是乱伦，而并不反对改嫁。……可见，赵范、赵云、诸葛亮、刘备四人均未以改嫁为不合理。（熊笃等《三国演义与传统文化溯源研究》）

笔者以为，用这则故事来证明当时人们关于改嫁是否合礼的观念，是无从谈起的。从故事的实际出发，樊氏女择偶的三大标准，倒是很值得一提的有趣话题。

大家都知道，婚姻自由一直是我国封建社会人们的一种梦想。这种梦想见之于文学，就形成了“愿天下有情人终成眷属”的爱情主题。从周朝到清代的法律，一直剥夺了人们的婚姻自由。父母之命，媒妁之言，成了一切合法婚姻必须遵循的基本准则。男女双方当事人往往只能任人摆布。自从新中国的婚姻法问世，几千年婚姻自由的梦想才变成了现实。

从婚姻自由的法律演变背景来谈樊氏女择偶的三大标准，谁都会惊异于早在汉朝末期，就出现了敢于反对剥夺婚姻自由的法律，而自定择偶标准的奇女子樊氏。

不听父母之命和媒妁之言，自定择偶标准，是新中国女性才享有的法定婚姻自由的权利。试看新中国六十年的历程，各个历史时期无不有女性择偶的时尚性标准：新中国成立初期，适逢抗美援朝战争爆发，女性们喜欢挑选最可爱的人——志愿军战士；稍后各条战线的劳动模范大受垂青；“文化大革命”中，解放军指战员和工人成为女性们的首选对象；“文化大革命”结束，知识分子走红一时；最近十几年来，家资殷厚者则备受女性择偶上的青睐。

着眼于这些变化，回头再看樊氏女改嫁时的三大择偶标准，我们便可知道：这三大标准也不是空穴来风，而是自有其时代的特征。

标准之一曰“文武双全”。当时正值汉朝末期乱世，各地战争不断，文弱书生难以对付战争环境。文武双全才可立于不败之地。赵范时任桂阳太守，其嫂樊氏从小叔子身上看到文武双全的优越性。也就是说，这一标准在一定程度上也受家庭环境影响。

标准之二曰“相貌堂堂”。中国的婚姻有郎才女貌之说，反映了女性择偶重才的倾向。樊氏女的这一标准，与众不同：偏要重视男方相貌出众。要问个中缘由，不难明白：樊氏女自己是个绝色美人，若找一个丑男人，就太不般配了。说白了，这美女要找一个配得上的俊男。这一标准，很有反潮流的叛逆精神，让人感觉到樊氏女的个性很突出。

标准之三曰“与家兄同姓”。亦即是樊氏女再嫁也不出赵氏门宗。这一标准，更是樊氏女独一无二的个性化标准。小说没有写之所以如此的原因。推测一下，可能从一定程度上反映了女主人公的“从一而终”的观念。绝对的从一而终，是丈夫故去后依法“守志”，不再嫁人。如今樊氏女虽有改嫁意愿，但对先夫的赵氏门宗仍有不愿背离的情愫，这就可认为是残留有从一而终的印痕，因此就自然而然地把未来的丈夫定在赵氏男子身上。这种标准有点守旧，但作为女子自觉自愿定下的择夫标准，的确是在婚姻自由上的追求之一。

樊氏女自定的三大择偶标准，充分表现了她敢于反叛封建法律，勇敢争取婚姻自由的革命精神。汉代的经学法典《白虎通义》，对婚姻关系提出了几条重要原则，如“父母主婚，媒妁传言”，实行许嫁、纳采、问名、纳吉、请期、亲迎六礼，“禁止同姓为婚”等。不用说，这一套法定的原则，根本不允许男女当事人提出自己心目中的择偶标准。生活在这种婚姻制度下的樊氏，无视法律，自行其是，今天看来，其冲破法律禁锢的勇敢精神难能可贵。

这正是樊氏女故事的强大生命力所在，很容易引起一代又一代女性读者的认同和共鸣。

六十一　法律与幽默

——刘备向东吴借荆州的故事

法律与幽默，是笔者二十多年来不断谈论的话题。拙著《法律与文学的交叉地》所谈的农夫控告羊的案件、《法律与文学漫话》所谈的兽判与虫判、以酒罚罪的双重启示、《法说红楼梦》所谈王熙凤取笑贾母、《法说水浒传》所谈李逵“乔坐衙”审假案等，都议论了法律与幽默的问题。本书也有好几篇短文谈到法律与幽默。这里再来谈刘备向东吴借荆州的故事所表现出的法律幽默。

法律与幽默，是法律文艺学中的范畴，指的是文学中的法律内容的一个重要美学特征，即对于生活中的法律的立法内容、司法实践、人们的法律行为等环节上的有趣、可笑因素的形象化反映，可称之为法律幽默。在法律人那里，往往习惯于强调法律的威严、威慑力，文学作家从法制生活的实际出发，往往能表现出法律的幽默元素，可以使人们对法律的认识更全面、更完善。

刘备借荆州的故事，通过小说《三国演义》的广泛流传和京剧《借荆州》剧目的反复演出，早已广为人知，然而其中的法律幽默至今未被意识和谈论。

首先应当给刘备借荆州作法律上的定位，这才有进而认识法律幽默的前提条件。依据史书记载，所谓借荆州，只是君子协定，口说无凭，既谈不上法律，更谈不上法律幽默。《三国志·吴书·吴主传》记载，刘备得益州后，孙权令诸葛瑾索还荆州，刘备不许，孙权指责说：“此假而不反”。意思是借去了就不还。《鲁肃传》有鲁肃批评关羽的话：“国家区区本以土地借卿家者，卿家军败远来，无以为资故也。今已得益州，既无奉还之意，但求三郡，又不从命。”《吕蒙传》有孙权评论鲁肃劝其借地一事的话：“后虽劝吾借玄德地，是其一短。”这些记载，是罗贯中写刘备借荆州故事的史实素材，从中看不到有什么法律的东西可谈。

小说所写，把借荆州之事变成了表现形式上合乎汉朝法律的民事法律行为，即借贷行为。《贷钱它物律》，就是规范借贷行为的专项法律。债务文书中专用法律文书应运而生，并大量出现。为了保证债务关系的履行，汉代还实行债务担保制度，在债务文书中要有身份明确的担保人。有了这些法制史的知识，再读刘备借荆州的故事，就一眼可见其法律上的支撑点了。

东吴大败曹兵，有意占领荆州，不料孔明用计让张飞乘机攻占了荆州，从此不管东吴如何索要，刘备就是不归还。当鲁肃再一次向刘备讨还荆州时，双方便履行了借贷上的法律手续。其经过是：

孔明曰：“曹操统百万之众，动以天子为名，吾亦不以为意，岂惧周郎一小儿乎！若恐先生面上不好看，我劝主人立纸文书，暂借荆州为本；待我主别图得城池之时，便交付还东吴。此论如何?”肃曰：“孔明待夺得何处，还我荆州?”孔明曰：“中原急未可图；西川刘璋闇弱，我主将图之。若图得西川，那时便还。”肃无奈，只得听从。玄德亲笔写成文书一纸，押了字。保人诸葛孔明也押个字。孔明曰：“亮是皇叔这里人，难道自家作保？烦子敬先生也押个字，回见吴侯也好看。”肃曰：“某知皇叔乃仁义之人，必不相负。”遂押了字，收了文书。宴罢辞回。玄德与孔明，送到船边。孔明嘱曰：“子敬回见吴侯，善言伸意，休生妄想，若不准我文书，我翻了面皮，连八十一州都夺了。今只要两家和气，休教曹贼笑话。”

肃作别下船而回，先到柴桑郡见周瑜。瑜问曰：“子敬讨荆州如何?”肃曰：“有文书在此。”呈与周瑜。瑜顿足曰：“子敬中诸葛之谋也！名为借地，实是混赖。他说取了西川便还，知他几时取西川？假如十年不得西川，十年不还？这等文书，如何中用，你却与他做保！他若不还时，

必连累足下，主公见罪奈何?”(第五十四回)

简言之，一纸签字画押的法律文书，就是刘备借荆州之事的法律支撑点。读者会问：这法律事务中有什么幽默可言呢？要言之，幽默就在形式上的合法同内容上的犯法尖锐对立。因此，要认同其法律幽默，就要揭穿其内容上的犯法之要害。

合法的借贷之物，可以是金钱，也可以是实物，逾期不归还者，可通过法律诉讼途径解决纠纷（参见张晋藩主编《中国法制通史》第二册）。可笑的是，刘备们竟然把荆州这一级行政地区作为借贷之物，这岂不是拿汉朝的行政机构、地方政府和行政地区来开玩笑吗？显然，这种滑稽可笑的东西，就是法律幽默。

刘表原是荆州牧，即荆州地方的最高行政长官。刘表死后，在荆州牧的官位继承上，长子刘琦与次子刘琮发生矛盾冲突，后曹操派人杀害刘琮，荆州官、军、民都投降了曹操。在东吴跟曹操为争夺荆州而战的同时，刘备令张飞夺得了荆州。由此可知，荆州是汉朝的一个行政地区，根本不属于任何个人所有，因而不应当是借贷关系中的对象物。东吴认为荆州归孙权一方所有，刘备办法律手续借荆州，是无视法律的横蛮行为。因此，他们煞有介事地借荆州的表面形式合法，骨子里却是干着可笑的违法、坏法的事情。

形式的合法与内容的违法，便是借荆州的法律幽默的突出性表现之一。嘲笑缺陷，揭露荒谬的幽默，属于黑色幽默。例如把阿Q头上的癞疮疤讥刺为电灯泡，就是黑色幽默。刘备在庄严的借贷法律的形式上干借州一级政府所在地的荒唐事，可笑之至，自然也属于黑色幽默。

借荆州的法律幽默之二，是日后刘备们一再赖账，不归还荆州，自食其言，推翻从前的许诺，导致恼怒的孙权们企图谋杀赵云的刑事案件。换言之，荒唐的民事纠纷未了，又引出了莫名其妙的谋杀案。利令智昏的双方当事人如此接连干触犯法律的勾当，岂不是好笑的滑稽或幽默吗？其具体案情是：孙权在刘备夺取巴蜀四十一州之后，跟张昭等人商量索要荆州之事。他们佯称以诸葛瑾一家老小为人质，逼迫孔明还荆州，不然就把他哥哥诸葛瑾一家老小依法论处。孔明装作很害怕，当着诸葛瑾的面向刘备求情。刘备按之前与孔明商量好的办法：将荆州的一半，即把长沙、零陵、桂阳三郡归还给东吴。孙权无奈之下，只得派三个官员到这三郡去上任，却被守将关云长一一驱赶而回。孙权大怒之下，找鲁肃加以责备：

> 子敬昔为刘备作保，借吾荆州。今刘备已得西川，不肯归还，子敬岂得坐视？（第六十六回）

就这样，鲁肃谋杀关云长的刑事案件出笼了：请关云长来谈判，如果还不答应归还荆州，便下令暗藏的刀斧手当场杀死他。孙权认同这种做法。于是，鲁肃和吕蒙布置了具体杀人方案：在庭后伏刀斧手五十人，就在酒席上杀掉关云长。借荆州的民事法律行为本已荒唐可笑，如今又引出如此兴师动众的刑事杀人案，就更加荒唐可笑了。

借荆州的法律幽默之三，是东吴方面精心策划、布置的杀人方案，因为关云长的大智大勇而彻底破灭。关云长不仅胆敢单刀赴会，又以外交辞令委婉拒绝了归还荆州的实质问题，还在酒席上劫持鲁肃作人质，使东吴人马不能对自己下毒手。在人质鲁肃的掩护下，关云长胜利乘船返回了荆州。一起谋杀案以未遂的状态宣告终结。

法律幽默在文学作品所营造的具体案情、环境、事件中，各有其不同的嘲讽对象，这就需要作具体分析。以此案中的三个幽默元素而言，在借贷之初，孙权与刘备都在被嘲讽之列，将双方利令智昏的荒唐摆在同等的可笑地位。在后两次的幽默中，嘲讽对象只有东吴方面的孙权、鲁肃们了。他们越对讨还荆州念念不忘，便越作出对策，越努力对付就越遭到更大失败，使读者体会到无能为力的荒谬、可笑的人生状态。当然，刘备们自食其言，说话不算数，千方百计赖账的行径，很不光彩，在作者的嘲讽中，他们也显出了尴尬模样。

法律幽默，不是纯粹的法理，故法学家几乎都不过问。现实生活中，法律幽默客观存在，随时可见，故作家笔下每有法律幽默的描写。唯有把法律、文学、美学等学科的理性思维有机结合起来，才可对法律幽默作出科学解释。涉法文学中的法律幽默蕴含丰富，笔者历来的论述不过是东鳞西爪的见闻与感想，系统研究有待于学人的广泛参与。

六十二　执法办案岂能速战速决

——庞统的故事

庞统是一个难得的人才，但这并不意味着他的所作所为都值得赞赏。且说刘备初见他时，因其相貌丑陋，礼节不周，并不重用他，让他到耒县当县宰。有人对庞统在耒阳县衙里以速战速决方式办案的情形，极力推崇：

“统手中批判，口中发落，耳内听词，曲直分明，并无分毫差错。民皆叩首拜伏。”不到半日，将百余日之事，尽断毕了，投笔于地而对张飞曰：“所废之事何在！曹操、孙权，吾视之若掌上观文，量此小县，何足介意！”庞统真高人也，果然非百里之才，能够在半天时间内处理百余天的公务，可见庞统是个讲究效率的人。看来，他并不是没有处理事务的能力，而是不屑于处理这百里小县。（刘艳《品三国狼图腾全集》）

论者的这番美化庞统其人、其行、其言的议论，完全不能成立。说实在的，仅以日常生活经验来看庞统在耒阳县办公的情形，就谈不上是什么“讲究效率”，而是粗枝大叶，马马虎虎，把一县之行政、司法事务当作儿戏，这值得肯定吗？衡量任何一个人的工作效率、质量，都得从他所从事的该项工作的部门、性质、规律出发，切不可单纯看数量、速度。试问：一个教师一天改一万份试卷、一个工人一天盖一栋房子、一个农民一天收割一百亩水稻……这些都可称为高效率吗？

且看张飞到耒阳县所看到的庞统理事的全过程：

张飞领了言语，与孙乾前至耒阳县。军民官吏，皆出郭迎接，独不见县令。飞问曰：“县令何在？”同僚覆曰：“庞县令自到任及今，将百余日，县中之事，并不理问，每日饮酒，自旦及夜，只在醉乡。今日宿酒

> 未醒，犹卧不起。”张飞大怒，欲擒之。孙乾曰：“庞士元乃高明之人，未可轻忽。且到县问之。如果于理不当，治罪未晚。”飞乃入县，正厅上坐定，教县令来见。统衣冠不整，扶醉而出。飞怒曰：“吾兄以汝为人，令作县宰，汝焉敢尽废县事！”统笑曰：“将军以吾废了县中何事？”飞曰：“汝到任百余日，终日在醉乡，安得不废政事？”统曰：“量百里小县，些小公事，何难决断！将军少坐，待我发落。”随即唤公吏，将百余日所积公务，都取来剖断。吏皆纷然赍报案卷上厅，诉词被告人等，环跪阶下。统手中批判，口中发落，耳内听词，曲直分明，并无分毫差错。民皆叩首拜伏。不到半日，将百余日之事，尽断毕了，投笔于地而对张飞曰：“所废之事何在？曹操、孙权，吾视之若掌上观文，量此小县，何足介意！”飞大惊，下席谢曰：“先生大才，小子失敬。吾当于兄长处极力举荐。”（第五十七回）

张飞之所以到耒阳县来，就是因为有人到刘备那里举报庞统到任后，“不理政事，终日饮酒，一应钱粮词讼，并不理会”，故命张飞来作实地调查、核实。果然，从耒阳县军民官吏口中反映出的情况，跟举报完全一致。

再从张飞进县衙所看到的庞统“衣冠不整，扶醉而出”的模样，的确大失当县宰的体统，不干正经公事的举报意见，再一次得到证实。

至于张飞所见庞统“高效率”办公的场景，只不过是以夸张的手法表现庞统思维敏捷，才能出众，善于执法、行政罢了。在这里，绝对不应认为庞统这半天工夫的工作效果好、效率高。理由是以打歼灭战且速战速决的方式来处理积累了一百多天的“公务”，在法律上漏洞和问题很多，用外行人的眼光是什么也看不出来的。现择其要者披露如下：

第一点，从“诉词被告人等环跪阶下”的盛况来看，这半天的“公务”中法律诉讼案件的审理为数众多。汉代提起诉讼的方式之一是“口诉”，适用于乡间没有文化的农民百姓的各种纠纷案。这就需要庞统从众多打官司的“环跪”者中找出“口诉”之人，倾听他们的控告言词。忙得不可开交的庞统，没有丝毫接待口诉者的表示，可见打歼灭战的速战速决，首先就有违

“口诉”的程序，甚至是根本不可能进入这一程序。

第二点，碰到要逮捕的人犯的案子，县令应立即安排专人执行任务，重大的案子则要县令亲自出马，直到将案犯捉拿归案为止。庞统所审理百余日积案中，有没有要逮捕人犯的案子？速战速决，就隐藏有一个大隐患：把急需要逮捕人犯的案子不当一回事，敷衍塞责。如果真有这种情况，那就等于是故意放纵罪犯。

第三点，审理案件需要取证。汉代的法定证据主要有书证，物证、证人证言、被告人的供词、受害者的陈述等。我们看到的庞县宰审案，是“手中批判，口中发落，耳内听词”，忙得完全顾不上一切取证活动。

第四点，依照汉代法律，县一级审案碰到大案（杀人案）或疑案，要求整理案卷材料向上呈报，称之为“上具狱”。庞统大打歼灭战，是否有大案、疑案夹杂其中呢？提出这一疑问是很有必要的。因为庞统当时很自负，打完歼灭战便将手中大笔投于地上，理直气壮地反问张飞：“所废之事何在？”如果当场查验一下，说不定就有瞒报、漏报的大案、疑案隐藏其中。

第五点，宣判。这是审理案件的最后一道程序。细小的案子可当场宣判，重大案件则有一个过程：取证、审批等。庞统一刀切地“手中批判，口中发落”，就意味着这半天里审毕的百日积案全是小案子。事实是否如此，又是一个大疑问。

仅就这五个环节来说，庞统速战速决的执法审案便毛病一大堆。故事中的张飞，勇武有余，法律修养不足，因之，他眼中的庞统执法办案能力强、效率高，实属外行在看热闹。唯有法律行家看门道，才可一一挑剔出上述法律之误。论者对庞统的一席热情赞美的话语，恰好告诉我们：纯文学家读涉法文学的法律描写，跟张飞一样，断然看不出里面的门道。

顺便指出一点：庞统速战速决办百余天的积案，也有幽默元素交融其中，可总称为执法方式、程序中的幽默。当你仔细阅读小说原文过后，再将笔者所谈跟原文对照一番，你更可能会笑自己：不通法律，差一点让我跟张飞一样只会看热闹。

六十三　独立王国的独特法律

——张鲁的故事（一）

汉宁太守张鲁所管辖的汉中地区，几乎是一个完全脱离了汉朝政权控制的独立王国。有趣的是，这里有着独特的法律维持当地的社会秩序。对此作一番考察，会有意料不到的法理启示。

原来张鲁乃沛国丰人。其祖张陵在西川鹄鸣山中造作道书以惑人，人皆敬之。陵死之后，其子张衡行之。百姓但有学道者，助米五斗，世号“米贼。”张衡死，张鲁行之。鲁在汉中自号为“师君”；其来学道者皆号为“鬼卒”；为首者号为“祭酒”；领众多者号为“治头大祭酒。”务以诚信为主，不许欺诈。如有病者，即设坛使病人居于静室之中，自思己过，当面陈首，然后为之祈祷；主祈祷之事者，号为“奸令祭酒。”祈祷之法，书病人姓名，说服罪之意，作文三通，名为“三官手书”：一通放于山顶以奏天，一通埋于地以奏地，一通沉于水以申水官。如此之后，但病痊可，将米五斗为谢。又盖义舍：舍内饭米、柴火、肉食齐备，许过往人量食多少，自取而食；多取者受天诛。境内有犯法者，必恕三次；不改者，然后施刑。所在并无官长，尽属祭酒所管。如此雄据汉中之地已三十年。国家以为地远不能征伐，就命鲁为镇南中郎将，领汉宁太守，通进贡而已。（第五十九回）

这一段张鲁的故事，依据《三国志·魏书·张鲁传》以及裴松的注释写成，基本上没有虚构成分，因此汉中这独立王国中的独特法律便具有法制史的价值，对其进行学理阐释，可构成中国法制史上被史学家所忽视的极富地方特色的一页。

我所见到的关于汉代法制史论著，以张晋藩主编的《中国法制通史》第二卷最为详备，共以十章的篇幅，分别论及两汉的立法指导思想、法律载体、行政组织法、官吏管理法、民事与经济法律、刑罚体系与刑法原则、司法组织、管辖制度、诉讼程序、监狱制度等方面。一言以蔽之曰，它们都是对汉代社会统一的法律制度的论述，至于汉宁太守张鲁治下的汉中这个独立王国中的独特法制，则尚未顾及，是一片空白。解读这段故事中的法律，自然就有着填补空白的学术意义了。

首先要指出的是，张鲁之所以能够在汉中建立一个独立王国，实行一套有别于汉朝的独特法制的外部原因，是汉朝统治者无能为力，不能有效控制这一地区，是中央政府软弱无能所造成的政治空档、法律失效的表现，并非好事。换一句话讲，汉代走向衰亡，从这独立王国的崛起可见一斑。“国家以为地远不能征伐”“通进贡而已”的表述，揭示出的正是中央政府政治腐朽、无能的本质。

其次，应当对独立王国中的独特法制的独特性，作出准确学理判断与分析。大体说来，可确认如下四个方面。第一个方面，这独立王国的独特法制，有着自己发生、发展、演变的历史，可称之为张氏门宗的家法私刑史。以此论之，其独特性中也包含有普遍性。其普遍性是：在中国古代社会根深蒂固的宗法制度之下，各姓氏大家族往往拥有自己的家法私刑，用以惩处宗族中的犯罪者。一直到当今之世，在农村社会依然可见用家法私刑办事的实例。张鲁在汉中独立王国中的法律，就是在张氏祖孙三代承传中沿袭、发展而形成的家法私刑类的法律。其祖父张陵从外地来到西川，扎下家族根基。其父亲张衡承袭父业，孙子辈的张鲁又将父祖两代人的接力棒拿到手，创造了三十年独立王国的诸种事业。所以说，家法、私刑的属性很明显，是其特性之一。

家法私刑在当今中国处在完全非法地位，必须禁止，但在中国古代社会却具有合理性，得到官方认可，是对国家法制的重要补充、辅助。关于这一点，瞿同祖先生有清楚的论述。

第二个方面，这独立王国的法制从其萌生的阶段开始，就带有浓厚的宗教性，甚至是邪教性。其祖父张陵的“造作道书”本来在“惑人”以谋求生存，而受众却“信之”，这就促使其邪教存活、发展下来，并有改邪归正的趋向。其父张衡打出“学道”的旗帜，要求从业人员交纳数额固定的学费——五斗米，并有“米贼”的头衔。到了张鲁手中，宗教性的组织、头衔、信仰、日常活动、程序性的组织活动都各有名目、定规，已自成系统了。到这时，其欺人以谋私利的邪教性质，已被完全抛弃，有着朴实、劝善的积极宗教精神。其所以能服众、发展、雄踞汉中三十年而不衰，根源也在于此。

分析其宗教性特征，可知在执行宗教性、家法私刑性的法律过程中，法律与宗教是在以下五个环节中有机结合在一起的：

宗教组织的各级领导人“祭酒”“治头大祭酒”以及专门性的领导人“奸令祭酒”，同时也是各地、各级行政上的领导人和执法者；

在灌输宗教上的忏悔意识时，也灌输法律上的认罪、服法意识；

凡举行宗教活动之时，尽量辅以执法活动，即审理各种案件；

在治疗生理疾病的场合，注入法律上的思过、悔过内容，达到既治身上的生理疾病又治行为上的社会性疾病（违法犯罪）的双重目的；

注重全社会的道德教化，用建“义舍”的具体举措，为过往游子、客商提供免费食宿的方便，以张扬与人为善和为众人服务的精神，若有浪费者，则引导他们产生惧怕“天罚”的意识，以实行自我的道德监督与完善。

第三个方面，在法律自身的建设上，追求简省、宽容的大方向。“境内有犯法者，必恕三次；不改者，然后施刑”。几句话所说，概括了独立王国的独特法律。

从先秦至清末，我国古代一直有关于省刑的法律主张，其要点都是认为法律不要太烦琐、苛严。这在严刑峻法的社会里是有进步性的。古代的法，偏重刑法。严刑峻法，受伤害最大的是广大人民群众。可见，张鲁的独立王国中的法律如此简省、宽容，在古代不失其进步意义。

当今之世，若再张扬法律的简省，不仅无益，反倒有害。我国社会主义法律系统的宏大、完备程度，是以往任何时代都不可比拟的，然而仍有待不断发展、完善。法律规范的空缺还有很多。依法治国的方略和国际交往的频繁，不仅需要完善国内法，而且还需要发展国际法。所以说，“省刑”只能作为法制史学的范畴来理解。

有学者在论及张鲁时，反驳“置义米酒”之说，认为它“难以成立”，理由有二：一是“汉中农业人口少，生产力低，要将多余粮肉无代价供应，不容易”；二是所谓“行路者”“身份不明……吃饭不要钱，粮食必然要吃光了”。（盛巽昌《说三国》）而笔者从“义舍”之举所看到的是张鲁较其父祖的巨大进步——由有意骗人以取利谋生，到行善以无私资助他人，更看到了张鲁在省刑的同时有尚德追求，即把法制建设与道德建设并举，这应是予以肯定的好经验，绝不可低估，更不可否定。

六十四　土皇帝在战火中沉沦

——张鲁的故事（二）

如果说张鲁所管的汉中地区的法律独具特色，那么这个独立王国的土皇帝张鲁在战火中迅速沉沦的命运也有其独特之处。其特色何在呢？我们曾用系列短文讨论过三国乱世的战争性质。这里所讲张鲁沉沦于战火的命运的独特处，恰在折射了战争复杂性质的又一方面：自从张鲁投身乱打仗的军事长官的行列之后，战争局势的变化莫测，使这个曾割据一方达三十年之久的土皇帝严重不适应外部的动荡不安。因此，张鲁的命运悲剧，有着控诉三国乱世无穷无尽的战争灾难的法律批判意义。

张鲁沉沦于战火的起点，是曹操西征，发动侵略、占有西川的战争打响之际。张鲁闻讯后，对部下说，曹操必将侵略我汉中，我想当汉宁王，大家说怎么办？阎圃立即提出建议：“益州刘璋昏弱，不如先取西川四十一州为本，然后称王未迟”。（第五十九回）就这样，一贯自我封闭于汉中独立王国的土皇帝也随波逐流，卷入了战争的刀山火海。从闭关自守，到外出打仗，成为乱打仗的又一领军人物，便是张鲁沉沦史的起点。如果当年有战争罪的罪名，便可以此追究张鲁的刑事法律责任。

张鲁一旦投身战火，便引火烧身，始终没有摆脱在战火中痛苦、难堪的处境。此情此景，读者看得一清二楚，而当事人张鲁并没有意识到。这种糊里糊涂的沉沦过程，正是外部世界乱打仗的局势不以张鲁主观意识为转移的客观规律性的表现。正因为如此，张鲁处处被动，几乎没有什么主动积极的作为。请看他的几件被动而尴尬的事情。

第一件事：张鲁刚刚有攻打葭萌关的动向，益州牧刘璋就跟进军到川西的刘备称兄道弟，并把守葭萌关、防张鲁的重任交给了刘备，而张鲁迟迟按兵未动。在刘备以葭萌关为根据地，杀了蜀将杨怀、高沛，攻取了涪城，又引兵攻雒城的危难关头，刘璋不顾自己曾杀害张鲁母亲和弟弟的旧仇，以二十州土地相谢为条件，两次派人来求情，请张鲁出兵相救。不等张鲁思考其事，投靠张鲁的名将马超就自告奋勇要去帮助刘璋。马超说：

> “超感主公之恩，无可上报。愿领一军攻取葭萌关，生擒刘备。务要刘璋割二十州奉还主公。”张鲁大喜，先遣黄权从小路而回，随即点兵二万与马超。此时庞德卧病不能行，留于汉中。张鲁令杨柏监军。超与弟马岱选日起程。（第六十五回）

可见，张鲁这时的调兵遣将并非出于主动策划，完全是在被动应付局势的变化。在刘璋割地相送的诱惑下，张鲁被动地做了这件开战之事。

第二件事：马超攻葭萌关的战斗打响之后，跟张飞交战两次，不下两百回合，不分胜负。刘备担心两虎相斗，必有一伤。孔明便用重金收买了张鲁的谋士杨松，让杨松去传话说刘备愿以保举张鲁为汉宁王的条件，让张鲁命马超火速退兵。在新的封官许愿的条件刺激之下，张鲁又被动做了第二件事——威逼加利诱，反复做工作，终于使马超进退不得，左右为难。这件事，可以说是张鲁自找麻烦。因为，马超攻打葭萌关进退两难，实际上就是张鲁自己不能有所作为。更出乎张鲁意料的是，处在困境中的马超，被刘备、孔明派曾跟马超有一面之交的李恢去劝降成功，马超成了刘备的部下。这对有意于侵略扩张战争的张鲁来说，是极大的损失。

第三件事：张鲁外出打刘璋、夺地盘的不义战争不仅毫无进展，一无所获，反倒遭到曹操西征大军对汉中的侵略之战的骚扰，并在阳平关、南郑两地的守卫战中损兵折将，连连大败。在这种败局之下，阎圃又提出重用随马超一起投奔张鲁的名将庞德以抵抗曹兵。于是，张鲁命庞德率兵一万，出城挑战，企图守住南郑，不再使之像阳平关一样被曹兵占有。这一回，又出现了使张鲁被动至极的幕后交易活动。原来，曹操爱惜庞德的高强武艺，正如刘备爱惜马超一样，曹操使庞德投降的手段跟刘备也极其相似：收买张鲁的谋士杨松，让杨松到张鲁那里极尽挑拨离间之能事，造谣称庞德接受了曹操的贿赂，因而卖阵吃了败战，张鲁一气之下大骂庞德，“欲斩之”，甚至忍不住脱口而出说：“你来日出战，不胜必斩”（第六十七回）。其结果是：庞德被曹兵设计活捉之后，投降了曹操。被蒙在鼓里的张鲁直到这时还没有认清杨松充当间谍的真面目，竟然相信杨松所说庞德接受曹操贿赂之事是真的。

第四件事：在南郑又失之于曹兵之后，张鲁只得前往巴中，其弟张卫领兵出战，被曹操的虎将许褚斩于马下。张鲁闻讯，本想坚守巴中城，卖主求荣的杨松竟然怂恿张鲁亲身同曹兵决一死战。待张鲁带兵刚刚出城，尚未交火，身后的部队早已逃散，而“杨松闭门不开，张鲁无路可走”，只得下马向曹操投降。就在这一步，张鲁的沉沦史便宣告完结：汉中的独立王国全然丧失，自己由土皇帝成为阶下囚。

三国乱世先后沉沦于战火的军事长官有董卓、李傕、郭汜、袁术、吕布等，较之这些人，张鲁的不同点就在于处处被动，丢光了一切，成为降将。

张鲁沉沦史中的过失不少，以上所说并不完全，但均为与众不同之点。此外，张鲁退出南郑之前，封锁城里国库财产的行为，值得肯定。其弟张卫提出“只是烧了便行”，张鲁反对说：

> “我向本欲归命国家，而意未得达；今不得已而出奔，仓廪府库，国家之有，不可废也。”遂尽封锁。（第六十七回）

这是张鲁其人的思想和言行中的闪光点。即使当年依法论处战争罪犯，因有这闪光点，也有将功折罪、从轻发落的理由。至于曹操“念其封仓库之心，优礼相待，封鲁为镇南将军”，是曹操作为罪臣滥用权力的行为，不可视作依法论处。

六十五　兄告弟，致弟满门抄斩

——张松被处死的故事

第六十二回有一则兄告发弟，致弟全家被处死刑的故事，其法理内涵大有讨论的必要。

张松听得说刘玄德欲回荆州，只道是真心，乃修书一封，欲令人送与玄德。却值亲兄广汉太守张肃到，松急藏书于袖中，与肃相陪说话。肃见松神情恍惚，心中疑惑。松取酒与肃共饮。献酬之间，忽落此书于地，被肃从人拾得。席散后，从人以书呈肃。肃开视之。书略曰：

松昨日进言于皇叔，并无虚谬，何乃迟迟不发？逆取顺守，古人所贵。今大事已在掌握之中，何故欲弃此而回荆州乎？使松闻之，如有所失。书呈到日，疾速进兵。松当为内应，万勿自误！

张肃见了，大惊曰："吾弟作灭门之事，不可不首。"连夜将书见刘璋，具言弟张松与刘备同谋，欲献西川。刘璋大怒曰："吾平日未尝薄待他，何故欲谋反！"遂下令捉张松全家，尽斩于市。

此案例故事，提出了值得弄清楚的四个互相关联的法律问题。

首先一个问题是：益州别驾张松写密信给刘备，让他发兵打西川，自己做内应，以里应外合一举占有西川，是不是犯罪行为？答曰：不是。

案发前，小说细致地描写了张松跟刘备的交往过程。一一考察可知，张松不仅没有任何犯罪行为，反而是一个有大智慧、有大作为的杰出官员，只可惜生不逢时，未能为保全益州之地去做好他努力从事的工作——为益州地面寻找开明、贤能的长官。

张松在益州面临张鲁入侵的紧急时刻，主动建议、请求去许昌进贡，企图得到曹操的帮助，从而抵拒张鲁的侵略。

到达许昌后，曹操对语言冲撞、毫无卑谦之态的张松颇不满意。过了几天，张松又当众揭露、嘲笑曹操在赤壁大战中吃败仗等短处，恼怒的曹操要杀他，经众官劝阻，才“令乱棒打出”（第六十回）。

返回西川，在途中被赵云带五百骑兵迎接到刘备所在的荆州。经过连续三天的接触、了解，张松以为刘备正是自己心目中理想的政治家，是可以寄托自己“汉室可兴”的期望的人选，于是发表了推心置腹的谈话：

> “某非卖主求荣；今遇明公，不敢不披沥肝胆：刘季玉虽有益州之地，禀性暗弱，不能任贤用能；加之张鲁在北，时思侵犯；人心离散，思得明主。松此一行，专欲纳款于操；何期逆贼恣逞奸雄，傲贤慢士，故特来见明公。明公先取西川为基，然后北图汉中，收取中原，匡正天朝，名垂青史，功莫大焉。明公果有取西川之意，松愿施犬马之劳，以为内应。未知钧意若何？”（第六十回）

跟刘备达成共识后，张松回益州连忙与好朋友法正、孟达见面，就献益州于刘备之事共同讨论。三人的意见不谋而合，顺利统一了思想，决定由法正为使，前往荆州迎刘备入川。

张松光明磊落，如实向刘璋报告赴许昌以来的经由与转折，刘璋完全赞同迎刘备入川，并把守葭萌关以抵抗张鲁的重任交给了入川后的刘备。

张松被杀案件发生于刘备同刘璋翻脸之后。曹操西征在即，刘备要求刘璋增兵来守葭萌关，刘璋经不住部下提防刘备的劝说，仅拨老弱病残士兵四千人来应付了事，于是原本称兄道弟的刘备和刘璋闹翻了，接下来就是刘备杀蜀将，夺蜀地的一系列活动。

张松写给刘备的密信，就是在刘备同刘璋由合作走向对抗的逆转之后。综上所述，张松毫无罪行可言。

第二个问题：张松的亲哥哥张肃偶然得到张松的密信，就认为“吾弟作灭门之事，不可不首”的看法，合乎法理吗？既然张松无罪可言，那么张肃认为弟弟“作灭门之事”即犯了死罪就是一种误解。这种错误，属于我们已经谈过的刑法学上的“认识错误”，其表现之一就是把不是犯罪的行为，当作是犯罪甚至是犯死罪的行为。其错误之二，是误以为“不可不首”，即误以为非告发弟弟不可。既然无罪，而要以死罪去告发，这就为糊涂官制造冤假错案提供了契机。

第三个问题：刘璋认为张松犯有“谋反罪”，这一罪名对于张松来说，成立吗？刘璋在接受张肃的控告之后，大怒说：“吾平日未尝薄待他，何故欲谋反？”从这话可知，刘璋认为张松的行为构成了“谋反罪”。其实，这是强加的罪名，对于张松来说根本不成立。请看法制史学家的解释：

> 谋反，指通过暴力推翻皇帝或颠覆、破坏国家政权，是封建专制时代中最为严重的犯罪，为国家刑法重点打击的对象。（张晋藩《中国法制通史》第二卷）

可见，“谋反罪”所侵犯的对象是皇权和皇权代表的中央政府的权力。不满和反对地方行政长官，不能构成“谋反罪”。张松作为益州别驾，是益州牧刘璋的部下，他认为刘璋“暗弱，不能任贤用能”，其实是正确的批评意见，至于献益州于刘备，已如前述，是谋求益州未来发展的有积极意义的正义行为，因此，刘璋只不过在对张松强加罪名罢了。

第四个问题：刘璋将张松全家“尽斩于市”，有哪些法律错误？刘璋这样大开杀戒或滥杀无辜，法律错误不少。既然张松无罪，那么处死刑，就是滥用州牧手中的大权，践踏国家刑法，使无罪之人受到刑法的处罚，这是刘璋的法律错误之一。

纵使张松果真有罪，那么刘璋也无权审判此案。汉朝有一条重要的刑法原则，叫作“先请”或“上请”：它——

> 是汉律赋予贵族官僚的一项法定特权。凡宗室贵族及六百石以上官僚犯法，司法官不许擅自判决，而须上请皇帝裁决。凡应先请而不予先请的，都以违法论之。一旦发现，当事人将受到严惩。（同上）

张松是益州别驾，其俸禄在六百石以上。汉代的大县的县令，俸禄为千石。小县的县令，俸禄也有六百石。由此可知，州别驾的俸禄当在六百石以上。这样的官员一旦犯罪，都得请皇帝出面判决或定夺。刘璋的“暗弱”在此案中表现为不明这一法理，故将自己推向了犯罪道路，应受到严惩。这是刘璋的法律错误之二。

将“张松全家，尽斩于市”，是刘璋的法律错误之三。这里涉及两种死刑方式的适用。其一，是“弃市”。汉代的“弃市”，属于斩首之刑，适用于性质严重的罪行。其二，是“族刑”。汉代大逆无道罪，犯者腰斩，“父母妻子同产无少长皆弃市”。张松及其一家老幼，根本无罪可言，却接受了这两种严厉的死刑方式：死者何其冤枉，使其冤死的刘璋何等糊涂。

六十六　神判两例

——管辂的故事

神判，又称为神明裁决，是封建时代科学不发达，带有迷信色彩的法律审判方法之一。其具体做法形形色色：算命，测字，卜卦，接受水、火的考验等。拙著《法律与文学漫话》曾谈到的《搜神记》中用老虎、鳄鱼是否吃人犯来判定是否有罪的方法，也属于神判范畴。所有这些，都是不可取的，它们具有法制史的认识价值。

《三国演义》中管辂的故事，就有使读者得知什么叫神判的两个案例。

管辂是平原县人，熟读《周易》，擅长卜卦，兼善看相，属于神汉、巫婆一类的人物。在他的传奇人生经历中，曾用卜卦方式破了两起刑事案件。

案例之一：

> 有居民郭恩者，兄弟三人，皆得躄疾，请辂卜之。辂曰：“卦中有君家本墓中女鬼，非君伯母即叔母也。昔饥荒之年，谋数升米之利，推之落井，以大石压破其头，孤魂痛苦，自诉于天，故君兄弟有此报。不可禳也。”郭恩等涕泣伏罪。（第六十九回）

郭氏兄弟三人都得了跛足的毛病，于是请管辂来占卜，本是为治生理上的疾病，不料却推算出父辈犯下的一起人命案：在饥荒的年头，郭氏父辈为了得到几升米，竟把自家的一位女性推落井中淹死，还用大石头将尸体压住。管辂认为，郭氏三兄弟的跛足，就是父辈伤天害理的罪行的一种报应。

这本是一起普通的谋财害命的杀人案，经年未破，作案凶手毕生逍遥法外。案件自身一目了然，仅此而已。由于是用卜卦方式推算出的案情，又经过管辂的宿命论的解释，把上一辈人犯罪同下一辈人生病说成有因果关系，便将人间的刑事案件搅和得天人合一，神秘莫测了。摒弃其宿命论的迷信色彩和迷惑成分，我们得到的是一个神判的案例。

案例之二：

> 乡中有老妇失牛，求卜之。辂判曰："北溪之滨，七人宰烹；急往追寻，皮肉尚存。"老妇果往寻之：七人于茅舍后煮食，皮肉犹存。妇告本郡太守刘邠，捕七人罪之，因问老妇曰："汝何以知之"？妇告以管辂之神卜。刘邠不信，请辂至府，取印囊及山鸡毛藏于盒中，令卜之。辂卜其一曰："内方外圆，五色成文；含宝守信，出则有章：此印囊也。"其二曰："岩岩有鸟，锦体朱衣；羽翼玄黄，鸣不失晨：此山鸡毛也。"刘邠大惊，遂待为上宾。（第六十九回）

这一案例极为朴实有趣。郡太守刘邠起初不相信占卜竟能破一起盗杀耕牛案，后做了一个占卜的实验，其不可思议的结果，使他的怀疑烟消云散，从而对神判的破案手段与效果深信不疑。这是令人觉得案例故事有趣的一点。这表明，在科学手段不发达的漫长岁月里，神判方式广有市场，不仅民间欢迎，连官场也叹服。

另外一点趣味性，是古怪的神判与正常的法庭审判有机结合得自然而巧妙。说它自然，指的是老妇失牛之后，非常焦急，不知是怎么一回事，于是把究明事实真相的希望寄托在管辂的占卜手段上，果然卜出了耕牛被盗杀的刑事案件。关于民间丢失东西或有不平安的病痛之类而找人算命、卜卦、测字，可以说是古代沿袭下来的习惯。在我儿时的记忆里，乡间凡头痛脑热、丢猪失鸡之类，找上门来请我五叔"算命"的故事，不知发生了多少回。因此，我感到这个案子利用占卦来侦破，极为自然，是真实生活的缩影。

说它巧妙，是老妇依据占卜得到的耕牛被盗杀的提示，去寻找耕牛，果然被自己的亲身见闻所证实。老妇得到真凭实据之后，不动声色，到官府去控告七个盗杀耕牛的罪犯。试想，如果老妇见自己的宝贝耕牛被一伙歹徒偷来杀肉吃，就暴跳如雷，冲上前去大吵大闹。那么，不仅不能讨回公道，反倒会受到七个歹徒的伤害。所以，她悄悄到官府告状的方式很巧妙。作者写告状的笔墨节省成一句话："妇告本郡太守刘邠，捕七人罪之"。这一点也很巧妙，是法律描写手法的简明之巧妙。

在我读过的涉法文学名著的神判案例中，大约都是单纯的神判，即从破案到审判，再到执行判决的刑罚，全都是运用的神判手段。而这则老妇耕牛被盗杀的案件，却别具特色地将神判与官判相结合：先以神判破案情，再用官判审案犯。

凡是运用神判的案例，无不有着传播违背科学、宣扬迷信的消极因素。管辂的占卜术也不例外。剔除这种消极的负面物，我们得到的两个神判案例，对于了解中外法制史上的神判法律景观，不失其很好的教育、认识意义。

讲完上述神判案例故事，再看一看神汉管辂受到曹操的信任与推崇。曹生病，服药无效，太史丞许芝便向曹操吹嘘和推荐管辂的占卜术的无所不能。管辂经过占卜，认定曹操的病属于心理上的幻觉，可不治而愈。果然，曹操的心境安定下来，病情便消失了。高兴至极的曹操，居然请管辂"卜天下之事"，一时间把朝廷大事、文武官员、用兵打仗诸事都"卜"遍了。

读到这里，小说的一大讽喻尽在不言中：神判的法律判决尚且充满迷信色彩，曹操其人对"卜天下之事"乐此不疲，该是一个多么糊涂、愚昧的大人物!

六十七 法律与宗教

——关公显圣的故事

笔者上初中的时候，一位同学就对我讲过关公在玉泉山显圣的故事。时隔几十年，他当时讲了一些什么我已记不起来，但那眉飞色舞，津津乐道的模样，却历历在目，至今仍记得很清晰。我现在推测，当年我的那位同学对关公显圣的怪诞情节也是信以为真。由此再看看信鬼信神的非科学思想意识庞大的社会文化景观，可知人们对《三国演义》中的若干类似描写的误解也不会太少。这些，都需要我们做取其精华，剔其糟粕的工作。

且说关公阴魂在玉泉山显圣的故事，就在荒谬的故事里倾注了不为人所注意的法律与宗教的话题。且先看故事原文：

> 却说关公一魂不散，荡荡悠悠，直至一处，乃荆门州当阳县一座山，名为玉泉山。山上有一老僧，法名普净，原是汜水关镇国寺中长老；后因云游天下，来到此处，见山明水秀，就此结草为庵，每日坐禅参道；身边只有一小行者，化饭度日。是夜月白风清，三更已后，普净正在庵中默坐，忽闻空中有人大呼曰："还我头来"！普净仰面谛视，只见空中一人，骑赤兔马，提青龙刀，左有一白面将军，右有一黑脸虬髯之人相随，一齐按落云头，至玉泉山顶。普净认得是关公，遂以手中麈尾击其座曰："云长安在？"关公英魂顿悟，即下马乘风落于庵前，叉手问曰："吾师何人？愿求法号。"普净曰："老僧普净，昔日汜水关前镇国寺中，曾与君侯相会，今日岂遂忘之耶？"公曰："向蒙相救，铭感不忘。今某已遇祸而死，愿求清诲，指点迷途。"普净曰："昔非今是，一切休论；后果前因，彼此不爽。今将军为吕蒙所害，大呼'还我头来'，然则颜良、文丑、五关六将等众人之头，又将向谁索耶？"于是关公恍然大悟，稽首皈依而去。后往往于玉泉山显圣护民，乡人感其德，就于山顶建庙，四时致祭。（第七十七回）

关公是被东吴的孙权部将吕蒙杀害的。这段故事中关公的阴魂不散，荡荡悠悠地来到荆门州当阳县玉泉山，跟老和尚普净相见，谈话等情形，显然全是虚构的荒诞之事，在现实生活中根本不可能发生。然而，灌输在荒诞故事情节中的思想内容都是严肃的，富有法律上的认识意义。要言之，从中可见法律与宗教相联系的一个侧面：宗教人士的谈禅悟道、悲天悯人的忏悔精神，一旦用于劝说刑事罪犯的弃旧图新，幡然进取，便可收到政治思想教育、道德训诫、法律制裁、经济处罚、行政处分等手段所不能获取的积极效果。

关云长的阴魂在云天里高声叫喊"还我头来"，自然意味着对自己遭人杀害的委屈和冤恨的发泄。当普净一声问候“云长安在”的话音刚落之时，敏感的关公英魂便有“顿悟”的心理迹象。到普净回忆昔日曾跟战火中的英雄关云长，在汜水关前镇国寺中有一面之交的旧情后，关云长的阴魂产生了虚心向老和尚普净请教的真诚愿望，当即请求他给自己“指点迷途”。这些，都清楚明白地告诉读者：关羽是一个曾经犯罪而思悔改的人。这是一切刑事罪犯重新做人的主观必备条件。

普净作为宗教的虔诚信徒，放弃从前镇国寺长老的尊贵地位和该寺的优越环境，云游到玉泉山，“结草为庵”，“化饭度日”，生活清贫如洗，却笃信佛道，“每日坐禅参道”，对尘世间的名利、享乐一无所求。这一切，就是宗教人士对人世间功名利禄之徒、吃喝玩乐之士，杀人、越货、放火、诈骗等恶行的罪魁祸首的无言身教。

再品味普净的言教，话语不多，但说理中肯。“昔非今是，一切休论”。这是大有禅意的佛家语言，意思是从前有错而现在痛改，一切芥蒂全可化为乌有。这种“昔非今是”的截然不同，说到底就是从追名逐利的红尘，抵达与世无争的佛门世界。“后果前因，彼此不爽”。这是化解世上一切争执、纠纷、矛盾、得失、荣辱甚至生死的具体禅理，悟到了这一关键，就到达了某种和谐、统一、大同的境界。

再看普净言教话语中的后一部分，意在摆出关云长所想不通的人世之事，用儒家提倡的“己所不欲，勿施于人”的恕道精神，不重不轻地敲打关云长：你被人杀死，大叫“还我头来”，发泄冤恨，那么被你先后杀死的颜良、文丑，和五关上的六个将领，向谁去索还头颅呢？言外之意是说，他们岂不是都要向你索还头颅吗？而人家都没有这么耿耿于怀大呼小叫，你却叫喊不止，算什么英雄呢？出家人不肯将这尖锐批评的言外之意讲出口，自然有引而不发的诱导作用存在。

果然，敏锐的关公“恍然大悟”。

“稽首归依”，指的是精神上的归宿，即洗心革面，重新做人。日后关公在玉泉山“显圣护民”之说，也是荒诞之事。若理解为罪犯关公的在天之灵在宗教人士的开导之下彻底抛弃了昔日的罪孽，那么即是把握了其中寓含的正确法律意味。

在宗教语言里，普净把颜良、文丑被关羽杀死于战场同关羽过五关斩六将之事相提并论，自有其禅理可议。若用法律语言论之，则二者有原则区别。两军对垒，相互刀砍、枪杀、炮轰、火烧而死人，一般不是刑法调整的对象，双方均不以杀人罪论之。战争结束之后，作为不义战争的发动者、指挥者，可以战犯论之，杀人罪可算在他们头上。故颜良、文丑之死于关羽之手，关羽没有罪责可言。

过五关斩六将，并非发生在战争中两军交火之时，故关羽对此是要负刑事法律责任的。在《是英勇杀敌　还是疯狂犯罪——关羽过五关斩六将小议》中，已经谈过这一问题，此处不另述。在这里应当补充说明的是，关羽的罪行，除了过五关斩六将时犯有杀人罪之外，早在家乡时他就杀过人，并因此案而外逃。本文所议法律与宗教的关系，就立足于关羽的这些杀人罪行，经过普净的言传身教而被其阴魂所悔悟的基本事实。本文的基本观点，就是认为小说以所谓“显圣”的荒诞故事寓含有宗教人士教育罪犯悔悟自新的严肃法律内容。

法律与宗教的联系是广泛而深刻的，笔者在拙著《法律与文学的交叉地》、《法说红楼梦》中均有所论述，读者可以参阅。

有一位作者在自己的著作中这样谈到阅读关公显圣的体会：

> 普净这个角色很像是那种以复仇为全书主线思想的小说中，执行点化复仇者的任务那一角色，“冤冤相报何时了，施主，回头是岸啊”！（蔡大东《三国那些人儿》）

这位文学青年的体会是不错的。笔者以上所谈，正是建立在这种有普遍性的阅读感悟之上的理性认识。

解读关公显圣的故事，在方法上应当注意故事的整体性的把握，切忌抓住一点，不及其余，进行穿凿附会的议论。点评《三国演义》的毛宗岗抓住关云长阴魂在空中的叫喊声“还我头来”大做文章，发表了对小说作者颇不满意的反诘性评论。他点评说：

> 既在空，何有我？本无我，何有头？本无头，何有还？本无头去，

何有头来？

若云无头，呼者是谁？若从还头，还于何处？

之所以如此在疑问堆里不能自拔，就是因为毛氏不看整段故事旨在表现关云长在普净的指点下有所悔悟的思想观念，而是肢解故事，抓住这四个字不放，玩起了文字游戏，于是提出了一系列毫无道理的疑问。

六十八　吏治腐败的黑标本

——公孙渊的故事

在讲军法执行问题的一篇短文中，我们曾经说过，中国法制史学家关于汉代官吏管理的法律制度的研究成果表明，汉代的官吏管理法堪为一座里程碑，有着相当完备的法律措施。然而，《三国演义》中出现的文武官员的管理却一片混乱。这就证明：法学家依据法律典籍所研究的纸张上的官吏管理法是一回事，文学作品所描写的现实生活中的官吏管理法又是一回事，二者可能有吻合处，更有大相径庭之处。惟其如此，文学中的法律描写便有着完善、发展法学研究成果的学术意义。仅以《三国演义》而论，突破、超越法制史学家的有关论著的地方，实在多得无法枚举，有待作专门研究。

本文所谈公孙渊，就是汉代官吏管理法被肆意践踏的一个吏治腐败的黑标本。下面，是他的劣迹：

却说公孙渊乃辽东公孙度之孙，公孙康之子也。建安十二年，曹操追袁尚，未到辽东，康斩尚首级献操，操封康为襄平侯；后康死，有二子：长曰晃，次曰渊，皆幼；康弟公孙恭继职。曹丕时封恭为车骑将军、襄平侯。太和二年，渊长大，文武兼备，性刚好斗，夺其叔公孙恭之位，曹睿封渊为扬烈将军、辽东太守。后孙权遣张弥、许晏赍金珠珍玉赴辽东，封渊为燕王。渊惧中原，乃斩张、许二人，送首与曹睿。睿封渊为大司马、乐浪公。渊心不足，与众商议，自号为燕王，改元绍汉元年。

副将贾范谏曰：“中原待主公以上公之爵，不为卑贱；今若背反，实为不顺。更兼司马懿善能用兵，西蜀诸葛武侯且不能取胜，何况主公乎？”渊大怒，叱左右缚贾范，将斩之。参军伦直谏曰：“贾范之言是也。圣人云：‘国家将亡，必有妖孽。’今国中屡见怪异之事：近有犬戴巾帻，身披红衣，上屋作人行；又城南乡民造饭，饭甑之中，忽有一小儿蒸死于内；襄平北市中，地忽陷一穴，涌出一块肉，周围数尺，头面眼耳鼻都具，独无手足，刀箭不能伤，不知何物，卜者占之曰：‘有形不成，有口无声；国家亡灭，故现其形。’——有此三者，皆不祥之兆也。主公宜避凶就吉，不可轻举妄动。”渊勃然大怒，叱武士绑伦直并贾范同斩于市。令大将军卑衍为元帅，杨祚为先锋，起辽兵十五万，杀奔中原来。（第一百零六回）

首先看到的是公孙渊的劣迹跟他的父亲公孙康一脉相承：父亲胆大妄为的罪行，自然而然传染给儿子，并有变本加厉的大发展。早在建安十二年（公元207年），公孙康就杀害了袁尚，本犯了杀人罪，曹操接受死者首级后，不仅不以杀人罪论处，反倒视为大功劳，封公孙康为襄平侯。曹操无视汉朝的官吏管理法，为所欲为地颠倒罪与功的关系，在此案中得到了暴露。本文所认定的吏治腐败，指的正是把犯罪作为升官封侯的资本这种践踏法律的罪恶行径。

公孙渊作为吏治腐败的黑标本，在其父走出的不归路上疯狂奔走，劣迹斑斑，该受法律严惩的案子接二连三发生，却每每被掌权皇帝将罪作功而使其不断升官。这种恶作剧般的官吏管理实务，根本是拿刑法和官吏管理法作儿戏，黑暗和腐败之状，令人惊异。

公孙渊的第一大劣迹，是夺其叔父公孙恭的职位。渊父死后，因儿子们年幼，其叔父公孙恭继承了公孙康的辽东太守和襄平侯的官职与爵位。据第三十三回的叙述，当时曹操还封公孙康为左将军。公孙恭所继承的有：辽东太守、襄平侯，左将军。曹操在公孙恭继位后，又封他为本骑将军。这就表明，公孙恭的继位得到了掌大权的曹操的认可，并有所加封。太和二年（公元228年），长大成人的公孙渊竟然夺了叔父公孙恭的职权。小说没有细写夺权原因、经过，径直和盘端出了铁的事实。这时，汉朝已灭亡多年，已是魏国第二任皇帝曹睿在位。他祖父曹操将罪作功的祖传老病，隔代相传到了曹睿身上，竟将夺权的罪行合法化，正式任命公孙渊为扬烈将军、辽东太守。若是依法管理官吏，这种非法夺权的罪犯必将受到严惩。此事表明，新生的魏国，跟衰败的汉朝一样，吏治都腐败得一塌糊涂。

孙权称帝后，大约出于拉帮结派、扩大势力和地盘的需要，也急急忙忙派两名使者，带上丰厚礼物去辽东见公孙渊，在献上厚礼的同时，还传达了"封渊为燕王"的圣旨。孙权的所作所为，真如同不打自招，坦白他吴国的吏治也是腐败不堪。否则，一个对叔父敢下毒手抢班夺权的歹徒被"封"为"燕王"的事情，就无从解释。

就在孙权的封赏活动尚未告结之际，公孙渊又犯了杀人罪：因惧怕魏国而杀了吴国两名使者，且讨好卖乖地将首级献给曹睿。面对公孙渊新的罪行，曹睿执迷不悟，再一次往吏治腐败的黑洞里跌落，封公孙渊为大司马、乐浪公。

如果说，曹操、曹睿、孙权以牺牲刑法、官吏管理法为代价，认罪为功，以封侯予爵的方式回报公孙渊的罪行，能够换回他的弃恶从善，忠于朝廷，那么多少还情有可原，让人想到仁政的感化力量。但叫人彻底失望和完全绝望的是，公孙渊的权力欲望是无底深渊，永远满足不了。就这样，又一轮恶性犯罪在公孙渊身上发生了。他自号燕王，改元为"绍汉元年"，大有做皇帝的美梦。两个部下看出他有背叛魏国的苗头，苦苦劝说，被杀害。犯了杀人罪之后，又发动攻打魏国的不义战争，一举沦为叛将。这一兵变，无情地将汉朝、魏国、吴国的吏治腐败推向了顶峰。而吏治腐败的黑标本公孙渊的犯罪生涯，也创下了最恶劣纪录——在封建时代没有比"谋反"、"大逆"更严重的罪行了。

直到公孙渊带辽兵十五万杀进中原，边官报急，魏国才如梦初醒，认定公孙渊为"贼"、"贼将"。司马懿被曹睿召见请求领兵抗贼，经过多轮拼杀，终于打败辽兵的侵犯。在平叛战争告捷后，公孙渊及其同谋官僚才被处以死刑。

魏、蜀、吴三国的法律最初都完全袭用汉律，后来才逐渐改革，对汉律有所变动。公孙渊作为吏治腐败的黑标本，显露出汉代那被誉为“里程碑”的官吏管理法长期未能落实的弊端和混乱。

六十九　以自残的方式争取婚姻自由

——夏氏女的故事

魏国大将军曹爽的从弟文叔早逝，其妻夏氏自愿守寡，夏父有令其改嫁之意。于是发生了难以想象和理解的夏氏女自残的故事。

> 时有曹爽从弟文叔之妻，乃夏侯令女也，早寡而无子，其父欲改嫁之，女截耳自誓。及爽被诛，其父复将嫁之，女又断去其鼻。其家惊惶，谓之曰：“人生世间，如轻尘栖弱草，何至自苦如此！且夫家又被司马氏诛戮已尽，守此欲谁为哉？”女泣曰：“吾闻‘仁者不以盛衰改节，义者不以存亡易心’。曹氏盛时，尚欲保终；况今灭亡，何忍弃之？此禽兽之行，吾岂为乎！”懿闻而贤之，听使乞子以养，为曹氏后。（第一百零七回）

这则故事有何意义？从不见有人论及。我们曾谈过樊氏女以自定择偶方式争取婚姻自由的故事。现在所谈夏氏女，也是一位有志于争取婚姻自由的不寻常的古代女性。只不过，她追求的婚姻自由模式与方式很罕见罢了。

这里所谓婚姻自由模式，就是婚姻法学家所谈结婚自由与离婚自由。这是两大常见模式，人们都很熟悉，可不用笔者饶舌。夏氏女在丧偶之后，选择的是不被法学家谈论而事实上从古至今都存在的另一种婚姻自由模式：不结婚。这正如我国法律明文规定的宗教信仰自由一样，人民群众有信宗教的自由，也有不信宗教的自由。然而，我国的婚姻法以及婚姻法学教科书，都不曾明文规定、论述不结婚的自由这一模式。我以为，这在法理上是不完善的。本文所谈夏氏女，就是在丧偶后不再结婚的一位文学人物。她的不结婚，属于丧偶者不再婚的类型。法律应当赋予所有不结婚的人们以自由。惟其如此，当今之世的婚姻立法才更完善，更加人性化，亦即是更加文明、进步、合理。

我的这种呼吁婚姻立法完善化的议论，是受夏氏女以自残方式争取不结婚自由的可怕事实所激发的。夏氏女的丈夫曹文叔去世早，使没来得及生育的妻子夏氏青春年少即成了寡妇。夏父出于关爱女儿的好心曾两次想让女儿改嫁，竟然遭到不可想象的反抗。第一次，她将自己的耳朵截去，成了残疾人。第二次抗婚，自残手段升级得更可怕：她把自己的鼻子割掉。像这种截耳去鼻的肉体摧残，本是古代犯重罪的人才遭受的肉刑，如今夏氏女作为无辜良民，为了抗婚，竟然自受肉刑折磨。我不禁在想，假如法律明文规定成年男女均享有不结婚的自由，夏氏女就会用这条法律的权威反抗父亲的令其再婚的动议，而不至于自残。

这里应告诉读者的是，汉代法律倒是有强迫结婚的规定。汉惠帝六年（公元前189年）有这样的法律规定：

> 女子年十五以上至三十不嫁，五算。

所谓“五算”，就是按照五口人的定额来征收人头税。显然，这是用经济制裁的法定手段，强迫成年女子尽快结婚。这在一定程度上，就等于是侵犯了女性不结婚的自由。

人们不结婚的内在原因属于个人隐私，法律不仅不应干涉，还要加以保护。这就是人性化的完善的婚姻法对于男女婚事上的最大人文关怀。夏氏女之所以两次自残而拒婚，理由是：她要追求心目中的崇高“仁”与“义”，做一个从一而终的曹氏门宗的仁义媳妇。这种从一而终的婚姻观念，一点也不新鲜，正是封建中华帝国的妇德深入夏氏女心灵深处的自然流露。她以自残方式拒绝再婚的精神支撑点，说白了就是在捍卫从一而终的妇德。

夏氏女拒绝再婚还有一个理由：亡夫曹家从前兴旺，如今衰败，若在这种情况之下改嫁，就有趋炎附势的市侩的嫌疑。她把这种势利之徒的做派看得很严重，认为此种人已丧失了人格，形同禽兽，她要坚决跟这“禽兽行为”划清界限。对于这一点，笔者认为是值得称道的。

如果进一步了解曹氏家族由盛而衰的具体情形，夏氏女的可贵之处就格外突出。曹爽是魏国第三任皇帝曹芳的两个辅政者之一，另一辅政者是司马懿。曹爽执掌大权后耀武扬威，生活腐化堕落，奢华之状简直像皇帝一样。外界不明真相，自然要以为曹家兴旺至极了。曹爽的从弟曹文叔早逝，其未亡人夏氏女根本不可能得到曹爽所给予的实惠，充其量不过是徒享曹爽给曹氏宗族带来的虚浮名声罢了。后来，因为曹爽跟司马懿争权夺利，被司马懿抓住他跟曹芳外出打猎的有利时机，发动事变，以谋反罪名，将曹爽兄弟二人及其三族“皆斩于市”，其家产也全部抄没充公，这就是夏氏女所说的曹家“灭亡”之事。夏氏女拒绝再婚的第二大理由，就是她认为在曹家衰落后自己不能做势利小人。这种精神追求，在三国乱世尤为可贵。

本文肯定夏氏女的另外一点，在于她用常人不可想象的苦肉计式的自残方式来抗拒来自父命的包办婚姻，其矛头不是指向父亲，而是指向了法定的由父母主婚的原则。这是她的抗婚的进步意义。换言之，这位别无他策的弱女子抗父命、不再婚的自残举动，有批判汉代婚姻法的不合理的进步性。

中国法制史学家在论及汉代的婚姻法时，列举了一系列婚姻法定原则，其首要一条，就是：

> 父母主婚，媒妁传言。（张晋藩《中国法制通史》第二卷）

夏氏女拒绝再婚，实质上就是推翻了这首要一条法定婚姻原则。她的自残之举使自己忍受了巨大的生理和精神痛苦，无异于为抗击这婚姻原则而付出了沉重的代价，作出了巨大牺牲。这就不能不让人同情和尊敬。

七十　法律欺诈与法律威慑

——诸葛恪的故事

吴国太傅诸葛恪攻打魏国新城的战役，先有对方的法律欺诈，后有他本人的法律威慑，其结果是导致了杀身之祸。

请先看小说的有关描写：

却说诸葛恪连月攻打新城不下，下令众将："并力攻城，怠慢者立斩。"于是诸将奋力攻打，城东北角将陷。张特在城中定下一计：乃令一舌辩之士，赍捧册籍，赴吴寨见诸葛恪，告曰："魏国之法：若敌人困城，守城将坚守一百日，而无救兵至，然后出城降敌者，家族不坐罪。今将军围城已九十余日；望乞再容数日，某主将尽率军民出城投降。今先具册籍呈上。"恪深信之，收了军马，遂不攻城。原来张特用缓兵之计，哄退吴兵，遂拆城中房屋，于破城处修补完备，乃登城大骂曰："吾城中尚有半年之粮，岂肯降吴狗耶！尽战无妨！"恪大怒，催兵打城，城上乱箭射下。恪额上正中一箭，翻身落马。诸将救起还寨，金疮举发。众军皆无战心；又因天气亢炎，军士多病。恪金疮稍可，欲催兵攻城。营吏告曰："人人皆病，安能战乎？"恪大怒曰："再说病者斩之！"众军闻知，逃者无数。忽报都督蔡林引本部军投魏去了。恪大惊，自乘马遍视各营，果见军士面色黄肿，各带病容。遂勒兵还吴。早有细作报之毋丘俭。俭尽起大兵，随后掩杀。吴兵大败而归。恪甚羞惭，托病不朝。吴主孙亮自幸其宅问安，文武官僚皆来拜见。恪恐人议论，先搜求众官将过失，轻则发遣边方，重则斩首示众。于是内外官僚，无不悚惧。（第一百零八回）

先说法律欺诈。法律人的职业行话中，就有一条为"以事实为依据，以法律为准绳"。读上述诸葛恪的故事，我才打破了这日常生活经验的局限，得以知道，在两军对垒的战争中，法律竟有着用来行缓兵之计的欺诈作用。具体说，魏国新城的守将张特，在对吴将诸葛恪的攻城战中使用缓兵之计的手段，是进行法律欺诈。这种缓兵之计，我是头一次见到，备觉新奇。

为什么要称之为法律欺诈呢？有两个理由。其一，魏国的这位舌辩之士宣称的魏国的关于论处投降家族的法律条文，是否确有其事，有待考察。中国古代兵法有"兵不厌诈"的军事谋略与战术，大家熟悉的"佯攻"即是"兵不厌诈"的现代版。因此，为提高警觉，在未能进行法律考证、查实之前，将其定性为法律欺诈，有益无害。

其二，即使魏国法典中确有上述法律条文，那么张特派舌辩之士到诸葛恪这里来宣讲它，目的在于利用诸葛恪被唤起的同情、怜悯之心，使诸葛恪退兵，让魏兵在得到的喘息之机里重新修城备战，坚守到底。仁慈心并未泯灭的诸葛恪，果然受骗上当：自己受伤，部卒生病、厌战、临阵脱逃，只得无功而返。军事长官在战场上对于敌军装模作样“捧册籍”（即法典）的法律欺诈，连想都不曾想一下，就“深信之”，的确太麻痹大意了。

再说法律威慑。诸葛恪的法律意识是自觉而清醒的。在连月攻城不下的焦急之际，他企图借法律的威慑力来督战，扬言“怠慢者立斩”。这一招果然有效，新城的东北角差一点就要攻陷。就在诸葛恪的法律威慑初见成效的时刻，张特的法律欺诈也在酝酿出笼。

在吴兵大败而返回吴国之后，败兵之将诸葛恪因羞愧难当，“恐人议论”，便又乞灵于法律威慑。这一回，他没有也不可能在阵地上叫喊“怠慢者立斩”，而是把自己放在执行法律的地位上，或者说是装出一副执行法律的样子，大搞法律恐怖活动：第一步是搜求众将官的过失，然后进行处罚，轻者判处充军，重者斩首示众。

法律的威慑力，是法律自身固有的属性。尤其是刑法，比任何部门法的威慑力都要大。从实践层面直观地看，法律的威慑力主要来自刑法，其次来自有经济处罚的法律。诸葛恪是恶意利用刑法的威慑力，且其目的不在打击犯罪，而在达到私下的卑劣目的——预防外界议论、告发自己中魏兵缓兵诡计，打了败仗的不光彩行为。

无论是魏国张特的法律欺诈，还是吴国诸葛恪的法律威慑，都是不怀好意地利用法律作工具来达到别种目的。

最后，应当交代一下，诸葛恪兵败之后的二度法律威慑的结局。诸葛恪的所作所为，被孙峻密奏给吴国皇帝孙亮。孙亮当即表态：“朕见此人，亦甚恐怖，常欲除之，未得其便。今卿等有忠义，可密图之。”于是，君臣联手，以其人之道，还治其人之身，把诸葛恪杀死在特设的酒席之上，后弃尸于城外乱冢坑内。一句话，诸葛恪以法律威慑而战斗和生存，又以法律威慑而死于非命。

孙亮君臣处死诸葛恪，本来是严肃执法的刑事案件，案犯诸葛恪的法律威慑实质上是滥用职权，滥杀无辜的行为，确实犯下死罪。问题在于，孙亮不将此案纳入法律诉讼程序，名正言顺开展逮捕、审判、行刑等各项执法活动，而是采取常见的宫廷谋杀方式，将死刑犯骗到预设的酒席上来秘密杀死。这种怪异的执法，很容易使人误解为犯谋杀罪。查《三国志·吴书·诸葛恪传》，确有诸葛恪被孙亮君臣合谋杀害的记载。这就是说，小说所写孙亮对诸葛恪的处以死刑的活动，反映了当年吴国朝廷在执行实体法的实务上，不重视、不依从程序法。小说如此写来，另有其法律认识价值：这就使我们看到了古老中华法系区别于世界上其他法系的特征之一——偏重实体法，轻视程序法。中国法制史学家对这种特征的论述，集中在封建王朝的立法把实体法和程序法混合编纂这一方面，在《三国演义》中所见到的孙亮处死诸葛恪的忽视程序法的故事，却是现实中的执法暴露出来的活生生的现象，这就为法学研究提示了另外一种思路和视角。

第五辑
曹操：中国文学中无与伦比的法律人物形象

以上，我们从法律与战争、法律与皇权、关于“杀人者死”的法律追问与思考、小故事中有大法理四个方面讨论了《三国演义》中的法律思想内容。非常有意思的是，家喻户晓的曹操其人，就像无处不在的幽灵，时常在我们所关注的法理层面上显露身影，以使我们不得不将其人其事集中进行综合性考察。结果是有一个惊人的发现：被国人鄙视、非议了几百年的“奸雄”曹操，远远不是道德评价所能涵盖的，他是一个卓越的法律人物形象。在中国文学史上，还没有哪一个文学人物的法律认识价值足以跟曹操相提并论。

一言以蔽之：唯有在法律视角之下，才能还曹操作为无与伦比的法律人物形象的本来面貌。简单的政治鉴定与道德评价，只能歪曲这一法律人物形象，同时也势必抹杀小说作者在塑造这一文学形象上的非凡成就与贡献。

综观《三国演义》中曹操其人的法律行为、言论、地位等各个方面，可认为他是一个由六种相对独立的法律身份构成的复杂性格的法律人物形象：一是瑕大掩瑜的执法官员；二是疯狂作案的杀人惯犯；三是侵犯皇权，架空皇帝，杀害后妃的罪臣；四是不乏性犯罪记录的性犯罪者；五是具有现代化战争罪认识意义的战犯；六是众多法律文化现象的载体。

本辑二十多篇系列短文，是对曹操这六种法律身份的分门别类的论述。此前各辑已谈过的曹操故事共十六则，也都可归结到本辑所谈范畴之中。

七十一　瑕大掩瑜的执法官员

成语有瑕不掩瑜，说的是小小的缺陷不影响美玉的宝贵价值。把其中的“不”改换成“大”，涵盖曹操作为执法官员的身份，就非常贴切了。

首先应当搜寻他身上的法律闪光点，而这些闪光点集中在他作执法官员上，若干亮点足以形成一条贯穿的线索，故本文的题目在写作详细提纲以及初稿时，原定为《站在严于执法的人生线路上》。在再次整合曹操形象的时候，我便将此文作为系统论述的头一篇，并换成现在的标题。

曹操在小说中初次同读者见面，作者这样介绍其人其事：

> 年二十，举孝廉，为郎，除洛阳北部尉。初到任，即设五色棒十余条于县之四门，有犯禁者，不避豪贵，皆责之。中常侍蹇硕之叔，提刀夜行，操巡夜拿住，就棒责之。由是，内外莫敢犯者，威名颇震。后为顿丘令。因黄巾起，拜为骑都尉，引马步军五千，前来颍川助战。正值张梁、张宝败走，曹操拦住，大杀一阵，斩首万余级，夺得旗旛、金鼓、马匹极多。张梁、张宝死战得脱。操见过皇甫嵩、朱儁，随即引兵追袭张梁、张宝去了。（第一回）

这里叙说了曹操严于执法的两件事。用封建法律的眼光看，两件事性质完全一样，都是值得肯定的好事。然而，用马克思主义的法律观来看，却不应混为一谈。

第一件事，古今的法律评价是共同的，即都认为是严于执法，不惧权贵。意思是说，有权有钱有势的人，一旦犯法，作为执法者，都应无所畏惧地对其依法处理——属于民事侵权的，依法赔礼道歉、如数赔偿经济损失；属于刑事犯罪的依法判刑，决不手软。

有人谈到这件事时说：“本来照东汉的成例，这样真把王法当回事情，进而铁面无私的曹青天是免不了一死的”（赵爱兵《重读乱世英雄》）。我不知论者所说“成例”是什么。若是指东汉的某种法律，那么可以断言，不要说东汉，古今中外任何时代、任何国度和地方，都根本不可能有把严于执法的好法官处死的法律规定。

还有人把曹操的这种严于执法同他日后大肆杀人相提并论，认为“曹操后来杀了那么多的人，而且杀起来毫不手软，这件事应算是开端”（易中天《易中天文集》）。无独有偶，有一本中国当代文学史教材在谈到余华的一篇小说时，也把法院判处死刑跟犯杀人罪相提并论，说成是“借法院之手杀人”。行凶而杀人是犯罪，判处死刑是执法，二者虽然都是杀人，但法律性质有本质的区别。混为一谈的人们，在法理上错得太远。

曹操作为执法者，也有显得可爱的地方。下面的案例，表现了曹操在严于执法的同时，也有宽容、动情的一面。那是在曹操引兵追杀袁谭的时候——

> 曹操追至南皮，时天气寒肃，河道尽冻，粮船不能行动。操令本处百姓敲冰拽船，百姓闻令而逃。操大怒，欲捕斩之。百姓闻得，乃亲往营中投首。操曰：“若不杀汝等，则吾号令不行；若杀汝等，吾又不忍。汝等快往山中藏避，休被我军士擒获。”百姓皆垂泪而去。（第三十三回）

不要说作为当事人的百姓们被曹操执法中的人情味感动得流泪，就连今天的读者读至此处，也免不了动情。曹操的可爱之处，就在于他当时既知道严于执法的必要性、重要性，具有执法者必备的法律理智，同时又对违背了他军令的百姓有同情心，怜悯情，尤其对百姓投案自首的行为感动不已，于是对他们晓之以理，动之以情，指明了逃避其部下再度追捕的线路。在这个案例中的曹操，不失为一个深得民心，且维护了法律尊严的优秀执法者，可引以为法律工作者的楷模。当今的《司法伦理学》教科书，若以此案例论证法律工作者的职业道德修养，将是很有说服力、感召力的。

甚至在对子女的管教方面，曹操也重视法制思想观念上的诱导。他跟次子曹彰的谈话，便是以法律意识的培养、教育为主题的。他曾经询问孩子们各自有什么志向——

> 彰曰："好为将。"操问："为将何如？"彰曰："披坚执锐，临难不顾，身先士卒；赏必行，罚必信。"操大笑。建安二十三年，代郡乌桓反，操令彰引兵五万讨之；临行戒之曰："居家为父子，受事为君臣。法不徇情，尔宜深戒。"彰到代北，身先战阵，直杀至桑干，北方皆平；因闻操在阳平败阵，故来助战。操见彰至，大喜曰："我黄须儿来，破刘备必矣！"（第七十二回）

如果说可以从这里看出曹操作为人父的慈祥，那么更值得注意的还是他对儿子的法制教育的循循善诱和明言告诫。对儿子的"赏必行，罚必信"的法制观念的表述，以"大笑"的喜悦之态表示欣赏、赞同，而在下令让儿子引重兵执行任务之际，又以"法不徇情"的严肃态度进行提醒、鞭策，二者均恰到好处。

跟其他许多严于执法而缺乏分寸的三国人物一样，曹操也往往失之于苛严。例如在黄河岸边跟袁绍对阵之际，曹操曾号令三军："如有下乡杀人家鸡犬者，如杀人之罪。"（第三十一回）这种军令，把杀百姓的鸡犬跟杀人罪等同起来，失之于过分严酷，是刑罚畸重的错误，应予以贬斥。他的护麦令，也有这种毛病。但他注意以法治军这一点，是不错的。

曹操作为严于执法的法官，还有一个应当提到的案例。事情发生在曹操在青州所招安的青州兵军营中。夏侯惇带领青州兵后，在一次战争中有不少青州兵将士企图发战乱财，肆意劫掠百姓。于禁是曹兵军中法官，面对突发性的严重违犯军法的罪行，他来不及请示，果断用军事行动进行打击，被不明真相的青州兵称为"造反"。当曹操究明案情后，既重赏于禁，又严词批评夏侯惇治兵不严。此案例已有专文讨论，此处从略。

曹操作为生动、丰满的法律人物形象，其一个重要侧面是严于执法的好法官。时至今天，以上所谈若干案例，仍然可供法律工作者学习、借鉴。

读者若通过本文意识到曹操身上确有不少法律的闪光点，那么笔者作此文的目的也就完全达到了。

七十二　故意制造冤假错案（一）

纯文学家的曹操评论，往往涉及不到事件本身的法律问题。曹操杀王垕之事，便是一个突出例子。

却说曹兵十七万，日费粮食浩大，诸郡又荒旱，接济不及。操催军速战，李丰等闭门不出。操军相拒月余，粮食将尽，致书于孙策，借得粮米十万斛，不敷支散。管粮官任峻部下仓官王垕入禀操曰："兵多粮少，当如之何？"操曰："可将小斛散之，权且救一时之急。"垕曰："兵士倘怨，如何？"操曰："吾自有策。"垕依命，以小斛分散。操暗使人各寨探听，无不嗟怨，皆言丞相欺众。操乃密召王垕入曰："吾欲问汝借一物，以压众心，汝必勿吝。"垕曰："丞相欲用何物？"操曰："欲借汝头以示众耳。"垕大惊曰："某实无罪。"操曰："吾亦知汝无罪，但不杀汝，军必变矣。汝死后，汝妻子吾自养之，汝勿虑也。"垕再欲言时，操早呼刀斧手推出门外，一刀斩讫，悬头高竿，出榜晓示曰："王垕故行小斛，盗窃官粮，谨按军法。"于是众怨始解。次日……大队拥入。（第十七回）

有一位评论家全文抄录了上述案例故事，连后面另外一段被笔者略而未引的话，也抄录出来，然后据以评论说：

你看，在这段情节里揭露出来的曹操的损人利己是何等刻骨的阴毒，本来是自己的意图却嫁祸于别人来实现，其后，不仅是用别人的脑袋来"权且救一时之急"，还用来增强了自己的威信，既解决了粮食的困难，又激励了士气，攻城破敌取得胜利。（李希凡《论中国古典小说的艺术形象》）

依法理而论，曹操杀王垕是一起集冤、假、错案于一体的荒谬案件。这是他作为执法官员故意制造的第一件冤假错案。

案件发生在曹兵跟在淮南称帝的袁术之兵交火的前线。军粮不足，粮官派仓官王垕向曹操报告，本为了寻求解决办法，曹操却出歪主意：克扣粮额，以救一时之急。王垕预料这么做，会引起军中不满，请示怎么办，曹操胸有成竹回答说："我自有对付的好办法。"王垕尽管不糊涂，但做梦也不可能想到，这好对策竟是拿自己的性命来换取部卒对曹操的信任，而把克扣军粮的罪责转嫁到清白的好粮官王垕身上。

曹操杀王垕，如同把法律当作变魔术的舞台，而关天的人命成了变魔术的道具，处死王垕后的法律文书成了魔术师愚弄观众的台词，"众怨始解"则是只会看热闹而不会看门道的广大观众被唬弄得不分是非的演出效果。唯有如此把握此案，才算从总体上正确理解了王垕被杀的真相。

若要将其中的法理清理出大致头绪，有这么几点是不容忽视的。第一，王垕毫无罪行可言，"按军法"名义处死王垕，实质上是曹操故意杀害王垕的严重罪行。因为曹操是领导十七万大军的最高军事长官，有权处死犯死罪的官兵，于是他利用这种合法的权力掩耳盗铃，自欺欺人，把杀人死罪白纸黑字地写成是执行军法。

第二，处死王垕后的法律文书，俗称"罪状"，那白纸黑字所列举的所谓罪行"故行小斛，盗窃官粮"，骗局即隐藏在这八个字中。"故行小斛"，在军中是尽人皆知的事实，大家认为实有其事，一点都不错。然而，这本是曹操指使的，现在却推卸到王垕身上，让他来承担克扣粮食的罪责，"盗窃官粮"云云，纯属曹操造谣。事情的真相是军粮不足，曹操不从正道上解决粮食问题，却要说成是王垕把军粮盗窃走了。这完全是用谎言来遮掩未能解决的军中缺粮的真实情形，如今却成了王垕的又一罪行。

如果说"故行小斛"即克扣军粮犯有死罪，那么此罪的主谋者曹操本人就死罪难逃。这才是真相之所在。曹兵十七万之众，除了曹操和王垕知道这真相之外，其余一概不知。王垕一死，就死无对证，"真相"也就成了曹操口中言辞：想怎么说，就怎么说。十七万挨饿的官兵，就这样被曹操一个人的谎言骗得团团转。

第三，曹操处死王垕之前，两人之间有一段对话，不明真相的局外官兵会误以为是在审判王垕。实际上，是曹操在拿杀人当游戏，而被害人王垕却在正儿八经地为自己作无罪辩护。杀人凶手的黑色幽默同被害人误以为对方在执行法律的诚惶诚恐形成了巨大反差。滥用权力的大人物的可恶，被骗被害的小人物的可怜，也形成了强烈对比。

曹操明明是要杀人，却声称要借一“物”，劝对方不要吝惜这“物”，经过追问，才明白此“物”乃王垕之“头”。我们说过 ，刘备们“借”荆州为法律上的黑色幽默，这里曹操的“借”人头，且称之为“物”，同样是出现在小说中的法律上的黑色幽默。即将掉脑袋的王垕自然幽默不起来，连忙辩白说：“某实无罪。”作为故意制造这起冤假错案的曹操，在玩过法律幽默之后，也转而严肃起来，干脆交底：不杀你无罪的人，十七万大军的军心就有“变”的可能性与危险性。王垕仍然坚持作无罪辩护，还没来得及再开口，曹操已命刽子手行刑，接着就是悬头示众。

一句话，官兵们不明真相的法律审判、执行，实质为曹操行凶犯杀人罪，只不过用长官执法包装了罪案，就一变而成了“按军法”行事罢了。

第四，冤、假、错案是法律人对各种类型的错捕、错判的案件的总体性称呼。具体到某一案件，就当称之为或冤案，或假案，或错案，堪称集冤假错案为一体的案件，实属罕见。可在曹操手中，制造三合一的罕见案子并非这一件。

无罪说成有罪，是为冤案。像写小说一样编造案件，搞假逮捕、假审判、假刑罚，是为假案。轻罪当重罪，甲罪当乙罪，使当事人受到不公正的处罚，是为错案。王垕一案，经曹操变法律魔术般的运作，冤、假、错俱全。

曹操制造冤假错案手段之狡猾，用心之险恶，社会危害性之巨大，受害人不白之冤之深重，由此案可一一感知。

七十三　故意制造冤假错案（二）

在汉献帝认刘备为叔父的时候，出于荀彧等谋士的谗言的暗示与提醒，曹操又故意制造了一起陷害太尉杨彪的冤假错案。

> 曹操回府，荀彧等一班谋士入见曰："天子认刘备为叔，恐无益于明公。"操曰："彼既认为皇叔，吾以天子之诏令之，彼愈不敢不服矣。况吾留彼在许都，名虽近君，实在吾掌握之内，吾何惧哉！吾所虑者，太尉杨彪系袁术亲戚，倘与二袁为内应，为害不浅。当即除之。"乃密使人诬告彪交通袁术，遂收彪下狱，命满宠按治之。时北海太守孔融在许都，因谏操曰："杨公四世清德，岂可因袁氏而罪之乎？"操曰："此朝廷意也。"融曰："使成王杀召公，周公可得言不知耶？"操不得已，乃免彪官，放归田里。议郎赵彦愤操专横，上疏劾操不奉帝旨、擅收大臣之罪。操大怒，即收赵彦杀之。于是百官无不悚惧。（第二十回）

曹操之所以制造这第二起冤假错案，是因为太尉杨彪同称帝而背叛汉朝的袁术是亲戚关系，他担心杨彪跟袁术以及袁术的哥哥袁绍里应外合，"为害不浅"，故要下毒手铲除掉。这"为害不浅"纯属曹操臆断之词，或假定的危害，毫无任何事实依据。再说，"为害不浅"的假定受害人是谁，曹操没有确指，其意图在于有意让听话之人理解为是朝廷，是皇帝，这就可遮掩他杀人自保的阴谋。要言之，曹操的企图是把杨彪作为自己的政敌来消灭。如果采取宫廷谋杀的方式杀死杨彪，这就不能构成冤假错案，而是一起谋杀案。

大权在握，既要达到杀害政敌目的，又要让外界无从追查行凶杀人的罪犯，于是曹操又一次采取了制造冤假错案的阴险方式。上面引用的一段叙述文字，除了如上所述交代这起冤假错案出笼的背景与缘由之外，还有如下几点法律现象可议。第一，曹操秘密指使他人诬告杨彪，诬告的罪行，正是曹操本人假想或推测出来的东西，即所谓"交通袁术"。"交通袁术"，意为跟袁术互相勾结。让被指使的人把曹操导演编好的"交通袁术"权作罪行。这样做，就已经冤、假、错俱全了。

第二，接到"告发"之后，曹操立即启动了法律程序之二：逮捕案犯。真相不用多说，就是把完全清白的杨彪当作罪犯关进监狱。

第三，将杨彪关押收监后，紧接着进入下一法定程序：审判。接受审判任务的法官是曹操的部下满宠。

第四，当曹操正一步步套用法律程序加害杨彪时，北海太守孔融出来为其作无罪辩护，这是曹操没有预料到的节外生枝。孔融的辩护词不多，但一针见血，使曹操无法推诿。孔融抓住了杨氏四世均有良好道德风范，如今岂可因亲戚关系就强加罪名于杨彪这一大关键、大要害，本来心怀鬼胎的曹操自知理屈词穷，于是把制造冤假错案的责任推卸到皇帝身上，说成是“朝廷”之“意”。此时的曹操色厉内荏，很是狼狈。

第五，依照正常的逻辑，杨彪的冤假错案在孔融的无罪辩护大获成功之后，就该出狱继续当太尉。可曹操采取了如今看来是行政处分、当年却是法律制裁的手段：罢杨彪太尉之官，令其回乡种田。

按照汉朝的法定官制，身为丞相的官员，官位仅次于皇帝，手中一系列大权在握，其中包括人事任免权。曹操作为丞相，有权免太尉杨彪的官职。问题是，法定的“免官”，是汉代官吏管理法中一项制度，规定为对官吏进行政绩考核，若有“软弱不胜任”者免其官职（张晋藩《中国法制通史》第二卷）。曹操是在陷害杨彪受挫的条件下，改变初衷而免其官的，这就为法律所不容了。曹操制造的第二件冤假错案给受害人带来的最终实际损害，就是无辜而被曹操滥用权力罢免了官职，从朝廷高官陡变为平头百姓。

第六，在杨彪的冤假错案尚未尘埃落定的时候，又牵扯出议郎赵彦被曹操杀害的罪案。曹操杀赵彦，看似在执行法律，实际上是在报复杀人。赵彦向汉献帝检举告发曹操“不奉帝旨，擅收大臣之罪”，既合乎法律程序，又是朝臣应尽的权利与义务，同时所控告的罪行又是客观存在，故无可挑剔。曹操得知告御状的消息，不仅不反省自己的罪行，反倒将赵彦杀害。赵彦之死，实属杀人惯犯曹操混迹于朝廷，当上丞相以后再一次行凶杀人。是曹操制造的第二起冤假错案的副产品。

查《三国志·武帝纪》，正文中根本没有上述两案的只语片言。在注释文字中，虽提到前一案，但有关两段注释文字彼此矛盾。前一段注释大意是：袁绍同杨彪有隙，想利用曹操寻找借口惩治他，遭到曹操严词拒绝。后段注释，则是裴松的推测、议论之辞，大意是杨彪受困于曹操，几乎丢掉了性命。由此可知，《三国演义》为了突出曹操制造冤假错案的法律谬误，罗贯中运用大胆的艺术想象和虚构，在对待不见于正史的似是而非的史实上，有意抛弃褒曹操而选取贬曹操的素材作为创作的原料，把曹操塑造为一个有别于真实历史人物的别开生面的法律人物形象。

七十四　故意制造冤假错案（三）

杀害杨修，是曹操故意制造的第三起冤假错案。

杨修的冤屈，在于仅有小过，并无大罪，却被曹操以“造言乱军心”的罪名处死。有一天，厨官给曹操送来鸡汤，他见汤中有鸡肋，便随口而出，把当天军中的口令定为“鸡肋”。夏侯惇传达这一口令后，杨修对“鸡肋”二字作了语义学的解释，并由此推测出曹操此时无心于打仗。他说：

> “以今夜号令，便知魏王不日将退兵归也：鸡肋者，食之无肉，弃之有味。今进不能胜，退恐人笑，在此无益，不如早归。来日魏王必班师矣。故先收拾行装，免得临行慌乱。”（第七十二回）

杨修是曹兵营中的行军主簿，相当于秘书长，对长官下达的行动口令当众进行语义解释，并依此采取相应行动，应当说是他的本职工作之一，并无罪行可言。

曹操私行至夏侯惇营中，发现将士在收拾行装，有收兵回归的动向，经追查得知是杨修的主意。曹操抓住这一把柄，便审判、处死了杨修。其过程极为短暂：

> 操唤杨修问之，修以鸡肋之意对。操大怒曰：“汝怎敢造言，乱我军心！”喝刀斧手推出斩之，将首级号令于辕门外。

对充其量只有小过的杨修处以死刑，还悬首示众，是典型的滥杀无辜。那么，曹操为什么又要制造这起冤假错案呢？换言之，制造此案的“故意”是什么呢？这个问题，是小说描写此案要回答的中心问题。要言之，小说不厌其详地回顾了曹杨之间个人恩怨史的历程，揭示了曹操杀害杨修的内心隐秘。

曹操的杀人动机，是由以下六大事件而萌生、强化的。小说逐一剖析，层层深入，令人信服地抖露出曹操心灵深处的黑色秘密。第一事件为门上添字事件。曹操修花园，竣工后，巡视一遍，一言不发，只在门上写了一个“活”字。众人不知其意。聪明坦率的杨修，说话、做事从来任心率性而为，从不害人，也从不防人，于是脱口而出说：丞相在门上添一“活”字，意为园门太阔。经改造，园门变小了。曹操再来巡视，果然满意，忙问：“谁知吾意?”回答是“杨修”。曹操表面上表示高兴，其实，对杨修“心甚忌之”。小事一桩，竟引发了曹操对杨修聪明才智的嫉妒。

第二事件为小食品事件。有人送来一盒酥，曹操顺手写上了“一合酥”三个字。杨修一见，便与众人分吃了这小食品。曹操问为什么这样做，杨修回答说：盒上明写有“一人一口酥”，我们怎敢违背丞相的命令呢？这本是杨修的幽默游戏和言词，可曹操却装作“喜欢”模样，而“心恶之”。由“忌”到“恶”，阴暗心理已升级。

第三事件为梦中杀人。曹操疑心重，总怀疑、提防有人暗杀自己。一天午睡，侍者好心拾起落于地上的被子，为曹操重新盖上，曹操却以为他要害自己而杀了此人，并装作不自知的梦中杀人，假作惊恐状问大家：谁杀害了我的侍从？大家都把此事作为曹操梦中杀人的实例，唯有杨修看出了真相，并忍不住在葬礼上揭穿了真相：“丞相非在梦中，君乃在梦中耳。”这话含蓄、委婉，不便明言的言外之意是：曹操梦中杀人是骗局，你到死时还不明白为什么被杀，如同做梦那样迷糊。曹操听到这种揭老底的话，对杨修的不满又升一级：“愈恶之”。

第四事件为立世子。曹操想立第三个儿子曹植为世子，即自己的接班人。曹丕作为长子自然不甘心，便找人商量对策。杨修好心向曹操报告这一动向。不料曹丕的谋士有意陷害杨修，致使曹操怀疑是杨修说假话，以陷害曹丕。这件事，使曹操“愈恶之”的心理进一步得到强化。

第五事件为曹操考核儿子。曹操想考核儿子曹丕、曹植的才干，其方法不是在纸上写答案，而是在现实生活中解决所碰到的难题。其考题是：

令各出邺城门，却密使人吩咐门吏，令勿放出。

其考试过程与结果很有趣味，小说也不厌其详地写出来了：

曹丕先至。门吏阻之，丕只得退回。植闻之，问于修。修曰：“君奉王命而出，如有阻挡着，竟斩之可也。”植然其言。及至门，门吏阻住。植叱曰：“吾奉王命，谁敢阻挡！”立斩之。于是曹操以植为能。后有人告操曰：“此乃杨修之所教也。”操大怒，因此亦不喜植。（第七十二回）

发展到这一步，我们察觉到，曹操有一种病态心理，就是对杨修的成见一旦形成，就遇事把他往坏处想。因此，本来曹操先表示赞同、高兴的事情，后来听说同杨修有关，便全然推翻原有的看法。仅以此事件看，当曹植用杀门吏的犯罪行为解决难题时，曹操不仅不以罪论处儿子，反倒认为曹植比他大哥曹丕有才能。然而，当得知曹植的解决办法是杨修教的之后，立即“大怒”，并改变初衷，不再喜欢曹植。成语有爱屋及乌。曹操的这种病态心理，可称之为“恨屋及乌”。

既然对杨修的“恶”已升级到了“大怒”，这就离产生杀心仅一步之遥了。

第六事件是杨修为曹植作“答教”事件。曹操每每考问曹植，杨修就为他事先准备了“答教”即答案十多条，只要曹操提问，曹植都能很好地回答，甚至连军中、国家大事也能“对答如流”。这一次，曹操心中存疑，派人调查，果然查出了杨修所拟答案。至此，曹操的阴暗心理攀升至最恶劣的顶端：产生了杀害杨修的动机。

在一一描述出曹操杀人动机逐步发生、发展的详情之后，小说才把杨修枉死的冤情一锤定音地揭示出来：“今乃借惑乱军心之罪杀之”。

制造冤假错案之后曹操找到的掩饰办法是：“佯怒夏侯惇”，“亦欲斩之”，不明真相的众官连忙为之求情，这才免了夏侯惇一死。

平心静气而论，在上述六大事件中，杨修教唆曹植杀死门吏，的确属于犯罪，使一个门吏死于曹氏父子之间的智力游戏。曹操若以此追究杨修的杀人罪行，不失为正确执法，使外界无话可说，他本人也可借机发泄素日的不满。然而此时的曹操对杨修只是“大怒”即大为恼火，并没有想到要杀他。

错过此次机会，在“鸡肋”上寻找借口杀杨修，所谓“慢军心”罪，就是曹操随意找到的说辞，亦即是借口。

有人在谈到杨修之死时，抽象出来的观点是曹操作为“奸雄”的品德不良，尤其是认为这些事件“说明了杨修被杀的必然性”（沈伯俊《说三国》），笔者以为，任何杀人犯内心的杀人动机的必然性，对于被害者来说，都是飞来横祸。只有那些犯有死罪的人被处以死刑，才具有法律上的必然性。

七十五　名为执行军法，实为残害将士

——华容道上的曹操

曹操作为执法长官的法律错误，除了一再制造冤假错案之外，还有其他错处。在赤壁之战吃了败仗，曹操带领残兵败将逃往华容道的时候，他犯下的残害众多将士的行为，名义上是在执行军法，实质上却是军法不容允的犯罪行为。

请先看华容道上曹兵的困窘之状以及曹操所谓执行军法的言行：

遂勒兵走华容道。此时人皆饥倒，马尽困乏。焦头烂额者扶策而行，中箭着枪者勉强而走。衣甲湿透，个个不全；军器旗旛，纷纷不整；大半皆是彝陵道上被赶得慌，只骑得秃马，鞍辔衣服，尽皆抛弃。正值隆冬严寒之时，其苦何可胜言。

操见前军停马不进，问是何故。回报曰：“前面山僻路小，因早晨下雨，坑堑内积水不流，泥陷马蹄，不能前进。”操大怒，叱曰：“军旅逢山开路，遇水叠桥，岂有泥泞不堪行之理！”传下号令，教老弱中伤军士在后慢行，强壮者担土束柴，搬草运芦，填塞道路，务要即时行动，如违令者斩。众军只得都下马，就路旁砍伐竹木，填塞山路。

> 操恐后军来赶，令张辽、许褚、徐晃引百骑执刀在手，但迟慢者便斩之。此时军已饿乏，众皆倒地，操喝令人马践踏而行，死者不可胜数。号哭之声，于路不绝。操怒曰："生死有命，何哭之有！如再哭者立斩！"三停人马：一停落后，一停填了沟壑，一停跟随曹操。过了险峻，路稍平坦。操回顾止有三百余骑随后，并无衣甲袍铠整齐者。（第五十回）

溃败的曹兵逃至华容道，个个都是半死不活的狼狈模样，已毫无战斗力。曹操为了压住阵脚，保障逃跑成功，就又一次乞灵于军法：一方面传下号令，"违令者斩"、"再哭者立斩"，另一方面又命令张辽等三人引一百名骑兵作为执法刽子手，只要一发现动作迟慢者便当场斩杀。如此执行军法，可以说创造了三国百年征战史上军法执行方式严酷程度的最高纪录，或者说是创造了罕见的奇迹。

更惨不忍睹的是，当那些又饿又累不能支撑行军而倒在地上的众官兵需要急救、扶持时，曹操竟然"喝令人马践踏而行"，造成"死者不可胜数"。这哪是什么执行军法，分明是把军法当作了残害官兵的凶器。

军中官兵惨死于曹兵的自相践踏，一路上号哭声不断。曹操没有丝毫怜悯之心，继续用军法维持这血腥、恐怖的败逃场面，大为恼怒地威胁说："生死有命，何哭之有！如再哭者立斩！"结果造成三分之一的人马"填了沟壑"。逃过险关之后，曹操回顾身后，随从人员仅剩三百余骑。

大家都记得，在赤壁大交兵之时，曹兵八十三万之众，号称百万雄师，到败逃于华容道，又经过自行残害与屠杀，竟只剩下三百来人！曹兵几乎全军覆没。这在曹操的征战生涯中，该是多么巨大的耻辱。最后，因关羽违犯孔明将令，私自放了曹操一马，才有二十七人随他一同逃离了华容道。到此时此刻，曹操的八十三万大军名副其实已全军覆没。若不是关羽相救，连曹操本人也当了俘虏。

华容道上的曹操，已彻底丧失了带领数十万大军的最高军事长官的全部素质和能力，完完全全是一个用军法威胁、残害广大官兵的屠夫。也正是因为他腐朽无能，又残暴至极，才落得一个光杆司令的下场。

说到这里，我们不妨来做一个文学作品的法律测试，试题是：曹操在华容道上反复强调军法从事，还组织了一百多名骑兵作临时性的执法刽子手，请问他本人是否违犯汉朝军法？

把测试题提得更具体一点：曹操所带八十三万大军，弄得只剩下三百余骑，最后又仅剩下二十七人，他本人是否有罪，若有，犯的是什么罪？

要想把这个不大也不难的问题回答出来，就要求读者对我们在第一辑《军法与战争》中反复讲到的汉朝军法有所了解。根据中国法制史学家的研究可以知道，汉代有关于官吏职务犯罪的一系列法律，若是军官则有“违反军律罪”，而其中又涉及许多更具体的罪名。曹操弄得全军覆没的事实，便是同“失亡过多”的罪名相对应的。换言之，可按“失亡过多”的罪名论处曹操导致八十三万大军全军覆没的严重到极点的罪行。法学家指出：

> 今就案例看，上列罪名都可以判死刑。（张晋藩《中国法制通史》第二卷）

上述测试，并非写本文一时心血来潮，而是笔者历来就有的一项关于涉法文学阅读的调查研究内容之一。愿以这次测试为契机，跟广大读者建立起研读涉法文学名著的互动联系。

七十六　被利用而制造的冤假错案

曹操杀蔡瑁、张允这两个由荆州投降过来的部将的案件，是他被利用而制造的一起冤假错案。案件发生在赤壁之战的过程之中。

张、蔡二人奉命训练水军。周瑜听说曹操的水军都督是张、蔡二人，便要设计除掉他们。恰逢曹操军中的客人蒋干自告奋勇要去对周瑜劝降。周瑜趁机假冒蔡瑁、张允的名义写信给自己，声称他们投降曹操是假，日后反水投靠周瑜是真。周瑜跟蒋干喝酒至深夜，故意装醉昏睡，又故意让蒋干偷看这封假信。待中计返回曹营的蒋干跟曹操汇报劝降未成之时，曹操也跟着中计而错杀了蔡、张二人。错杀的经过是：

> 干下船，飞棹回见曹操。操问："子翼干事若何？"干曰："周瑜雅量高致，非言词所能动也。"操怒曰："事又不济，反为所笑！"干曰："虽不能说周瑜，却与丞相打听得一件事。乞退左右。"干取出书信，将上项事逐一说与曹操。操大怒曰："二贼如此无礼耶！"即便唤蔡瑁、张允到帐下。操曰："我欲使汝二人进兵。"瑁曰："军尚未曾练熟，不可轻进。"操怒曰："军若练熟，吾首级献于周郎矣！"蔡、张二人不知其意，惊慌不能回答。操喝武士推出斩之。须臾，献头帐下，操方省悟曰："吾中计矣！"（第四十五回）

首先，这起冤假错案是曹操、蒋干中周瑜诡计的结果。周瑜出于消灭敌军曹兵中的水兵训练教官，企图使用借刀杀人之计，让曹操动手杀掉蔡瑁和张允。于是，给二人强加了投降东吴的罪名，捏造了二人给周瑜的假信作为罪证。到东吴劝降周瑜的蒋干，在劝降未成后，受骗上当，成了传递周瑜一手制造的假投降信消息的使者，向曹操"如实"传递案情。曹操跟着上当，按周瑜预先设计的借刀杀人方案行事，所谓执法办案必然是制造冤假错案。

其次，曹操把蔡瑁、张允唤至帐下，意味着进入了军事法庭的审判程序。这时，如果曹操头脑清醒，方法得当，并不难戳穿周瑜的杀人阴谋。然而曹操对虚假的案情信以为真，早已形成了二人投降、留在曹营当军事间谍的心理观念，致使审判过程变成了强加罪名。两个当事人一头雾水，莫名惊诧，尚未来得及弄明白是怎么一回事，便已人头落地。在这个环节上，曹操作为执法官员的粗心大意，草菅人命的毛病，十分突出。

最后，执行死刑完毕，曹操立即如梦初醒，意识到自己上当错杀了两员部将。此时已铸成大错，两条屈死的人命已不可复生，损失惨重。从曹操情不自禁的叫喊声"吾中计矣"，读者得以知道，曹操不是执迷不悟的糊涂虫，很快就意识到了自己的错误和造成的损失。

那么，知错的曹操将采取什么态度和措施来处理这错杀两将的事件呢？

我相信，读者在这里也会同样产生这种期待心理。

聪明的小说作者没有忘记读者的应有期待，于是让我们读到了应议的第四种法律现象：

> 众将见杀了张、蔡二人，入问其故。操虽心知中计，却不肯认错，乃谓众将曰："二人怠慢军法，吾故斩之。"

上面说过，"吾中计矣"是曹操的知错悔恨之词。小说此处所云"却不肯认错"，指的是曹操当着外人不肯承认自己的错误。以道德论之，这种表里不一是曹操的人品的缺陷。我们要追问的是：对办错了的案子采取的法律手段是什么？唯一正确的做法，是法官自我检讨，为冤死者平反。曹操的做法，叫人失望，令人气愤：他不仅不纠正错误，反而给枉死者强加了"怠慢军法"的新罪名。

虽然曹操并非早怀坏心眼要借法律名义杀人，但他在中了周瑜借刀杀人之计错杀部将之后，为掩饰执法过错，故意隐瞒了真相。

有心理学家作过心理调查与推算，认为每个人的一生都不免在他人的谎言和自己的谎言中度过。我以为，人类难免说谎的弱点，并不意味着人人都要靠撒谎过日子。唯有那些损人利己之徒，才会用各种弄虚作假的言行来获取名与利。如果不涉及法律，这些弄虚作假的小技巧只会遭人背后的非议，一旦涉及法律，则就会引发诈骗、作伪证、诬告、制造冤假错案等违法犯罪行为。到这一步，就不是道德上的非议与谴责了，而是会受到法律的追究与惩罚。曹操在本案中以谎言蒙骗军中将士，进一步为冤死的蔡瑁、张允加以"怠慢军法"的罪名，堵死了纠正、平反冤假错案的门径，就属于既有违道德，又有违法律的恶劣行为。

在一本《品三国 学谋略》的专著中，论者谈到曹操杀蔡、张二将的事实，指责曹操在用人上缺乏"需容人之短"的谋略，最后还联系到现实生活中的改革者，以总结全文的口吻说："从某种程度而言，强者也是弱者。若不能容其短，则天下改革者难行。"（李文庠等《品三国 学谋略》）熟悉了蔡瑁、张允被曹操所杀的案例故事之后，就会感到论者的上述意见，跟《三国演义》本身，似乎完全没有实质性联系。

七十七 对杀人犯的宽容与重用

曹操作为执法官员，还有一大为法律所不容的老毛病：对杀人犯采取宽容态度，有时甚至在军中重用杀人犯。

先谈他对杀人犯的宽容。也许是同病相怜的缘故，曹操作为杀人惯犯，总是善待杀人犯。许褚是一个曾带领家族同寇贼大战，取得胜利的英雄，投降曹操后，被封为都尉。就是这个英雄，杀害了曹操少年时代就有深交的好朋友许攸。

> 一日，许褚走马入东门，正迎许攸。攸唤褚曰："汝等无我，安能出入此门乎？"褚怒曰："吾等千生万死，身冒血战，夺得城池，汝安敢夸口！"攸骂曰："汝等皆匹夫耳，何足道哉！"褚大怒，拔剑杀攸，提头来见曹操，说许攸如此无礼，"某杀之矣。"操曰："子远与吾旧交，故相戏耳，何故杀之！"深责许褚，令厚葬许攸。（第三十三回）

许褚明明犯有杀人罪，曹操对他仅仅只是"深责"一通就完事了。所谓"深责"，用今天的话来讲，就是狠狠批评、训斥了一顿。须知，这是对待部下有缺点，犯错误的一种办法，拿来对待杀人犯，就属于姑息养奸，故大错而特错。

如果许褚的杀人行为有某种可以谅解的正当理由，还可以从轻论处。问题就在于他把许攸"相戏"的玩笑话当真事，于是恼怒之下铸成大错。这一点，曹操看得很清楚，他"深责"许褚，也只是从这一点上切入的。

其实，许攸也应是曹操的有功之臣。许攸本是袁绍的谋士。因为受到袁绍的严词训斥，甚至当面威胁说"本当斩首"，"今后不许相见"之类的话，于是投奔曹操。曹操接纳许攸之后，许攸知恩图报，帮助曹操在官渡大战中打败袁绍。其主要功绩是：出主意，让曹兵烧毁了袁军的粮草；攻打袁绍部将审配所守冀州时，建议决漳河水淹城，致使城中水深数尺，军士困且挨饿，大批死亡，曹兵顺利杀入冀州。

许褚杀许攸的案件，就发生在曹兵攻入冀州城之后。从二许的对话可知，双方各执一词，认为自己有功有理。在许攸认为自己出谋划策有功，而在许褚则认为自己冲锋陷阵有功，于是谁也不服谁。要说有错，二许都出言不逊，有失检点。在这种情况之下，行凶杀人的许褚就没有任何可以从轻论处的理由。相反，倒应当指责他害死了一个有功之臣的道义缺陷。也就是说，对杀人犯许褚，在谴责他杀害有功之臣的道义缺陷的同时，应当按“杀人者死”的法律规定处以死刑。曹操仅是“深责”的实质，完全放弃了刑法上的严肃处罚。

再谈曹操在军中重用杀人犯。夏侯惇引典韦见曹操的故事，发生在第十回。其要害，就是曹操提拔这个屡犯杀人大罪的惯犯当了军官。

> 一日，夏侯惇引一大汉来见，操问何人，惇曰：“此乃陈留人，姓典，名韦，勇力过人。旧跟张邈，与帐下人不和，手杀数十人，逃窜山中。惇出射猎，见韦逐虎过涧，因收于军中。今特荐之于公。”操曰：“吾观此人容貌魁梧，必有勇力。”惇曰：“他曾为友报仇杀人，提头直出闹市，数百人不敢近。只今所使两枝铁戟，重八十斤，挟之上马，运使如飞。”操即令韦试之。韦挟戟骤马，往来驰骋。忽见帐下大旗为风所吹，岌岌欲倒，众军士挟持不定；韦下马，喝退众军，一手执定旗杆，立于风中，巍然不动。操曰：“此古之恶来也！”遂命为帐前都尉，解身上锦袄，及骏马雕鞍赐之。

有一位作者以《典韦，实为忠勇之士》为题，对典韦作了这样的评论：“在这一段描写中，很直接地写了典韦的性格：勇武，鲁莽，嫉恶如仇……但是，尽管典韦有勇，但并不是一个冷酷的杀手，而是一个有情有义、尽忠至死的人。说他有情有义，是因为他曾为友报仇杀人，提头直出闹市，数百人不敢近”。（刘艳《品三国狼图腾全集》）这种把杀人犯典韦的凶悍、猖獗至极的可恶可恨的品行，当作优点来欣赏、推销，大大有违文明社会的法律精神。须知，当年的曹操，就有只欣赏其勇武，把他看作是商纣王的臣子恶来，而不管其杀人大罪的毛病。如今评论典韦，不指责他的认识与做法的错误，反倒跟曹操一样去欣赏他，等于重蹈曹操的覆辙。

大家都知道，如今招考公务员，有一个基本要求：凡有过刑事犯罪记录的人，甚至受过一般行政处分的人，都不能报考。像典韦这样一再杀人，应判处死刑的 人，怎可想象让他去当官呢！曹操却不顾一切，一见其人就考他武功，仅凭武功出众就当场“命为帐前都尉”。如此把死刑犯提拔为军队干部，荒唐透顶。

如果曹操日后对这种荒唐的用人之举有所反思和悔改，那么还有那么一点情有可原之处。不可救药的是，重用杀人犯的荒唐事竟然又一次发生在曹操身上。这就是在关羽攻破襄阳，又围樊城之际，于禁奉命引军前往援救，要求有一将作先锋，庞德自告奋勇，被曹操立即封为征西都先锋。这一人事安排引起异议，并抖露出庞德昔日杀嫂的一桩罪案。

两员领军将校，一名董衡，一名董超；当日引各头目参拜于禁。董衡曰：“今将军提七枝重兵，去解樊城之厄，期在必胜；乃用庞德为先锋，岂不误事？”禁惊问其故。衡曰：“庞德原系马超手下副将，不得已而降魏；今其故主在蜀，职居‘五虎上将’；况其亲兄庞柔亦在西川为官。今使他为先锋，是泼油救火也。将军何不启知魏王，别换一人去？”

禁闻此语，遂连夜入府启知曹操。操省悟，即唤庞德至阶下，令纳下先锋印。德大惊曰：“某正欲与大王出力，何故不肯见用？”操曰：“孤本无猜疑；但今马超现在西川，汝兄庞柔亦在西川，俱佐刘备。孤纵不疑，奈众口何！”庞德闻之，免冠顿首，流血满面而告曰：“某自汉中投降大王，每感厚恩，虽肝脑涂地，不能补报；大王何疑于德也！德昔在故乡时，与兄同居，嫂甚不贤，德乘醉杀之；兄恨德入骨髓，誓不相见，恩已断矣。故主马超，有勇无谋，兵败地亡，孤身入川，今与德各事其主，旧义已绝。德感大王恩遇，安敢萌异志！惟大王察之。”操乃扶起庞德，抚慰曰：“孤素知卿忠义，前言特以安众人之心耳。卿可努力建功。卿不负孤，孤亦必不负卿也。”（第七十四回）

曹操作为丞相，手中握有带兵打仗、任免官员、执法办案等大权。包容、重用杀人犯，在法律上属于滥用人事权，跟刑法对抗，这正是曹操内心矛盾，人格分裂，性格怪异的表现。我们认为曹操是一个复杂的法律人物形象，由此即可见一斑。

七十八　行军路上下达护麦令及其自犯自罚

继借行军法的名义杀害无辜的粮官王垕之后，曹操又自导自演了一场行军法的滑稽剧，这就是行军路上下达护麦令及其自犯自罚的故事。有人像翻译又像改写似的大段大段地引用了这一故事情节，然后议论说：

虽然“割发代首”仅仅具有象征意义，但它毕竟体现了一种“以身作则，从我做起”的姿态，体现了对军令的尊重和维护军令的决心。曹操的做法赢得了全军将士的拥戴，下属官兵对军令再不敢有半点怠慢。（刘艳《品三国狼图腾全集》）

这种说法，似是而非，同小说文本固有之法意相去甚远。

操即奏张绣作乱，当兴兵伐之。天子乃亲排銮驾，送操出师，时建安三年夏四月也。操留荀彧在许都，调遣兵将，自统大军进发。行军之次，见一路麦已熟；民因兵至，逃避在外，不敢刈麦。操使人远近遍谕村人父老，及各处守境官吏曰：“吾奉天子明诏，出兵讨逆，与民除害。方今麦熟之时，不得已而起兵，大小将校，凡过麦田，但有践踏者，并皆斩首。军法甚严，尔民勿得惊疑。”百姓闻谕，无不欢喜称颂，望尘遮道而拜。官军经过麦田，皆下马以手扶麦，递相传送而过，并不敢践踏。操乘马正行，忽田中惊起一鸠，那马眼生，窜入麦中，践坏了一大块麦田。操随呼行军主簿，拟议自己践麦之罪。主簿曰：“丞相岂可议罪？”操曰：“吾自制法，吾自犯之，何以服众？”即掣所佩之剑欲自刎。众急救住。郭嘉曰：“古者《春秋》之义，法不加于尊。丞相总统大军，岂可自戕？”操沉吟良久，乃曰：“既《春秋》有‘法不加于尊’之义，吾姑免死。”乃以剑割自己之发，掷于地曰：“割发权代首。”使人以发传示三军曰：“丞相践麦，本当斩首号令，今割发以代。”于是三军悚然，无不懔遵军令。（第十七回）

依案情实际和曹操的所作所为所言，有四点法理可议。第一，曹操在执行军法上，有着我们已经讲过的众多军事长官的通病，这就是把汉朝全国统一的军法置于不顾，而根据各自临时的需要，以长官个人的意志来随意下达军令、军法，其处罚往往都是一个“斩”。曹操的护麦令，也不例外。从这一点来看，曹操作为丞相，并不比一般军事长官高明。

第二，从护麦令的内容来看，把践踏麦田的行为，当作犯有死罪而斩首，这就苛严太过，于法理上讲不通。在汉代军法中，真正执行死刑的有关罪名主要是“乏军兴，擅发兵、逗留畏懦、降敌、逃亡、失亡过多、失期、迷路、虚报首级等”（张晋藩《中国法制通史》第二卷）。“践踏麦田”，既然不是法定的罪名，以死刑论处也就没有法律上的依据。

再就践踏麦田行为的危害性来说，对部队行军、打仗并无消极影响，充其量只是损害了农民的经济利益，可依损害面积的大小来测算经济赔偿数额，履行具体民事赔偿手续。曹操护麦令的问题，在于把民事法律上的赔偿损失同刑法上的死刑混淆、等同起来，这种军法因而也就是违法的“土法律”。《三国演义》中军事长官下达的违法“土法律”不在少数。曹操位高权重，首开颁布有悖国家军法的“土军法”、“土军令”的恶劣先例，其危害性可想而知。我们讲过的吕布的戒酒令，就是紧随这护麦令之后出现的。

第三，当曹操要自罚己罪之际，郭嘉在劝阻时使用了“法不加于尊”的说法为理由。更加规范的说法，叫作“礼不下庶人，刑不上大夫”。这是古老的中华法系的一条重要刑法原则，它公开鼓吹、维护法律上的不平等。说穿了，就是要用礼法来维护贵族、官僚的高贵地位，用刑法来惩治广大人民群众的不满、反抗行为，高贵者可以逃避刑法的追究，老百姓休想得到礼法的实惠。

郭嘉作为谋士，不使用规范说法，而另行引用春秋“古义”，有卖弄才学，讨好主子，哗众取宠之嫌。因为，他的说法中，把曹操很突出地置于

"尊"的位置，自然很容易讨得曹操的欢心。曹操一听而"沉吟良久"，其时正在得意地品味这为人之"尊"的美好意义。

第四，曹操"割发代首"的自罚，从司法伦理学的角度看，乃自欺欺人之举，有其狡诈性，若从法理上讲，则滑稽可笑。有关于古代的耐刑、髡刑知识的读者，便可看到曹操"割发代首"的刑罚不伦不类的可笑之处。

耐刑和髡刑属于人身污辱性质的刑罚类型，适用于罪行轻微者。耐刑，就是不剃其发，而仅去须鬓。髡刑，就是剃掉罪犯的头发。中国古人认为，身体发肤，全受之于父母，故去掉胡须、头发就有不孝的嫌疑。立法者便以耐、髡的刑罚方式来惩罚犯人，让他人耻笑他的不孝行径。曹操的"割发代首"，不仅将他自己下达的护麦令规定的"斩首"大大打了折扣，更是把古已有之的耐、髡二刑弄得不成体统。说曹操的自罚属于耐刑，他却不动一根胡须；说属于髡刑，他却只割短头发，而不是剃光头发。这种不靠谱的刑罚方式，当是曹操的自行创造，从而构成了一种法律幽默。

谈到曹操的护麦令及其"割发代首"的法律故事，毛宗岗的有关评点如下：当曹操下达护麦令之初，毛氏极力推崇，却是法律之外的恭维之词：

> 君以民为天，民以食为天，曹操可谓知天知人。

当曹操本人的坐骑冲向麦田，欲议处自己的践麦之罪时，毛氏先后两次评点说：

> 权诈可爱

后听到郭嘉的"法不加于尊"的劝解之词，曹操找到了"割发代首"的理由，便自免死罪。毛氏的评点语为：

> 即借郭嘉口中语，轻轻将死罪抛开。（引文均见第十七回夹批）

把"死罪抛开"云云，看似运用了法律概念，却未能用汉代法律分析议论。

今天的法律，更可证明曹操的护麦令大谬不然。不要说践踏了一片麦田，就是将一块麦地上的成熟麦子践踏得一片狼藉，也不能构成犯罪，更不用说犯死罪。从古至今，这类行为都只是民事赔偿问题，扯不到死罪上去。

七十九　作为杀人犯的曹操（一）

要想确认曹操作为杀人犯的法律地位，就要对他的杀人罪案作一一追踪。纯文学解读文学名著，总会将法律问题抽象化，建立政治、道德、哲学一类的话语系统，未免失之于片面。

最典型的实例，莫过于对曹操杀吕伯奢全家这一大血案的谈论。例一，有人说："他杀吕伯奢全家时说的宁教我负天下人，休教天下人负我，是他一生行动的哲学。"（游国恩等《中国文学史》第四册）例二，有人谈到曹操的这一杀人言行时说：曹操"有着明确的、也是卑劣的人生哲学"（郭预衡《中国古代文学史长编》元明清卷）。例三，有人先抄录曹操的名言，紧接着指出"这是他的处世哲学"，再举出杀吕伯奢全家的事例，最后作出"突现了利己主义的丑恶"的结论（张炯《中华文学发展史·中世史》）。诸如此类的例子，多得不能枚举。"人生哲学"、"处世哲学"、"利己主义"、"卑劣"、"丑恶"等，无不是抽象的哲学、道德话语，要谈论曹操杀一家九口人的特大血案，须得引入法律视角。

大血案发生在小说第四回的末尾。只要我们细读血案发生的来龙去脉，将曹操行凶杀人的情节作完整的跟踪考察，该议的法理法意就会条分缕析地呈现出来。

在发生大血案之前，有两点法理可议。一是曹操当时刺杀董卓未遂，是受到官府通缉的逃犯。通缉令有言曰："擒获者，赏千金，封万户侯；窝藏者同罪。"这表明，从朝廷到地方把曹操杀人未遂的行为认作是严重的犯罪，上上下下都致力于落实"杀人者死"的法律规定。此举当是汉代的法律机器处于正常运转的生动体现。

二是中牟县令陈宫，知法执法而犯法：部下捕获了曹操，陈宫认清了化名"皇甫"、谎称"客商"的曹操的真实身份，将其关入牢房，可当夜竟私自放出曹操，听信了他“召天下诸侯兴兵共诛董卓”的豪言壮语，于是弃官跟随曹操到了成皋。此时的陈宫，若从政治角度看，不失为对祸国殃民的丞相董卓有讨伐之心的有识之士，但从法律而论，却是私放逃犯曹操、与之同流合污的职务犯罪者。

明确了上述两点法理，再看大血案的始末，便会更加心明眼亮。

> 行了三日，至成皋地方，天色向晚。操以鞭指林深处谓宫曰：“此间有一人姓吕，名伯奢，是吾父结义弟兄；就往问家中消息，觅一宿，如何?”宫曰：“最好。”二人至庄前下马，入见伯奢。奢曰：“我闻朝廷遍行文书，捉汝甚急，汝父已避陈留去了。汝如何得至此?”操告以前事，曰：“若非陈县令，已粉骨碎身矣。”伯奢拜陈宫曰：“小侄若非使君，曹氏灭门矣。使君宽怀安坐，今晚便可下榻草舍。”说罢，即起身入内。身久乃出，谓陈宫曰：“老夫家无好酒，容往西村沽一樽来相待。”言讫，匆匆上驴而去。
>
> 操与宫坐久，忽闻庄后有磨刀之声。操曰：“吕伯奢非吾至亲，此去可疑，当窃听之。”二人潜步入草堂后，但闻人语曰：“缚而杀之，何如?”操曰：“是矣！今若不先下手，必遭擒获。”遂与宫拔剑直入，不问男女，皆杀之，一连杀死八口。搜至橱下，却见缚一猪欲杀。宫曰：“孟德心多，误杀好人矣!”急出庄上马而行。行不到二里，只见伯奢驴鞍前鞒悬酒二瓶，手携果菜而来，叫曰：“贤侄与使君何故便去?”操曰：“被罪之人，不敢久住。”伯奢曰：“吾已分付家人宰一猪相款，贤侄、使君何憎一宿？速请转骑。”操不顾，策马便行。行不数步，忽拔剑复回，叫伯奢曰：“此来者何人?”伯奢回头看时，操挥剑斩伯奢于驴下。宫大惊曰：“适才误耳，今何为也?”操曰：“伯奢到家，见杀死多人，安肯干休？若率众来追，必遭其祸矣。”宫曰：“知而故杀，大不义也!”操曰：“宁教我负天下人，休教天下人负我。”陈宫默然。(第四回)

现在就可看清大血案的方方面面了。以人际关系而论，吕伯奢是曹操父亲的结拜兄弟，对曹操作为被通缉的重刑罪犯的安危关心备至，对曹父的动向也了如指掌，眼下又冒着犯窝藏罪的大风险盛情款待曹、陈两位不速之客，实属大恩人。曹操竟恩将仇报，将其全家杀害。可见，道德沦丧导致犯杀人大罪，是这一大血案昭示的法律与道德的相互关系。

通常情况下，杀人者同被杀者之间有着深仇大恨，于是极易酿成报复类型的杀人案。法律界经过多年的统计和分析，发现当今之世报复杀人案的比例占首要地位。曹操杀人则完全相反，属于不知好歹、以怨报德的类型。这种杀人罪行，显得更荒谬、更反常、更可怕、更可恨。

以杀人的直接动机而论，是曹操理智有缺陷：把主人杀猪招待自己的言行，理解、认定为要杀自己，于是采取损人利己的世俗对策，一口气杀死吕氏家中的八口人。当来到厨房，看到一头被捆待杀的猪，这才发现冤枉了好人。陈宫当场一针见血指出了曹操大肆杀好人的症结："孟德心多，误杀好人矣!"

所谓"误杀"之"误"，正是我所说的曹操的理智缺陷。有成语云：利令智昏。此时此刻的曹操，正处在利令智昏的心理状态。须知，他作为被朝廷通缉的死刑犯，已在全国上下掀起轩然大波，致使曹氏全家逃难在外，他本人则如同惊弓之鸟，心神不定。于是生性多疑的曹操在自我保护的心理机制作用下，就沦为大杀人犯。

这里务必注意陈宫的"误杀"概念，并非法律名词，而是特指曹操对吕伯奢一家的误解。法律名词"误杀"跟"故杀"相对，指没有杀人的故意而失手杀人的罪行，而"故杀"则有明确的杀人动机，比"误杀"罪刑重。显然，就杀人动机而论，曹操杀人属于"故杀"。

作案之后逃离现场，于途中又杀死吕伯奢本人。这里的杀人以动机而言，完全不同于在吕氏家中杀人。还是目击证人陈宫评价中肯："知而故杀，大不义也。"这意思是说，杀吕伯奢本人，并非此前理智认识上的缺陷，而是因为道德操守上有缺陷："大不义"。古代汉语中的"义"，是一种美德，即做应该做的好事。成语"见义勇为"，就是指：看见应当做的好事，即使有困难，有风险，甚至有可能牺牲生命，也要勇敢地去做。今天常见的义卖、义演、义务劳动的"义"，也是传统美德的"义"的延续，发扬。曹操其人杀吕伯奢，跟"义"背道而驰，陈宫指斥为"大不义"，恰到好处地说中了这起杀人罪行的道德要害。

曹操对陈宫的指责立即作出了回应，留下了被文学家一再大发议论的名言：“宁教我负天下人，休教天下人负我。”人们都说，这一名言是曹操自私自利的人生哲学的集中概括。这种说法是不错的。然而，面对曹操一连杀死吕氏全家九口人的特大血案，仅仅斥之为“自私自利的人生哲学”、“卑劣的品质”之类，就显得太空泛了。要言之，这带哲理意味的黑色名言，道出了那些故意损人利己的犯罪者的道德缺陷。要探讨法律与道德的相互关系，曹操的这句不打自招的供状，不失为绝妙的实例之一。

话还得说回来。曹操在大肆杀人之后，能够面对并无深交的陈宫坦言内心信念，毫无掩饰，尚令人觉得有点可爱。最叫人难以容忍的则是那些明明信奉曹操这一黑色名言的人，其思想、行为无不以之为座右铭，而言语上却讳莫如深，绝不在公众场合吐出只言片语，甚至只讲动听美妙之言词。我在想，小说作者让曹操在沦为大杀人犯后讲出内心真实想法，或许意在表达：像曹操这样犯罪、干坏事却不敢讲真话的人，当比曹操还不如。

在《三国演义》中，杀人案不时发生，致使拙著《法说三国演义》不得不以“关于‘杀人者死’的法律追问与思考”这一专辑的系列短文加以讨论。而曹操杀吕伯奢全家的大血案，不仅出现次序早，而且记叙详细，更有曹操作案的独特心理、言论的披露，应是非常经典的个案之一。

曹操的杀人犯身份，就是从他行刺董卓、杀吕伯奢一家起程的。

八十　作为杀人犯的曹操（二）

杀害荆州之主刘琮及其母亲蔡夫人，是曹操作为杀人犯的又一桩罪行。此案性质为谋杀。谋杀案的背景是：刘表既死，次子刘琮年方十四岁，被蔡夫人等以假遗嘱的方式，推上了荆州之主的宝座。曹操引五路大军计五十万人下江南，扬言要“乘此时扫平江南”。刘琮写下降书，令宋忠投献给曹操。曹操得降书大喜，重赏宋忠，“分付教刘琮出城迎接，便着他永为荆州之主”。（第四十回）

此后，曹操又对荆州的水军将领蔡瑁、张允表态说："刘景升既死，其子顺降，吾当表奏天子，使永为荆州之主"。(第四十一回)

不料，当面一套背后一套的曹操暗中谋杀了刘琮母子。其案发经过并不复杂：

> 却说蔡瑁、张允归见刘琮，具言："曹操许保奏将军永镇荆襄。"琮大喜；次日，与母蔡夫人赍捧印绶兵符，亲自渡江拜迎曹操。操抚慰毕，即引随征军将，进屯襄阳城外。蔡瑁、张允令襄阳百姓焚香拜接。曹操俱用好言抚谕。入城至府中坐定，即召蒯越近前，抚慰曰："吾不喜得荆州，喜得异度也。"遂封蒯越为江陵太守、樊城侯；傅巽、王粲等皆为关内侯；而以刘琮为青州刺史，便教起程。琮闻命大惊，辞曰："琮不愿为官，愿守父母乡土。"操曰："青州近帝都，教你随朝为官，免在荆襄被人图害。"琮再三推辞，曹操不准。琮只得与母蔡夫人同赴青州。只有故将王威相随，其余官员俱送至江口而回。操唤于禁嘱付曰："你可引轻骑追刘琮母子杀之，以绝后患。"于禁得令，领众赶上，大喝曰："我奉丞相令，教来杀汝母子！可早纳下首级！"蔡夫人抱刘琮而大哭。于禁喝令军士下手。王威忿怒，奋力相斗，竟被众军所杀。军士杀死刘琮及蔡夫人。于禁回报曹操，操重赏于禁。(第四十一回)

第一，曹操对刘琮诱降，有双重非法目的。目的之一，使刘琮的荆州军不战而降，为曹操以五十万大军扫平江南的内战开辟道路，建立根据地。目的之二，是为日后杀害刘琮创造条件。尤其要注意的地方，还在于这诱降、投降双方在法律上均是荒谬的。按照汉朝军法，"降敌"是违反军法的罪名之一，可判处死刑。但若要以此论曹操、刘琮双方的诱降与投降行为，却讲不通。曹操身为汉朝丞相，到此时他进而"罢三公之职，自以丞相兼之"(第三十九回)，俨然是汉朝中央政府的全权首脑和代表，被"挟"的天子汉献帝不过是傀儡。刘琮作为荆州之主，是汉朝名正言顺的臣子。世上哪有地方官员向中央政府首脑投降的道理呢！由此可见，曹操的确如同小说中众多人物所反复指出的那样，名为汉臣，实为汉贼，早就夺权背叛了汉朝。而他擅自发动的这次"扫平江南"之战，是别有用心的非法战争。

第二，曹操先后以“永为荆州之主”、“青州刺史”的官职对投降前后的刘琮封官许愿，实际上是掩盖谋杀刘琮的真相的烟幕弹，也是使被谋杀对象放松警惕，自愿上钩的诱饵。果然，刘琮第一次被诱惑，甘愿交权投降；第二次被诱惑，不太情愿去青州上任，曹操装作真诚的样子极力安慰与劝说。刘琮做梦都想不到，被谋杀的作案现场，就在他去青州赴任的途中。

第三，从曹操命令于禁带士兵去追杀刘琮母子的言词中，可以看到谋杀案就在此刻出笼了。其杀人的目的，是剥夺被害人的生命，其动机则在“以绝后患”。这一说辞，未免语焉不详。从攻打扫平江南的不义、非法战争的大背景来推断，可知所谓“以绝后患”，就是要把刘琮作为曹操的政敌之一来消灭。简言之，这是一起政治谋杀案。

第四，谋杀案的主谋是曹操，行凶杀人的于禁，既是主谋之一，又是杀手之一，是兼具主谋、凶手的双重角色。以主谋而言，他最先得知谋杀意图，表示认同，并负责组织、带领杀手的工作。以凶手而言，没有他的作用，凶手们“群龙无首”，虽然于禁没有直接行凶。可见，于禁的罪责不亚于曹操。主谋、凶手全是曹营的官兵，又是以执行军务的方式杀人的，故属于军中的政治谋杀案。此案的法律性质是明明白白，无可疑议的。

第五，谋杀案的受害人，除了预定的刘琮母子二人之外，还有事先不曾想到的王威。王威是“故将”，即刘表生前的部下。如今，作为退役军官，念昔日上下级的旧情，跟随刘琮母子去青州上任。于禁带士兵追随而来，奉命杀人，激发出王威反抗邪恶的正义感，因寡不敌众，在打斗中被众凶手杀害。王威不失为抗暴英雄，是当今广受崇敬的见义勇为的先行者。

第六，依汉朝的法律，凡参与谋杀的罪犯，都应判处死刑，执行死刑的方式是“弃市”，就是处死后再陈尸示众。曹操以中央政府的首脑自居，自然逍遥法外。并把于禁的罪行当作功勋予以重奖。不言而喻，这种作法，是对汉代的有关刑法的公开背叛和肆意破坏。

上述六点法理中，第三点是一个关键。只要抓住曹操命令于禁带兵去追杀刘琮母子的一段话，就可断定其谋杀的犯罪性质。评点《三国演义》的毛宗岗在此的评语是：

恶极，然亦势所必然。（见第四十一回正文夹批）

所谓“恶极”，纯属道德批判，所谓“然亦势所必然”，则大有替曹操犯杀人罪作合理化解释的嫌疑，如果立足于曹操“恶极”的道德沦丧导致犯罪的“必然”性，那么这种意见将是非常正确的。在法律与道德的广泛联系中，就包含着罪犯道德缺陷极易导致违法犯罪行为这一层关系。笔者对此已多有论述。

八十一　作为杀人犯的曹操（三）

下面一则故事，乍一看，有谋杀，有通奸，有打仗，有执法，它们彼此交错，互为因果，一时间很难说清谁是谁非。唯有抓住曹操作为杀人犯的这一根本性质，纠缠在一起的各种事件才各自显现出它们的本来面貌。

曹操听知马腾已到，唤门下侍郎黄奎分付曰：“目今马腾南征，吾命汝为行军参谋，先至马腾寨中劳军，可对马腾说：西凉路远，运粮甚难，不能多带人马。我当更遣大兵，协同前进。来日教他入城面君，吾就应付粮草与之。”奎领命，来见马腾。腾置酒相待。奎酒半酣而言曰：“吾父黄琬死于李傕、郭汜之难，尝怀痛恨。不想今日又遇欺君之贼！”腾曰：“谁为欺君之贼？”奎曰：“欺君者操贼也。公岂不知之，而问我耶？”腾恐是操使来相探，急止之曰：“耳目较近，休得乱言。”奎叱曰：“公竟忘却衣带诏乎？”腾见他说出心事，乃密以实情告之。奎曰：“操欲公入城面君，必非好意。公不可轻入。来日当勒兵城下。待曹操出城点军，就点军处杀之，大事济矣。”二人商议已定。黄奎回家，恨气未息。其妻再三问之，奎不肯言。不料其妾李春香，与奎妻弟苗泽私通。泽欲得春香，正无计可施。妾见黄奎愤恨，遂对泽曰：“黄侍郎今日商议军情回，意甚愤恨，不知为谁？”泽曰：“汝可以言挑之曰：‘人皆说刘皇叔仁德，曹操奸雄，何也？’看他说甚言语。”是夜黄奎果到春香房中。妾以言挑之。奎乘醉言曰："汝乃妇人，尚知邪正，何况我乎？吾所恨者，欲杀曹操也！"妾曰："若欲杀之，如何下手？"奎曰："吾已约定马将军，明日在城外点兵时杀之。"妾告于苗泽，泽报知曹操。操便密唤曹洪、许褚分付如此如此；又唤夏侯渊、徐晃分付如此如此。各人领命去了，一面先将黄奎一家老小拿下。

次日，马腾领着西凉兵马，将次近城，只见前面一簇红旗，打着丞相旗号。马腾只道曹操自来点军，拍马向前。忽听得一声炮响，红旗开处，弓弩齐发。一将当先，乃曹洪也。马腾急拨马回时，两下喊声又起：左边许褚杀来，右边夏侯渊杀来，后面又是徐晃领兵杀至，截断西凉军马，将马腾父子三人困在垓心。马腾见不是头，奋力冲杀。马铁早被乱箭射死。马休随着马腾……马腾骂不绝口，与其子马休及黄奎一同遇害。

苗泽告操曰："不愿加赏，只求李春香为妻。"操笑曰："你为了一妇人，害了你姐夫一家，留此不义之人何用？"便教将苗泽、李春香与黄奎一家老小并斩于市。

曹操教招安西凉兵马，谕之曰："马腾父子谋反，不干众人之事。"（第五十七回）

我们所引用的这段原文，以曹操的谋杀案为叙事主线，串联有黄奎和马腾谋杀曹操的案件、苗泽与李春香通奸的案件，构成了三连环的案中案。

以主线案件而论，曹操降诏召马腾到京师，就是依据荀攸的计策，以将其加封为征南将军为诱饵，诱骗其进京企图进行杀害。后面串联的两起案件，属于曹操不曾预料的节外生枝，因而也使他预定的杀人案增加了新的杀害对象。

先看串联的第一案。黄奎奉曹操之命，前往马腾处传达曹操的旨意。黄奎不满于曹操由来已久，并知道马腾是当年奉衣带诏杀曹操的几个成员中的一员，于是二人就谋杀曹操一事达成了共识。此案的两个合谋杀人者，在杀人意图未付诸行动之际，就已先被曹操杀害，故略而不论。

再看串联的第二案。苗泽与李春香的通奸案，是为曹操借机杀人案服务的，也为曹操把原有的谋杀案包装为执法平叛提供了契机。简言之，黄奎和马腾杀曹操的谋杀信息，是经由这一对奸夫淫妇的传播渠道，为曹操所知晓的。

曹操巧妙利用黄奎和马腾商量好的时间、地点、方式，事先作好用兵部署，使行凶杀人活动如同两军交火，将马腾、马铁、马休三人团团包围，结果马铁被乱箭射死，马腾、马休和黄奎被抓获，一同被杀害。就这样，曹操作为主谋，曹洪、许褚、夏侯渊、徐晃等将领作为凶手，都犯有杀人罪。由于找到了“马腾父子谋反”的借口，曹操们的杀人行为就形同执法处死谋反者一样，竟成了功劳。

曹操杀害苗泽、李春香，也有法理可议。就汉朝法律而言，通奸虽然有罪，但罪不至死。即使曹操以此罪来处罚两个当事人，将其杀死也不合乎法律。再说，曹操杀他们的理由，并非法理，而是伦理，认为奸夫苗泽为一个女人害了姐夫一家，是个“不义之人”，留着无用，杀死算了。用伦理上的借口杀人，根本不是执法者应当做的事情。还有一点，曹操口口声声说别人“不义”，他自己又“义”在何处？且不多讲别的，单就对苗泽、李春香的先利用，后杀害，就是大不义。

“黄奎一家老小并斩于市”，更是冤枉之极。黄奎本人尚且杀人未遂，依法可减免刑罚。黄奎的家属，则全都是无罪的清白人，曹操处死他们，实属罪大恶极。

说到这里，抄录一段绕口令般的有关评论如下：

> 岂有不赦黄奎之亲戚，而独纵董承之家奴乎？小人不独不容于君子，而并不见容于小人；不独以小人谋小人而不容于小人，即以小人助小人而亦不容于小人：读此可为小人之戒。

评论者用了一个“赦”的字眼，这就大错而特错了。赦者，免除刑罚，不以罪论处也。如此评论黄奎一家老小被杀，似乎在为枉死者鸣不平，实则在法律立场上犯了根本性错误，即承认曹操杀人之举，是在执行法律，同时还承认黄奎一家老小跟黄奎本人一样，也是犯罪之人。论者批评曹操的地方仅在以往不杀董承的家奴，如今却杀黄奎的亲戚的不公平。

这“赦”字之后，接连出现了九个“小人”，“君子”、“小人”的概念内涵及其分野，在于古人崇尚的仁、义、礼、智、信之类的伦理道德。可见，评论者面对曹操大肆、疯狂、残忍的杀人罪行，根本没有用法律眼光，而是落入了道德说教的狭窄、僵死的圈套而不能自拔了。

八十二　从护驾立功到欺君犯罪

——曹操作为罪臣的蜕变史

曹操作为混迹于朝廷的罪臣，不仅有蜕变的历史线索可以追踪，更有发生在皇帝身边的重大罪行可以目睹。且先寻觅其蜕变线索。曹操平定山东之日，正是李傕、郭汜等人反叛之时。依据董承的建议，汉献帝以及后妃等人，一同离开洛阳，向山东方向逃难。曹操奉诏保驾，贼兵大败，汉献帝当面夸奖说："曹将军真社稷之臣也。"次日，曹操入城拜见返回洛阳的汉献帝，作了尽忠报国的表白：

"臣向蒙国恩，刻思图报。今傕、汜二贼，罪恶贯盈；臣有精兵二十余万，以顺讨逆，无不克捷。陛下善保龙体，以社稷为重。"（第十四回）

以上是曹操蜕变史的起点，其要义在于护驾有功。

不久，曹操就居功自傲，旁若无人，跻身于朝廷，建议迁都许昌。自从到许昌之后，汉献帝就迅速成为傀儡皇帝。小说写道：

赏功罚罪，并听曹操处置。操自封为大将军、武平侯，以荀彧为侍中、尚书令，荀攸为军师，郭嘉为司马祭酒，刘晔为司空仓曹掾，毛玠、任峻为典农中郎将——催督钱粮，程昱为东平相，范成、董昭为洛阳令，满宠为许都令，夏侯惇、夏侯渊、曹仁、曹洪皆为将军，吕虔、李典、乐进、于禁、徐晃皆为校尉，许褚、典韦皆为都尉；其余将士，各各封官。自此大权皆归于曹操：朝廷大务，先禀曹操，然后方奏天子。（第十四回）

曹操从护驾功臣到欺君犯罪的罪臣的大转折，就在这里。认清其欺君之罪，当抓住小说叙事中的两个关键词。其一为“赏功罚罪，并听从曹操处置”，其二为“朝廷大务，先禀曹操，然后方奏天子”。先看第二个关键词所道出的问题的实质。依照汉朝的行政组织法，当朝皇帝拥有国家的一切最高权力，如在立法上，皇权自身就是法律的最高表现形式，亦即是皇权就是法律；在司法上，皇帝拥有最高裁决权；在军事上，皇帝拥有最高指挥权；在行政上，从中央到地方的大小官员全都是皇帝的臣僚。（参见张晋藩主编《中国法制通史》第二卷）由此可知，“朝廷大务，先禀曹操，然后方奏天子”之说，意味着曹操已全面夺取了汉献帝的全部最高权力，把汉献帝变成了空架子，大傀儡。

回头再看第一个关键词“赏功罚罪，并听曹操处置”，只不过指出的是曹操夺取了皇帝手中的行政权——“赏功”，以及司法权——“罚罪”。

我们在讲汉献帝五度当傀儡皇帝时指出过，曹操是继董卓、李傕、韩暹等人之后第四度使汉献帝当傀儡的人。以上通过解释小说中的两个关键词，就可看出其全面夺了皇帝手中的各种最高权力。

现在要进一步指出的是，从刑法上看，曹操的全面夺权，构成了最为严重的犯罪。其罪臣的法律地位，首先就取决于这种全面夺权的行为。新中国成立之后的文学评论家，常把这全面夺权后所造成的“挟天子以令诸侯”的局面当作政治行为，其实更是严重的罪行。

依据汉代刑法，曹操的全面夺权，导致皇权落旁的行为，属于典型、恶劣的“亵渎皇权”行为，适用的具体罪名有“大不敬”罪、“违反诏令”罪、“欺谩”罪、“逾封”罪。用政治话语，根本无从揭示曹操的有关夺权行为的实质与危害，尤其是无从揭示汉朝末年走向衰亡的法律原因。

曹操的权力欲大膨胀导致的犯罪，并没有止步于“亵渎皇权”，而是继续发展，又夺了“三公”之权。这一点，小说写得很简略，故不被注意，无人谈论。请看小说所写：

> 却说曹操罢三公之职，自以丞相兼之。（第三十九回）

所谓三公，指的是皇帝之下，负责中央行政、监察、军事的最高长官，分别是丞相、御史大夫、太尉，合称三公。曹操“罢三公”，“自以丞相兼之”的做法，实质上是取消了汉朝建立以来的中央行政组织法，把已全面夺得的皇权和新夺得的三公之权归于自己一人之手。如此一来，曹操作为罪臣，又有“危害政权”的行为，在有关一系列具体罪名中，适用于曹操的是“大逆”罪，也叫作“大逆不道”罪，凡是危害政权的一切行为，都可按此罪名处以极刑。

综观曹操全面夺取皇权和把三公之权归于自己一人的事实，可以说他在政治上的犯罪行为影响极为恶劣，三国乱世日益不可收拾，终于导致汉朝灭亡，三国鼎立，当在法律上溯源于曹操之罪。

纯文学家习惯于从政治上看曹操，认为他是“成功的封建政治家的典型”，是一个“雄才大略的大政治家，又是一个大阴谋家、大野心家，他有着无穷的贪欲和权势欲，但又有着非常杰出的政治才能和军事才能。他的铁腕统治，他的斗争策略，广泛而深刻地表现出封建统治阶级政治斗争的艺术”。（李希凡《沉沙集》）这些政治鉴定话语，虽有所贬斥，但那狂热颂扬的倾向十分鲜明。这实质上是全然抹杀了曹操作为混迹于中央政府中的罪臣的全部罪行，同时还全然勾销了我们全方位论述的曹操的其他应有尽有的法律行为、言论、罪责、法律文化上的多种认识价值。

非常有意思的是，曹操在向罪臣的蜕变中持续发展。持续发展的第一阶段，是在许田打猎之时，曹操引十万之众，耀武扬威，大失君臣之礼，根本不把被逼迫来打猎的身边的汉献帝当一回事。这种举动不仅把上述朝廷内部的夺权、坏权活动公开化，同时还是在大庭广众之下公开犯欺君之罪。曹操目无君臣之礼，目无法律，目无一切朝臣与广大官兵的嚣张气焰，至此已毫无任何掩饰地暴露在光天化日之下。

且不说其他人等对曹操的罪臣面目的大暴露有目共睹，单说直接受害的汉献帝本人，已到了忍无可忍的地步。他不仅跟伏皇后当面揭露了曹操的罪臣面目，而且以血诏的非常法律文书形式——衣带诏，确认曹操为“操贼”，其罪行为“弄权”和“欺压君父”，向有关朝臣下达的法律任务是“殄灭奸党，复安社稷”，此项庄严、神圣、紧急法律文书下达的时间为建安四年（公元 199 年）。简言之，到此时，曹操已成为钦定的罪犯。

曹操蜕变的第二阶段，是跟汉献帝的衣带诏相对抗，大开杀戒，疯狂杀害奉诏的朝臣及其家属，甚至还杀害皇后、皇妃等人。换句话讲，曹操把杀人罪行蔓延到了朝廷，一直推向了皇帝身边。

八十三　把矛头指向汉献帝的朝廷杀人案

曹操作为朝廷罪臣的残忍之处，就是一再制造疯狂杀人的大血案。大血案之一，是“将董承等五人并其全家老小，押送各门处斩，死者共七百余人”（第二十四回）。更有甚者，曹操又带剑入宫，不顾汉献帝和伏皇后的当面哀求，将怀孕五个月的董妃勒死于宫门之外。

有人认为“曹操形象是一位驰骋在政治疆场上的风云人物”，这种基调使论者对这杀死七百多人的大血案作了如下评论：

> 于是有了十分残酷的“衣带诏”事件。这一事件的结果，是曹操杀戮七百余人，并捕杀董妃，后又杀死伏皇后。这是曹操直接威胁皇室的最明显的举动，但是这一举动并没有导致曹操篡夺皇位，而仅仅是曹操与汉献帝争夺权力的一场无硝烟的战争。“衣带诏”……说白了，就是要夺回失去的权力。（郭英德《曹操：古今奸雄中第一奇人》）

这段议论问题不少。杀死伏皇后，为曹操另一罪行，并非“衣带诏”事件的组成部分，论者在这里显然把小说的情节弄错了。曹操一举杀死七百多人，还杀了董妃，究竟属于什么性质的问题？论者没有讲清楚这个要害问题，“直接威胁皇室”的“举动”云云，是论者的基本看法，但使人不得要领：这“举动”到底是怎么一回事呢？接下来，论者指出，这事“并没有导致曹操篡夺皇位”，这意思是说曹操的做法毕竟不太过分，情有可原。由此，我们感到这七百多人的死亡，在论者心目中似乎没有什么大不了。最后，论者把曹操置于同汉献帝平起平坐的地位上，认为二人之间不过在争夺权利和权力罢了。总之，论者以“十分残酷”开头的评论，始终丢失了法律的眼光。

皇帝平常时节的口头诏令、书面诏文，就具有最高法律效力。汉献帝血写的衣带诏，就更具有权威性、紧迫性、严峻性。因为，它的内容是把大权在握的曹操当做钦犯而处以极刑，弄得不好，将遭到曹操的猖狂反扑。血写密诏的方式及其内容的特别之处，意味着此次行使皇权，执行刑法，处罚罪臣非同寻常。之所以如此，关键就在皇权旁落于曹操之手，献帝已不能依照常规办事。

首先，衣带诏问世的建安四年（公元 199 年）是曹操被钦定为罪臣的时间。从这一年起，三国人物口头谈论的曹操“名为汉臣，实为汉贼”的身份、地位，就有了最高法律依据，不再是民间的口头传言了。

其次，衣带诏机密泄露后，曹操果然采取了报复行动，把奉诏的人们全部杀害，还株连无辜的家属七百多人。

在衣带诏上先后签名画押的有：车骑将军董承、工部侍郎王子服、长水校尉种辑、议郎吴硕、昭信将军吴子兰、西凉太守马腾、左将军刘备七人。曹操所杀害的是前面五人以及他们的家属，共七百多人。其罪行严重至极。

性质更为严重的是，曹操大肆杀人的矛头，是直指汉献帝的。拒不执行皇帝的诏令，在汉代法律中就犯有死罪。如今是将执行诏令的朝臣杀死，属于抗旨、杀人的双重犯罪。

曹操杀害董妃，也不是一般的刑事犯罪，跟杀害奉诏的朝臣一样，另有可适用的更重的罪名。董妃是董承的妹妹，董承第一个在衣带诏上签名画押，曹操因而报复杀她。在杀人的心理机制上，曹操杀董妃跟普通报复杀人犯完全相同，在论处其罪行上，则另有适用的重罪名。这就是亵渎皇权与危害皇帝人身安全类犯罪，其中包括有大不敬罪、违反诏令罪、欺谩罪等，这些都适用于曹操作为罪臣的全部罪行。换言之，单纯以杀人罪论曹操的罪行，是远远不够的。

最后，还有一个问题需要讨论。在勒死董妃后，曹操下令监宫官令后要加强皇宫的坚守，不许外人随意入宫，违者立斩，同时“守御不严，与同罪”（第二十四回）。在这里，曹操把自己作为执法者对待的伎俩，无非在于掩饰又一次犯重罪的真相。实际上，曹操早已失去了对朝廷百官发号施令的资格。

可惜可叹的地方，是汉献帝直到曹操病死之前，始终没有落实衣带诏上消灭曹“贼”的旨意，而是任其一直逍遥法外，执掌着中央政府的大权。就这样，曹操不仅为所欲为地掌权、用权，而且又屡屡制造大血案，杀害伏皇后等二百余人的大血案，便是其中绝对不能不谈的典型案例。

建安十九年（公元214年），亦即是上述衣带诏引发的曹操杀人大血案发生后的第十五年，曹操再一次大肆杀人。其案情发生的背景、经过、结果，跟上一案极其相似。这大概是作者有意用类似的案例故事强调一个法律现象：十五年前钦定的罪臣曹操不仅一直未能受到法律惩处，而且继续坚持其罪臣的立场，再次引发宫中大血案，汉朝的刑法被罪臣曹操完全架空的严重、危险局面，已无可挽救。

我们一一考察此案的若干细节，就不难领悟这法律内涵是小说极力表现的对象。从案件的诱因看，又是曹操带剑入宫，使汉献帝一见他便“战栗不已”。曹操口出狂言，“怒目视帝，恨恨而出”，致使侍臣看出曹操有“篡位”之心，“帝与伏后大哭”（第六十六回）。这些细致入微的描写，足以充分表明曹操的欺君之罪在宫中持续、蔓延已年深日久，朝廷上下均无可奈何。就这样，伏皇后跟汉献帝商量了一个除贼臣曹操的方案：由伏后写密信一封，令伏后之父伏完用计杀掉曹操，密信由宦官穆顺送给伏完。

再从密信被曹操搜查到手，除贼计划又一次破产的经过来看，表明汉献帝的一切动向尽在曹操的掌控之下，没有任何隐秘之事可以逃过曹操的视听之外。在这种情况之下，汉献帝不要说没有可能行使皇权治理国家，就连他的人身安全都毫无保障。

以曹操报复杀人的猖獗、残酷程度而论，大大超过了衣带诏案件。曹操派兵三千围住伏完私宅，把伏氏三族人等关入狱中，接着又进宫抓走伏皇后，下令用乱棒将她打死，还毒死了伏后所生二子，当晚就杀了伏完、穆顺等二百多人。

以被害人的身份、地位而论，此案比衣带诏案性质更严重、更恶劣。皇后、皇子、国丈等，本是法律特别保护的对象，如今都成了曹操行凶杀人的受害者，从而构成了汉代天字第一号杀人案。曹操的罪臣生涯，当以此为峰巅。

八十四　耿纪等五人造反引发曹操的杀人游戏

建安二十三年（公元218年）春正月，侍中少府耿纪、司直韦晃、丞相金日磾之后金祎，以及太医吉平的两个儿子吉邈、吉穆五人造反。曹休、夏侯惇用成千上万的军马将耿纪、韦晃两家七八百家僮的造反队伍剿灭之后，曹操又以执法的名义大肆杀人。耿纪等人的造反与曹操的大肆杀人，历来只是被评论者一笔带过，未曾作法律上的深入探讨，故至今仍是一个大悬案。有论者把此案中曹操“立红白旗诛百官”同“杀粮官王垕”相提并论，认为都是罗贯中意在“强化其奸佞权诈”（关四平《三国演义源流研究》），以此作为创作上的“美学内涵与艺术实践”的具体表现之一。笔者认为此类说法没有把事件的法理法意当作一个重要问题来对待，故对小说的思想内容和艺术成就的讨论不够全面。

先说造反之事。下面的一段话，基本上可以使我们看清其法理的梗概。

> 耿纪、韦晃见祎果有忠义之心，乃以实情相告曰：“吾等本欲讨贼，来求足下。前言特相试耳。”祎曰：“吾累世汉臣，安能从贼！公等欲扶汉室，有何高见?”晃曰：“虽有报国之心，未有讨贼之计。”祎曰：“吾欲里应外合，杀了王必，夺其兵权，扶助銮舆。更结刘皇叔为外援，操贼可灭矣。”二人闻之，抚掌称善。
>
> 祎曰：“我有心腹二人，与操贼有杀父之仇，现居城外，可用为羽翼。”耿纪问是何人。祎曰：“太医吉平之子：长名吉邈，字文然；次名吉穆，字思然。操昔日为董承衣带诏事，曾杀其父；二子逃窜远乡，得免于难。今已潜归许都，若使相助讨贼，无有不从。”耿纪、韦晃大喜。（第六十九回）

由此可见，耿纪等五人造反，其法律上的实质，在于以武装斗争的方式来消灭罪臣曹操。应当承认，在汉献帝先后两次用暗杀手段铲除“操贼”的行动彻底失败之后，耿纪等人采取武装斗争的方式是唯一可行的办法。这次行动在形式上，有违法之嫌，但其内容则完全合法、合理。因此，造反之时，京城中有这样的口号："杀尽曹操，以扶汉室。"（第六十九回）

造反以失败告终。曹操除了用打仗的方式杀了武装造反人员，又下令把起义者的领导人耿纪、韦晃等人以及他们的宗族皆斩于市。曹操加于他们的罪名是"谋反"。其实，这是在盗用法律名义来掩盖曹操杀人血案的犯罪真相。

在镇压了革命性的造反活动之后，曹操玩了一次杀人游戏，这就是上述论者谈到的"立红白旗诛百官"的事件。

为了"疑义相与析"的便利，还是应当把写"立红白旗杀百官"的原文抄录出来：

> 夏侯惇尽杀五家老小宗族，将百官解赴邺郡。曹操于教场立红旗于左、白旗于右，下令曰："耿纪、韦晃等造反，放火焚许都，汝等亦有出救火者，亦有闭门不出者。如曾救火者，可立于红旗下；如不曾救火者，可立于白旗下。"众官自思救火者必无罪，于是多奔红旗之下。三停内只有一停立于白旗下。操教尽拿立于红旗下者。众官各言无罪。操曰："汝当时之心，非是救火，实欲助贼耳。"尽命牵出漳河边斩之，死者三百余员。其立于白旗下者，尽皆赏赐，仍令还许都。（第六十九回）

所谓"杀百官"，指的是杀害朝廷文武百官，真正被杀害的具体人数是三百多人。以上杀人，曹操盗用的是"谋反"的法定罪名，意在遮掩自己的杀人罪行。眼下杀朝廷官员，连用来遮羞的法定罪名也不要了，干脆玩起了杀人游戏。的确，曹操立红、白旗两面，让几百名朝臣自己选择站到哪一面旗下，最后曹操才宣布处死立于红旗之下的三百多人：这种办法，跟当今电视上那些娱乐节目的游戏方法、规则，毫无二致。把三百多朝廷命官当作游戏材料，随意杀害，这种恶作剧滑稽、怪异、荒诞到了极点。

曹操此次的杀人游戏，至少有以下七个方面在拿法律开玩笑，拿数百名的朝臣生命开玩笑：

第一，曹操下令夏侯惇"将在朝大小百官尽行拿解邺郡，听候发落"，纯属胡作非为，没有任何法律依据。“拿解”，用现代汉语来讲，就是逮捕、押送，这是对案犯采取的归案手段，切不可用以对待任何无罪之人。无论古今中外，莫不如此。耿纪们造反，同不知内情的在朝文武百官毫无关系，没有任何理由去怀疑他们，更没有任何理由一举将他们全部逮捕。曹操硬要这么一刀切地大逮捕，只能认为他像孩子做游戏一样，随心所欲，没有理由可讲。事实上，他只命令夏侯惇抓人，并没有讲为什么要抓人。

第二，进入游戏情景之初，曹操在布置完立红、白旗各一面的游戏道具之后，交代了游戏规则：

> 在耿纪造反放火烧许都时，曾出来救火的立于红旗之下，不曾出来救火的立于白旗之下。

很清楚，曹操要把抓来的几百名朝官划分为两种类型：救火者与未救火者。至于为什么这样划分，划分之后有什么后果，曹操什么都没有讲。这种场景，这种分类方法，曹操是要官员们玩一回儿童游戏吗？读者无不有这种心理期待。

第三，小说以心理描写的方法，把读者期待的东西，转化为参与游戏的众官员内心的猜测：救火的当无罪，故多选择站立于红旗之下。只有三分之一的人选择站立于白旗之下，换言之，这些人认为自己不曾救火有罪。

有罪或无罪，认定的标准是事实与法律，绝对不是任何人主观上的思考、判断，更不可能是参与游戏的当事人在现场的临时智力活动的结果。故小说写到此处的“罪”，看似法律名词，实则仍然是游戏中的术语，没有丝毫严肃的法律意味。

第四，直到把官员分类工作做完，曹操才迟迟宣布最后的功利性目的：将立于红旗下的官员全数捉拿。请注意，游戏做到这一步，曹操还不曾明言要把这些捉拿的官员怎么办。于是，游戏进入了当初规则中根本没有提到的步骤：被捉拿的官员感到大事不妙，亦即是超出了自己选择立于红旗下的预期，故情不自禁为自己作“无罪”辩护。

第五，当七嘴八舌的“无罪”辩护宣告完结之后，这成人游戏的最终目的才由主持人曹操揭晓：立于红旗下的人，不是出来救火，而是出来帮助耿纪们造反！务必请读者注意，曹操当初宣布救火者立于红旗之下，现在却认定立于红旗下者不是救火，而是帮助别人造反。

第六，立于红旗下的三百多被主持人临时宣布“有罪”的官员全部被杀害。因为没有丝毫法律依据可言，这三百多人的无辜被杀，只能认为是曹操作为混迹于朝廷的罪臣的特大杀人游戏。

第七，那些立于白旗下自认为有罪的官员，得到了曹操的“赏赐”，亦即是被曹操认为有功。曹操的杀人游戏就这样完全打破了人们的日常思维逻辑，更是同法律逻辑格格不入。

综上所述，曹操杀害三百多名朝臣和重奖一百五十多名朝臣，都没有丝毫法律依据，相反是在拿法律开玩笑，把赏功罚罪的法律活动变成游戏节目，数百名朝臣无论被杀或封赏，无不充当了儿戏、游戏的道具和牺牲品。笔者一直谈论的法律幽默，当以这次曹操玩的杀人游戏最为触目惊心，最为荒谬和滑稽。《三国演义》所坚持运用的现实主义创作方法，竟同当今文学家所谈论的黑色幽默、荒诞派的文学流派有共同之处，这就表明罗贯中的法律描写的艺术手段的丰富和高超。

八十五　曹操同张济之妻的非法性关系

曹操这一法律人物形象，不乏性犯罪记录。他同张济之妻邹氏的关系，便是一个实例。

谈论这一事例的学人，不在少数，然而能准确将其定位于性犯罪的，却没有一个。有的甚至以为是合法纳妾，这就是一种大误读。

有人以现代化的话语，批评电视连续剧《三国演义》的编导者没有正确理解小说原作中曹操同张济之妻邹氏的关系。论者说：“曹操虽好色奸雄，但干此种勾当尚知隐秘，不愿公开张扬。”（熊笃等《三国演义与传统文化溯源研究》）“好色”“此种勾当”以及书中“色胆包天”之类的说法，只不过民间指称男女之间的私情的习惯用语，并非对男女性关系的法律性质的准确认定之词。

有人意在从《三国志》之类的史书谈三国人物，可是又时时联系到《三国演义》，于是许多情况之下，就容易使人不明白到底是在谈历史，还是在谈文学。关于曹操同张济之妻邹氏的关系就是一例。论者说："假如在宛城不纳张济未亡人，就不致激怒张绣，遭到长子曹昂被杀的损失。"（盛巽昌《说三国》）从"纳张济未亡人"来看，当指《三国志》中史实。《三国志·张绣传》有云："太祖纳济之妻，绣恨之。"但《三国演义》中有相应的情节，而从情节本身看，并非"纳"妾，可见论者所说不准确。

什么是"纳"，另一个论者虽然明确定性为"将张绣的婶婶邹氏纳为妾"（舒展《曹操与女人》，《中国作家别解古典小说——悟读三国》），但问题是小说所写，却是一种非法性关系，而不是合法的"纳妾"。

在汉代法律中，婚外非法性关系，可以分为两种：其一是强奸，其二是和奸，即民间所说的通奸。《三国演义》所写，到底属于哪一种？认真读原文，就一清二楚了。

> 一日操醉，退入寝所，私问左右曰："此城中有妓女否？"操之兄子曹安民，知操意，乃密对曰："昨晚小侄窥见馆舍之侧，有一妇人，生得十分美丽，问之，即绣叔张济之妻也。"操闻言，便令安民领五十甲兵往取之。须臾，取到军中。操见之，果然美丽。问其姓，妇答曰："妾乃张济之妻邹氏也。"操曰："夫人识吾否？"邹氏曰："久闻丞相威名，今夕幸得瞻拜。"操曰："吾为夫人故，特纳张绣之降；不然灭族矣。"邹氏拜曰："实感再生之恩。"操曰："今日得见夫人，乃天幸也。今宵愿同枕席，随吾还都，安享富贵，何如？"邹氏拜谢。是夜，共宿于帐中。邹氏曰："久住城中，绣必生疑，亦恐外人议论。"操曰："明日同夫人去寨中住。"次日，移于城外安歇，唤典韦就中军帐房外宿卫，他人非奉呼唤，不许辄入。因此，内外不通。操每日与邹氏取乐，不想归期。
>
> 张绣家人密报绣。绣怒曰："操贼辱我太甚！"（第十六回）

认定其为非法性关系的第一点理由，在于曹操是在招妓女的大前提下，偶然、意外地得知张济的新寡之妻邹氏的。如果是在谈婚论嫁的前提下，侄儿曹安民向叔父曹操推荐邹氏，那么就跟《三国志·张绣传》保持了一致。由此可以断定，曹操与邹氏绝不属于夫与妾的合法关系。

第二点，邹氏来到曹操帐中，并非出于邹氏的自觉自愿，而是以半个连的兵力，由曹安民带队，“取”回来的。“五十甲兵往取之”，意思是全副武装的半个连像“取”货物一样，把一个大活人“取到军中”。两个“取”字，已把邹氏物化为一件东西。如此这般对待邹氏，这“强迫”的意思再明显不过了。试问，如果是合法的“纳妾”，需要命令五十个武装士兵去强拿硬取吗？可见，曹操对邹氏有强迫性质。

第三点，邹氏到曹操帐中之后，鉴于曹操丞相的高位，又有曹操的“吾为夫人故，特纳张绣降，不然灭族矣”的一番既有哄骗又有威胁的表白，便表示了愿意同曹操苟合的意愿。于是，当晚曹、邹两人“共宿于帐中”便是名副其实的和奸。可见，这“和”有一个从“强”到“和”的变化过程。

中国法制史家指出：“和奸，指在对方顺从的情况之下行奸。汉律所讲的‘奸’大抵多指和奸。和奸行为，严重损害了国家有关身份规定，所以法律严禁此类行为的发生。”（张晋藩《中国法制通史》第二卷）从小说中不难看到，当时人们对这种法律是相当了解的。当晚，她就对曹操说：“久住城中，绣必生疑，亦恐外人议论。”倘是合法纳妾，担心侄儿张绣“生疑”和“外人议论”便是多余的。再说曹操，第二天就将邹氏“移于城外安歇”，此外还要派典韦放哨保卫，外人不许进来。这些便证明，曹、邹做的是法律所不容的事情。

另外，从邹氏侄儿张绣本人及其家人对此事的反映来看，曹、邹苟合的非法性质也很明显。家人得知此事，感到大事不妙，这才“密报绣”。张绣一听，陡然恼怒起来，大骂曰：“操贼辱我太甚！”唯有苟合的性关系，才使张绣羞愧难当。

毫无疑问，小说作者依据“纳张济未亡人”的简略史实记载，虚构出一大篇生动故事，并且把合法纳妾的性质改变为非法和奸，这就为丰富曹操这一法律人物形象而作出了开拓和深化。

曹操与邹氏的关系，有本专著仅有一句话提到它：

以“奸宿张绣婶母”强化其纵欲好色。（关四平《三国演义源流研究》）

“奸宿”二字，指的是违法性关系。由此似乎表明了论者的法律意识及其对该情节的法律性质的正确判断，然而其落脚点却在指出罗贯中的写作意图在“强化”曹操其人的“纵欲好色”。实际上，三国时代的“奸宿”具有犯罪性质，故应以性犯罪论之。

上面说过，汉代法律对非法性关系的认定，截然分为两种不同性质：强奸与和奸。曹、邹的关系却是有强有和，难以分割，这是其新颖之处。在寻常性犯罪男子那里的“强”，无论手段怎样花样翻新，都只能是他个人的行为方式，而在曹操这里的“强”，却带上了滥用权力的职务犯罪的特征：先用五十多名官兵把邹氏“取”来，形同绑架；见面之后，对邹氏炫耀丞相的职权，且以“灭族”之语相威胁；非法同居后，派勇武的名将典韦守护，这些都表明了其性犯罪情节的恶劣。

八十六　曹操作为战争罪犯的讨论（一）

关于战争罪犯的认定、审判、处罚，自从第二次世界大战结束之后，就已成为中国和世界各国法律界广泛关注的国际性法律问题。2009年年初，联合国人权委员会呼吁对以色列进行战争罪调查以来，媒体对战争罪的法律问题开展了讨论。

这种法律背景，使我在研读曹操热衷于乱打仗并在战争中胡作非为的一系列故事情节之时，不免一再考虑一个问题：能不能用当今的战争罪犯的法律尺度来衡量曹操，从而认定、评论他所犯下的战争罪呢？我的答案是肯定的。

为了讨论有指导性的法律知识、理论，我将媒体提供的有关资料抄录如下：

战争罪是怎么规定的：战争罪是指违反有关具体战争法规或战争惯例以及战争行为的客观具体行为。从国际法上讲，战争罪不是一个具体的罪名，而是一个集合罪名。主要包括以下三类：第一，严重破坏1949年8月12日《日内瓦公约》的行为。其中包括故意杀害；无军事上的必要，非法和恣意地广泛破坏和侵占财产；剥夺战俘应享有的合法审判权利；劫持人质等。第二，严重破坏《武装冲突法》的行为。其中包括攻击平民、民用物体；攻击联合国维和人员；可能给平民、民用物体以及自然环境造成巨大伤害；对不设防的非军事目标造成巨大破坏等。第三，在非国际性武装冲突中，对不实际参加敌对行动的人实施谋杀、虐待、侮辱等行为。

战争罪的主体包括战争指挥人员、策划人员和领导人等在内的具体实施者。受害国、受害个人以及国际机构（主要是联合国安理会）都可依法向国际刑事法庭提起诉讼。按照国际法规定，战争罪可被判处无期徒刑或最高为30年的有期徒刑，但不能被判予死刑。

（《报刊文摘》2009年1月19日）

只要我们领会了上述报道中的战争罪的法理精神实质，就不难有效地认定曹操当年的战争罪。

这里需要解除一个明显的疑问：用当今现实生活中的国际性战争罪的理论尺度，来评论中国文学中1800年前的曹操的其人其事，在法理上讲得通吗？笔者认为，完全讲得通。

理由之一，法律作为社会价值尺度之一，具有社会评价功能，可用以评论一切涉及法律的人和事，并非仅仅限于作法律人办案的准绳。例如，中国作家协会的会员标准中就有这样一条：有过刑事犯罪记录的人，不能当中国作家。再如，当今中国的公务员考试中有这样的规定：有过刑事犯罪记录的人员，不得报考公务员。这两个例子，就是法律价值尺度用在文学、政治领域的明证。既然如此，用法律尺度评论文学中的人与事，就名正言顺，毋庸置疑。

理由之二，在现实生活中，执法办案所适用的法律，要受到“时效”的限制，过了时的法律就用不上；还要受“不溯及既往”原则的限制，对某种法律尚未颁布之前的人与事不能追究。因此，以现今的战争罪去论处曹操的战争罪，本是行不通的、可笑的事情，然而，我们现在要做的，并不是这种实务意义上的事情，而只是在文学评论的意识、思维、理智上用以评论曹操在三国时期乱打仗的所作所为，寻求二者在法理上相近、相似乃至完全相同的内在逻辑联系。法学研究的这种法律的纵横方向上的比较研究，导致了比较法学的分支学科的诞生。因此，以现今的战争罪理论评论文学人物曹操，不仅有比较法学的理论、方法的支撑，更有利于促进比较法学的发展。因为，汉代只有“违反军律”罪，而没有“战争罪”，但二者之间的相近、相似、相同的东西多得很。这样一来，以今天的战争罪评论曹操当年的“违反军律”罪不仅是非常必要的，合乎比较法学的科学原则、方法，而且其研究成果可以拓展比较法学的理性天地，丰富既有成果，使我们第一次通过评论曹操来认识汉代“违反军律”罪跟上述战争罪的异同。故这是很有学术意义的开创性工作。

在解除了上述疑问之后，一旦运用现今战争罪规定的那些罪行来对照曹操这个带头乱打仗的大军阀的大量有关言行，亦即是有关“违反军律”罪的言行，我们就会豁然开朗。

在评论曹操的战争罪的方法上，我们分两步走：第一步，先清理曹操所犯“违反军律”罪的大量事实即罪行；第二步，将这些罪行同现今的战争罪规定的罪行作比较，找出二者之间的相近、相似、相同之处；还要找出二者的不同之处，尤其要找出汉代“违反军律”罪中没有明文规定而现代战争罪却规定的那些行为，惟其如此，我们才会发现：曹操的战争罪罪行严重，情节恶劣，可由于汉代立法的缺陷，致使我们在认定、评论曹操的战争罪上存在有难以克服的困难。——唯借助现代战争罪的理论，这一困难才可迎刃而解。

纯文学家对于曹操乱打仗的一系列罪行不仅不能予以反思与抨击，反倒极力予以肯定。有一本专著，认为《三国演义》为后世“提供了宝贵的军事战略思想”，而最先赞扬的是“曹魏的战略方针”，论者将其分为“四大步骤”：一是“扩大军事实力和创立根据地”，二是“挟天子以令诸侯移都许昌”，三是“远交近攻，利用矛盾，各个击破，统一中原”，四是“南征刘、孙平天下，以魏代汉”（熊笃等《三国演义传统文化溯源研究》）。本书的讨论将有力证明：论者的这种说法，实质上是不知战争罪为何物，故把战争罪美化为所谓“军事战略”，实在大错而特错。

八十七　曹操作为战争罪犯的讨论（二）

现在进行评论曹操所犯战争罪的第一步的工作，即找出他关于“违反军律”罪的大量行为。

汉朝法律，是把“违反军律”罪作为官员的职务犯罪来对待的，也就是说犯此罪的主体是政府、军中的高官，一般参战的官兵不可能犯此罪。主要两大罪名是“乏军兴”“擅发兵”，二者分别指师出无名即没有合法理由而打仗，以及没有皇帝授权而发动、调用军队的行为。以此来看曹操，罪行严重至极。

据我们统计，曹操因“乏军兴”、“擅发兵”而发动的战争、调动军队的事件，共有四十件之多。他东征西剿，南征北战，把不义、非法的战争烈火，燃遍了中华大地。非常有意思的是，曹操的“乏军兴”、“擅发兵”的违犯军法的罪行，有的是他本人不打自招亲口供认的，有的则是与之交战的对方主帅在阵前当众揭露出来的。

在赤壁之战期间，曹操乘着酒兴，坦露了以百万雄师战江南的内心隐秘，只在于占有美女大乔与小乔。他说：

> “吾今年五十四岁矣，如得江南，窃有所喜。昔日乔公与吾至契，吾知其二女皆有国色，后不料为孙策、周瑜所娶。吾今新构铜雀台于漳水之上，如得江南，当娶二乔，置之台上，以娱暮年，吾愿足矣！”言罢大笑。（第四十八回）

与此处相呼应的有关描写，出现在第四十四回。当时，孔明使用激将法，有意把曹操想占有大小乔的事情抖露出来，却装作不知周瑜已娶小乔为妻之事。孔明对周瑜说：

“亮居隆中时，即闻操于漳河新造一台，名曰铜雀，极其壮丽；广选天下美女以实其中。操本好色之徒，久闻江东乔公有二女，长曰大乔，次曰小乔，有沉鱼落雁之容，闭月羞花之貌。操曾发誓曰：‘吾一愿扫平四海，以成帝业；一愿得江东二乔，置之铜雀台，以乐晚年，虽死无恨矣’。今虽引百万之众，虎视江南，其实为此二女也。将军何不去寻乔公，以千金买此二女，差人送与曹操，操得二女，称心满意，必班师矣。此范蠡献西施之计，何不速为之?”瑜曰：“操欲得二乔，有何证验?”孔明曰：“曹操幼子曹植，字子建，下笔成文。操尝命作一赋，名曰铜雀台赋。赋中之意，单道他家合为天子，誓取二乔。”瑜曰：“此赋公能记否?”孔明曰：“吾爱其文华美，尝窃记之。”瑜曰：“试请一诵。”孔明即时诵铜雀台赋云……（第四十四回）

古希腊同特洛伊打仗十年，据说双方目的都在争夺绝色美女海伦。曹操为大乔和小乔而进军江南，就是要从孙策、周瑜那里把大小乔夺过来据为己有。这种夺人之妻的战争目的，既是非法的，又是不道德的。小说就这样把曹操置于双重难堪的境地，且有步西洋人后尘的嫌疑。

就这样，小说用前后呼应的手法，把曹操的自供状与孔明的当众揭露有机结合起来，共同表明大战江南的所有大大小小的战争非法的具体目的在于占有已为他人之妻的美女大乔和小乔。

同曹操交战的各方主帅们阵前对曹操“乏军兴”、“擅发兵”的揭露、抨击，更时常可以见到。刘备同曹操在穰山地面对阵时，曾这样当面指责说：

“汝托名汉相，实为汉贼。吾乃汉室宗亲，奉天子密诏，来讨反贼。”遂于马上朗诵衣带诏。（第三十一回）

刘备带关羽、张飞、赵云等，引兵欲袭许都，行军至穰山地面，正碰到曹兵杀来，故有阵前的一番舌战。刘备所揭露出的实质性问题在于：曹操已是衣带诏认定的钦犯，从根本上失去了带兵打仗的资格，故他到处点燃战火，已构成违反军律罪。

建安十七年（公元212年），曹操兴兵下江南，在濡须口同孙权相遇，两人照例在动武前有一番舌战。孙权针对曹操当面谎称“奉天子诏，特来讨汝”的言辞，予以反驳说：

> 此言岂不羞乎？天下岂不知你挟天子令诸侯？吾非不尊汉朝，正欲讨汝以正国家耳。（第六十一回）

曹操“乏军兴”、“擅发兵”的违反军律罪，由来已久，一直可以追溯到衣带诏认定他为钦犯之前。其时，曹操之父被徐州太守陶谦的部下张闿所杀。为报这杀父之仇，曹操不去捉拿杀人劫财的罪犯，却以二十七万青州兵血洗徐州，军中竖起白旗两面，上面都写着“报仇雪恨”四个大字。小说这样描述其罪行：

> 操大军所到之处，杀戮人民，发掘坟墓。（第十回）

这一次战争，不仅仅是“乏军兴”、“擅发兵”的罪行，还有大肆屠杀手无寸铁的人民群众的重罪。

我们已谈过，曹操在赤壁大战吃了败仗之后，从华容道上逃走，又残害官兵，使投入大战的八十三万人弄得最后只剩下二十七人，这是他违反军律的又一大罪行，法律称之为“失亡过多”，此处不赘。

总之，曹操“违反军律”的罪行，为数众多，情节恶劣，若以汉代军法论处，他足以多次判死刑。

如果把曹操的上述“违反军律”罪的罪行同当今战争罪的规定加以对照，会发现不少相同之处。战争罪是一种集合性罪名，其中包括有许许多多罪行。曹操的乱打仗行为也是多种多样的。至少有这样两点是可以互相联系起来思考的：

第一，汉代“违反军律”罪是集合性罪名，其中包含有“乏军兴”、“擅发兵”、“失亡过多”、“降敌”等具体罪名；同样，现今国际法上的战争罪，也是集合性罪名，其中也包含有许多具体罪名。

第二，战争罪的主体，即应负战争罪责的人，是战争的指挥人员、策划人员和领导人。这一点，跟汉代的“违反军律”罪规定的犯罪主体也是相同的：它属于官员的职务犯罪中的几大类型中的一种，参战的一般官兵，几乎不可能犯有此罪，即使有所犯，也只能是其中少数无关战争全局的罪行，如“失期”、“迷路”、“虚报首级”之类。

这两种相同的地方，均为立法精神上的不约而同，反映了法律制度上的共同规律性和立法指导思想上的不谋而合。正因为如此，我们认为曹操犯有战争罪，运用现代的法律智慧反思和评论《三国演义》极力塑造的这一法律人物形象，这意味着在自觉不自觉地把汉代的“违反军律”罪跟当今国际法上的“战争罪”进行比较、思考与研究。

更为奇妙的是，一旦有某种比较法学的理性感悟，再回味曹操那些可用现代战争罪加以衡量、评论的罪行，于是汉代立法上的阶级和时代的局限性，就在无形之中被《三国演义》的读者所捕捉了。从理论上看这种情形，这就叫作文学阅读、研究促进了比较法学的发展，有关解读成果可丰富法学理论宝库。

八十八　曹操作为战争罪犯的讨论（三）

曹操在战争中还有许多胡作非为的行为，可在汉代“违反军律”罪中缺乏相应的规定，而以当今的战争罪视之、论之，恰到好处。这里，来专门讨论这些罪行。

为报杀父之仇而以二十七万大军血洗徐州的时候，小说这样揭露曹兵的罪行：

> 操大军所到之处，杀戮人民，发掘坟墓。（第十回）

在汉代军法中，没有查到这种暴行属于何罪。而在现代战争罪中却有相应罪名。“杀戮人民”，应当是“攻击平民”罪。而“发掘坟墓”，则属于“对不设防”的非军事目标造成“巨大破坏”罪。

现代战争罪所规定的罪行，有在战场之外的“故意杀害”、“实施谋杀”等，其立法精神在于反对两军交火之外的任何故意杀人的行为。依照军事上的惯例或人们的经验来看，在战争中的“故意杀害”、“实施谋杀”的对象，自然是敌军中的人员。曹操为了发动不义的非法战争，竟然杀害敢于反对他乱打仗的部下。这种故意杀人，不仅触犯了刑法，同时也触犯了战争罪的有关规定。孔融被杀，就是典型的案例。

曹操传令起兵五十万，兵分五路，扬言要扫平江南，消灭刘备、孙权。太中大夫孔融发表了反对意见：

太中大夫孔融谏曰：“刘备、刘表皆汉室宗亲，不可轻伐；孙权虎踞六郡，且有大江之险，亦不易取。今丞相兴此无义之师，恐失天下之望。”（第四十回）

曹操拒绝了孔融的好言相劝，孔融出府后不禁仰天长叹说：“以至不仁伐至仁，安得不败乎！”有人立即向曹操打了小报告，曹操便命廷尉逮捕了孔融，随后又抓来孔融的两个儿子和其他家属，一同杀害，还将孔融陈尸示众。孔融反对曹操大打非法、不义的战争，不仅无罪，反倒有功，好战的曹操此次大肆杀人除了再一次触犯杀人罪之外，显然还触犯了战争罪规定的有关杀人罪行。

战争罪的又一罪行，是“剥夺战俘应享有的合法审判权利”，这立法意图显然在于维护战俘的权益，不许虐待，更不许伤害战俘。曹操是怎么对待战俘的呢？这里有致战俘一死一伤两个案例。郝萌是吕布的部将，被张飞于交战时擒获，当押送到曹营后，曹操一怒之下“斩郝萌于军门”（第十九回）。

淳于琼是袁绍的部将，负责守护乌巢的军粮，醉卧时被曹兵擒获去见曹操。不料曹操对其施用了残酷的肉体摧残之刑：

操命割去其耳鼻手指，缚于马上，放回绍营以辱之。（第三十回）

曹操的行径，既伤害了淳于琼的身体，更污辱了他的人格尊严，认为构成了又一战争罪，是不过分的。此罪案的后果是导致了淳于琼被袁绍杀害。其经过是：

> 袁绍收得乌巢败残军马归寨，见淳于琼耳鼻皆无，手足尽落。绍问：“如何失了乌巢？”败军告说：“淳于琼醉卧，因此不能抵敌。”绍怒，立斩之。（第三十回）

若不是曹操把淳于琼弄得失去了正常人的模样，袁绍也许不至于一怒之下杀了淳于琼。

当今之世的战争罪，还规定了这样一条罪行：“非国际性冲突中，对不实际参加敌对行动的人实施谋杀、虐待、侮辱等行为”。以上所谈孔融、郝萌、淳于琼等人被杀、被伤残和羞辱的案件，用这一规定来看曹操的所作所为，也是完全适合的。

看来，曹操所犯战争罪的具体罪行为数不少，只是当年汉朝立法上的空缺，我们无从认定这一方面的罪行。引进战争罪的知识、理论，既有助于认识曹操其人其事，又有助于反思汉朝立法的缺陷。

谈到对战争罪犯的处罚，很可能引来读者对此议题的非议。须知，战争罪犯可以判处无期徒刑，也可判三十年的有期徒刑，但不能判死刑。由此，读者的非议便可能是：笔者以三篇短文讨论曹操作为战争罪犯的法理问题，是不是要为曹操减轻处罚找理由？为此，我们的讨论还得深入一步。

上面谈过，讨论曹操身上的这一层法理，并非要在法律实务上给曹操定罪量刑，而是进行文学名著的法理解读的理性追问与探讨。

历来解读《三国演义》的人，从来都是对小说中的战争作盲目乐观的欣赏、赞叹。他们几乎都不问战争的性质、目的、给人民群众带来的灾难，更不问那些发动战争、策划战争、指挥战争的高官在非法、不义战争中胡作非为的罪恶，大家都津津有味地谈论着战争经验、战斗艺术，仿佛三国乱世无穷无尽的战争是光荣业绩似的。一旦确认了曹操的战争罪，就从一个新的视角暴露出纯文学家误读误解涉法文学名著的病症。这就是本讨论所要达到的目的之一。

曹操战争罪犯的地位明确之后，读者就不难举一反三地在曹操之后一一写下同样犯有战争罪的大军阀的名单：董卓、李傕、郭汜、袁术、袁绍、刘备、吕布、诸葛亮等。带着这份战犯名单再来读《三国演义》中的三百多次战争描写，所谓战争经验、作战艺术之类退居其次，而令人深恶痛绝的灾难总在眼前晃动。到这时，正确解读《三国演义》战争描写的文学工程，才算全面展开了。

八十九　曹操：众多法律文化现象的载体（一）

——法律与文学、酒、礼

曹操丰满、复杂的法律人物形象的又一重要侧面，是他身上聚集着众多法律文化现象。例如，法律与文学、法律与宗教、法律与科学，乃至法律与酒、礼等互相渗透的现象，在曹操身上都可发现，若将它们纳入上述谈过的执法官员、罪臣、杀人犯、性犯罪者、战犯等范畴，就无从解释，故这里不得不开拓出法律文化现象的层面，进行又一轮的讨论。

首先要谈的是曹操杀刘馥的案例。作为杀人案，它涉及的是刑法，但以纯粹的刑法论之，未免将问题简单化了。小说特别交代：在杀人的时刻，“操已醉”。这就提出了法律定罪、量刑上的疑问：醉酒之人行凶杀人致死，汉代法律是如何认定的呢？于是法律与酒的关系被提到了议题之中。还有一点，就是曹操之所以要杀刘馥，是因为曹操酒后作了一首诗，刘馥对此诗有异议，便导致了杀人行为发生。这里便隐藏着一个问题：酒、文学、法律是如何纠缠在一起的呢？最后一点，次日酒醒，曹操对酒后杀人后悔不已，下令以三公之厚礼安葬刘馥。我们要问：礼与刑被曹操如此安排、打发，行得通吗？此外，法与权的关系也跻身其间。

现在，我们来一一解决这里纠结在一块儿的众多法律现象。摆在显著位置上的是法律与文学、酒的关系。诗人、作家每有酒后灵感袭来而吟诗、作文的雅事逸闻。李白斗酒诗百篇，便是大家都知道的诗坛佳话。所有这些，一般都同法律无关。但所作诗文的内容若为法律所不允许，这时法律、文学、酒便纠缠在一起了。宋江在浔阳楼酒后题“反诗”，受到当局的严厉审判，定了死罪，就是一个实例。

细分一下，这里的法律与文学含有法律与文学创作、法律与文学批评两个分支，其当事人均有曹操：他在酒后作诗，又在酒后听到刘馥对诗的批评意见。刘馥认为，诗中“月明星稀，乌鹊南飞。绕树三匝，无枝可依”等句，是“不吉之言”。曹操一听，怒火中烧说：

汝安敢败吾兴！（第四十八回）

说着，“手起一槊，刺死刘馥”。行凶杀人命案就这样发生了。以法律与文学的关系而论，曹操的行为，是以杀人的强硬犯罪行为，来拒绝文学批评。这就没有酒后吟诗作文那么风雅，而是充满了血腥味的一片恐怖。当时曹操及其部下乘船游江，饮酒赋诗，谈笑风生的欢娱场面，被突发的杀人凶案搅得不欢而散。

那么，酒后杀人该怎样定罪、量刑呢？很有意思的是，曹操在杀人第二天酒醒，对死者的儿子声称“吾昨因醉误伤汝父”，这种辩解合法否？汉代刑法针对杀人的种种不同性质，分为谋杀、贼杀、斗杀、戏杀、误杀、使人杀人、轻侮杀人、狂易杀人等类型，不见有酒后杀人的规定。依据法律判决实务上的类推原则，酒后杀人同“狂易杀人”有类似之处。“狂易杀人”指的是“因病狂失去控制自己行为的能力而致杀人”（参见张晋藩主编《中国法制通史》第二卷），应负法律责任。可见，曹操罪责难逃。

曹操自我辩解的“误伤”，是一点诚意都谈不上的。明明已经把人杀死了，却当面谎称为“误伤”。假如说成“误杀”那还说得过去，但要知道“误杀”也是犯罪，只不过汉代法律对“误杀”不“坐死罪”罢了。曹操当面说谎，实质上是连“误杀”的罪责都不肯承担。

再看法与礼的关系。刘馥之子刘熙，面对先父的上司杀害父亲的罪责，没有其他好对策，只是可怜、本分地要求归葬父尸。曹操似乎很大方、很仁慈，下令说“可以三公厚礼葬之”，还“拨军士护送灵柩”。

我们在这里关注的焦点，是曹操用虚伪的厚重葬礼来掩盖自己杀人罪责的行为。刘馥是扬州刺史，为曹操效力多年，若寿终正寝而以三公之礼葬之，不失为死者的荣耀，也是其家属的欣慰。问题在于，刘馥是曹操行凶杀人的受害者，曹操不寻思如何承担刑事法律责任，也不补偿受害者家属的精神损失和经济损失，却在安葬死者的环节上玩花样、搞热闹，这对死者及其家属都丝毫没有任何实际意义。

我们在讲《红楼梦》中的礼法和虚伪性时曾说过，贾府内外的人们，往往对活着的人们不怎么关心，而在有人不幸死亡后却在葬礼上讲究隆重，连林黛玉夭折后都不例外。现在所讲的曹操，比贾府的伪善者们更加可恶，直接行凶杀人后再厚葬死者，死者和生者全被他唬弄了。

曹操之所以能够玩以厚礼安葬死者的花招，推卸自己的杀人罪责，根本原因在于他所窃取的丞相职权对于刑法的破坏、对受害者家属的威压。州的刺史同国的丞相，在官阶上相差好几个等级，刘馥的儿子刘熙虽可算是高干子弟，但在失去父亲之后什么也不是了，他能把大权在握、连皇帝都不放在眼里的曹操怎么办呢？除了忍气吞声，毫无他法。以三公厚礼葬刘馥的排场事，除了曹操一声令下就可办到，别人都望尘莫及。谈到这里，就牵扯出法律与政治（权力）的密切联系了。

最后还有一种古人崇尚葬礼的普遍心理习惯对本案的影响。曹操下令以三公之礼厚葬刘馥，之所以能够摆平这件人命血案，使受害人家属没有多大异议，社会舆论也未起什么风波，很重要的一点缘由，就是中国古人对于死者的葬礼过于讲究。在《礼记》一书中，就有《祭义》、《祭统》、《祭礼》等三篇文章讲丧葬的礼之道理以及有关礼仪的各种规定。这种社会文化心理代代相传，就成了不变的社会风气。曹操杀人后的推卸罪责，正是利用了这种社会风气。在今天看来，古代的葬礼，被曹操用来作为掩盖杀人罪责的遮羞布，大大破坏了刑法惩治犯罪的社会功能。在这里，礼与刑的关系，深入到人们的心灵深处，造成了刑法实施受到礼法冲击的现象。

九十　曹操：众多法律文化现象的载体（二）

——法律与宗教

我们已用关公在玉泉山显圣的故事，谈过法律与宗教的不解之缘的一个景观，其所要表达的是宗教人士的劝诫使关公对自己的犯罪有所悔改。现在要用左慈的故事来谈法律与宗教的又一联系在曹操身上的表现，其寓意大大不同于关公的悔罪故事，而有着另外的法理和寓庄于谐的美学情趣。

左慈跟普净一样，是一个对尘世间的人生未曾完全抛弃的宗教人士，有着学道三十年的历史。惟其如此，法律与宗教的联系才能以左慈其人为载体。要言之，小说企图以左慈同曹操之间的怪诞故事寄托这样一种很无奈的法律思想观念：既然人间的法律对于窃取丞相大权，胡作非为，罪恶滔天的曹操毫无效用，那么只有借助于宗教的神秘力量来加以抵抗，哪怕只能威胁、捉弄、嘲笑一番，也比任其逍遥法外强得多。这种无可奈何的法律追求，正是世界范围内宗教抑制、劝诫违法犯罪的功能的反映。在这一点上，左慈之于曹操，同普净之于关公，是一致的。

这里有几点别开生面，另有寄托的特殊内涵，它们处处针对着曹操，具有强烈的抨击性。第一，左慈不畏权贵，主动出击，以变魔术的手法戏弄曹操，当面表示要曹操让位于刘备，毫无掩饰地威胁说：如不让位，“贫道当飞剑取汝之头也”（第六十八回）。此时已是建安二十一年（公元216年），曹操当丞相作威作福的罪臣生涯已有近二十年。当面受别人以死相威胁的事，还从未发生过。左慈的惊人之语，让曹操顿时恼羞成怒，把左慈诬称为刘备的奸细。这是左慈代表宗教的正义力量同罪臣曹操的第一回合的较量，左慈占优势。

第二，在曹操以惯用的滥用刑罚的手段加害于左慈，进行反扑的时候，亦即是左、曹的第二回合较量中，又以曹操的失败告结。小说将此回合写得妙趣横生。曹操——

> 喝左右拿下。慈大笑不止。操令十数狱卒，捉下拷之。狱卒着力痛打，看左慈时，却齁齁熟睡，全无痛楚。操怒，命取大枷，铁钉钉了，铁锁锁了，送入牢中监收，令人看守。只见枷锁尽落，左慈卧于地上，并无伤损。连监禁七日，不与饮食。及看时，慈端坐于地上，面皮转红。狱卒报知曹操，操取出问之。慈曰：“我数十年不食，亦不妨；日食千羊，亦能尽。”操无可奈何。（第六十八回）

曹操对无辜之人滥用刑罚，是法律不允许的犯罪行为，左慈不怕任何酷刑的特异功能，虽不能惩治曹操的罪行，但却使他的犯罪达不到危害结果，归于失效，也可算是一种胜利，能给大失所望的读者带来不小的快慰。

第三，在曹操所建魏王宫落成，大宴宾客之际，左慈不请自来，当众变出龙肝、鲜花、鲈鱼、紫芽姜、《孟德新书》、白鸠等物，最后把自己变得失踪于宴会之上。这一魔术表演一般的场面，实质上是左、曹之间的一场隐形较量，诱使曹操对无辜的宗教人士的加害犯罪手段升级，从而为曹操的更大失败作铺垫。果然，曹操下定了除掉这个“妖人”的决心，下令许褚引三百铁甲军捉拿左慈。

第四，许褚以三百全副武装的士兵捉拿左慈的行动，被左慈又一次用特异功能所粉碎。原来，左慈穿木履在前面慢走，许褚们飞马追赶，硬是赶不上。追赶到一山中，牧羊小童赶着一群羊而来，左慈进入羊群不见踪影。许褚们乱箭射来，把一群羊全都射死了，还是没有发现左慈，只得败兴而归。这时左慈出现，让那些死羊全部复活。这是左慈同曹操之间第四个回合的较量，左慈用神秘的宗教力量挫败了曹操随意逮捕无辜者的暴行，同时把曹兵危害百姓的作恶同左慈帮助百姓的行善进行了对比。这一回合取胜的还是左慈。

第五，曹操对左慈的迫害活动终于升级到顶点。这是左慈、曹操之间的最后一次较量，取胜的还是左慈。曹操下令在邺郡全城大搜捕，三天之内抓到失明一目、一只跛腿、穿木履的“左慈”三四百个。

曹操在杀害这几百个左慈的手法上，动用了愚昧的邪教伎俩：“令众将将猪羊血泼之”。民间传闻，用铁器或鲜血，可镇妖压鬼，以得吉利。这类玩意儿，是迷信行径，也是邪教惯用蛊惑人心的伎俩。曹操误以为左慈是“妖人”，故也乞灵于这一类荒唐的办法。《水浒传》中马府尹曾在公堂上向李逵泼屎尿，也是在把李逵当作“妖人”来对待。

这最后一回合的较量的结局，是怪诞的宗教神秘力量彻底挫败了曹操对三四百个左慈进行大屠杀的血腥罪行。小说所写的奇异场景所寓含的反曹、胜曹的法律意味——使曹操滥杀无辜的罪行彻底失败，是可以从下面一段描写的字里行间品味出来的：

> 操令众将，将猪羊血泼之，押送城南教场。曹操亲自引甲兵五百人围住，尽皆斩之。人人颈腔内各起一道青气，飞到上天聚成一处，化成一个左慈，向空招白鹤一只骑坐，拍手大笑曰："土鼠随金虎，奸雄一旦休!"操令众将以弓箭射之。忽然狂风大作，走石扬沙；所斩之尸，皆跳起来，手提其头，奔上演武厅来打曹操。文官武将，掩面惊倒，各不相顾。(第六十八回)

大家都知道，曹操大开杀戒，集体性的大屠杀暴行已有好几次，唯独这一次惨遭失败：所杀之人，不仅都迅速气化，而且聚集、化合为一个左慈，以白鹤为坐骑，飞翔于空中，用嬉笑怒骂的方式向曹操挑战。当曹操试图反扑，所斩杀之尸竟然"手提其头"奔上前来打曹操，吓得文武百官魂不附体。

左慈的全部言行，都是怪诞不经的，不可能出现于现实生活之中，纯属作家想象的产物。小说描写这样一个宗教人士的形象，意在表现法律被极权架空，不起任何作用的条件下，人民群众关于严惩曹操这种罪魁祸首的法律理想，而这种理想的载体便是宗教人士的特异功能——这便是曹操跟左慈较量五个回合的要义之所在。

左慈式的胜利，是法律的无奈。小说津津有味地写左慈战胜曹操，是在替无奈的法律反复长叹。即使读者仅仅只能揣摩到这法律的无奈和作者的叹息，也算把握了小说作者的良苦用心。

九十一　曹操：众多法律文化现象的载体（三）

——法律与科学

当今《三国演义》研究上的一大通病，是学人们争先恐后地在三国的历史事实同小说的艺术虚构之间反复纠缠，乐此不疲。而对于小说自身的描写到底怎样解读，则几乎都不过问，甚至还要给罗贯中扣上一大堆帽子：什么"歪曲历史""以文害史""移花接木"等。如此一来，一系列妙不可言的法律话题，便全然在这种无意义、无休止的历史考证中失落。华佗被杀的故事，便是一例。

有人在对华佗的有关史实作了一大通纯历史的考证之后，这样附带议论小说中的有关文字：“《三国演义》说是华佗要给曹操作开颅手术，引起曹操的怀疑，因而杀了他，纯属虚构”。关于华佗的著作《青囊书》，论者也兴致勃勃地作了一番历史考证，然后一笔带过地指出：“《三国演义》所说的抢回来的那一两页有关‘阉猪鸡等小法’，实际上也没有保留下来。”（天行健《正品三国》）。如此考证地品评小说中的故事，损失实在太大。

怎样“正品”这个故事呢？一个基本要求，就是一丝不苟、一字不漏地认真阅读小说原文。话说曹操头疼病重——

操即差人星夜请华佗入内，令诊脉视疾。佗曰：“大王头脑疼痛，因患风而起。病根在脑袋中，风涎不能出，枉服汤药，不可治疗。某有一法：先饮麻肺汤，然后用利斧砍开脑袋，取出风涎，方可除根。”操大怒曰：“汝要杀孤耶！”佗曰：“大王曾闻关公中毒箭，伤其右臂，某刮骨疗毒，关公略无惧色；今大王小可之疾，何多疑焉？”操曰：“臂痛可刮，脑袋安可砍开？汝必与关公情熟，乘此机会，欲报仇耳！”呼左右拿下狱中，拷问其情。贾诩谏曰：“似此良医，世罕其匹，未可废也。”操叱曰：“此人欲乘机害我，正与吉平无异！”急令追拷。

华佗在狱，有一狱卒，姓吴，人皆称为“吴押狱”。此人每日以酒食供奉华佗。佗感其恩，乃告曰：“我今将死，恨有《青囊书》未传于世。感公厚意，无可为报；我修一书，公可遣人送与我家，取《青囊书》来赠公，以继吾术。”吴押狱大喜曰：“我若得此书，弃了此役，医治天下病人，以传先生之德。”佗即修书付吴押狱。吴押狱直至金城，问佗之妻取了《青囊书》；回至狱中，付与华佗检看毕，佗即将书赠与吴押狱。吴押狱持回家中藏之。旬日之后，华佗竟死于狱中。吴押狱买棺殡殓讫，脱了差役回家，欲取《青囊书》看习，只见其妻正将书在那里焚烧。吴押狱大惊，连忙抢夺，全卷已被烧毁，只剩得一两叶。吴押狱怒骂其妻。妻曰：“纵然学得与华佗一般神妙，只落得死于牢中，要他何用！”吴押

狱嗟叹而止。因此《青囊书》不曾传于世，所传者止阉鸡猪等小法，乃烧剩一两叶中所载也。(第七十八回)

研读曹操坑害名医华佗的故事，会发现它的主题不像曹操杀刘馥那样牵扯出好几种法律现象，而是集中在法律与科学这一焦点上。

法律同科学的联系相当广泛。仅以华佗被曹操害死而论，法律与科学的联系点便有三个方面。首先，由于曹操不信华佗医术高明并诚心为自己治病，而怀疑他像吉平那样乘机杀害自己，于是导致他滥用刑罚，把无辜的华佗送进监狱。“追拷”云云，说的是严刑拷打、逼口供之类的执法手段。对德高望重，行医治病救人的名医滥用刑罚，表现的是权力滥用给医学带来了损失，也给医学工作者带来了痛苦。按说法律的功能，当是保护医学的发展，维护医务工作者的合法权益。曹操的行为，完全悖逆了法律的正道。

其次，华佗突然死于狱中，很蹊跷。小说没有明写死因，留下的是情理中的疑问：是华佗自杀而死呢，还是曹操下令杀害华佗呢？

无论属于哪一种情况，法律在曹操手中都蜕变为科学的凶恶顽敌。这自然属于法律与科学的关系的负面景观。

最后，此案中，法律对科学的负面作用，还表现在破坏了华佗医学著作的流传与应用，其损失极其巨大。这笔账，要算到曹操头上。小说写这一层法律寓意，是相当细致的。看起来，着笔在吴押狱和他的妻子身上，而骨子里却是在抨击曹操。

华佗把自己的医学著作称为《青囊书》，依小说的叙述，应当有“人医”与“兽医”两个部分。华佗将书稿托付于吴押狱，希望他能继承自己的事业。吴押狱表示：若得此书，将弃狱吏之职，而从事医疗事业。不料，吴妻竟将此书烧毁。吴押狱在火中抢夺时，全书烧得只剩下一两页。这残留稿上所记载的阉鸡、阉猪的小技法，得以留传于世。言外之意很明显：《青囊书》的主要内容失传了。要知道，阉鸡猪的小技法尚且惠及全社会，而全书失传，损失何其惨重。小说细致叙述《青囊书》从华佗家中来到吴押狱手中，再被吴妻烧毁的经过，用意正在指控曹操滥用刑罚给中华传统医学造成的大损失的罪孽。

毛宗岗在点评《青囊书》时，没有看到曹操的深重罪孽，用戏谑的口吻说：

> 以酒肉换《青囊》，大是便宜。换了此书，便有无数酒肉吃矣。（见第七十八回正文夹批）

如果小说中果真有以书换酒的情节，那么还说得过去。然而在华佗与吴押狱的全部交往中，根本没有任何以书换酒的描写。这样无中生有的“点评”，既看不到法律的蜕变对科学的极大摧残，又曲解了华佗和吴押狱的纯美人格。

第六辑
法律解读的认识论、方法论

《三国演义》虽然跟《水浒传》一样，属于历史题材的文学名著，但读者与评论者对待二者的心态并不完全相同：对《三国演义》每每在三国的史实与作品的艺术虚构之间纠缠不休，严重忽视对小说文本自身的解读，而对《水浒传》则很少纠缠于宋代的史实。有鉴于此，《三国演义》的法律解读在认识论、方法论上的特殊之处，自然就在于极力匡正流弊，努力解读小说文本自身。

依据这样的想法，以上五辑共九十二篇系列短文的共同方法之一，就是不厌其详地大量引用小说原文，从原文所写的法律案件、法律文化现象、法律人物形象的言行的实际出发，一一揭示其中蕴含的固有法律内容。

本辑的系列短文所说的法律解读的认识论、方法论，也体现在上述九十多篇文章之中，就是对纯文学家不通法律而出现的误读误解现象，每每加以批评。由于这样的误读误解由来已久，非常普遍，故这里不得不用八篇文章从不同方位切入，对这文学症状作一些探视，以引起疗救的注意。

九十二　《三国演义》到底“妙”在何处

——略谈毛宗岗的不足之处

纯文学家几乎都有一个通病：不能正确解读涉法文学名著的法律思想内容，酷爱大谈其艺术特色，而这些所谓艺术特色对法律描写的艺术本身来讲，却相差甚远。因此，纯文学家误读误解的不仅仅是法律内容，还包括为法律内容服务的艺术手段。清代学人毛宗岗就是如此。

毛氏在整理、修改、评论《三国演义》，使之广泛流传上，是有大贡献的，但他大力推崇这部小说的言论暴露了不通法律的不足。在《三国志读法》一文中，他一口气列举了《三国演义》有十三大妙处：一曰“有巧收幻结之妙”，二曰“有以宾衬主之妙”，三曰“有同树异枝，同枝异叶，同叶异花，同花异果之妙”，四曰“有星移斗转，雨覆风翻之妙”，五曰“有横云断岭，横桥锁溪之妙”，六曰“有将雪见霰，将雨闻雷之妙”，七曰“有浪后波纹，雨后霡霂之妙”，八曰“有笙箫夹鼓，琴瑟间钟之妙”，九曰“有隔年下种，先时伏着之妙”，十曰“有添丝补锦，移针匀绣之妙”，十一曰“有近山浓抹，远树轻描之妙”，十二曰“有奇峰对插，银屏对峙之妙”，十三曰“有首尾大照应，中间大关锁之妙”。尽管毛氏不厌其详地一一罗列小说中的一系列人与事来证明这些“妙”处，但并不能使人信服。理由是他所概括出的十三大“妙”处本身就不是理性认识的逻辑和文学作品艺术的规律的准确表述，再说所列举人和事同那些臆断的“妙”处之间也没有真正的内在联系。“妙”者云云，不过是毛氏在做文章、弄才华罢了，难以成为对小说的中肯、客观评论。

至于对法律思想内容的表现而言，毛氏的上述十三大“妙”处，就更是无济于事。例如，为证明“有笙箫夹鼓，琴瑟间钟之妙”，毛氏在罗列大量论据中夹带着这样一句：“正叙孙权战黄祖，忽有孙翊妻为夫报仇一段文字。”凡读过《三国演义》的人，无论怎样理解，也难弄明白这句话所概括的事实到底跟“笙箫夹鼓，琴瑟间钟之妙”产生了怎样的联系。

尤其值得注意的是，论者一笔带过的“孙翊妻为夫报仇”之事，实乃五连环杀人案的完整叙述，是小说中大量精彩法律描写段落的突出实例之一，无论在法律上还是在艺术上，都有名副其实的“妙”处存在，毛老先生却与其失之交臂。

为了让大家清楚看出毛宗岗的不足之处，请读者阅读本书第三十四篇短文《环环相扣的五连环杀人案》。如果读者手头有毛评本《三国演义》，就会发现，毛宗岗在评点第三十八回中的这五连环案例故事时，没有对刑事罪案的任何法律描写，在点评行凶杀人的罪行的时候，毛氏不仅不能谴责当判死刑的重罪，反倒多次以欣赏的口吻为作案者唱赞歌。徐氏为报杀夫之仇，同其亡夫生前的两个部将共同设计暗杀两个凶手，本来跟行凶杀夫的两个歹徒一样犯有死罪，毛氏却赞叹不已。当杀死凶手妫览时，毛氏点评说：

> 不杀于席间，而杀于密室者，恐戴员（指另一凶手——笔者注）知之而不来故也，细致之极。

“徐氏复传请戴员赴宴”，本是正文中一句寻常的叙事话语，只不过交代了她要杀下一个凶手罢了，可在毛氏看来却不同寻常，用“何等机智”四个字加以赞美。这一次，杀人现场在“堂中”，本无可议论者，而毛氏又大发赞美，夸奖说：

> 一杀之于密室，一杀于堂中，各自一样杀法，妙甚。

徐氏的报复心理极为炽盛，把两个凶手暗杀而死之后，竟疯狂地大开杀戒，把根本没有参与杀害其夫孙翊的二凶手的“家小及其余党”也尽行杀害。这本是应当猛烈抨击的屠杀行径，毛氏竟然说：

> 更是畅快。

对于徐氏的谋杀行为和滥杀无辜的行为，本该以死罪论之，毛氏毫无这种意识，出乎意料地用了一大堆美好言辞予以宣扬，“细致之极”“何等机智”“妙甚”“更是畅快”等。

上述五连环杀人案的共同法律内涵都在于反映汉代“杀人者死”的立法精神未能在现实生活中落实的弊端，而这种弊端具有普遍性，故大量杀人案的罪犯几乎全没有受到法律追究与惩处。为此，本书第二辑《关于“杀人者死”的法律追问与思考》的系列短文，便以披露这一法律弊端为主题。毛宗岗的不足，不只是对这连环杀人案没读懂，而是对有关一系列罪案全都没有读懂。

请看实例：曹操之父等人被张闿一伙杀人劫财的案件，本书第三十篇短文作了法理分析。小说原文有这样一段话：

> 曹嵩忙引一妾，奔入方丈后，欲越墙而走。妾肥胖不能出，嵩慌急，与妾躲于厕中，被乱军所杀。(第十回)

这段话的作用，在于交代这件杀人劫财案的凶犯如何杀害曹嵩和妾的作案情形，并无多少独立的法理可议，故笔者的评论文章没有单独谈及这一细节，只是总体性指出此案的被害人数多达四十余人。没想到，毛氏对上述引文作了这样不可思议的点评：

> 是曹操杀吕伯奢全家之报。吕家害在一猪；曹家肥妾，亦一猪也。

请问：曹操杀害吕伯奢全家的凶杀案，同曹操之父全家被杀害的凶杀案，有什么必然的内在联系呢？毛氏认为有，无非是他头脑中存在着唯心主义的宿命论的因果报应观念罢了。以此来解释现实生活中发生在不同时空条件下的因果报应关系，在哲学上宣扬宿命论，就法律上的因果关系而言，大错而特错。这是此点评的错误之一。

错误之二，在于“吕家害在一猪”。曹操行凶杀吕氏一家，罪责全在曹操一人身上，同吕氏厨房被缚待杀的猪没有牵扯。曹操误以为吕氏杀猪以待曹操这远来的不速之客，是要杀自己，于是产生杀人以自保的杀人动机。这是曹操心理上的认识错误，也谈不上那猪有什么“害”处。

错误之三，是把被杀害者之一的曹嵩之妾称为“猪”。法律禁止杀人，有尊重人的生命，关爱人格尊严的意味。毛宗岗却咒骂被杀害的人为“猪”，杀猪是无罪可言的，毛氏此说是在为杀人劫财的罪犯开脱罪责吗？

三句点评，犯了三个错误。毛宗岗“点评”《三国演义》的错误到底有多少？笔者认为，唯有彻底挖除了毛氏点评的陈旧病灶，后世纯文学家受其影响而生出的类似病症才有根治的希望。

九十三　对“拥刘反曹”倾向不可作绝对化的理解

我读过的中国文学史论著，几乎都少不了强调《三国演义》思想内容上的“拥刘反曹”倾向。对此，我并无非议。不过，有一点值得注意，这就是：对“拥刘反曹”倾向不可作绝对化理解，否则便会歪曲作品的实际描写。

小说固然对曹操有许多贬斥，但对刘备也并非一味歌颂。法律视角下的刘备，可恶可憎的东西不在少数，这当是作品对他无情的鞭挞。刘安杀妻的故事，可谓一箭双雕，既反刘又反曹，不可不着重加以解读。请看小说原文：

> 且说玄德匹马逃难，正行间，背后一人赶至，视之乃孙乾也。玄德曰：“吾今两弟不知存亡，妻小失散，为之奈何？”孙乾曰：“不若且投曹操，以图后计。”玄德依言，寻小路投许都。途次绝粮，尝往村中求食。但到处，问刘豫州，皆争进饮食。一日，到一家投宿，其家一少年出拜，问其姓名，乃猎户刘安也。当下刘安闻豫州牧至，欲寻野味供食，一时不能得，乃杀其妻以食之。玄德曰：“此何肉也？”安曰：“乃狼肉也。”玄德不疑，乃饱食了一顿，天晚就宿。至晓将去，往后院取马，忽见一妇人杀于厨下，臂上肉已都割去。玄德惊问，方知昨夜食者，乃其妻之肉也。玄德不胜伤感，洒泪上马。刘安告玄德曰：“本欲相随使君，因老母在堂，未敢远行。”玄德称谢而别，取路出梁城。忽见尘头蔽日，一彪大军来到。玄德知是曹操之军，同孙乾径至中军旗下，与曹操相见，具说失沛城、散二弟、陷妻小之事，操亦为之下泪。又说刘安杀妻为食之事，操乃令孙乾以金百两往赐之。（第十九回）

猎户刘安把妻子杀死本已犯了死罪，还要把死者的手臂之肉煮熟让刘备饱餐一顿，当问到此为何肉时，回答竟是“狼肉”，这就更残酷至极，毫无人性可言。

然而，刘备在得知昨晚所吃是刘安妻子的臂肉的真相之后，竟不以杀人罪视之论之，只不过“不胜伤感，洒泪上马”而已。如此看来，在刘备心目中，“杀人者死”的法律精神分文不值，甚至还感到杀人者刘安的言行感人至深，于是流下感动的泪水。

绝对不应摒弃法律视角来阅读这则令人毛骨悚然的小故事。我以为，细细咀嚼、品味之后，可悟出封建法律本身及其实施于社会的许多微妙之处。首先，杀人犯是否真正依法论处，会以被杀之人的身份、地位、财产等条件为转移。高官、显贵、富豪之人，一旦被杀，就非同小可。平头百姓被杀，则不被当作一回事。刘备就有这种不平等的法律思想意识。这一点，在小说第二回开头就已显示了苗头。当时张飞想杀董卓，刘备和关羽同时制止他说：“他是朝廷命官，岂可擅杀？”两相对比可知，在刘备看来，穷得不能招待客人的猎户杀妻待客根本不算犯罪。如此视人命如草芥，难道不是刘备其人的一大污点吗？这是问题的实质之一。

刘备同刘安分手之际，“玄德称谢而别”。寥寥六个字，道出了问题的又一实质：在刘备骨髓里，有着封建时代所推崇的民对官、下对上的愚忠思想观念的基因。这种东西跟上述不平等的法律思想意识交相作用之后，势必形成更顽固的阻挡法律运行的路障。就这样，本应依“杀人者死”而被论处的刘安，因愚忠到杀妻待客的地步，而在刘备看来成了应当感谢的好人好事。

的确，刘安是充满愚忠观念的顺民。于是才有“但到处，闻刘豫州，皆争进饮食”。在这种纯朴、善良又不够开化的民风民意中，竟然把杀人、吃人肉这种灭绝人性的野蛮行径，也当作了无私奉献、忠于官长的好事美德。故事中正是把刘安杀妻忠于刘长官和孝顺在堂老母亲这两件事并列叙述出来的。在刘备看来，二者相得益彰。因此，他对刘安“称谢而别”，表明了对这杀人者愚忠思想意识和行为的肯定。“杀人者死”的法律精神自然而然被遮蔽得不见踪影。

这则小故事的末尾一句话，可谓是顺手捎带地给了曹操致命的一击。当曹操听刘备讲到刘安杀妻以给自己充饥的恶性罪行之后，立即“令孙乾以金百两往赐之”。这就是说，在曹操看来，刘安杀人是一件值得高度赞扬、从重嘉奖的功绩。对杀人犯处以死刑同奖励黄金一百两处在截然对立的境地。曹操的做法，可以认为荒唐至极。

为什么曹操竟然做出法律尺度之下荒谬绝伦的蠢事呢？原因之一，是以上所谈刘备的不平等的法律思想意识和对百姓的愚忠观念的欣赏，同样存在于曹操的头脑中，甚至有过之而无不及。在这一点上，曹、刘二人谁也不比谁高明。“拥刘反曹”倾向在这里根本谈不上，或者纯属子虚乌有。

原因之二，在于曹操作为杀人犯，跟刘安大有同病相怜之嫌。曹操杀董卓未遂，是受到通缉的罪犯。此后不久，又杀死吕伯奢全家九口人。如此罪孽深重，到头来不仅逍遥法外，反而飞黄腾达当上了执掌汉朝政治、军事大权的丞相。曹操的畸形人生经历，对“杀人者死”的法律精神是莫大的嘲讽。在他的意识里，未尝没有对杀人犯的认同欣赏之情愫。正是因为如此，刘安杀人供食刘备的严重罪行，很有力地感动了曹操，使他不禁也流出了眼泪。也许，曹操不免将自己因怀疑别人杀自己而杀人九口，同刘安因招待州官刘备而杀妻进行比较，大有自愧弗如之慨。“令孙乾以金百两往赐之”的举动，正反映了曹操这种内在心理的复杂意念。

九十四　是作者以文乱史，还是论者以史害文

在《三国演义》的评论上，有一个长期纠缠不清的是非问题，这就是：到底是小说的作者用文学虚构搅乱了历史真实呢，还是评论者用历史事实来指责作家的正当艺术虚构？

有人在《曹操杀吕伯奢的真相》一文中作结论说：“曹操杀吕伯奢可以肯定是不实之词，乃小说家之虚构；杀吕伯奢家人也属疑案，可能并无此事。果然如此，则真是冤枉了曹操。”（李燕捷《三国演义与三国史实》）

有人抓住诸如此类同三国史实不吻合的故事情节，认为这些是“对曹操的丑化”，更有“以假乱真，颠倒黑白”的大帽子扣到了小说作者头上，于是

做出《三国演义》是“以文乱史的文本”这种全盘否定的结论（李新宇《三国演义批判》）。

我们认为，《三国演义》是历史小说，属于文学范畴，而不是历史教科书，不应当以史学的眼光与尺度来指责它歪曲了历史。小说中的刘备、曹操、关羽、张飞等，是文学形象，绝不可同历史上的刘备、曹操这些历史人物等同起来。许多评论者不去评论小说中的故事情节、人物形象本身固有的思想内含，一味作考证，列举大量事例来反复批评作者写小说时犯有“移花接木”、“张冠李戴”、“混淆是非”之类的错误。如此对待历史题材的文学作品，是无视文学特征，践踏艺术规律的表现，将会把读者引向在史实同艺术虚构中纠缠不清的歧途。

在我浏览过的许多有关专著中，以历史考证方式评论《三国演义》的为数众多。论者往往引经据典，竭力挖掘那些根本不见于史书或不忠实于史实的艺术描写，以斥责作家有负于历史归宿，对于虚构的故事情节、人物形象的认真负责的评论，大有被置于不顾的倾向。偶尔发表意见，也是言不及意的随心所欲式的评论，于小说本身无补，对广大读者更是无益。在一本专著中，有专谈“刘安杀妻”故事的文章。该文复述了小说第十九回的这一小故事，反复指出“这件事不见于史书记载，乃是小说家的虚构”，“刘安杀妻的故事也是虚构的”，论者以极大兴趣列举史书所载古代人吃人的事例，对于刘安杀妻故事的本身，仅做了一点跟法律不沾边的随意性的议论：

> 刘安杀妻却是为了好客，或者用今天的话来说：是为了“巴结当官的”，想寻找野味供食，一时不能得，便把朝夕相伴的自己的妻子权当作“野味”而供那位自称“中山靖王之后”的姓刘的大人物饱餐了一顿。这真是太残忍了！太没有人性了！（天行健《正品三国》）

在这位评论者心目中，杀人似乎不是法律问题，而只是“太残忍”“太没人性”的道德问题。殊不知，吃人肉的刘备在明白刘安杀人真相的第二天，对刘安不仅没有任何非议之词，而且还“流泪”“称谢”，这又作何解释？是不是又要对刘备也作一番“太残忍”“太没人性”的道德鉴定呢？再说，在刘备向曹操讲了刘安杀妻的故事之后，曹操不仅也流了泪，而且还派人去奖励刘安“金百两”，这又作何解释呢？难道可以又一次把“太没人性”之类的道德鉴定搬出安放到曹操头上吗？看来，如此简单的道德话语，是无济于事的。

当今之世的上述种种志在考证历史，以历史事实来否定《三国演义》的艺术创造，不能严肃认真地解读这部文学名著的法律思想内容的方法论缺陷，由来已久。早在半个世纪前，郭沫若先生就在《人民日报》发表了《替曹操翻案》的文章。此文以史书中的曹操为立论依据，强调要“追求历史的真实性，替曹操翻案”，而之所以要翻案的原因，就在于“《三国演义》和三国戏的普及，三岁小儿都把他（指曹操——引者）当成了大坏蛋，要翻案是特别不容易的”（该文载于1959年3月23日《人民日报》）。郭老的这篇文章，就有以史害文的倾向。半个世纪过去了，时下陆续出现的《三国演义》研究专著不仅未能纠正当年以史害文的偏颇，反倒有愈演愈烈之势，以至于出现了一棍子将《三国演义》打死的大批专著，其结论便是认为《三国演义》是“以文乱史的文本”。这不是解读文学名著，而是在宣判文学名著的死刑。

有一本研究专著用“揭开《三国演义》中事件真相”的醒目标题，撰写了近三十篇短文，论者的用意即在指责小说“三虚七实的描写迷惑了不少读者对历史真相的了解”，又用历史事实来发表自己的见解，至于小说中的人物、故事自身寓意如何，都不在论者视野之中。例如，有一篇短文题为《蔡邕缘何被杀》，论者抄录了第九回一段话之后，急转直下地说：“这与史书记载是大有出入的。”（老夫子《老夫子诠解三国演义》）接下去便是纯粹的历史考证话语，直至终篇。不客气地说，这样“揭真相”，实属用历史事实的不负责任的叙述来取代对小说文本的忠实解读。遗憾之至的是在我所读到的几十本专著中，几乎都未能跳出这个窠臼。

且就蔡邕被杀事件而论，其该议之法律内容不少。首先一点，司徒王允命人处死蔡邕，维护了皇权与法律的尊严。董卓罪恶滔天，刺杀董卓乃汉献帝下诏的执法活动，蔡邕在董卓尸体上哭倒成泪人，这等于在跟皇权、法律对抗，不严肃处治，成何体统？其次一点，蔡邕作为大文人、大学者，在伏尸而哭的理由上不免太迂腐。他“因一时知遇之感，不觉为之一哭。”这番自我表白是真诚的。须知，汉灵帝在位时，听信十常侍谗言，“陷邕于罪，放归田里”（第一回）。汉献帝登基，董卓当了丞相，为表现自己知人善用，便命蔡邕进宫，“一月三迁其官，拜为侍中，甚见亲厚。”（第四回）蔡邕的迂腐即在于不知董卓重用自己的真相，大有盲目崇拜、感激的毛病，致使他在一时激动中干出了伏尸而哭的蠢事。这蠢事的法律性质即在于犯了重罪。用感情冲动取代理智思考，是蔡邕犯罪的心理原因。最后一点，王允不听蔡邕本人的辩解与请求——修史以抵罪，也不听朝臣的劝解与从宽发落的建议，从严于执法上讲，是铁面无私，不以情坏法的表现，值得肯定。因此，后人评论王允杀蔡邕“亦为已甚”的意见，并非公允、正确，为笔者所不取。换言之，我以为王允依法处死蔡邕无可指责。

这三点法律意味并不深奥莫辨，然而在史实中大做文章而对解读小说文本自身毫无兴趣的众多学者，却未曾分析、谈论。因此，批评他们以史害文，是一点也不过分的。

有鉴上述所谈，拙著《法说三国演义》采取的方法之一，就是不到万不得已，一般情况之下均只注意小说文本的解读，不过问史实上的任何考证。如果出现了考证性的说明，那么它们大约都属于法制史的考证范畴，有的则是为了证明罗贯中的艺术虚构往往出于法律上的自觉追求。解读古代涉法文学名著，这种法制史的史实考证，是非走不可的必由之路。

九十五　关于三国政权的合法性

《〈水浒传〉与〈三国演义〉批判》一书中有一篇专题文章——《政权的合法性》，在笔者看来此文有许多可议之处：其一，论者的“合法性”中的“法”，是极其抽象的，又是无所不包的，致使他所讲“政权的合法性”不知所云。尽管其主旨在于讨论魏、蜀、吴三国政权的合法性，然而由于这“法”，没有界定，便把不属于论题中的其他东西扯进来了，如“正统”“土地”的“产权”的“合法性”、买下的土地的“所有权”是不容侵犯的等。总之，论者的所谓“法”不知为何物，所谓“政权的合法性”因而也失去了应有的内涵与外延。

魏、蜀、吴三国都是在汉朝的土地上建立起来的国家，各有其皇帝，这就意味着有三个并存的政权。要讨论他们的“合法性”，唯一的尺度就是汉朝的法律和关于皇帝制度的规定。凡是推翻当朝皇帝汉献帝，另行建立的中央政权，全是非法的。魏、蜀、吴三国，没有一个例外。

《三国演义》中的人物，都各为其主，都把自己所在的一国说成合法，而把另外两国说成是“篡国”、“篡位”、“逆贼”。可见，三国人物是以汉朝法律为评判政权合法与否的标准的。今天我们评论魏、蜀、吴三国政权是否合法，自然首先应当以汉朝法律为标准，确认它们的非法性质。

魏、蜀、吴立国之后，它们又各自制定了本国的法律。不言而喻，其法律是为维护其政权服务的，故违背汉朝法律的三国政权都一变而为合法政权了。这里的法，不再是汉代的法律，而是魏、蜀、吴三国各自的法律。

以上所谈，便是三国政权合法性的全部法理之所在。论者所谈，根本没触及到这些应议之法理。

其二，论者认为，“如果一定要寻找合法的正统的话，当然非曹魏莫属”，其理由就是：“曹操到死都是汉朝丞相，独揽汉家大权”，“曹操独揽大权，然而终其一生辅佐无能的汉献帝”。此说大错。错在何处？本书第五辑已明确指出，曹操的“独揽大权”，不是什么“辅佐”汉献帝，而是架空皇权，使当朝皇帝成为傀儡的严重罪行，在这极恶大罪的基础上产生了曹操肆意发动不义非法战争，疯狂杀害皇后、皇妃、皇子、朝臣，滥用人事权等罪行。曹操是导致汉朝分裂、衰亡的一大罪魁祸首。在论者心目中，这些重罪、大罪竟然都成了曹操“辅佐”汉献帝的殊勋，于是曹魏成了“合法”的“正统”政权，真是错得太遥远了。

其三，曹丕篡夺汉献帝的皇权，另行建立魏国，在论者看来这是“曹丕对天下的继承”。这又是一个大错。中国封建社会的皇帝宝座，是世袭的，一般只能由同姓的直系血亲来继承，以延续同一封建王朝的统治。而曹丕打着“禅让”的幌子，推翻了刘氏王朝，另立魏家中央政权，属于三国人物口中反复讲到的“篡位”，但到了论者眼里，居然变成了“继承”！

其四，论者有言曰：“汉家天下本身就并非正道得来，刘氏建立的统治本身就缺乏合法性”。这表明了论者心目中的“法”不仅虚无缥缈，还反映出其对于法律的本质、制定、沿革等理论、知识的欠缺。任何封建王朝的建立，都有推翻前朝皇帝的非法行为，如暴力战争、宫廷政变、废旧君立新君之类，然后再制定本朝法律，以维护自己的政权，简言之，这里的“法”，无不是一朝一代的具体法律，不存在一种万古不变的“法”。以此看刘氏的汉朝就会明白：汉朝政权对推翻秦朝来说，是违背秦法的，而对汉朝一旦建立之后制定的一套法律来讲，刘邦建立的政权就完全合法了。

其五，论者的文章把“政权的合法性”讲来讲去，最后落脚到土地问题上来，提出了对“普天之下、莫非王土”的疑问：“这产权的合法性由何而来?”“政权”同“土地”是分属于两个范畴的法律问题，也就是说二者涉及的是不同部门的法律。“政权”，涉及古代行政组织法、官吏管理法，而“土地”涉及的是民事与经济法律。将二者相提并论，都当作“政权的合法性”来谈论，则有偷换概念的嫌疑。

拙著《法说三国演义》全书一百篇系列短文撰写的共同方法之一，正是反反复复披露与批评纯文学家的种种不通法律的错误，显得很好斗，也许令人讨厌。然而笔者以为，为了呼吁疗救古往今来纯文学家误读、误解涉法文学名著的通病，非到处挑刺不可。不当之处，诚恳欢迎广大读者予以指正。

九十六　从艺术虚构看罗贯中笔下法律描写的自觉性（一）

作为历史演义小说，《三国演义》的历史素材来源很丰富，最主要的就是陈寿的《三国志》。为《三国志》作注的裴松之，时常引用王沈的《魏书》、郭颁的《世语》和孙盛的《杂记》这三部书。罗贯中创作中的艺术虚构，表现为以多种多样的手法对这些史书提供的素材进行加工、改造，甚至是无中生有的大胆创造。

笔者认为，通过学术上的考证，可以得出一个结论：罗贯中进行艺术虚构的所有场合，都有一个共同的准绳，这就是自觉追求和表现人物、故事自身固有的法律认识价值。有人说，罗贯中笔下同史实不吻合的那些描写，都是为了吸引读者的注意。这种说法没有脚踏实地的立足点。我们要问：吸引读者注意力的目的何在呢？所以说，不管读者对于法律的东西是否感兴趣，罗贯中本人的艺术虚构追求和要达到的终极目标，就是极力把他所认定的、感兴趣的法律现象及其寄寓的法律思想意义描写得栩栩如生，让人可以反复去咀嚼、回味、联想、发挥、创造。正因为如此，从法律的视角解读《三国演义》，正符合罗贯中创作之际的自觉追求。反之，无视法律，会大大有负于罗公的意愿与成就。

例如说，小说中的曹操为什么大大不同于历史书籍中的曹操？通常的解释是罗贯中有“拥刘反曹”的倾向。这种解释，只是对小说在刻画曹操、刘备这两个人物及其相应两大集团上的态度的然否作了概括，并不能具体解释曹操是怎样一个文学形象。法律视角的运用，便使这个问题迎刃而解了。

在具体评论曹操其人时，文学家通常认为他是“奸雄”。这是道德评价。还有人觉得这“奸雄”的“道德判断色彩”太强烈，换成了一个所谓的“中性的说法”，就是认为小说中的“曹操形象是一位驰骋在政治疆场上的风云人物”（傅光明《纵论三国演义》）。质言之，这“中性的说法”实为政治鉴定。道德判断与政治鉴定，均不能客观评价曹操作为文学形象的思想内涵。

唯从罗贯中艺术虚构中法律描写的自觉性的视线，我们才可清晰地看出，罗公创造了中国文学史上空前的、至今无与伦比的法律人物形象，他具有丰富的法律认识价值。这就是本书用一个专辑二十多篇系列短文论述曹操作为法律人物形象的缘由。

这里要谈的是，从艺术虚构的方式方法上，可以得知写曹操其人、写《三国演义》其书，罗贯中无不在自觉追求法律上的认识价值的形象化表现。

作为实例，可举曹操杀吕伯奢全家九口人的大血案。谈曹操几乎没有不谈这一案例的。但遗憾之至的是，学者们的兴趣要么只在将史实同小说的虚构进行比较，要么只在用杀人故事证明曹操性格上的“阴险”、“残忍”、“自私自利”。其结果是，罗公的自觉追求以及取得的效果，都失落在不通法律的视觉缺陷与理智思维的缺陷之中。

中国《三国演义》学会会长刘世德在谈及这一杀人案方面的意见，是有权威性、代表性的，但也未能摆脱遗弃法律视角的通病。

刘先生经过史实的考证，看到了罗贯中的“创造”亦即是艺术虚构，在于三个方面：

第一，增加了一个有名有姓的角色：陈宫；

第二，改变了曹操和吕伯奢之间的关系，即由原来曹操的“故人”，变成曹操父亲的“结义兄弟”；

第三，增添了两重要细节：其一，杀死吕氏一家之后，曹操和陈宫“搜至厨下，却见缚一猪欲杀”；其二，曹操和陈宫出吕氏之家后，见到吕伯奢买了酒、菜归来，曹操又杀死这位善良、好客的老人。

指明这三方面的虚构后，刘先生认为，这样写来，“使得曹操多疑、自私、奸险、狠毒、残忍的性格暴露无遗”。接着，又作结论说：“总之，曹操杀吕伯奢的情节是罗贯中的神来之笔。这也是他刻画曹操性格的全局棋中的一步要着!”就这样，在刘先生看来，这艺术虚构的落脚点，只在于表现了曹操的道德上的一系列缺陷，是人物性格刻画的重要手段，同法律毫无瓜葛。

在笔者看来，曹操作为法律人物形象是多层面的复合体，其一个层面就是杀人惯犯，杀吕伯奢一家是其杀人凶案之一。至于这一案件的法律认识价值，已有专文论及，此处从略。

为了使读者了解艺术虚构体现了罗贯中法律寓意上的自觉追求，不妨再看一个实例。《三国演义》第二回，写到了张飞打督邮的故事。依据正史记载，这事发生在刘备身上。小说以移花接木手段，把发生在刘备身上的事写成是张飞身上的事，也是艺术虚构手段之一。刘世德先生是这样解释的：“这是历史上的故事。但是，刘备不是个莽撞、容易发怒的人。而这些事情发生在张飞身上，却非常符合他的性格。于是，罗贯中把这件事移过来，装在张飞的头上，让张飞的形象饱满了。”实际上，张飞是小说中的生动法律人物形象之一。打人、杀人、在古城赶走县令又招兵买马、抢夺袁绍的两百多匹马引发了一场两军交火的战争、借执行军法随意责罚部下、在部下行凶杀人的罪案中成为受害者等，无不是张飞的法律地位、行为的载体，一一评论起来，张飞的法律认识价值也是相当可观的。而打督邮，不过是张飞一系列法律事件、案件之一，仅以“性格”论之，实在不够全面。

《三国演义》的战争描写，有三百多处。《三国志》所提供的素材，往往只是简短的叙事，谈不上形象描绘，如战场景物、人物对话，战争性质的议论，军法的执行等，都不见于史书。显然，这里的艺术虚构天地广阔，工程浩大。罗贯中描写战争的所有虚构，也是以突出其法律寓意为归依的。例如，官渡之战、赤壁之战、彝陵之战等大战役以及不少小战斗，往往有交火前两阵主帅之间的对话甚或互相辱骂，这些对表明战争的合法或非法以及难以说清的性质，起了重要作用。以官渡之战而言，《三国志·武帝纪》记载有“公还许，分兵守官渡”，“公军官渡”，“公还官渡，绍卒不出”，“绍复进临官渡，起土山地道”等事实梗概。而读《三国演义》第三十回，却可读出史书中根本没有的大量形象描绘。尤其是曹操与袁绍阵前的如下对话，纯属想象：

> 曹操以鞭指袁绍曰：“吾于天子之前保奏你为大将军，今何故谋反?”绍怒曰：“汝托名汉相，实为汉贼，罪恶弥天，甚于莽、卓，乃反诬人造反耶?”操曰：“吾今奉诏讨汝。”绍曰：“吾奉衣带诏讨贼。”

诸如此类的对话、对骂不少。其作用，都在表明战争的法律属性。以官渡之战而论，我们写有短文专门论及，将其定性为“罪臣斗叛将”。这些无一不反复表明，罗贯中的艺术虚构是在突出其一定的法律寓意的。

可以用一句话来归纳罗贯中艺术虚构的法律追求的自觉性：《三国演义》作为乱世的法律教科书，所总结的百年征战史上的法律经验与教训，不是偶然的巧合，而是作者自觉意识的必然。

九十七　从艺术虚构看罗贯中笔下法律描写的自觉性（二）

写完上一篇短文，意犹未尽之至，不得不再就这个题目谈一个以汉献帝为直接受害者的案例，这就是本书第八十四篇短文所谈到的“把矛头指向汉献帝的朝廷杀人案”。

《三国演义》中的法律内容，除了通过战争描写的手法加以表现之外，另一重要手法，便是利用穿插在战争间隙中的大量案例故事来暗示。这一朝廷大血案，就是典型案例之一。现在要讨论的问题是：罗贯中怎样改造原有历史素材，进行大胆的艺术虚构，从而写出了一个使我们得以专门剖析其法理法意的大血案的呢？

查《三国志·蜀书·先主传》，有云：

> 先主未出时，献帝舅车骑将军董承辞受帝衣带中密诏，当诛曹公。先主……遂与承及长水校尉种辑、将军吴子兰、王子服等同谋。……事觉，承等皆伏诛。

《三国志·魏书·武帝纪》也用一句话记载了上述事件：

> 五年春（指建安五年——引者注）正月，董承等谋泄，皆伏诛。

所录两段原文表明，衣带诏事件既没有什么发生、发展的缘由，也没有过程描述，还缺少生动的细节，其结果的交代也笼统、模糊，更看不出事件的法律性质，自然更没有什么可议之法理法意显现在字里行间。尤其是衣带诏中所说“当诛曹公”，这一说法缺乏内容：曹操为什么当诛？这“诛”是一般性的处罚，还是要将他处死？

从曹操这一方面看，也是语焉不详。“事觉”，即衣带密诏泄露，只有梗概，没有细节，根本看不出曹操有什么作为。“承等皆伏诛”也叫人摸不着头脑：谁来“诛”董承等人的呢？受“诛”的到底有哪些人、有多少人？尤其不明白的是：“曹公当诛”的“诛”同“承等皆伏诛”的“诛”可以相提并论吗？

总之，见之于史书的衣带诏事件，极为简略，法律属性不明确，曹操对待汉献帝和皇后、皇妃等的态度和行为也无从显示。

罗贯中的艺术虚构，在于把史书中的这一素材改造、加工为一个典型法律案例。《三国演义》第二十回、二十一回、二十三回、二十四回把这案例的来龙去脉作了详尽、生动的描述。通过整合、梳理，案例故事暗示的法理法意大约有这样几点：

第一点，关于汉献帝用手指血写下的秘密诏书。就诏书的形式因素而论，是具有最高法律效力的法律文书，任何一级政府或法官的法律文书，都不可同皇帝的诏书相比拟。以诏书内容而言，汉献帝已认定曹操为“贼”，其罪行概在“弄权”，即夺取皇权，具体行为是“欺压君父；结连党伍，败坏朝纲；敕赏封罚，不由朕主”。诏书给朝臣下达的任务，是“殄灭奸党，复安社稷”。用通俗的话来讲，就是要严惩曹操，保卫朝廷和社会的正常秩序。

既然诏书具有最高法律效力，为什么汉献帝不通过正常的法律运作程序、方式来惩治曹操，而要写血书隐秘地办事呢？原因在于曹操已将汉献帝当作了傀儡，法律运转的正常轨道已行不通，只得无可奈何地转入地下斗争。这种局势，正是曹操一手造成的。

第二点，接受了汉献帝的秘密法律任务的朝臣，为了表示严肃、认真、负责的态度，采取了签名画押的法律手续，他们是车骑将军董承、工部侍郎王子服、长水校尉种辑、议郎吴硕、昭信将军吴子兰、西凉太守马腾六人，后来又发展了刘备，也履行了签字画押手续。由此可见，忠于汉献帝，自愿执行法律以惩曹操的力量不算太小，有落实的希望。

第三点，写血诏的时间为建安四年三月，对曹操其人来说，是他所处法律地位的又一个临界点。此前，曹操有着杀吕伯奢全家九口人的犯罪前科。当了丞相，意味着曹操的杀人罪不仅未能得到处罚，反倒在政治上获得了仅次于皇帝的高官和大权，在法律上也有极大权威。即使曹操从此不再有新的罪行，仅杀人前科一点，已是不可思议的荒唐事。要知道，我们今天招聘国家公务员的一条重要原则，就是有过刑事犯罪记录和受过行政开除处分的人，不得报考公务员。汉代的法律，自然也不可能允许杀人犯来当丞相一级的大官。到了建安四年三月，曹操因一系列新的政治活动中的罪行，而被汉献帝所确认为罪臣。从这时候起，曹操便是一个被朝廷即最高法律机关认定的罪臣，随时随地都有被绳之以法的可能性。

第四点，曹操发现血诏之后，杀死医生吉平，又处死董承等七百余人，还勒死董妃，这些都是把矛头直接指向汉献帝的新一轮杀人罪、欺君之罪。

如果说史书中含混的“诛”未能指明其法律性质的话，那么在小说中曹操对七百多人的“诛”，就是指杀人罪行，而绝对不是依法去执行死刑。而血诏中的“诛”曹操，则是指依法判处曹操的死刑。

明白了以上法理法意的要点，就可知道，罗贯中把史书中法律性质不明朗、法律寓意不明确、法律意味不丰富的素材，加工为发生在皇宫的刑事大案。本案中，曹操是犯罪者，汉献帝是执法者，同时又是案犯曹操报复执法者的新一轮犯罪的受害者，董承等人也是曹操新一轮犯罪的受害者。这种特大血案发生在朝廷，架空了皇权和法律，充分显示了法律在被人治的极权践踏、绑架之下无可奈何的尴尬和荒谬。这就是此案可以总结的第五点法理法意。

这一切，既是罗贯中利用历史素材进行艺术虚构所追求的东西，也是小说文本在客观效果上能够使读者感悟、意识到的东西。

以上两篇文章所谈，表明罗贯中写《三国演义》的主观意图中有着探讨三国乱世中的法律问题的自觉、积极追求。有人在分析罗贯中的“创作意图”时认为，罗氏运用历史素材持有的两大标准，“一是以政治家历史家的眼光来选材料”，“二是道德家的伦理标准”（齐裕焜《乱世英雄的颂歌》）。可见，论者认定的两个标准的实质，是把罗贯中的内在法律追求政治化、道德化，这显然误解了作家的创作意图。可见，纯文学家除了直接误读误解涉法文学作品的法律内容之外，一旦谈到涉法文学作家的创作心理问题，便会对他们的自觉法律追求也作误读误解。笔者的这两篇短文，针砭的正是后一种误读误解的现象。

九十八　注意法律名词的准确解释

《三国演义》作为一部涉法文学名著，跟其他涉法文学名著一样，也运用了很多法律名词、术语。历来给小说作注释的学人以及编撰《三国演义辞典》的专家，因为缺乏相应的法律知识，对于专业术语仅仅只能作一般性的词义解释，而不能揭示其固有的法律内涵，这就影响了对小说法律思想内容的解读。这里，选择若干法律名词作法律专业性的解释，以期广大学人和读者收到举一反三的效果。

例一　御

小说开篇，叙述汉灵帝的行踪，有这么一句话："建宁二年四月望日，帝御温德殿"。什么叫"御"？作家出版社出版的《三国演义》的注释说："这里作动词用。特指皇帝临幸"。读一读中国法制史的著作，可知这"御"是皇权制度化的产物。为了确保皇帝的尊严，汉代对皇帝的一切都规定有专门的名称加以称呼，以致形成了一种特殊制度，随意运用就视为侵犯皇权的罪行。蔡邕所撰《独断》一书，开篇就说：

> 汉天子正号曰皇帝，自称曰朕，臣民称之为陛下。其言曰制诏，史官记事曰上。车马、衣服、器械、百物曰乘舆，所在曰行所在，所居曰禁中，后曰省中，印曰玺。所至曰幸，所进曰御。（转引自张晋藩《中国法制通史》第二卷）

由此可知，这里的"御"，指汉灵帝行走、前进到了温德殿，它跟"幸"有所区别：不是单指"至"，而有"进"的意思。注释者却解释为"临幸"，这就把"御"跟"幸"混淆了。皇宫是皇帝本人居住的地方，到每一宫殿只能说"御"，不能说"幸"。如果到后宫或臣民的住所，则要说"幸"，不能说"御"。

例二　坐酎金失侯

在介绍刘备的身世时，提到其前辈刘贞："汉武时封涿鹿亭侯，后坐酎金失侯"。上述注释者对后一句话是这样解释的："坐酎金失侯——因为没有按规定进贡酎金而丢掉了亭侯的爵位。坐：这里是违反之意"。（第一回）

"坐"，不是"违反"，而是依法判处的意思。在古代法典中，凡是给人定罪都写成"坐"。"坐酎金失侯"，即是判处专有罪行——"酎金不如法罪"，因而失去侯的爵位。据法制史学家指出：仅在汉武帝时，因诸侯们所提供的酎金成色或分量不符合规定，而剥夺了一百多人的爵位。

例三　戮尸枭首

上述注释者有关释文如下：

戮尸：古代酷刑之一。即陈尸示众，以示羞辱。枭首：古代酷刑之一，即将头砍下，并悬挂示众。（第二回）

这种解释有两点不足：一是语义上不够准确，缺乏特定的法律专业意味，二是受刑人是死者张角，应当在这具体语言对象的环境下解释执法者之所以这样做的奥妙何在。

戮尸，不是法定的酷刑，而是官员违法地残害尸体的行为。在宋代法律中，明文规定残害尸体是犯罪行为。把“戮尸”解释为“陈尸示众”不正确。枭首，不能笼统地说是“酷刑之一”，而是汉代对死刑犯执行死刑的方式之一，具体做法是先把罪犯处死，再将头砍下悬挂于高处示众。张角已经死亡并入土安葬，依现代法理，对任何已经死亡的罪犯不再追究法律责任。为什么汉朝军队在以军事手段镇压黄巾起义军的同时，对已经死亡的起义军首领张角开棺戮尸枭首呢？汉代法律把农民起义视为“谋反”、“大逆”，是所有罪名中最严重的头号罪名，得处以不可饶恕的死刑。对已死的张角还要进行“戮尸枭首”，反映了统治者对农民起义的刻骨仇恨。

例四　矫诏

注释者说：“矫诏——冒充皇帝之名发布的诏令”。（第二回）有一本《三国演义辞典》所作的解释很类似：“假托皇帝之名发布的诏书”。（沈伯俊等《三国演义辞典》）这两种解释在字面上都讲不通，更不要说离法律内容有多远了。以词性而论，“矫诏”不是名词，故不能解释为“诏书”，而是动宾词组，指的是诈称皇帝诏书、诏令的行为。小说中“矫诏”的行为人是十常侍，他们明知汉灵帝已经死了，但“秘不发丧，矫诏宣何国舅入宫”。这里的“矫诏”，就是假冒汉灵帝发诏书，让何国舅进宫。

就法律含义而言，“矫诏”属于亵渎皇权和危害皇帝人身安全的诸多罪行的一种，罪名是“违反诏令罪”。具体讲，“诈称皇帝诏命，则构成矫制罪”，重则处死刑，轻则免官。（参见张晋藩《中国法制通史》第二卷）如果一般百姓“矫诏”，就会受法律追究。十常侍都是有恃无恐的大权在握之人，故敢胆大妄为。

例五　约法三章

上述《三国演义辞典》解释说：“典故。刘邦攻克秦都咸阳，废除秦王朝烦琐的严刑苛法，与秦民约定，实行三条法律，即‘杀人者死，伤人及盗抵罪’。后来，称订立简明的条约，使人共同遵守，为约法三章。（第六十五回）”（沈伯俊等《三国演义辞典》）

但是，在小说中，“约法三章”并不是当作“典故”运用的，而是针对事实上的立法苛严倾向而提出的批评论据，其法律上的本意，应当是轻刑省法。因此，小说中的相应故事记叙的是一场关于立法从宽还是从严的论争。如此解释，才符合小说的实际。不妨把这则故事抄录如下，供读者研究：

> 益州既定，玄德欲将成都有名田宅，分赐诸官。赵云谏曰：“益州人民，屡遭兵火，田宅皆空。今当归还百姓，令安居复业，民心方服，不宜夺之为私赏也。”玄德大喜，从其言。使诸葛军师定拟治国条例，刑法颇重。法正曰：“昔高祖约法三章，黎民皆感其德。愿军师宽刑省法，以慰民望。”孔明曰：“君知其一，未知其二：秦用法暴虐，万民皆怨，故高祖以宽仁得之。今刘璋暗弱，德政不举，威刑不肃；君臣之道，渐以陵替。宠之以位，位极则残；顺之以恩，恩竭则慢。所以致弊，实由于此。吾今威之以法，法行则知恩；限之以爵，爵加则知荣。恩荣并济，上下有节。为治之道，于斯著矣。”法正拜服。（第六十五回）

很清楚，此次法律之争的一方是法正，另一方是诸葛亮。法正用汉高祖刘邦的“约法三章”的简约法律作为论据，提出了制定法律应当简明、宽松的建议，意在希望制定者诸葛亮对“刑法颇重”的倾向作一番变动。诸葛亮则依据客观社会形势发展、变化的需要，说明了立法从严从重的理由。虽论争只有一个回合的交锋，但已收到使“法正拜服”的效果。

以上几个实例表明，思想内容非常丰富的《三国演义》中的不少词语，属于法律名词，表达着相应的法律史实、法学道理，纯文学家的解释往往只在纯语义学上下功夫，根本未能、甚或不能作精确的法律技术性的解释，因此只能大大损害小说原文的实际，从而误导读者。

撰写拙著《法说三国演义》所用工作底本之一为作家出版社出版的毛评本，其中法律名词术语解释不足或有误的例子不少，读者有兴趣可自行研究。

九十九　对法学研究成果的丰富与完善

解读文学名著的法律内容，迫切需要法学知识、理论的指针，诸如法律规范本身，以及法理学、法制史学、各部门法学（民法、刑法、经济法等）等法学分支学科，都是研究涉法文学的学人们不可缺少的理性修养内容。没有法学智慧的全面武装，就无从进入古今中外文学名著提供的艺术化的法律智慧的广袤天地。

然而，要从方法论的角度全面、辩证地观察和思考法学知识、理论，以上所谈，只是一个方面，即文学名著的法律解读离不开法学的指导。然而，问题还有另一个方面，即涉法文学的法律内容自成系统，有别于任何最优秀、最权威的法学研究成果，故应当特别注意挖掘、阐释那些不同于现有法学研究成果的法理内容。当我们致力于做这种挖掘、阐释工作，并卓有成效之后，便可以理直气壮宣告：涉法文学研究成果足以大大丰富、完善法学理论宝库。

以上所谈两个方面的结合，就是本文所谈认识论、方法论之一的基本精神。现在以本书百余篇系列短文写作实践，来谈笔者对这一基本方法的运用上的大体情况。先谈以法学作指导的一方面。《三国演义》中所涉及的法律，主要是汉朝的法律，因为前八十回的故事发生在汉朝末年；其次是魏、蜀、吴三国的法律，后四十回的故事发生在汉灭亡而三国建立之后。这种古代的法律，是法制史研究的对象，故非有这方面的成果作指导不可。这就是笔者一再引用张晋藩先生主编的《中国法制通史》第二卷的理由。这部书中对两汉的法律的方方面面有着较详细、较系统的说明，为笔者带来了巨大方便。没有它的指引，许多东西便失去了解释的可能性。

例如说，要讲《三国演义》中十五个皇帝如何当皇帝的情形，就必须知道中国封建社会皇帝制度的法律化的各种具体规定，有了这一尺度，并用以衡量十五个皇帝从登基到下台的言行，便可作出法理上的定位与评论。否则，势必发生用评论寻常百姓的人生经验的尺度说东道西的情况，这就无从读出小说固有的法律意味了。

事实上，不通法律的评论者就是这样误读误解的。有一本专著，以《三国人物之死》为醒目标题，写下二十篇系列文章，把魏国第四任皇帝曹髦之死、蜀国开国皇帝刘备之死跟关羽、周瑜、诸葛亮、张飞、黄忠、吕布、孙坚、孙策、杨修、马谡等三国人物之死相提并论，意在总结各自的人生教训。这样做，不要说不能谈出两个皇帝之死的完全不同的法律内容，就连一般三国人物之死的法律内容也无从说出。因为，这些三国人物大都死于杀人案，不置于杀人案的语境中谈论其所被杀害的刑法问题，而大谈被杀害之人自身有什么过错、教训，这就等于放纵行凶杀人的罪犯而反过来指责被杀害的人如何有错。以杨修被曹操所杀为例，论者除了“此事虽足以证明曹操之残暴”这样一句道德批评的话语之外，根本不讲曹操作为杀人惯犯再次杀人的动机、手段，却加给被杀害的杨修一大堆耸人听闻的过错——“恃才放旷必犯忌，主前卖弄定取祸”，“妄自造言、惑乱军心”，“炫耀聪明，令人生忌”，“逆人之诈，令人生恨”，“乱人家事，令人生怒”（于学彬《说三国　话人生》），这实际上就是告诉读者，曹操杀人仅仅只有“残暴”一点错，而被杀的杨修却浑身上下都是错。

再看曹髦作为皇帝被杀害的宫廷谋杀案，论者把曹髦贬得一钱不值，指责他“不能隐忍多造次，羊入虎口死无益”，有“授权于人，自失其权”，“不能隐忍，自寻其辱”，“不可而为，自入虎口”等必死的“原因”（同上书）。按照这种说法，曹髦真是死有余辜——这当然是不正确的。

可见，离开了法学理论、方法的指针，从根本上无从解读文学名著的法律内容。这是笔者要强调的认识论、方法论的一个方面。与此同时，还应强调另一个方面：绝对不应把文学名著作为纯法学研究的论据仓库，以现成的某种法学理论观念去随意宰割文学的有机体，用以建立各自的法学理论系统。法学家，尤其是中国当代的法学家，只要谈文学中的法律，就免不了这种偏颇。

文学中的法律内容大大不同于法学研究成果的地方，有两个方面。第一，法学家所研究的法律，以纸张上的法律规范、立法内容、立法原则为对象，以指导法律工作者处理法律案件、事件；而文学作家所描写的法律，则是以现实生活中法律实施的实际效果、问题、弊端为对象，具有法律监督、批评的功能，却不能直接为法律实务效劳。

以本书而言，全书一百篇系列短文同上述张晋藩先生主编的《中国法制通史》关于两汉法律的论述的区别就在于：张晋藩先生等人致力于对两汉的法律规范、法律制度、立法精神的全面、系统的解释，而笔者的系列短文，却是从《三国演义》的法律描写的实际出发，解释两汉法律未能在汉朝末期很好实施的一系列弊端和问题，亦即是我们反复谈到的“三乱”：军法没有落实而出现的乱打仗，刑法没有落实而出现的乱杀人，关于皇帝制度没有落实而出现的乱当皇帝。显然，从法律实施的根本问题上研究法律，正是涉法文学研究的大优势、大贡献。

第二，法学家研究法律所仰仗的是各种法律规范、法律典籍，一般不顾及古今中外的涉法文学作品，这就难免有一些局限性。涉法文学研究，以一切涉法文学文本为唯一对象和依据，密切关注社会生活中的法律现象，若是历史题材的文学作品，也注意以历史素材为原料。这样一来，就形成了涉法文学研究区别于法学研究的又一个方面，即在一定程度上能够补充、丰富、完善法学理论宝库。

以笔者对《三国演义》的法律解读而论，就有弥补张晋藩先生主编的《中国法制通史》第二卷的某些不足的实例。这本书谈到了“三公制度”的变化，称为“三公改制”，即将丞相改为大司徒、太尉改为大司马、御史大夫改为大司空，改制的要义在于纠正丞相权力过大、过于集中的弊端。

在研读《三国演义》过程中，我们从《三国志》和小说中都发现了汉末对“三公制”有所回归的变化。《三国志·武帝纪》云：

> 十三年春正月（指建安十三年——笔者注）……汉罢三公官，置丞相，御史大夫。夏六月，以公为丞相。

《三国演义》的作者罗贯中注意到这一史实，有趣的是他把国家改“三公制”的这一新动向，描写为曹操个人的行为：

> 却说曹操罢三公之职，自以丞相兼之。（第三十九回）

把史实和小说的描写结合起来，可以知道，汉代关于“三公改制”的法律活动，并没有止步于法制史学家的论述的情况，而是到建安十三年（公元208年）又有所改变，即废止“三公”官，只设置丞相、御史大夫为中央政府高级官员。曹操则有着个人乘机独揽大权的独裁行为。就这样，通过解读《三国演义》的法律内容，把中国法制史学家在“三公改制”问题上尚未论及的新变化作出了补充与完善。若拘泥于现有的法学论著，便不可能有这种不可忽视的发现和补充。

无论是对法律实施于社会的效果、问题、弊端的研究，还是对法学研究资料上的开拓，都是涉法文学有别于学院法学的特色的表现，因而其全部成果都有丰富、完善法学理论宝库的功能和意义。早在20世纪90年代，笔者在拙著《法律与文学的交叉地》中提出了“文学法律学”的概念，用以指称对文学的法律内容的一切研究成果。因此可以说，文学法律学是别开生面的法律智慧的广阔天地，是人类应有的精神家园，应当从不亚于学院法学的高度来评价它对法学理论宝库的丰富和完善作用。

一百　什么叫“三国气”

在拙著《法说水浒传》中，笔者谈到了鲁迅先生所讲的“水浒气”，以为这是鲁迅先生对读不懂《水浒传》的中国社会文化心理现象的一种有趣的概括，其症结在于只会看小说中的杀人、放火、打家劫舍的热闹，而不会看这一切体现出来的法律思想意义的门道。

现在解读《三国演义》的法律内容，自然又要谈到鲁迅先生当年在同一篇文章中提出的另一个概念“三国气”。毫无疑问，“三国气”跟“水浒气”一样，也是先生对读不懂《三国演义》中的法律内容的社会文化心理现象的趣味性概括。二“气”的共同点，简单说就是法盲气。唯有紧紧抓住“法盲”这一关键，“水浒气”“三国气”的症结才有救治的希望。

令我们震惊的是，几十年过去了，极大阻碍着《水浒传》《三国演义》

正确解读的“水浒气”“三国气”不仅没有消解的苗头，反倒有学者从积极的层面上对“水浒气”“三国气”作肯定性的论述。我以为，这样做，不仅曲解了鲁迅先生的原意，更是对广大读者的误导。这样的议论有害无益。

我所见到的正面鼓吹“三国气”的例子，至少有三个。首先是何满子先生，他在2002年出版的学术论文集中，有一篇题为《社会中的“三国气”》。

其次是学人编选了一本《名家品三国》的论文集，收录了何满子先生的上述文章。在作者介绍中，编者对何先生的文章作了热情推荐，自然免不了要评论“三国气”为何物。如果说何先生的文章只是把“三国气”作为发议论的由头，他的文章内容只在于讲《三国演义》如何广受欢迎的文化现象，对读者不会带来实质性的误导，那么编选者的“三国气”见解，则是有害的。编选者说：

> 中国历史上没有哪一部小说能像《三国演义》这样，在社会大众中产生如此深远的影响。以至于在“三国”故事形成、发展、传播的漫长历史过程中，逐渐形成了一种凝结于社会文化心理结构内核的“三国气。”它紧紧和人们的思想、社会的舆论、伦理的判断交织在一起，甚至可以说已经铭刻在民族性格的基因之中，无法抹去。何满子先生敏锐地觉察到了这一文化现象，他用独有的深沉目光、犀利笔调为我们揭示出了这一文化现象的来龙去脉。（郭沫若《名家品三国》）

第三个例子，见于一位文学博士生导师为其弟子的博士论文所写的序言，文中有这样一段话正面论及“三国气”：

> 一种与传统文化既有联系又有差异、在某种程度上体现下层思想文化的观念意识、心理情绪。（关四平《三国演义源流研究》）

这种解释，含糊其辞，不得要领。而“下层”云云，似乎是指广大人民群众中的三国迷。这等于是把那些受过专门的文学教育、从事文学研究的学人排斥在“三国气”之外了。这是很不公平的。

在我看来，鲁迅先生的“三国气”，是指一种消极的、不健康的社会文化心理现象，就是读不懂《三国演义》的独特法理内容的法盲气。鲁迅先生的

“三国气”的提法，出现于批评读不懂文学名著的盲从病的语境之中，其末句有云“伟大也要有人懂”。《水浒传》、《三国演义》虽然广受欢迎，拥有极大的读者群，但这并不意味着都读懂了它们。同样的情形，还存在于《红楼梦》《西游记》等文学名著的广泛流传的事实之中，因此也可以称之为“红楼气”、“西游气”。我由这种普遍现象中抽象出一个普适的公式，可命名为“读不懂涉法文学名著的法盲气”。

要究明该“法盲气”的内涵与外延、确认具有这“法盲气”的读者群体，一个行之有效的办法，不是到“下层”读者中寻觅，因为他们没有著书立说，故无从占有可靠的研究资料，相反是到“上层”读者中去查找他们的论著，那白纸黑字的意见无一不把这“法盲气”表现得明明白白。拙著《法说红楼梦》、《法说水浒传》、《法说三国演义》所点名道姓批评过的纯文学家误读误解的意见，不下二百条。为撰写这三部书稿，笔者浏览过的有关专著在一百部以上，它们没有哪一部能够对所谈小说中的固有法律内容作出正确的解释，相反倒无一例外地都有不通法律的知识性、理论性错误。依据我的思考，“读不懂文学名著的法盲气”的内涵是：凡是涉及法律的故事情节，一概不能确认其法律思想意义，而代之以政治鉴定、道德说教。

其外延，主要有三点：一是读不懂各种法律案件，即不懂民事案与刑事案的区别，不知道刑事责任、民事责任为何物；二是读不懂人物的法律地位、法律行为以及法律上的思想和言论；三是不识形形色色的法律文化现象，不能解释其中的法律寓意。拙著《法律与文学的交叉地》曾指出过，法律案件、法律人物形象、法律文化现象是文学中的法律内容的载体。上述“法盲气”的外延，恰在对这三大载体均一无所知。

至于这“法盲气”的携带者、拥有者，为数极其众多，从古至今，一代又一代，延绵不绝。我把在文学领域著书立说而不能正确解读涉法文学名著的一切学人，都称为纯文学家。鲁迅先生所批评的“三国气”携带者，并非都是社会“下层”的普通文学爱好者，自然也包括纯文学家在内，他们应属于文学领域的“上层”人士。

在我看来，文学领域的“上层”人士身上的“法盲气”最为有害、最为可怕。倘是一般“下层”读者的“法盲气”，充其量只是影响个人的文学阅读品质，对他人的误导的可能性很小，而“上层”人士，又要教学生，又要写文章，还要出书，自身的“法盲气”由口头和书面两大传播渠道给他人造成的误导，由来已久，损失巨大，已形成了一种令笔者痛心疾首，坐卧不安的全社会的文学通病。

以上就是笔者所理解的“三国气”以及一切类“三国气”，而“法盲”是一切“气”的共同特征。

要想根治这文学领域的“法盲气”通病，除了进行文学学科的学术革命，以彻底颠覆纯文学教育模式、纯文学研究思维和格局之外，别无选择。